歴史小説の
レトリック
マンゾーニの〈語り〉

霜田洋祐
Yosuke Shimoda

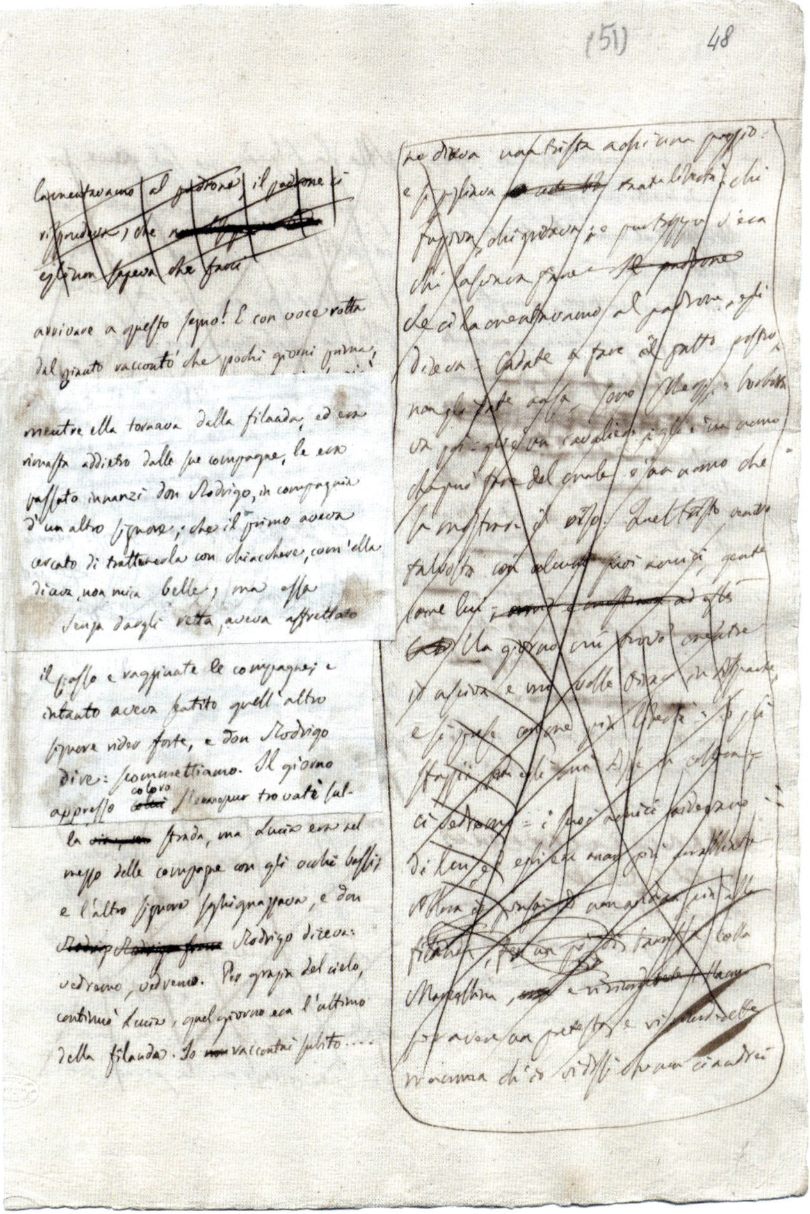

口絵1　『婚約者』の草稿（ミラノ、ブレラ国立図書館蔵：Manz. B. II, t. I, cap. III, f. 24c）
『婚約者』は決定版に至るまでに改稿や推敲を重ねている。この自筆原稿では右側の消されている部分が第一草稿（『フェルモとルチーア』）にあたる。ルチーアがドン・ロドリーゴに声をかけられたときのことを語る場面（第1巻第3章）である。

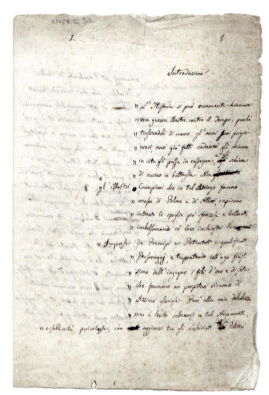

口絵 2　『婚約者』の草稿（ブレラ国立図書館蔵：Manz. B. III, Intr. f.1a）

第二草稿の「序文」冒頭。語り手が発見した手稿を書き写した部分という設定なので、どの行にも左に引用符（"）が添えられている。「序文」で設定されるこの「発見された手稿」の手法が、本篇において史実と虚構を接続する重要な仕掛けとなる。なお本書は巻末の付録として、『婚約者』の出版稿の「序文」の翻訳を掲載している。

口絵 3　『婚約者』の草稿（ブレラ国立図書館蔵：Manz. B. III, t. I, cap. V, f. 52a）

右列は『フェルモとルチーア』第 1 巻第 5 章、ドン・ロドリーゴの屋敷に乗り込む際のクリストーフォロ修道士の気後れについて。左列下半分の空白には友人フォリエルが鉛筆で書き込んだコメントが残っている（下の拡大写真）。マンゾーニがその意見に素直に従ったかどうかは、本書第 6 章（pp. 208-11 あたり）を参照。

Gli sposi promessi.

Capitolo I.

Quel ramo del lago di Como che volgeva
mezzogiorno, stendendosi in seni
chiuso e come guidato da due catene non interrotte di monti,
e golfi d'ineguale grandezza, a seconda dello sporgere
e del rientrare di quelli, viene quasi tutto
ad un tratto a ristringersi e a prender corso ed
aspetto di fiume. Il lungo ponte,
che in quel luogo congiunge le due rive, rende
ancor più sensibile all'occhio questa trasformazione,
e par che divida il lago
fra una montagna ed un'ampia riviera
formata lentamente dal deposito di tre
grossi e vicini torrenti.

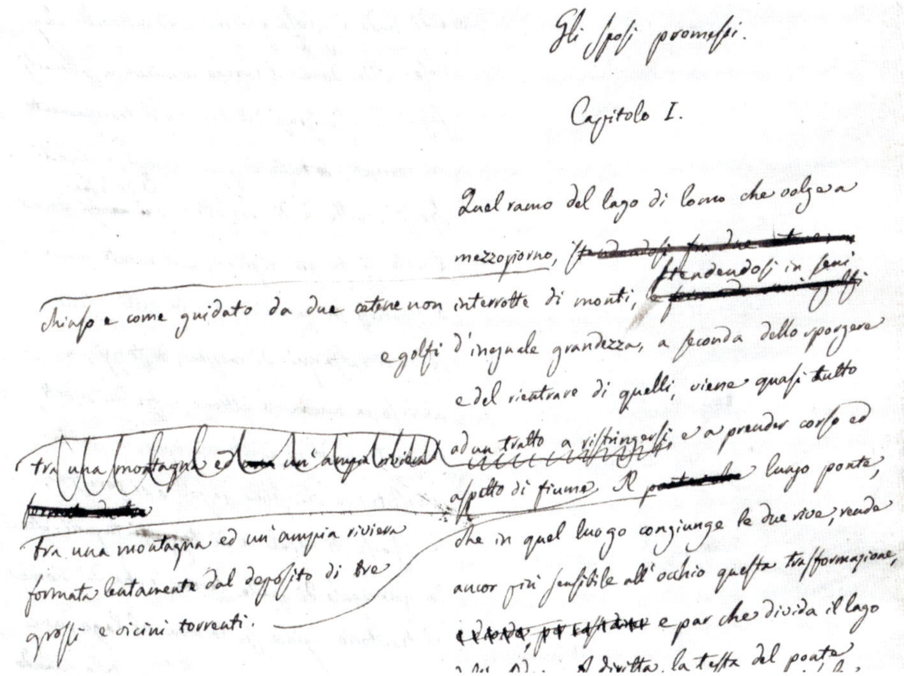

口絵 4　『婚約者』の草稿（ブレラ国立図書館蔵：Manz. B. III, cap. I, f. 4a〔部分〕）
第二草稿の第 1 章冒頭。《Quel ramo del lago di Como...》という有名な書き出しが読める。タイトルがまだ “I promessi sposi” ではなく “Gli sposi promessi” となっていることにも注意（本書第 1 章註 1, 16を参照）。

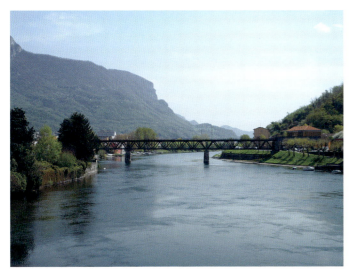

口絵 5　『婚約者』の舞台となったレッコ
「人」という字の形をしたコモ湖の 2 画目側（クウェル・ラーモ・デル・ラーゴ・ディ・コーモ）の終わりのほう。筆者撮影。

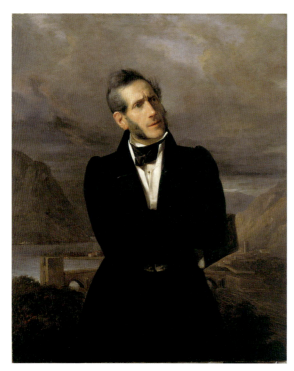

口絵6　ジュゼッペ・モルテーニによるアレッサンドロ・マンゾーニの肖像画（Giuseppe Molteni, *Il ritratto di Alessandro Manzoni*, 1835. ブレラ国立図書館蔵）
50歳のドン・リサンデル（ドン・アレッサンドロ）。背景のレッコの風景は、マンゾーニの娘婿マッシモ・ダゼーリョによる。現在、国立図書館の「マンゾーニの間」に掛けられている。

口絵7　旧マンゾーニ邸（ミラノ、モローネ通り）
現在は博物館およびマンゾーニ研究センターとなっている。筆者撮影。

口絵8　マンゾーニ像（ミラノ、サン・フェデーレ広場）
没後10年の1883年に、マンゾーニ邸にほど近いサン・フェデーレ教会前に建てられた。かつてここには公文書館があり、『婚約者』に引用された重要資料も保管されていた。作家はこの教会で転けて頭を打った後遺症で亡くなっている。なお、この像は近くのスカラ座前の広場にあるダ・ヴィンチ像に比べると全く目立っていない。筆者撮影。

若い知性が拓く未来

　今西錦司が『生物の世界』を著して，すべての生物に社会があると宣言したのは，39歳のことでした。以来，ヒト以外の生物に社会などあるはずがないという欧米の古い世界観に見られた批判を乗り越えて，今西の生物観は，動物の行動や生態，特に霊長類の研究において，日本が世界をリードする礎になりました。

　若手研究者のポスト問題等，様々な課題を抱えつつも，大学院重点化によって多くの優秀な人材を学界に迎えたことで，学術研究は新しい活況を呈しています。これまで資料として注目されなかった非言語の事柄を扱うことで斬新な歴史的視点を拓く研究，あるいは語学的才能を駆使し多言語の資料を比較することで既存の社会観を覆そうとするものなど，これまでの研究には見られなかった溌剌とした視点や方法が，若い人々によってもたらされています。

　京都大学では，常にフロンティアに挑戦してきた百有余年の歴史の上に立ち，こうした若手研究者の優れた業績を世に出すための支援制度を設けています。プリミエ・コレクションの各巻は，いずれもこの制度のもとに刊行されるモノグラフです。「プリミエ」とは，初演を意味するフランス語「première」に由来した「初めて主役を演じる」を意味する英語ですが，本コレクションのタイトルには，初々しい若い知性のデビュー作という意味が込められています。

　地球規模の大きさ，あるいは生命史・人類史の長さを考慮して解決すべき問題に私たちが直面する今日，若き日の今西錦司が，それまでの自然科学と人文科学の強固な垣根を越えたように，本コレクションでデビューした研究が，我が国のみならず，国際的な学界において新しい学問の形を拓くことを願ってやみません。

第26代　京都大学総長　山極壽一

［表紙の挿絵］
『婚約者』序文の最初の文字 L（L'Historia の L）を表す花文字〔IM 003〕
語り手「私」が「発見された手稿」を読み解き書き直す（「語り直す」）姿を捉え
ている。

［本扉の写真］
旧マンゾーニ邸にある机（カバーのペンもこの上に置かれたもの）。
国立マンゾーニ研究センター提供。

［挿絵］
本書に掲載された挿絵は、すべてブレラ国立図書館（ミラノ）所蔵の『婚約者』
40年版のための挿絵の試し刷りのデジタル複製(以下のサイトで公開されている)
を利用させていただいたものである。

IM　　*Immagini manzoniane: bozze delle illustrazioni per l'edizione de "I Promessi*
　　　　sposi" del 1840, a cura di Guido Mura e Michele Losacco
　　　　http://www.braidense.it/dire/immpsposi

はじめに

歴史か小説か

　歴史小説が、過去のある特定の時空間における社会的現実を背景に、架空の人物や状況を創作し、その物語を通じて、歴史が直接には語らない人々の生活と歴史的過程との関わりを活写しようとするものならば、その中では、詩的創作に基づく物語ばかりでなく、多くの歴史的事実が語られることになる。もちろん、いわゆるリアリズム小説のように同時代の現実を描くフィクションにおいても事実は語られるのであるが、読者のよく知る社会が前提となっているために、歴史小説の場合のように背景となる知識をあれこれ提供する必要はない——つまり、物語が現実のあり方を正確に写していることを示すために、「原物」である歴史を描いてみせる必要がないのである。かといって、歴史小説が、歴史書と同じ意味で歴史を語っているとは通常考えられない。確かに多くの史実が語られているはずなのであるが、そこにどれだけのフィクションが混じっているか、どこまでが本当の話なのかは、小説を読んだだけでは——テクスト外の知識（歴史学の成果）と照らし合わさなければ——普通はわからないからである。

　ところが、イタリアで最もよく知られた歴史小説『婚約者』は、このジャンルの典型例とさえ言えるようなあれこれの特徴を備えながらも、史実とフィクションが溶け合うという一般的な歴史小説のあり方から外れている、と思われる。著者のマンゾーニは、歴史的事実に矛盾することのないように物語を創作するとともに、どこまでが裏付けのある事実なのかを見分けられる「判別可能性」を残そうとした。彼の考えでは、歴史的事実は、小説の中にあっても、フィクションとは区別して提示されねばならないのである。それでは、マンゾーニにとっては「歴史」こそが重要だったのか。だが、この作品はイタリア近代文学を代表する「小説」ではなかったのか。そもそも、境目さえ読み取れれば「小説」と「歴史」は切り離して考えてよいのか。こ

うした一連の疑問に対して、19世紀初めの歴史小説の流行からその後の同時代リアリズム小説の誕生に至る西洋文学史の流れを意識しつつ、マンゾーニが作品をどのように読者に提示しているのかという観点、つまり語りの技法とレトリックの観点から、答えを見出すのが本書の課題である。

「古典」のなかの前衛性

アレッサンドロ・マンゾーニ Alessandro Manzoni (1785-1873) の小説『婚約者 I promessi sposi』（初版1825-27，決定版1840-42）は[1]、出版当初から今日に至るまで広く読まれ愛され続けてきたイタリア近代文学の傑作中の傑作である。イタリアの中等教育課程において、必ず——国家統一後の1870年以来150年近くも変わらず——読まされる作品となっており、だからこそ「嫌われ者」の“悪名”もついて回るのだが[2]、誰もが知る文章として新聞・雑誌記事において日々引用され続けており[3]、登場人物の個人名はそれぞれの性格類型を表す普通名詞となって広く通用している（例えば、「紛糾解決人」くらいの意味を帯びた作中人物のあだ名「アッツェッカ・ガルブーリ」は、今では日和見の三百代言の代名詞となり、辞書にも載っている[4]）。つまりこの小説は、イタリア人の集合的記憶の中に深く浸透した文字通りの「国民文学」と

1）邦訳書には『いいなづけ 17世紀ミラーノの物語』（平川祐弘訳，河出書房新社）と『婚約者』（フェデリコ・バルバロ，尾方寿恵訳，岩波書店）がある。タイトルについては本書第1章の註1を参照。

2）「イタリア人はみな、ごく少数の例外を除いて、この小説［=『婚約者』］が嫌いです。学校で無理やり読まされるせいです」とウンベルト・エーコは述べている。「わたしは、学校で強制されるより先に読むよう勧めてくれた父親に感謝しなければなりません。おかげでこの作品が好きでいられるのですから」（エーコ 2013 [1994]: 98）。

3）例えば、物語の発端となる「この結婚式は執り行ってはならない、明日はもちろん、この先もずっと」という言い回しをもじったり、「獅子の心を持って生まれてはいない」や「［曲がった］犬の脚をまっすぐにしようとする」といった印象的な比喩を借用したりするのである。

4）また、イタリア語で「ペルペートゥア」は、司祭の世話をするお手伝いの女性、さらに一般にお喋りの年配家政婦を指すが、これも元は『婚約者』の登場人物の名前である。

なっているのである。そのため『婚約者』は、19世紀前半の西欧で生みだされた、ジェーン・オースティン、ウォルター・スコット、スタンダール、バルザックらの作品と同様に、もしくはそれ以上に、「小説」の模範例として常に意識され、参照されてきたのであり、後に続くイタリアの作家たちにとっては、好むと好まざるにかかわらず、模倣すべきまたは乗り越えるべきモデルとなるものであった。この作品が、21世紀の今日に至るまでイタリア文学の本流、「古典」として圧倒的な存在感を誇っているのは紛れもない事実である。

　しかし、傑作とされる作品の多くがそうであるように、『婚約者』という作品も、もともとは、それまで主流であった文学のあり方からの転換を目論む"前衛的な"作品であった。パリやミラノでロマン派の知識人たちと交流していた文学者マンゾーニは、それまでも悲劇作品や悲劇論において「古典主義」のパラダイムを打ち破ろうとしてきたのであるが、旧体制（アンシャン・レジーム）の文学体系との対決は、最後に「小説」というジャンルに挑んだことによって完全なものとなったと言える。それまでの文学体系においては、詩と劇、わけても叙事詩と悲劇が主要で高貴なジャンルとされてきたのであり、小説が個人の日常の現実を描くジャンルとして台頭し、西洋における主要な文学形式の位置を占めるようになるのは「近代」の新しい現象であった。特にイタリアでは、文学史に残るような小説がほとんど生まれていなかったこともあって、小説は未だ優れた文学者が真面目に取り組むべきジャンルとは認められていなかった。マンゾーニが『婚約者』の原型となる長篇小説を書き始めたのは1821年のことであるが、その時点の「序文」に見られたアイロニカルな表現を借りるなら、小説は「イタリア近代文学において禁じられたジャンル」(*FL, Intr.* Prima, 11) とさえ言えたのである。

　実際、マンゾーニが『婚約者』という小説を書いたことは、同時代を生きた人々に、ひとつの事件として受け止められた。それは、詩人・悲劇作家としてすでに世に知られていた文人が、小説家に「転向」したことを意味したのである。1827年に初版が刊行される以前に、彼が「歴史小説」に取り組んでいるということ自体がニュースとして広まり、エルメス・ヴィスコンティ(1784-1841) をはじめとするミラノのロマン派の知識人のみならず、クロー

ド・フォリエル (1772-1844) のもとに集まるパリの文人たち、さらにはヨーハン・ヴォルフガング・ゲーテ (1749-1832) らが、その行方に強い関心を寄せることになった[5]。そして、大きな反響の内には、少なからぬ当惑の声も入り混じっていた。例えばニッコロ・トンマゼーオ (1802-1874) は「『聖なる讃歌』と『アデルキ』の著者が身を落として私たちに小説を差し出した」(Tommaseo 1827: 103) と表現している[6]。『聖なる讃歌』は「キリストの復活」(1812)「マリアの名」(1812-3) など信仰をテーマにした讃歌を集めた詩集、『アデルキ』(1822) はランゴバルド族の最後を扱った歴史悲劇であり、つまりは、あの優れた詩人・劇作家がなんと小説家に「身を落とした、成り下がった」と言っているのである。しかし、同時代人が驚きをもって迎えたこの作品の登場は、まもなく、時代を画する事件、イタリア文学史上の一つの分水嶺と見なされることとなる。文学が扱うべき対象を根本から拡げ、日常の現実を描き出すのに適した文体とレトリックを見つけ出し、誰からも理解され受け入れられる新たなイタリア語——諸邦に分裂していたイタリアにそれは存在しなかった——を作り上げるという、イタリア物語文学の革新が、本作によって実現されたからである。「近代小説」のパラダイムは、英・仏・独など他の言語圏の文学においては複数の偉大な作家が競い合うなかで

---

5) エルメス・ヴィスコンティは、ミラノの《コンチリアトーレ》誌に参加した文人で、ロマン派の理念を支持した彼の論文は、友人マンゾーニの詩学にも大きな影響を与えている。クロード・フォリエルは、スタール夫人、オーギュスタン・ティエリ、ヴィクトル・クーザンらとも親しいフランスの文献学者であり、彼がパートナーのコンドルセ夫人と構えたサロンは、ロマン派の知識人の集う中心地の一つであった。マンゾーニは1805年から1810年までパリで暮らしたが、その際にフォリエルと深い友情を結んでおり、以来（特に1825年まで）彼はマンゾーニの比類なき拠り所であり続けた。フォリエルとヴィスコンティの二人は、マンゾーニの小説の草稿を読み、コメントを残して、改稿に直接的な影響を与えてもいる（口絵 3 も参照）。ゲーテとマンゾーニの関係については、インテルメッツォ 1 を参照。

6) 『新類義語辞典』(1830) や『イタリア語辞典』（共著，1858-79）でも有名なトンマゼーオは、ダルマツィア出身の作家で、詩、小説、評論、翻訳など多岐にわたる文筆活動を行った。ミラノでマンゾーニの知遇を得て、敬愛の念を抱き続けたトンマゼーオは、あれこれ留保をつけつつ結局全体としては『婚約者』も高く評価している。

錬成されていったと考えられるが、小説の発展の遅れたイタリアでは、マンゾーニが小説を書いたことによって初めて確立したと言える。そして、彼がほとんど一から編み出していった表現形式が、新たな伝統の始まりとなり、後の時代からは19世紀前半の小説の典型として認識されることとなったのである。

　また、『婚約者』は、ジャンルとしては19世紀前半に全欧を席巻した「歴史小説」の範疇に収まるものであり、西洋文学史において最も成功した歴史小説の一例とされるが、その一方で、このジャンルの典型とは言い難い特徴をも備えている。多くの小説家がブームの火付け役であるウォルター・スコット (1771-1832) の一連の小説に範を取るなか[7]、マンゾーニはひとり独自の、困難な道を歩もうとした。つまり、スコット流の歴史小説が、過去の正確な再現よりも物語（フィクション）の論理を優先する傾向を示したのに対し[8]、マンゾーニは、史実を歪めずに正確に伝えようと心を砕いたのである。彼のこの特異な姿勢は作品形成のあり方を強く規定し、結果として『婚約者』という作品は、当時の通常の歴史小説とはかなり趣を異にする小説となった。

　マンゾーニの歴史に対する強いこだわりは、「《事実性》の美学」とでも呼ぶべきものであり、この作品においては、それが、史実を虚構と混合することなく「事実」として保存するという形で現れるのだが（虚実の分離）、同時に創作部分と歴史叙述部分は互いに補完しあっており、その調和もはかられている（虚実の融合）。史実と虚構の間に危うい平衡を保とうというこの野心

7）トンマゼーオは、ある歴史小説 (C. Varese, *I prigionieri di Pizzighettone*, 1829) の書評において、多くの歴史小説がどれも同じ型にはまっており、«contraffazione»（物真似、偽造）に堕していると難じ、次のように述べている。「だがどうしたことか、ウォルター・スコットの方法のほかに歴史小説を書く方法はないということだろうか？」(Tommaseo 1830: 109)

8）スコットの場合、最も有名な『アイヴァンホー』(1819) を含む後期の作品（中世やルネサンス期が舞台）においてこの傾向が強い。スコットランドを描いた初期の小説では、遠くない過去に題材をとったために、物語は現実世界から様々な制約も受けている (cfr. 米本 2007: 15-6)。

的な試みは、鋭敏な読者ならばテクストを通じてそれとなく、しかし明瞭に感じ取るであろうし、テクスト外での作家の諸発言から斟酌することも不可能ではない。しかしながら、本書の主眼は、小説の内部においてそれがどのような仕方で実現されようとしていたのかを、特に〈語り〉の技法とレトリックの側面から具体的・定量的に分析するところにある。そして、こうした分析を通して、イタリア近代文学の"古典"が内に孕んでいる、そしてこれまでほとんど注目されることのなかった、型破りな独創性が示されるはずである。この分析はまた、歴史的現実から詩的真実にわたる空間に多数の層をなして存在する「真実」を言葉によっていかに伝えうるのかを、既存の文学に対する革新と自らの詩学に適う新たな表現形式の探求によって真摯に問い続けたマンゾーニの姿を浮かび上がらせることにもなるだろう。

　本書はあくまで『婚約者』という小説の研究書であるが、分析の過程で明らかになる著者マンゾーニの「歴史」と「小説」に対する姿勢と、そのために組み上げられた表現形式・レトリックは、その独特さゆえに、事実と詩的想像力との連結が課題となるような諸分野——今日でも書かれ続けている歴史小説から、事実を題材とする映画、そして史料の行間を読み込もうとする歴史学まで——に対して、少なからぬ示唆をもたらしうるのではないか、と筆者は期待している。

目　次

口絵

はじめに　i

本書で言及する主なマンゾーニの著作の邦題と略号一覧　x

第1章　『婚約者』の成り立ち
──文学の最前線としての近代小説 ……………………………………… 3

1．『婚約者』という作品（小説のあらまし）　3

2．『婚約者』の語りの形式：語り直される物語　12

3．『婚約者』の三つのテクスト：一つの物語、3篇の小説　22

4．『婚約者』の言語：現実を描く新しい言葉遣い　28

5．イタリア最初の「近代小説」　35

6．歴史小説ブームと『婚約者』　38

7．マンゾーニの詩学における「事実性」の意味　44

8．本書の意義　48

インテルメッツォ1　ゲーテの賞賛と歴史嫌い──マンゾーニの国際的名声　51

第2章　「発見された手稿」と虚実の判別可能性 ……………………… 55

1．読まれる史劇と「パラテクスト」による事実の提示　59

2．「匿名手稿」への言及と実在の人物の想像上の言動　68

3．小括：史実と虚構の滑らかな接続と判別可能性　86

インテルメッツォ2　マンゾーニ一家のフィレンツェ旅行と「アルノ川での洗濯」

　　　　　　　　──『マンゾーニ家の人々』より　93

第3章　「語り手」による一人称の使い分け ───── 97

　　1．「私」か「我々」か：従来の二項対立　100

　　2．「我々」の分類：「共感の一人称複数」の発見　110

　　3．　2種の「我々」が果たす異なる機能　117

　　4．小括：〈人称＝人格〉のある語りと事実の陳述　126

第4章　「聞き手」への執拗な呼びかけ ───── 129

　　1．作者と読者の新たな関係　134

　　2．聞き手を含む「我々」と呼びかけの頻度　149

　　3．小括：近代的読者像とマンゾーニ詩学の交差　155

インテルメッツォ3　声に出して読みたい(?)イタリア語

　　　　　　　　──『婚約者』の現実の読者たち　158

第5章　「歴史叙述」における引用のレトリック ───── 161

　　1．歴史部分の"歴史叙述らしさ"　165

　　2．引用の技法と「真実効果」　177

　　3．小括：小説の"設定"がもたらした論述的な歴史叙述　189

インテルメッツォ4　『汚名柱の記』の今日性と怒りのレトリック　191

目　次　ix

第6章　「創作部分」における現実性の強調 ⸺ 195

1．メタ物語的・メタ文学的言説を通じた「現実性」の強調　204

2．『婚約者』における「現実性」の示唆　212

3．小括："現実に似た" 創作部分と「ロマネスク」との対決　220

インテルメッツォ5　カワイイだけではない、ゴニンの挿絵　225

第7章　「反文学」的かつ「反歴史」的な歴史小説 ⸺ 229

1．既存の文学・歴史からの脱却　232

2．例外者、例外的事象の役割　239

3．小括：現実の全てを描き込む新しい表現　250

結　び ⸺ 253

付録　『婚約者』の「序文 Introduzione」の翻訳　257

参考文献一覧　261

初出一覧　271

あとがき／ Ringraziamenti　273

Abstract　*Rhetoric of the historical novel:*
studies on the narrative technique of Manzoni　279

索引　283

x

本書で言及する主なマンゾーニの著作の邦題と略号一覧

出版年　　　イタリア語原題（略号）
　　　　　　邦題（略号）〔ジャンル〕

1820　　　　*Il conte di Carmagnola*（*Carmagnola*）
　　　　　　『カルマニョーラ伯』〔歴史悲劇〕

1822　　　　*Adelchi — Discorso sur alcuni punti della storia longobardica in Italia*（*Discorso*）
　　　　　　『アデルキ』〔歴史悲劇〕，『ランゴバルド史に関する諸問題』（『諸問題』）
　　　　　　〔歴史の論考〕

1823　　　　*Lettre à M.ʳ C***[hauvet] sur l'unité de temps et de lieu dans la tragédie*（*Lettre à
　　　　　　M. Chauvet*）
　　　　　　『悲劇における時と場所の単一に関するショーヴェ氏への手紙』（『ショー
　　　　　　ヴェ氏への手紙』）〔文学についての論考〕

（1823執筆）Lettera al marchese Cesare D'Azeglio *Sul romanticismo*
　　　　　　『ロマン主義について』チェーザレ・ダゼーリョ侯爵への手紙〔文学につ
　　　　　　いての論考〕＊1846年、無許可で出版される。修正を経て1870年に出版。

（1821-23執筆）*Fermo e Lucia*（*FL*）
　　　　　　『フェルモとルチーア』（『フェルモ』）"『婚約者』の第一草稿"〔歴史小説〕

1825-27　　 *I promessi sposi. Storia milanese del XVII secolo scoperta e rifatta da Alessandro
　　　　　　Manzoni*（*PS V*）
　　　　　　『結婚を誓った二人　アレッサンドロ・マンゾーニにより発見され書き直
　　　　　　された17世紀のミラノの物語』（『婚約者』）"27年版"〔歴史小説〕

1840-42　　 *I promessi sposi [...]*（*PS*）. *Storia della colonna infame*（*CI*）
　　　　　　同上 著者による改訂版 "40年版"〔歴史小説〕，『汚名柱の記』〔歴史作品〕

1850　　　　*Del romanzo storico e, in genere, de' componimenti misti di storia e d'invenzione*
　　　　　　（*RS*）
　　　　　　『歴史小説および歴史と創作の混合した作品一般について』（『歴史小説に
　　　　　　ついて』）〔文学についての論考〕

歴史小説のレトリック——マンゾーニの〈語り〉

第 1 章

『婚約者』の成り立ち
── 文学の最前線としての近代小説

　本書では、『婚約者』という作品が「歴史小説」の典型例にして「近代小説」の模範例とも言える形式を備えながら、同時に独創的な仕方で歴史と創作を組み合わせていることを、過去の正確な再現にこだわる著者マンゾーニの姿勢と関連付けながら読み解いてゆく。したがって、本論の中心となるのは、語りの技法やレトリックなどテクストの細部の具体的な分析であるが、その前に、本章において、対象作品『婚約者』の内容・語りの構造・生成の過程・使用される言語について概説を行い、この小説が近代小説として、また歴史小説として、イタリア文学史および西洋文学史においてどのように位置づけられているかを確認しておきたい。加えて、作品形成に強く影響したものとして、「事実」を重視するマンゾーニの詩学の一端も紹介したい。これによって、第 2 章以下の各論を互いに連関させることになる諸前提・諸問題が整理されるはずである。

1.『婚約者』という作品（小説のあらまし）

　アレッサンドロ・マンゾーニの主著『婚約者 *I promessi sposi*』[1] は、すでに述べたとおり、イタリアでは誰もが知る作品である。しかし、他国に目を向けると、西洋においても、かつてよく知られたマンゾーニの名は現在では忘れ去られた感があり、日本においては一度もその名が広まったことはな

い。そこで、まずは『婚約者』という作品の基本事項を確認しておきたい。

　『婚約者』の著者マンゾーニは、著書『犯罪と刑罰』によって国際的に知られる啓蒙思想家チェーザレ・ベッカリーアの娘ジュリアと、コモ湖畔の町レッコのそばに領地を持つピエトロ・マンゾーニ伯との間に生まれた、ミラノの作家である（ただし本当の父親は、著名なヴェッリ兄弟の無名な末の弟ジョヴァンニとされる）。文学者としてのマンゾーニのあり方は、母ジュリアが恋人カルロ・インボナーティと暮らしていたパリに赴き、その縁でクロード・フォリエルと親交を深め、ソフィー・ド・コンドルセが構えるロマン派の文芸サロンに出入りしたこと、また、最初の妻エンリケッタ・ブロンデルとの結婚（1808年）をきっかけにカトリックへ「回心」したことに決定づけられたと言え、実際、彼が創造力を最も発揮し主要作品のほとんどを書く実り豊かな時期（1812年から1827年）は、古典主義からロマン主義への転向と信仰への回帰を経て訪れることになる。『聖なる讃歌 Inni sacri』を書き始めたのが1812年であり（「キリストの復活」1812年、「マリアの名」1812-13年、「降誕

---

1 ）この小説の原題の "I promessi sposi" は、「約束した」という意味の過去分詞 «promessi»（＜ promettere）と「花婿・花嫁」を表す名詞（複数形）«sposi» から成るが（"i" は定冠詞）、単なる「フィアンセ」を意味するのではなく、コンティーニによれば「互いに誓いを交わした二人の物語（その誓いの成就には必然的に――そうでなければ話す価値がないだろうが――彼らが障害に行きあたることが伴う）」ほどの含みがある (Contini 1989 [1985]: 233)。というのは、イタリア語の語順としてより自然と思われる "Gli sposi promessi"（実際、出版直前まで表題はこの語順だった。本章第3節を参照）ではなく、"I promessi sposi" という順にすることによって、名詞化した過去分詞 «promessi» の後に、同格または叙述補語の «sposi» が付いた構造となり、分詞に保存された動詞的な力と、そもそも «sposi» のほうも「結婚を約束した男女」を意味しうるという同語反復的効果によって、約束が交わされていて未だ履行されていないことに焦点があたるからである (cfr. Contini 1989 [1985]; De Robertis 1986)。2種類の邦訳書のタイトル（『婚約者』および『いいなづけ』）はいずれも、残念ながら、こうしたニュアンスまでは表せていないのだが（現代の英訳 The Betrothed や仏訳 Les Fiancés も同様である）、本書では便宜上『婚約者』のほうを使用することにした（「いいなづけ」にはもともと幼いうちに親同士が決めたものという意味があるが、主人公の田舎の男女は自らの意思で結婚を誓った仲である）。

祭」1813年、「受難」1814-15年、「五旬節」1817年に開始、1822年に完成）、その後、古典主義の「三単一の法則」のうち「時の単一」と「場所の単一」に反するロマン派的作劇法による2篇の韻文の歴史悲劇（1816-19年に『カルマニョーラ伯』、1820-22年に『アデルキ』）を書き上げ、ナポレオンの死の報を受けて書いた「五月五日 *Il cinque maggio*」(1821) などの政治・市民的な頌歌も執筆している。カトリックのモラルをイタリア没落の一因としたシスモンディの説に反論した『カトリック倫理に関する考察 *Osservazioni sulla morale cattolica*』(1819)、『カルマニョーラ伯』への批判に応答する書簡体の悲劇論『ショーヴェ氏への手紙』（1820年に執筆、修正を経て1823年に出版）などもこの期間のものである。以上の作品は、単独でもマンゾーニの名を文学史に残しただろうと思われるが、この期間の終わりにさらに重要な作品が著されることになるため、どうしても、傑作『アデルキ』さえも、完成に至るまでの発展段階とみなされることになる。それこそが、詩人マンゾーニが小説家へと「転向」して書いた、彼の唯一の小説『婚約者』である。

　『婚約者』は、ミラノを含む北イタリア（ロンバルド・ヴェーネト王国）がオーストリア帝国の支配下にあった1820年代に、地元の作家マンゾーニが、2世紀前（正確には1628-30年）の同地域（主にスペイン治下のミラノ公国領内）を舞台として書いた歴史小説である。物語の縦糸となるのは、誓い合った結婚を邪魔されて離れ離れになる田舎の男女の紆余曲折であり、これは綿密な時代考証に基づくフィクションである。横糸の歴史は、彼らとその協力者、そして敵対者たちを巻き込み翻弄するものとして表に現れてくる。主人公は、コモ湖のほとりの町レッコ周辺の農村に慎ましく暮らす若者ロレンツォ・トラマリーノ（通称レンツォ）とその恋人ルチーア・モンデッラであり、想定される読者層より身分の低いほとんど文盲の彼らの物語が深刻なドラマとして描かれたことは、当時としては画期的であった。
　物語は、小領主ドン・ロドリーゴの配下の無法者が、翌日に控えたレンツォとルチーアの結婚式を執り行わないようにと司祭ドン・アッボンディオを脅すところから始まる（「この結婚式は執り行ってはならない、明日はもちろん、この先もずっと…」*PS*, I, 31）。臆病な司祭は式を行わず、長いものに巻か

れる弁護士アッツェッカ・ガルブーリが体現するとおり法は不能で、正義の
カプチン修道会士クリストーフォロ神父の説得もドン・ロドリーゴには通じ
ない。恋人たちは、司祭宅に押し入って無理やり結婚を成立させようとする
も失敗、ロドリーゴが配下の者にルチーアを攫わせようとしていたことを知
り、村から逃れ出ることになる。クリストーフォロ神父の手配でレンツォは
ミラノに向かい、ルチーア（とその母アニェーゼ）のほうはモンツァの女子
修道院に匿われることになり、この時点で二人は離れ離れになる。しかも、
レンツォは、1628年11月11日にミラノで起きた歴史的事件——パンの価格高
騰に伴う民衆蜂起——に巻き込まれてお尋ね者になってしまい、アッダ川を
越えてヴェネツィア共和国の支配領域（ベルガモ方面）へ逃れることとなる
（本書93ページの地図も参照）。一方、ルチーアのほうは個性的な実在の人物た
ちに翻弄される。彼女を保護した「モンツァの修道女」は、かつて罪を犯し
た人物であり、この修道女の裏切りによって、ルチーアは「インノミナー
ト」（名前を呼ぶのが憚られる大悪党）のもとに連れ去られるのである（女子修
道院でかつて起きた陰惨な事件や、人を寄せ付けない城への幽閉など、この小説
の「ゴシック小説」的な要素はルチーアにまつわる話の中に見られると言える）。
だが、ミラノ大司教のフェデリゴ・ボッロメーオ枢機卿の仲介により、この
「インノミナート」が回心するという事件——これも史実である——が、ま
さにこのとき起きたことに設定され、ルチーアは無事に解放されて、ミラノ
の貴族宅に預けられることになる。そうこうするうちに、三十年戦争——
「ルイ13世、というかリシュリュー枢機卿」と「フェリペ4世、というかオ
リバーレス伯爵」が争っていたあの戦争——の一環であるマントヴァ・モン
フェッラート継承戦争に伴って<ruby>ドイツ傭兵<rt>ランツィケネッキ</rt></ruby>がミラノ公国領内を通過し、村々
に大きな被害をもたらし、ペストという置き土産を残す。先の民衆蜂起の原
因ともなった飢饉の影響もあり、1630年のミラノのペスト禍は多くの記録が
残る大惨事となる。そのような中、主人公レンツォは恋人の消息を尋ねて再
度ミラノに赴き、そこでクリストーフォロ神父と瀕死のロドリーゴに出会う
ことになるのだった。世間に出て歴史的事件を目の当たりにし失敗を繰り返
しながら経験を積んでゆく主人公レンツォの物語は、ある種の<ruby>教養小説<rt>ビルドゥングスロマン</rt></ruby>と
なっていると言える。戦争、飢饉、ペストという社会全体を揺るがす出来事

があっても、その混乱が過ぎてしまえばほとんど元通りになってしまう世界の中、少なくともレンツォは内面的に成長しており、また、やや見落とされがちではあるが、有能な絹の紡績工でもあった彼は、実は小説のエピローグに当たる箇所で製糸工場の共同経営者にもなっているのである。

　「結婚を誓った二人」くらいの意味を持つ原タイトルからも半ば予期されるとおり（本章註1を参照）、レンツォとルチーアの結婚の誓いは結局のところ成就し、物語は一応のハッピーエンドを迎える。小説的な"嘘"、フィクションの世界だけで見られるような「理想化」をできるだけ排除し、例えば主要人物の人間的な弱さを隠さず見せようとするこの小説において、レンツォとルチーア（とその母アニェーゼ）が夥しい死者を出した壮絶なペスト禍を生き残る一方、悪人たちは皆死んでしまうという展開は、クリストーフォロも（それにペルペートゥアも）亡くなるという点を差し引いても、勧善懲悪的に見え、最も現実的でない部分と言えるだろう。だが、最終章（第38章）で語られるいくつかのエピソードを通じて、このハッピーエンドさえも、おとぎ話のそれとは違って完璧でなく、現実世界の侵食を受けたものとして提示されているということも指摘しておかねばならない。特に興味深いのは、3人が故郷の村を去り——彼らは不本意ながら、かつて涙ながらに離れた故郷に再び落ち着くことはできなかったのである——、レンツォの逃亡先であったベルガモ周辺の村に移り住んだときのひと悶着である。ルチーアは、それなりに容姿は整っているが（クリストーフォロ神父の友人の修道院長も「美しい娘」と言っていた）[2]、絶世の美女というわけではない。ところが、レンツォが一途に彼女を想っているのを見ていた村人たちは、勝手に「髪はまさに黄金色で、頬はまさにバラ色で、両の眼はいずれ劣らぬ美しさ［…］」といった文学（フィクション）の中にしか存在しない麗人を想像して

2）「よろしい。すぐにあなたがたをシニョーラ（女主人）のいる修道院へ連れてまいりましょう。ですが、私からは数歩離れていてください。というのは、人々はよからぬ噂をするのが好きで、修道院長が、<u>美しい娘</u>と…いや、つまり女性たちと歩いているのを見たら、一体どれほどの噂が立つかわかったものではありませんから」（*PS*, IX, 14)。

「[ドン・ロドリーゴの言葉を無視して] 歩みを早めるルチーア」[*Immagini manzoniane*（以下 IM と略）027]
第3章、冒頭の花文字（ルチーアの姿も頭文字 L [Lucia] の形になっている）。マンゾーニが大変気に入ったこの絵は、第2版の出版を宣伝する広告にも使用された。

いたのだった。それで彼らは実物を見てがっかりし、ルチーアの容姿にケチをつけ、それを知ったレンツォは腹を立ててしまい（「ここにお姫様を連れてくるなんて一度でもあんたたちに言ったか？」）、村人たちとの関係がうまく行かなくなったというのである (*PS*, XXXVIII, 55-6)。このように『婚約者』の創作部分においては、既存の文学が描いてきた非現実的なものと絶えず対決しながら、よりリアルな歴史的現実を写すことが目指されていたのである（この点については本書第6章で詳しく論じる）[3]。

　一方、フィクションでない記述（歴史叙述）のほうにも、マンゾーニは並々ならぬ力を傾けている。『婚約者』の中の主な歴史叙述としては、飢饉、戦争、ペストに関する叙述、そしてインノミナートや枢機卿ら実在の人物の来歴などが挙げられるが、これらは多くの場合、物語の理解を助けるためという名目で導入される。だがその叙述は、公文書等を含む多くの史料を活用した詳細かつ的確なものであり、分量もかなり多いため、創作の物語の展開を条件付けている歴史的・社会的状況を説明するという補助的・従属的な役割を果たすのみならず、それ自体としての存在意義も感じさせるものとなっている。実際、丸々2章を費やすペスト禍の叙述については、「その有名さに比べて知られていない祖国の歴史の一端を［…］知らせる」ことも目的に含まれることが導入部（第31章冒頭：*PS*, XXXI, 2）ではっきり述べられている。このように歴史叙述的な章が多く、

---

[3] この段落の記述は、エツィオ・ライモンディの有名なマンゾーニ研究の著作 *Il romanzo senza idillio*（Raimondi 1974. 題は「牧歌（的なもの）のない小説」という意味）、特に第5, 6章、を参考にしている。

第1章 『婚約者』の成り立ち——文学の最前線としての近代小説　**9**

しかも長いことは、『婚約者』の際立った特徴であり、ここでは「歴史家マンゾーニ」が語っているのだなどと評されることも多い（実際、本書第3章、第5章で見るとおり、語り口・レトリックまでもが内容にあわせて変化している）。こうした特徴は、出版当初から賛否両論の議論の対象となり、例えばゲーテは、この歴史叙述の分量は度を越しておりドイツ語訳では減らすべきだと考えたが、トンマゼーオやラマルティーヌ (1790-1869) にとっては反対に、歴史叙述部分にこそ、この小説の真価があった[4]。創作部分と歴史部分の内なる連関を無視して「歴史」か「詩」かという単純な二項対立の枠に押し込めることは、おそらくマンゾーニの意に反すると思われるのだが（本書第7章参照）、『婚約者』の歴史叙述が、その一部をカットしても残りが小説として成立すると思えるほどに自律したものであり、しかも創作部分のほうを付属物とみることさえ可能なほどに完成したものだ、ということは確かである。

　ところで、歴史小説『婚約者』に描かれる過去の様々な状況は、もちろん、1800年代という「現在」の状況と重ね合わせて読むことが可能である。三十年戦争の時代の、スペイン治下のミラノ公国を舞台とする小説では、外国勢力に翻弄されるイタリアが描かれているわけだが、その2世紀後のイタリアも、ウィーン体制のもと諸国に分断されており、北イタリア（ロンバルド・ヴェーネト王国）はやはり外国（この場合はオーストリア）の支配を受けていたのである。統一運動期にあったイタリアにおいて、この物語を愛国主義的な文脈で読まないほうが難しかったであろうし、そのことが『婚約者』の成功とのちの「国民文学」としての地位を決定づけたことは疑いの余地のないところである。しかしながら、この作品は、専ら愛国的文脈での受容のみを意図して書かれたものではなく、当時の歴史的現実との整合性を曲げてまで物語と「現在」との符合を演出しようとした形跡は見られない[5]。しばしば「17世紀という時代を描き込んだフレスコ画」などと形容される『婚

---

4) Cfr. Parrini (1996: 9-10); Portinari (2000: XLVII-XLVIII); Gaspari (2003: 235). また本書第
　2章やインテルメッツォ1も参照。

約者』は、歴史に名を残すことのなかった普通の人々の視点に寄り添いなが
ら、17世紀前半の北イタリアという特定の歴史的・社会的空間との有機的な
関係のもとに諸身分の人々を描き出し、社会の諸集団の間の「力の関係」を
明らかにしている[6]。現在と重ねうる過去の状況が選ばれているのは確か
で、作家の生きる現在が投影されるのも不可避ではあるが、それでも、まず
は過去の現実の正確な描写が目指されたと見るべきであろう。

　とはいえ、マンゾーニの「歴史主義」は、人々の生のうちに徹底的に時代
の制約を見るものではない。例えば、社会の不条理や不正義について、それ
が全て無知蒙昧な時代のせいだなどと割り切って語られるようなことはな
い。マンゾーニは、誤った観念や非合理的な制度の範囲内でも防ぎ得たはず
の過ちや避けられた犠牲については、人間の自由意志による行為の責任を厳
しく追及しようとするのである。この姿勢は、ペストに関する章や、そこか
ら生まれた『汚名柱の記』（後述）において特に顕著に見られる（例えば、実
際の冤罪事件における不当な手続きを分析した際のコメント「武器は法学という
兵器庫から取られていた。しかし、その打撃は人の意志で、しかも騙し打ちで与
えられていたのである」を見よ。CI, IV, 70）。また、マンゾーニが、社会の諸相
を歴史の推移とともに変わりゆくものとして捉えているとしても、そうした
認識は、その中に生きる人間たちのあり方に普遍的なものを見ることを妨げ
るものではなかった。『婚約者』の序盤の山場と言える第8章に挿入された
「語り手」のコメントは、マンゾーニのこのような態度を印象的な仕方で証
言するものと解される。司祭ドン・アッボンディオが結婚式の挙行を拒んで
家に閉じこもってしまったため、恋人たちは立会人とともに司祭宅に侵入

5）文学的な引用（オマージュ）が原因と思われるアナクロニズムなら生じている。第10
　章で、18世紀イタリアを代表する詩人ジュゼッペ・パリーニ (1729-1799) の諷刺詩
　『一日 Il Giorno』にも描かれたチョコレートが、貴族の朝の飲み物としてジェルト
　ルーデに供されるのだが、17世紀前半にはまだこの習慣は広まっていなかったのであ
　る。Cfr. Nigro (2002a: 1008-9).

6）小説家イタロ・カルヴィーノのよく知られた評論「『婚約者』：力の関係の小説」
　(Calvino 1995 [1973]) を参照。

第1章　『婚約者』の成り立ち——文学の最前線としての近代小説　11

レンツォ［挿絵右］は、司祭を止めようとして、［暗がりの中を］目隠し鬼でもするように手を漕いで進み、戸口に辿り着いていて、戸を叩きながら、叫んでいた。「開けて、開けてください。どうか騒ぎ立てないで」(*PS*, VIII, 25)〔IM 083〕

し、誓いの言葉を述べて強引に婚姻を成立させようとするのだが、それはあと一歩のところで失敗する。別の部屋に逃げ込むアッボンディオ、追いかけるレンツォ、その混乱の真っただ中で語り手は次のように述べるのである。

　このゴタゴタのただ中において、我々はちょっと立ち止まって考えを巡らさないでおくことはできない。レンツォは、夜に他人の家の中で大騒ぎをしており、その家にはこっそり上がり込んでいたのであったし、ほかならぬ家主を部屋の一つに籠らせており、見かけはすっかり虐げる側である。それでも、帰するところ、彼は虐げられた者である。ドン・アッボンディオは、静かに自分の用事に心を傾けていたところを襲われて、逃げ出して、魂消ていて、被害者に見えることだろう。それでも、現実には、横暴を働いていたのは彼なのである。世界はしばしばこのように回るものだ…いやつまり、十七世紀には、このように回っていたのだ。(*PS*, VIII, 26; 下線は引用者。以下、特に断りのない限り下線等の強調は全て引用者によるものである)

下線部で語り手は、虐げる者と虐げられる者の間に生じた逆説的な関係につ

いて、まず、普遍的事実を叙述する現在形（直説法現在 va）を用いて所見を述べている。そしてその後で、それを過去形（直説法半過去 andava）に訂正し、時代・社会の特殊性に帰せられるほかの諸関係と同様に、17世紀という時代に特有の話であるかのように言い直す。しかし、このようにあえて訂正してみせることによって、この現象が世の常であるという見解の方がかえって強調される結果となるのである。語り手が、物語の途中で「立ち止まって考えを巡ら」せ、見かけの状況に隠された現実の本当の姿を見極めるよう読者に促すのは、『婚約者』の語りの顕著な特徴である。そして、そこにこのようなユーモアを伴った反語的な表現が見られるのも文体上の重要な特質であり、この小説の尽きせぬ魅力のひとつの源泉となっている。

2.『婚約者』の語りの形式：語り直される物語

物語の登場人物のほかに、明確な人格を持った「語り手」がいて、物語の進行を止めて註釈したり意見を表明したりするのは、『婚約者』の叙述の非常に重要な特徴である。本書では、『婚約者』の「歴史」と「小説」の問題を扱うにあたり、語りの技法とレトリックに注目するので、「語り」の構造は、特に詳しく確認しておきたい。「語り手」「聞き手」など、本書で使用する物語論的な用語についても、ある程度ここで整理しておこう[7]。

2.1. 語りの動機付け

『婚約者』の「書き出し（インキピット）」と言って、イタリア人が最初に思い浮かべるのは、«Quel ramo del lago di Como»（クウェル ラーモ デル ラーゴ ディ コーモ）（翻訳不能。意味は「コモ湖の［二股に分岐したうちの］あの肢は」）というフレーズである（「春はあけぼの」や「吾輩は猫である」のようなもので、皆知っている）。これは、物語の舞台の風景が描写される第 1 章冒頭の言葉であり、確かに『婚約者』の物語の本篇と言うべき

7）本書の物語論の用語の定義は、基本的に Hermann Grosser, *Narrativa* (1985) に依拠している。

ものは、ここから始まる。しかし、作品としての『婚約者』は、実は第1章に先立つ「序文」から始まると見るべきである[8]。というのは、この「序文」は、著者が作品を外から解説するような種類のものではなく、すでに小説的仮構の内側にあって、語り手がレンツォとルチーアの結婚にまつわるフィクションの物語を、作り話ではなく本当の話として語ることができるようセッティングするものとなっているからである。

　『婚約者』の最初の文章（「序文」の書き出し）は、古めかしく仰々しい文体——17世紀、バロックの文体——で綴られている。これは、17世紀の未刊行の匿名の手稿を発見した人物（「私」）が、それを活字化しようとして書き写したものなのだが、その転写はやがて中断されてしまう。《書き写し手》だった「私」が、手稿の文体・レトリック・叙述方法がまずく、現代人に読ませられるものではないと気付いたのである。ただ、文章に問題があるとはいえ、手稿に記された話自体は素晴らしいと考える「私」は、これを捨ておくのは惜しいとして、結局、自分が言葉遣いを現代語に改めて紹介すると宣言するに至るのである（この種の語りの動機付けは「発見された手稿」の手法と呼ばれる）。この《書き直し手＝語り手》は、さらに、手稿に語られている事柄や描かれている風俗の事実性を示すために、必要に応じて、実在の史料も引くことにすると述べている。実際、本篇で史実を語る際に、彼は数々の史料を典拠とし、それを引用し、参照するのである。他方、匿名の手稿は、最初の「転写」も含めて作者マンゾーニが"捏造"したものであって、もちろん実在しないのだが、小説の枠組みの内では存在するものとして扱われる。そこで、形式上は、史実ではない創作の部分にも「典拠」があることになり、歴史部分も創作部分も同じ「事実の報告」という体になるため、両者の滑らかな接続が可能となるのである。こうして、小説的仮構のうちにおいて語り手は、創作を含むすべてを、歴史家が歴史を語るような仕方で語ることができる特権的な位置におかれることになるのである。

8）本書の末尾に「序文 Introduzione」の全訳を付した。『婚約者』の邦訳書のうち、より読みやすい河出書房新社の版（『いいなづけ』）では、残念ながら「序文」が省略されている。

語られる出来事の当事者ではなくて、それを外から眺める「語り手」が、個々の作中人物の視点からは把握できない事柄まで語り、また別々の場所で同時に生起する出来事を語るというのは、この時期の歴史小説の大多数に共通する構造であり、さらに19世紀前半の小説の典型的特徴と言うこともできる（これに対し、18世紀の小説においては、書簡や回想録などの形式を借りて、当事者に一人称で語らせることで信憑性と真実性を担保するのが典型であった）。こうしたタイプの語り手は、「全知」という曖昧な批評概念を用いてしばしば「全知の語り手」と呼ばれるのだが、本書の分析においては、語る際の「典拠」という観点とも関連して、むしろ語り手が何を知らないかが重要になるだろう。

2.2. マンゾーニ本人が手稿の発見者だという "設定"

さて、『婚約者』において語り手は、手稿の発見者であり書き直し手であると設定されているわけだが、この人物は「アレッサンドロ・マンゾーニ」であるらしい。本文中には語り手が明示的にマンゾーニを名乗る箇所はないが、小説のタイトルページに見られる表題は「結婚を誓った二人 アレッサンドロ・マンゾーニにより発見され書き直された17世紀のミラノの物語」（ここで「物語」と訳したイタリア語《Storia》には「歴史」という意味もあることに注意）となっているのである。

もちろん、虚構の作品において「語り手」は、「現実の作者」だけでなく、「内包された作者」（テクスト自体から浮かび上がってくる作者像）からも峻別されなければならない。確かに、語る「私」が作者と名前や自伝的特徴を共有している小説——そこには日本の「私小説」のような場合も含まれる——において、あるいは、語る「私」が姿を現さない（非人称／没個性的な語りの）三人称小説において、「語り手」と「内包された作者」の区別は見えにくくなっている。しかし、シャーロック・ホームズについて語るワトソン博士が作者アーサー・コナン・ドイルと同一視されず、また、小説『異邦人』の語り手ムルソーが作者アルベール・カミュと同一視されないのと同様に、両者は、つまり本件では「語り手マンゾーニ」と「作者マンゾーニ」は、異なる位相にあると見なければならない。最も明白な違いは、「（内包さ

れた）作者」としてのマンゾーニが17世紀の手稿とそこに記された物語を創作した人物であるのに対し、「語り手マンゾーニ」のほうは、フィクションの設定内で、その手稿を発見した人物であって、そこに記された物語を事実だと思って紹介しているという点にある。つまりマンゾーニは、ドイルがホームズの友人の医師ワトソンを創造しているように、手稿の発見者としての「語り手マンゾーニ」を創造して、彼に物語を紹介させているのである。語り手は、本文中でも、匿名の著者が書いた手稿が存在することを前提とする発話（「ここで匿名氏は述べている」「手稿は教えてくれない」など）をとにかく執拗に繰り返すので、この区別だけは曖昧になることがない。

　その一方で、——これは厳密にテクストのみからわかることではないが——この「語り手マンゾーニ」は、かなり真面目にマンゾーニ本人として設定されていると言える。例えば第11章で、長年マンゾーニの家に下宿していた友人トンマーゾ・グロッシ (1790-1853) の叙事詩『第一回十字軍のロンバルディア人』(1826) の一行を出版前の原稿から引用し、グロッシと「私」は「兄弟のような」仲だと明かすなど (PS, XI, 46)、小説中に僅かに現れている語り手の自伝的情報は、現実のマンゾーニのそれと一致している。また、物語の内容に関して差し挟まれるコメントも、悲劇『アデルキ』や書簡体悲劇論『ショーヴェ氏への手紙』といった以前の著作から浮かび上がる著者像（ロマン派の文学運動に共鳴し、例えばシェークスピアを高く評価している人物）と合致している。『婚約者』の作者は明らかに、語り手が知的・道徳的に19世紀の文人マンゾーニの立場を代表する者とみなされることを期待している（そのため、本書でも、厳密なテクスト論には従わず、作者どころか語り手の発話の意図を推し量るために、必要があれば、テクストの外で表明されているマンゾーニの詩学を参照する）。こうしたことを踏まえるなら、「小説中の歴史叙述では《歴史家マンゾーニ》が語っているのだ」というよくある言説は、物語論の水準においても、それほど不正確とは言えないことになる。もちろん理論上は、歴史叙述も、手稿の発見者である語り手が行っていると考えなければ一貫性を欠くことになる。しかし、人格的にはほぼマンゾーニである語り手が、実在の史料（だけ）を引用・参照して、まとまった歴史叙述を行っている箇所では、本物の歴史書の場合と同じように、「語り手」と「作者」の区

別は用をなさないと見てよいと思われる。つまり、小説テクストの記述とは
いえ、そこでは歴史家マンゾーニが自らの責任で語っているのと変わらない
のである。

2.3. 聞き手「25人の読者」とテクストが想定する読者

『婚約者』では、このように語り手が"手稿を発見した"マンゾーニとい
う設定のもと明確な個性を持つが、聞き手のほうは、はっきりした輪郭を
持った形では描かれていない。「聞き手」というのは、「語り手」が物語りを
している相手のことを指し、例えば、『千夜一夜物語』においては、枠物語
で毎夜、語り手シェヘラザードの話を聞いている王が聞き手であるし、書簡
体小説なら手紙の宛名人が聞き手となる。小説の語りが発話である以上、潜
在的には必ず語りかける相手が存在することになるのだが、だからと言って
「聞き手」がいつもわかりやすく表象されているとは限らない。「語り手」が
物語の外にいて、ほぼ姿を見せない非人称／没個性的な語りの小説では、普
通「聞き手」も描かれず、その場合、読者は自分が語りの受け手だと感じる
（錯覚する）ことになるだろう。そして、『婚約者』の場合は、ややこしいこ
とに、聞き手が特定の人物でもなければ不在でもなく、「読者」という語を
用いて表現されている。第1章で語り手は「我が25人の読者は、いま語られ
たことが哀れな男［＝司祭ドン・アッボンディオ］の心にどのような動揺をも
たらしたか、考えてみてほしい」(PS, I, 60) と呼びかけており、この「25人の
読者」が語り手マンゾーニの語りかけている相手ということになるのである
（図1-1）。『婚約者』の語り手は、このほかにも二人称複数「あなたたち」
を用いるなど、いくつかのヴァリエーションで語りの受け手に呼びかけを行
うが、それもまずは「25人の読者」（またはその一部）を指すものと見るべき
である。

ところで25人というのは、具体的な友人たちなどではなく単に"わずか
な"読者という意味だとされるが、これは謙遜・反語的表現であり、実際に
このような少人数がイメージされていたわけではない。つまりそれは不特定
多数の読者集団なのであり、その不特定さ——当時のステレオタイプに従っ
て"女性"読者とされることもない——ゆえに、マンゾーニらしい人物が

第 1 章　『婚約者』の成り立ち——文学の最前線としての近代小説　17

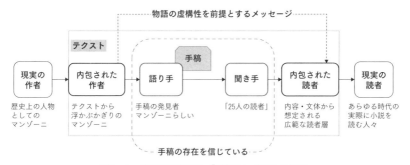

図 1-1　物語論の術語と『婚約者』の語りの構造

「あなたたち」「我らが読者」と呼びかけるとき、実際に小説を読む人がそれを自分に直接向けられた言葉と錯覚するのは避けがたいことと言える。だが、「25人の読者」は、虚構内存在としての、つまり架空の手稿の発見者としてのマンゾーニが語りかける相手であり、その意味でやはり、物語がフィクションであると知っている読者とは区別されるのである。聞き手「25人の読者」への呼びかけについては、本書第4章で詳しく論じる。

　物語がフィクションであることは知りつつ、「発見された手稿」の手法をとりあえず受け入れて物語を解釈していくのが、『婚約者』の作者が想定する読者である。物語の虚構性を前提としているメッセージ——例えば、本書第6章で扱う、物語の展開が「現実的(リアリスティック)」だという含意——は、(「25人の読者」ではなく) 彼らに向けられている。テクストから想定される読者、つまり使われている言語や文体、物語の内容から想定される読者は「内包された読者」と呼ばれ、この読者は作家が物語を着想・執筆している際に思い描いている読者とほぼ一致するのだが、『婚約者』の「内包された読者」は、イタリアの既存の読者層、文学に通じた限られた数の読者の枠を大きく超えた広範な公衆であると考えられる (図1-1)。それは、田舎の男女——従来の文学体系では悲劇や叙事詩という重要視されたジャンルの主人公になれず、喜劇的な調子でしか語られず、しかも嘲笑の対象として描かれることの多かった庶民——を主人公に選び、その物語を深刻なドラマとして描いたこと、史実についても為政者や軍人ではなく、歴史に翻弄される名もなき人々

の視点から描いていること、そして、多くの人に通じる明瞭な「イタリア語」が使用され、凝ったレトリックを排除した平易な文体になっていることから推定される（『婚約者』で使用される言語については本章第4節を参照）。もちろん、イタリアでは当時ようやく興りつつあったブルジョア層や、さらに下の潜在的読者層をも見据えていたというだけでは、いわゆる娯楽・大衆小説とターゲットが変わらないが、『婚約者』は、伝統的な読者層に対してもアピールする小説である。それは、歴史社会的現実の中で展開する名もなき人々の物語が、真面目な文学の対象となりうることをバルザックやスタンダールに先駆けて示すものであり[9]、また、その言葉遣いは平易といっても素朴ではなく、対象に合った適切かつ洗練された文体・レトリックを新たに提示するものであった。文芸に通じた玄人読者でなければ受け取ることの難しい、旧来の文学体系への皮肉や隠された文学的引用などにも事欠かない。つまり『婚約者』のテクストからは、伝統的な読者層を失わずに新しい読者を得ることを狙っていることが想定されるのであり、その意味で、この小説は「すべての人のための本」として企図されたものとみなされるのである[10]。

2.4.「発見された手稿」という媒介

19世紀中葉以降の小説に慣れてしまった私たちにとって、虚構の物語の世界と読者の生きる現実との媒介をする仕掛け、「語り手」がどのような資格でその物語を語っているのかを設定する枠は、あまり必要なものとは感じられない（ただし、語りの媒介性に頓着しない通俗的な作品は別にして、設定なしに語りが始まるのは、それ自体、もとは語りの"直接性"を演出する手法だったと

9）エーリッヒ・アウエルバッハ『ミメーシス』第18章「ラ・モール邸」(1994 [1946]: 321-83) を参照。

10）スピナッツォーラによる『婚約者』研究の著作 *Il libro per tutti* (Spinazzola 2008 [1983]. 表題は「すべての人のための本」の意味で、これはマンゾーニ自身の表現とされる) を参照。また、ブロージは、このように想定される『婚約者』の読者を、「25人の読者」に無邪気に同化する傾向にある「粗い大衆読者層」と隠された皮肉まで読み取る「洗練された読者層」という2種類に分けて論じている (Brogi 2005: 204-22)。

第 1 章 『婚約者』の成り立ち——文学の最前線としての近代小説　**19**

見るべきである)。そのため、『婚約者』で「発見された手稿」が語りの動機
付けとして導入されていることは、何か特別な手法に見えてしまうかもしれ
ないが、この手法自体は、全く珍しいものではない。それどころか様々な
ヴァリエーションで文学史上に遍在する意匠だと言える[11]。

　名高い先例としては、ルドヴィーコ・アリオストの騎士物語詩『オルラン
ド・フリオーソ(狂えるオルランド)』(初版1516、決定版1532) とセルバンテ
スの『ドン・キホーテ』(第 1 部1605、第 2 部1615) があげられる。創作が最
も信じがたくなる場面でおどけてトゥルピーノ (シャルルマーニュの時代のラ
ンス大司教で伝説上の年代記作家) の権威を持ち出すアリオストの手法は、や
や趣が異なるとも言えるが、『ドン・キホーテ』のほうは、多くの点で『婚
約者』の手法との対応が見られる[12]。語り手セルバンテスは、「プロロー
グ」の時点ですでに、自分はドン・キホーテの物語の「父親」ではなく「継
父」だと述べているのだが、第 1 部の第 9 章で初めて詳しく語られる設定に
よると、彼は、歴史家シデ・ハメテ・ベネンヘリがアラビア語で書いた手稿
をもとに語る「第二の作者」ということになっているのである (アラビア語
は、雇ったムーア人に訳してもらっている)。より近い年代では、例えばヴィン
チェンツォ・クオーコ (若き日のマンゾーニと交流もあった歴史家) の書簡体
小説『イタリアにおけるプラトン』(1804-06) が、ギリシア語の手稿の翻訳と
いうことになっているし、何よりスコットの『アイヴァンホー』(1819) で
も、本篇の前の「献呈書簡」において、物語の素材が、アングロ=ノルマン
語の手稿という架空の典拠から取られたことにされている (*Ivanhoe*, 12)。な
お、「発見された手稿」の手法は、20世紀イタリアのおそらく最も有名な歴
史小説と言えるウンベルト・エーコ『薔薇の名前』(1980) においても用いら

---

11) それは文学におけるトポス (常套的主題) となっているが、単なる繰り返しとは言え
　ない歴史的変遷を論じることができるものである。例えば Maxwell 2003; Farnetti 2005
　を参照。
12) 『ドン・キホーテ』と『婚約者』の様々な関連性のうち、「発見された手稿」の手法に
　まつわる共通点が特に重要であることについては、Getto 1971b [1970]; Chini 2009など
　を参照。

れている。その設定は「プロローグ」より前のページで述べられているのだが、面白いことにその部分には「当然ながら、手稿である」という題が付けられている[13]。

このように手法そのものはありふれたものなのだが、『婚約者』の「匿名の手稿」には、他の多くとは異なる二つの特徴がある。一つは、「序文」の冒頭において、手稿の「緒言」にあたる部分が途中までそのまま転写されている点である。もちろんそれは、作者マンゾーニが拵えた文章であるが、17世紀の文体が精巧に模倣されている。外国語の翻訳というよくある設定ではなく、古めかしく仰々しくて読みにくいとはいえあくまでイタリア語で書かれているので、一般のイタリア人読者でも、匿名の著者が書いたことになっている言葉をじかに読むことができるのである。そして実際その内容は興味深いものである。例えば彼は、「君主や権力者、名高い人物の功績」を扱うのが本来の歴史であるが、自分には能力が足りないので、「取るに足らぬ卑しい人々の身に起こったこととはいえ、記憶に値する」この物語を書き残すことにしたと述べている (PS, Intr. 2-3)。これは、フランスのロマン派の歴史家たちとともに、政治・外交・軍事的な事象とそれに参画する王侯貴族や軍の英雄を主な対象とする従来の歴史に反対し、普通の人々の生活をこそ描くべきとした作者マンゾーニの考えを、ちょうど裏返しに表現したものに他ならないのである。こうした意味において、転写された「緒言」は、単に読みにくさを証明したり、手稿に実在感を与えたりするだけではなくて、作品の解釈にも関わる重要なメッセージの伝達を担っていると言えるのである。

もう一つの特徴——これは『ドン・キホーテ』にも見られる (cfr. Getto 1971b [1970]: 380-1) ——は、語るための "仕掛け" が本篇の外側で設定されてしまえば後はすぐに忘れられるというよくあるパターンを踏襲することなく、語り手が本篇においても執拗なまでに手稿とその匿名の著者（「匿名

---

13) 当然ながら、エーコは、この伝統的手法、特に『婚約者』の手法をアイロニカルに参照しながら利用しているのである。なお、日本近代文学にも、物語について架空の典拠を提示するという手法は見られ、著名な例としては芥川龍之介の短篇『奉教人の死』(1918) などが挙げられる。

氏」）に言及するところにある。これによって徐々に、匿名氏には、17世紀の文化の中に生きる書き手としての明確な個性が感じられるようになってゆき、語り手のほうは、手稿の最初の読者として、その内容を紹介・註解する立場にあるという設定が常に前景化されるわけだから、彼と物語との間に、そして読者と物語の間にも、一定の距離が保たれ続けることになるのである[14]。

なお、匿名氏が「若かりし頃」に起こった「記憶に値する」物語をどのようにして「知り及んだ」のかは、転写された「緒言」には記されていないが、註解者としての語り手が推察するところによれば、匿名氏は、作中人物たちに対する取材に基づいて叙述しているらしい。中でも特に重要なのは、彼が主人公レンツォから直接話を聞いているらしいということである。物語がいまや大団円へと向かう第37章で、レンツォについて、彼がしばしば自分の物語を長々と細部まで語ったものだったということが述べられているのだが、そこに次のような語り手のコメントが括弧に挟んで挿入されている。「（すべてがこう信じるように導いてゆく、我らが匿名氏は一度ならず彼［＝レンツォ］からそれ［＝物語］を聞いたのだと）」(*PS*, xxxvii, 11)。つまり、実はレンツォこそが、主軸となる物語の最初の語り手だったという設定になっているのである。匿名氏はレンツォが口頭で語って聞かせた物語を記録した2番目の語り手であり、それをまた書き直す語り手マンゾーニは3番目の語り手ということになるのである[15]。レンツォが、自分の経験した出来事を誰かに語って聞かせるというのは、うまく伝わらなかったり誤解されたりする失敗例も含めて、彼の成長の物語における重要なモチーフとなっているが、その点が強調され、匿名氏にも語ったことになったのは、『婚約者』の「草稿」から出版稿への注目すべき変化の一つである――『婚約者』には出版稿とは

---

14) こうした語る主体の二重化のプロセスについては、例えば Spinazzola (2008 [1983]: 65-85) を参照。

15) 「語りの水準」で言えば、語り手マンゾーニが第1次、匿名氏が第2次、レンツォが第3次の語り手ということになる (cfr. Grosser 1985: 64)。また語られる物語との関係で言えば、レンツォがその内側にいるのに対し、匿名氏と語り手マンゾーニは物語の外側に位置する (cfr. Grosser 1985: 72-5)。

様々な点において異なる「草稿」があって、それを参照することができるのだ。次節では、この草稿と、二つの出版稿（初版と決定版）について説明しよう。

3．『婚約者』の三つのテクスト：一つの物語、3篇の小説

『婚約者』の生成過程は、(1) 第一草稿と (2)「27年版」と呼ばれる初版、(3)「40年版」と呼ばれる第2版（決定版）という三つのテクストをベースに3段階に分けるのが一般的である[16]。その推移を確認することは、本書のような作品研究において非常に有益であるが、次節でも述べるとおり、使用される「イタリア語」の変遷は、イタリア語史においても極めて重要な意味を持っている。ニグロ (Nigro 2002c) ら多くの研究者が指摘しているとおり、この三つのテクストは、少しずつ形の異なる同じ小説というより、3篇の別々の小説と見ることもできるような固有のアイデンティティを備えている。

3.1. 第一草稿『フェルモとルチーア』

マンゾーニは、1821年の春、スコットの歴史小説『アイヴァンホー』を読んだことをきっかけに、悲劇『アデルキ』の執筆を中断して、『婚約者』のベースとなる長篇小説の執筆を開始する。『アデルキ』と付録の論考『ランゴバルド史に関する諸問題』を完成させ（1822年に出版）、ナポレオンの死（1821年5月5日）の報を受けて頌歌「五月五日」を執筆するなど、中断を挟みつつ、小説の草稿は1823年にひとまず脱稿する。だがこの「第一草稿」の原稿は、そのままの形で残されてはいない。マンゾーニは、友人クロード・フォリエルやエルメス・ヴィスコンティに原稿を読んでもらいつつ、「第二草稿」の執筆に取り掛かるのだが、その際に、書き直しのためにもともとページの左側を空けていた第一草稿の原稿の多くが再利用されているのであ

---

16) 改稿過程をより正確に跡づけるため、初版の前段階の「第二草稿」も考慮に入れ、もう一区切り加えたほうがよい場合もある。2012年には第二草稿の校訂版が、初版刊行前に用意されていたタイトル "Gli sposi promessi" をつけて出版されている。

第1章 『婚約者』の成り立ち——文学の最前線としての近代小説　**23**

る。つまり、第一草稿は現在、活字化され、その時点の主人公の名前から取られた『フェルモとルチーア *Fermo e Lucia*』というタイトルで刊行されているのだが[17]、それは、第二草稿に移された原稿を元の位置に戻したり消された文字を読み取ったりという研究者の校訂作業を経て「復元」されたものなのである（口絵 1, 3 を参照）。

　この『フェルモとルチーア』は、はじめから書き直すことを前提として執筆されていたものであるため、小説として細部までは完成していない。登場人物の名前が途中で変更されたり、各章にタイトルをつけるという方針が途中で放棄されたりするのである。「序文」も、最初の数章と同時期に書いたものと、全体を書き終えてから改めて書いたものの 2 種類が存在する。出版稿『婚約者』とは主人公の名前まで違うのだが、物語については、要約してしまえばほとんど変わらない内容となっている。ただし、出来事の語られる順序が出版稿とは異なるほか、細部における重要な違いは散見される。一例をあげると、出版稿では最終章にハッピーエンドを拒むかのような記述（すでに述べたルチーアの控えめな美しさをめぐる一悶着など）が続くのだが、『フェルモとルチーア』ではそれがまだ見られなかった。「語り」の構造に関しては、語り手が17世紀の匿名の手稿を発見し、その内容を現代語に直しつつコメントを挟みながら紹介するという体裁がこの時点でできあがっている（ただし『婚約者』と違って、主人公フェルモが直接「匿名氏」に語ったという記述はない）。『フェルモとルチーア』の語り手もやはりマンゾーニという設定だが、物語への介入のあり方はかなり異なる。特に、物語の筋を離れて文化・文芸についての考察を展開するような、メタ物語的・メタ文学的な発言が多くしかも長いことは、際立った特徴と言える。

　また、次節でも説明するとおり、匿名の手稿の拙い言葉遣いを改めたはず

---

17) ゲーテの『ヘルマンとドロテーア *Hermann und Dorothea*』などの先例を思い起こさせる『フェルモとルチーア』という呼び名は、ヴィスコンティからガエターノ・カッターネオに送られたメッセージ（1822年 4 月 3 日）にのみ確認されるものであるが、もとはマンゾーニ自身がそう呼んでいたのではないかと考えられている。Cfr. Toschi (1995: 419-20).

の、語り手の「イタリア語」は、この草稿の時点では、出版稿、特に決定版の洗練されたものと比べると、ミラノ方言やフランス語、ラテン語からの借用の目立つ雑種的な言語となっている。国民小説『婚約者』の貢献もあって共通語としての「イタリア語」が普及した現代では、逆説的に、こうした雑種的な言葉遣いが却って独特の魅力と感じられる向きもあるが、マンゾーニ本人にとって、それは欠点でしかなかった。

　なお、出版稿のテクストが（物理的には分冊されているとしても）内的には「章」にしか分かれていないのに対し、『フェルモとルチーア』は章の上位に「巻」の区分があり、4巻構成となっている。

3.2.「27年版」（初版）

　第一草稿『フェルモとルチーア』の原稿の一部を再利用しながら、その内容を削り、あるいは書き足し、物語の順序を入れ替え、そして言語表現も大きく変更してできた原稿、それが「第二草稿」として残されていることはすでに述べた。こうしてできた第二草稿は、大枠のストーリーこそ『フェルモとルチーア』と大差ないが、プロットの編み方が変更され、また語りの調子もかなり異なるものとなっている。この時点でのタイトルは "Gli sposi promessi" であった（本章註1および16、さらに口絵4を参照）。

　そして、この第二草稿をもとにして、ミラノの印刷出版事業主フェッラーリオのもとで、1827年に3巻本で出版されたのが『婚約者』の初版である。1825年から順次印刷され、第1巻と第2巻の表紙には1825、第3巻には1826という年号が記されている。一般に「27年版 Ventisettana」と呼ばれるこの版は、イタリア国内では前例のない大ヒットとなり、「再版」は70以上を数えた（ただし、その多くが著者の許可を得ずロンバルド・ヴェーネト王国の外で出版された「海賊版」であり、著者の稼ぎにはならないうえ、勝手な改変も横行していた）[18]。また国外でも注目を集め、ドイツ語訳は1827年のうちに出て（インテルメッツォ1を参照）、翌年には、英訳、フランス語訳、デンマーク語訳も出版されている。現代の普及版は「決定版」のテクストに基づいているが、19世紀中は、むしろ、27年版（に基づいた版）のほうが広く読まれた。もちろんマンゾーニがゲーテに贈ったのもこの27年版である。

第1章 『婚約者』の成り立ち──文学の最前線としての近代小説　**25**

　27年版の言語は、『フェルモとルチーア』の雑種的な「イタリア語」に比べると、ミラノ方言的・フランス語的な要素が減り、かなりトスカーナ語的な「イタリア語」になっている。ただし、ミラノ出身のマンゾーニが、トスカーナ語で書かれた文学作品と辞書とをベースに学習したその言葉に、彼自身は不満を抱くようになる。一方、物語のほうは、内容も語りも、この初版の時点でほぼ確定したと言ってよい。

3.3.「40年版」（決定版）

　マンゾーニは、27年版が出版された直後に家族を伴ってトスカーナ地方の中心都市フィレンツェに赴き、そこに滞在するのだが、それによって、すでに構想されていた小説の言語の改訂の方針が確定するにいたる。フィレンツェの生きた話し言葉をベースとして、語彙と語の形態と統語法が全面的に見直されることになったのである。同時代の教養あるフィレンツェ人たちの協力を得て行われたこの改訂は、フィレンツェを流れる川の名から「アルノ川での洗濯」と表現される（インテルメッツォ2を参照）。

　通常「40年版 Quarantana」と呼ばれる第2版（決定版）は、内容上は27年版からほとんど変更がなく、わずかな増補がある程度と言ってよい。とはいえ、言語以外にも重要な変化──27年版にはなかった要素の追加──が二つある。一つは、フランチェスコ・ゴニン (1808-1889) らによる多くの挿絵がついていることである。これには、まず、海賊版を防いで著作権を守るという先進的な狙いがあったことが知られている。だが、著者自身が細かな注文をし、画家たちがそれに応えてみせたこの版には、適切な解釈を補助する公式の挿絵版という意味合いもある。実は、挿絵が豊富な海賊版がすでに出されており、それは著者の制御の及ばないところで、どうしてもテクストの解釈を（不適切に）方向付けてしまうものだったのである。このような意味から、40年版の挿絵は、ニグロの指摘するとおり「文章の列に劣らずマンゾー

---

18) Albergoni (2006: 40) を参照。部数の見積もりには開きがあり、6-7万部とも30-40万部とも言われている (cfr. Ragone 2002: 351-2; Albergoni 2006: 40)。

ニのテクストの一節」(Nigro 2002c: L) と見なすべきものと言える（インテル
メッツォ 5 も参照）。にもかかわらず、批評・研究史においては、長らく挿絵
は付加的なもの、なくてもよい、ないほうがよいものと見なされ、一部の例
外を除いて、それ自体のメッセージ性や、テクストの解釈を方向付け、補完
する役割はあまり考慮されてこなかった。そのため膨大で多岐にわたる『婚
約者』研究のなかにあっては、比較的研究の余地が大きい部分となっている[19]。

　40年版のもう一つの新しい点は、『婚約者』とともに歴史作品『汚名柱の
記 Storia della colonna infame』が収録されていることである。これは、小説
で扱われる1630年のミラノのペスト禍の際に、毒物の塗布によりペストを拡
散させる「ペスト塗り」だというあらぬ疑いをかけられた人々が、拷問され
刑に処された実際の冤罪事件をめぐる "ノンフィクション" の作品であり、
もともとは『フェルモとルチーア』の一部として構想され、ついで歴史に関
する補録として改稿が進められていたのだが、27年版には収録されなかった
ものである。小説本篇では主人公レンツォが「ペスト塗り」に間違えられて
窮地に陥るが、それが当時のミラノで実際に起こっていた悲劇であることを
実証するものとしても位置付けられるこの作品は、それまで欠けていた『婚
約者』の「最後の章」と言えるものでもある[20]。実際、ニグロ (Nigro 2002c:
XLVI) らが注意を促しているとおり、40年版において FINE（完）の語は、
『婚約者』の最終章（第38章）の後にはなく、それに続く『汚名柱の記』の
末尾に置かれている。また、もちろん『汚名柱の記』にも同じようにゴニン
らの挿絵が付いている。したがって、たとえ、40年版の出版後も『汚名柱の
記』を欠いた『婚約者』が多数出版されてきた一方、『汚名柱の記』が単独

---

19) この意味では、Mazzocca 1985a, Nigro 1996, Badini Confalonieri 2006らが先駆的と言え
　　る。ゴニンらの挿絵の付いた版は、ニグロが監修したメリディアーニ叢書の版
　　(Mondadori, 2002; 本書の引用・参照に利用している基本テクスト) が復刻（リプリン
　　ト）版であり、バディーニ・コンファロニエーリによる版 (Salerno Editrice, 2006) はテ
　　クストも校訂したうえで40年版を再現している。また、2014年の BUR 版は挿絵とテ
　　クストの位置関係がオリジナルとは異なるが、各挿絵に体系的な解説が施されている。
20) 「『汚名中の記』、あるいは『婚約者』最後の章」と題されたパルンボの論考 (Palumbo
　　2014) を参照。

で出版されることもままあり、さらに批評においても基本的に独立して扱われてきたとしても、この作品は、やはり『婚約者』と一体のものとして読まれることが期待されていたと見るべきなのである（『汚名柱の記』についてはインテルメッツォ 4 も参照）。

40年版は、1840年から42年にかけて、ミラノの出版社（グリエルミーニとレダエッリ）から、108に分冊して出版された（挿絵の総数は472に上る）[21]。しかし、「豪華版」とも言えるこの版は、その価格や、27年版がすでに広く読まれていたこと、そして防げると思っていた海賊版がやはり出たことなどにより、売りさばくことができず、事業としては失敗で、マンゾーニは大きな経済的損失を被ることとなってしまった。

　以上が『婚約者』という作品の生成の三つの段階である。簡単にまとめると、第一草稿『フェルモとルチーア』と出版稿（初版と決定版）とでは、物語の順序や細部、語りの調子が変わり、初版「27年版」と決定版「40年版」では物語内容も語りもほぼ変わらないが、後者には挿絵と付録『汚名柱の記』という追加がある。そして、『フェルモとルチーア』から27年版、27年版から40年版へと段階を経るごとに、使用される言語が、入念な改訂作業により、変容しているのである[22]。

　その小説の言語については、節を改めてもう少し詳しく説明しておこう。

21）出版広告では 8 ページの分冊を隔週で 2 号ずつ出す予定とされていた。丸 2 年かけているので、そのリズムは平均すると守られたことになる（cfr. Fahy 1988: 222）。なお、『婚約者』は第94分冊の途中で終わり、続けて『汚名柱の記』が始まっている。

22）なお、本書では『婚約者』の「語り」のあり方は基本的に27年版の時点で完成したという立場で分析を進めるが、引用等に使用するのは、断りのない限り、40年版のテクストである。27年版と40年版の差は、例えば entrambe（双方）＞ tutt'e due（二つとも）、state（夏）＞ estate（夏）、Lucia ricadde nel pianto（ルチーアは再び涙に沈んだ）＞ Lucia si rimise a piangere（ルチーアは再び泣き出した）といった程度のものであって、日本語で正確に訳し分けるのは不可能に近い。したがって本書で扱う「語り」の問題に関しては、便宜上40年版から引用したとしても、それをもとに27年版の執筆段階での「作者」の意図を推し量ることは十分に可能だと言える。

4.『婚約者』の言語：現実を描く新しい言葉遣い

『婚約者』の語り手としてのマンゾーニは、17世紀の手稿の「おびただしい数のロンバルディア方言、不適切に用いられたフレーズ、気まぐれな文法、節の関係がおぼつかない構文」(PS, Intr. 9) を非難しているという設定上、同時代そして未来の読者にふさわしい適切な言葉で語らねばならない立場にある。しかし、この小説が執筆された当時、普通の人々の日常を実感をともなう仕方で真面目に語るための「イタリア語」は存在せず、マンゾーニは言わばそれを"創造"しなければならなかった。王侯貴族たちの葛藤や陰謀を韻文劇で描くよりも、貧しい食事の取り分の増減に一喜一憂する人々の姿を散文で深刻に描くほうが、適切な言葉を見つけるのに苦労したのであり、その意味で、マンゾーニにとって言語の探求は、ジャンルとテーマの選択とともに必然的に立ち現れた課題であったと言える。

そして、この困難な試みは、基本的に成功裏に終わったと考えられている。そのため、文学史においては、『婚約者』の登場によって物語文学の言葉が刷新されたということになっているし、また、1870年から今日まで中等教育のカリキュラムにおける必読書とされてきたこの小説は、イタリア語史においても、現代語のあり方に影響を与えた記念碑的著作として、特別な位置を占めているのである（そのことは、例えば、ムリーノ出版の全10巻のシリーズ「イタリア語の歴史」のタイトルを見ても確かめられる。ほかの巻は『15世紀』や『16世紀前半』といった表題であり、『トスカーナの14世紀：ダンテ、ペトラルカ、ボッカッチョの言語』だけが別格として副題に固有名詞を含むなかに、『19世紀前半』とは別に、ネンチョーニ著『マンゾーニの言語』(1993) という1巻が並んでいるのである)[23]。

4.1. フィレンツェの話し言葉をモデルにした「言文一致体」

もちろんマンゾーニ以前にも、書き言葉（文学語）としての「イタリア語」ならば、なかったとは言えない。国家的統一がなされていなかったイタリアにおいては、ダンテ、ペトラルカ、ボッカッチョという三詩人が用いたトスカーナの言葉が、文化と詩における共通語として特権的な地位に置かれ

ており、文学者たちは、出身地がどこであれ、方言的特徴を多かれ少なかれ
含みつつも一応トスカーナ語がベースと言えるような「イタリア語」で物を
書いてきたのである[24]。しかし、この書き言葉としてのイタリア語は、話
し言葉との乖離が甚だしく、マンゾーニにとってはそれが悩みの種であり、
すでに1806年2月9日付のフォリエル宛の書簡において彼は次のように述べ
ていた。

> 私たちにとって不幸なことですが、ばらばらに分かれたイタリアの状況、怠
> 慢、そしてほぼ全体におよぶ無知のために、話し言葉と書き言葉には相当な
> 隔たりができてしまい、後者はほぼ死んだ言葉と言ってよいほどなのです。
> (*Carteggio Manzoni-Fauriel*, lettera 1: 4)

そして、それをフランス語の状況と比較し、自分は「パリの民衆が［17世紀
の］モリエールの喜劇を理解し喝采を送るのを、嬉しくも羨ましい気持ちで
見ている」と告げるのであった[25]。

　マンゾーニは、こうした状況認識のもと、「すべての人のための本」とな
るべき自らの小説のために、伝統的で修辞的な文学語と、ごく限られた範囲

23）なお、イタリア語史においては、文学作品における実践のみならず、マンゾーニが言
　　語に対する自らの考えを表明した文章も重要である。例えば、「言語問題」に関する
　　彼の意見を最初に公にしたジャチント・カレーナ宛の書簡『イタリア語について』
　　（1847年に執筆。1850年に出版の *Opere varie* に収録）や、イタリア統一後の1868年
　　に、公教育大臣エミリオ・ブローリオに任命された「正しい国語とその発音に関する
　　知識を全国民階層に普及するのに役立ち得るあらゆる方策を調査・検討するための委
　　員会」の長として書いた答申『国語の統一とその普及方法について』などがよく知ら
　　れている。
24）もちろん、ジャンルや分野、意図する受容の範囲によって、ラテン語や、純粋な方言
　　を用いる可能性もあった。
25）坪内逍遥は『小説神髄』（1885-86）において「文は思想の機械なり、また粧飾なり。
　　小説を編むには最も等閑にすべからざるものなり。脚色いかほどに巧妙なりとも、文
　　をさなければ情通ぜず、文字如意ならねば摸写も如意にものしがたし。支那および西
　　洋の諸国にては言文おほむね一途なるから、殊更に文体を選むべき要なしと雖も、わ
　　が国にては之れに異なり」と述べている（坪内 2010 [1936]: 95-6）。イタリアも他の
　　西洋諸国とは違っていたため、「文体」の選択が切実な課題となるのである。

でしか通用しない土地言葉（方言）との中間にあるべき、誰にもわかる言葉を探求したのであるが、そのベースとなりうるのは、やはり歴史・文化的見地から特権的な位置にあるトスカーナ語しかなかった。だが、ミラノの人マンゾーニが文学語として知るトスカーナ語には、普通の人々の生きる現実をリアリスティックに語るための"低俗な"普段使いの語彙もなければ——従来の文学作品からではトスカーナ語で「いんげん」を何と呼ぶのか学べないのだ（インテルメッツォ2を参照）——、中近世の作家たちの念頭にはなかった19世紀のヨーロッパの水準の諸観念を自然に表現するための近代的語彙もなかったため、『フェルモ』のために作り上げた「言葉遣い」は、複合的な言語とならざるを得ず、作家自身にも「少しロンバルディア語、少しトスカーナ語、少しフランス語、さらには少しラテン語の語句の消化されていない混合物」(*FL, Intr. Seconda*, 26) と感じられた。そこで彼は、出版に向けた最初の書き直しにおいては、〈ミラノ方言—イタリア語〉の辞典、フランス語の辞典、クルスカ学会のイタリア語辞典などを頼りに、ミラノ方言風の言い回しを組織的にトスカーナ語の表現に置き換えていったのだった。そして、それでもなお残るミラノ（ロンバルディア）的なものと文学語とに満足しなかったマンゾーニが、第2版に向けて最終的にモデルと定めたのは、もはや現代的なトスカーナ語というファジーなものではなく、教養あるフィレンツェ人たちが現に話している言葉だったのであり、先述のとおりフィレンツェ滞在と友人たちの協力を通じて、念入りに改訂が行われたわけである。

　マンゾーニが誰にも通じる言葉にしようと気を配った部分は、語り手マンゾーニによる地の文だけではなく、登場人物の発言や内的独白も含む全体であった。そのため、ロンバルディアの田舎出身で身分も低いレンツォやルチーアまでも、現代フィレンツェの洗練された言葉を話すという、一見すると奇妙な現象——手稿を現代語に書き直すという設定上問題はないが——も生じている。ただ、これは、歴史小説一般が抱える問題であり、過去の人物が現代人と全く同じように話すわけはないので、表面上の「言語的リアリズム」はどこかで妥協が必要となってくる[26]。また、方言的な要素によって演出される「地方色」は、確立して普及した「標準語」との差異をはっきり認識できるときに最も効果を発揮すると思われるが、当時のイタリア語には

共通語としての話し言葉が存在しなかった。そこでマンゾーニは、わずかな人にしか理解できないであろう17世紀のミラノ方言を話させるという極端なリアリズムはもちろん、身分の低い人物の言葉に方言要素（訛り）の強いイタリア語を話させるという折衷案も採用しなかった。彼らの台詞も、語彙と文法（形態論・統語論）の次元では、フィレンツェの言葉となっているのである。

　だが、語り手を含む誰もがフィレンツェの話し言葉を用いているといっても、その同質性はある意味で表面上のものであり、マンゾーニはやはり、彼らの言葉遣いの違いによって、諸階層間の文化・社会的な差を表現することに成功していると言える。というのは、同じ言葉のなかでも、例えば、従属節を伴う複雑な構文と単純な構文のどちらを多く使うかといった差はあり、また、複数の文を接続するロジックも、話者の教養やものの見方に応じて変化するからである。『婚約者』における登場人物の台詞のリアリズム（つまりレンツォの田舎者らしさやボッロメーオ枢機卿の教養の言葉遣いへの反映）は、語彙・形態論・統語論の次元に還元されない「複雑な現象」を利用して、文より上の談話のレベルで実現しているのである (cfr. Testa 1997: 22)。

4.2.　革新的な言葉遣いと新たなレトリック

　マンゾーニが『婚約者』という小説を通じて"創造"した、日々の生活の実感を伝えることのできるコミュニケーションのための「イタリア語」の革新性を理解するには、あるイタリア文学史の入門解説書 (Anselmi e Varotti 2007) にしたがって、『婚約者』初版の10年前に最終版が出版された、ウーゴ・フォスコロ (1778-1827) の『ヤコポ・オルティスの最後の手紙 *Ultime lettere di*

26）もっとも、言語の通時的な差異を部分的に残し、それを語り手が解説することは、過去の舞台の雰囲気作りに効果的な手法であり、そうした例ならば『婚約者』にも散見される。また『アイヴァンホー』では、よく知られているように、第1章で、生きているときの豚や牛がアングロ・サクソン語で「スワイン」「オックス／カウ」と呼ばれ、支配層の食卓ではノルマン・フランス語の「ポーク」「ビーフ」になることが登場人物たち自身の会話によって（しかし現代人にわかる英語で）説明されている。

Jacopo Ortis』（ロンドン, 1817）と比較してみるのがわかりやすい。

　ヤコポ・オルティスの手紙は——手紙なのに——次のような文章で始まる。

> Il sacrificio della patria nostra è consumato: Tutto è perduto
> 我らが祖国の犠牲は完遂された。すべては失われたのだ　　(*Ortis*, 5)

そして、彼の手紙では基本的にこうした張り詰めた調子がずっと維持されることになる。これに対し、『婚約者』の第1章における司祭ドン・アッボンディオのほぼ最初の台詞は、コミュニケーションの現場でのみ意味を持つ「交話的な」言葉のみで第1文が終わってしまう。つまり、沈黙の気詰まりを回避するための語 "cioè"（つまりその）が二つと "間" を表す記号 "..." だけで構成されているのだ。

> «Cioè...» rispose, con voce tremolante, don Abbondio: «cioè. Lor signori son uomini di mondo, e sanno benissimo come vanno queste faccende»
> 「つまりその…」とドン・アッボンディオは震える声で答えた。「そのですね。貴方がたは世事に通じてらっしゃって、こうした用件がどのように進むのかとてもよくご存知でしょう」(*PS*, ɪ, 31)

17世紀のレッコ周辺の司祭たちは現実には "cioè" などと言っていなかったかもしれないが、それでもこの話し始めは、臆病なドン・アッボンディオの性格をリアリスティックに表現していると言えるだろう。

　また、この発話よりも前に現れる会話文、小説の最初の独白、すなわち「序文」における語り手の最初の言葉を思い起こしてもよい。匿名の手稿のバロック調の文語を途中で遮る言葉は、口語的な逆接の接続詞 "ma"（だが）で始まっている。

> "Ma, quando io avrò durata l'eroica fatica di trascriver questa storia da questo dilavato e graffiato autografo, e l'avrò data, come si suol dire, alla luce, si troverà poi chi duri la fatica di leggerla?"
> 「だが、私がこの色あせて引っかき傷だらけの手稿からこの物語を書き写すという英雄的労苦に耐えて、この物語を、俗に言うように、世に送り出してみ

たところで、そのあとそれを読む労苦に耐える人が見つかるだろうか？」(*PS, Intr.* 8)

　この "ma"（だが）と先の "cioè"（つまり）は、実は現在でもイタリア語で文章を書くときに文頭においてはいけない語だと言われている。ここでは、そのような極めて口語的な始まり方が、17世紀の手稿が象徴する許しがたい文章語から、新しい共通語として提示される言文一致の現代語への転換を印付けているのである[27]。

　『婚約者』では、このような口語表現が多く用いられ、語り手（地の文）の言葉遣いも口語的で、登場人物たちのそれに近くなっている。その《簡素な文体》(Testa 1997) は、イタリアの散文のレトリックを一変させるものとされたが、もちろん、語られる内容に応じて修辞性の高い表現が使用されることは妨げられなかった。語り手は「序文」において、17世紀の手稿のバロック的な過度に装飾的なレトリックを批判しつつも、「物語の中で最も恐ろしいまたは最も哀れを催す箇所」では確かに「少々のレトリックが必要」とされることは認めている。そこには「節度があり、優美で、品のあるレトリック」が必要なのである (*PS, Intr.* 9)。そして実際、本篇中は、直喩を中心とした印象的な比喩や、明に暗に織り込まれる重層的なアイロニーなどに事欠かないし、内容に応じて張り詰めた緊張感のある叙事的文体が現れることもあれば、情感豊かな詩的文体になることもある。そして例えば、第8章の結びにおいて、故郷を逃れてゆくルチーアの心境を表現した「山々への暇乞い」と呼ばれる箇所などは、作中で最も抒情的な文章として名高く、朗読されることの多い『婚約者』の名場面のなかでも定番中の定番となっている（次ページの第8章末尾の挿絵参照）。

　もちろん現実には文盲の田舎娘がそのように詩的に整った形でものを思うはずはないのだが、文学の約束事においては、それをルチーアの内的独白と

27）デ・ブラーシも同じ例を取り上げているように (De Blasi 2014: 1288-9)、ma と cioè は『婚約者』の言語の口語性を説く際のシンボルとなっている。

「さようなら、水面からそそり立ち天にそびえる山々、不揃いな頂、あなたたちの間で育った者には馴染みの、最も親しい者たちの姿に劣らず頭に刻み込まれた頂、その轟きの音を家族の声のように聞き分けることのできる急流、草を食む羊の群れのように斜面に白く散らばる集落、さようなら！［…］」(*PS*, VIII, 93)〔IM 093〕

してしまうことも許されそうなものである（韻文劇などはそれが許されなければ書けない）。しかし、実際にはそのあと語り手が「ルチーアの考えていたのは、まさにこのとおりでなかったとしても、このような種類のものだった」と律儀に述べるのであり、それによって、ルチーアが非現実的な語彙と修辞を用いて山々にさようならと（心の中で）言ったという"作り事"が回避されているのは興味深い。

　そういうわけで『婚約者』の叙述は、全体として明らかに平易な文体が優勢で、朗々としたリズムで高らかに謳いあげるというより自然に話すときの語り口となっていることが多いが、全篇にわたり修辞を欠いた味気ない文章などにはなっていないのである。

5．イタリア最初の「近代小説」

　以上のように、『婚約者』は、小説というジャンルの選択はもちろん、普通の人々を中心に据えるテーマ設定やそれに伴う新しい言語表現の探求、またそれらと連動したターゲット（読者）の広さといった諸側面において、伝統的な——旧体制の——文学体系に挑戦する作品であった。著者マンゾーニ自身がその革新性に意識的であったことは、本書の第4章（新しい読者意識）、第6章（「小説的"作り事"の否定」）、第7章（既存の文学、歴史叙述の否定）において明らかにするとおり、小説テクストの上にも現れ出ている。

　このような特徴を備えた小説『婚約者』は、しばしば、小説ジャンルの育たなかったイタリアに登場した「最初の近代小説」と表現される。「最初の"重要な"」であったり、「最初のうちの一つ」であったりと、定義次第では「最初の」のほうには留保がつくが、『婚約者』が「近代小説」であることは通常、動かない。本書においては、「近代小説」という語は、主として、不特定多数の新しい読者層による「近代的読書」への意識がテクストのうちに現れた小説を意味するものとするが、そのような小説の一つの典型として特に念頭に置かれているのは、19世紀前半のヨーロッパの「三人称小説」（語り手が、物語世界の外にいて、「全知」と「遍在」という特権を備えているタイプの小説）である。

　もちろん「小説」というジャンルの歴史は決して短くなく、17-8世紀にも多くの小説が書かれている。しかし、それが既存の文学体系の影響を離れ、日常に存在する個別の人生を「範例 *exempla*」的にではなくそれ自体として描き出す表現形式へと十分に展開するまでには、それなりに時間がかかったのであり、この変化・発展における一つの境目と言えるのが1800年頃である。「［1800年頃に起こった］その変容は、文体、物語に向けられる態度、文学体系において小説の占める位置、といった多くの異なる側面に及ぶ」(Mazzoni 2011: 195)。

　この変容は、中間層の台頭による読者層の変化・拡大、それにともなう読書のあり方の変化——18世紀末の西欧で起こったとされる、いわゆる「読書革命」——と歩みを同じくする現象であった。限られた知的・文学的エリー

ト集団だけを相手にするならば、一定の「趣味」が共有されていることを前提として、「文芸共和国」の規範に従ってその中で力量を示せばよかったのであるが、様々な関心を持つ顔の見えない多数の読者たちをも意識するようになった作家たちは、自分の作品の特徴や価値を理解してもらうためのアピールが必要だと感じるようになった。このとき彼らが読者との新たな関係を模索したことの痕跡は、テクストの上にも見て取れるのである[28]。

19世紀の前半から中盤までのリアリスティックな小説の間にも、もちろん大きな個体差があるが、それらには、世紀の後半や20世紀の小説と比べて"古典的"と感じられるような共通の特性も多く見て取れる。すなわち、語られる物語から切り離された三人称の「語り手」が、歴史家のような全知性と客観性をもって、出来事や状況、登場人物の内面について、細かく記述しながら解説・註釈を差し挟むこと、その解説に歴史を動的に捉える意識が見られ、個別的人生の物語が、歴史的・社会学的・心理学的・経済学的観点のもとに整理された時空間の中で展開するものとして描かれること――このとき、物語は、教訓的な普遍の意味を引き出すための模範というより、それ自体として興味のあるものとして記述される――、その物語において、普通の人々の"散文的な"日常の生活が、問題性を孕むものとして真面目な記述の対象となっていること、などを典型的なあり方として想定することができるのである[29]。

「近代小説」のパラダイムをこのようなものと見るとき、一人称の書簡体小説であり、悲劇的で格調高さの抜けきらない文体を基調とするフォスコロの『最後の手紙』は、市民の「詩人」を主人公とするとはいえ、いまだ「近

---

28) 近代における文学作品の享受のあり方の変容と小説テクストを通じた著者と読者の新たな関係の成立との連関については、Rosa (2008: 9-58) を参照。「読書革命」については、ヴィットマン「十八世紀末に読書革命は起こったか」(2000 [1997]) を参照。18世紀後半のイタリアにおける読書と読者の状況、それに対する作家たちの意識については、カディオーリの『偽りの物語 La storia finta』という研究書の序章 (Cadioli 2001: 11-46) で論じられている。

29) 以上の共通項の例示は、主に Mazzoni (2011: 195-289) に依拠した。

代」の敷居を跨ぎきっていない作品となる[30]。これに対し、マンゾーニの
『婚約者』は、先に述べた革新的なイタリア語表現によって、田舎の恋人た
ちの卑近な現実（彼らの日常生活や内面）を、滑稽な調子に堕することなく
むしろ深刻に語り、その物語を17世紀の北イタリアの歴史的空間の中に位置
づけて捉えたのであり、イタリアにおいて初めて申し分のない「近代性」を
発揮した作品となったのである。しかも、『フェルモ』と27年版と40年版と
がある意味で同じ題材の別々の小説であることを別にすれば、マンゾーニ自
身は、この１篇しか小説を書いておらず、同時期にこれと比肩するほど重要
な小説が現れなかったために、『婚約者』は、イタリアにおいて近代小説の
モデルとしてのイメージを一身に引き受ける作品となるのである[31]。当時
の"前衛"として生まれた作品がいまや"古典的"で"規範的"とみなされ
てしまう理由の一端は、ここにもあると言えるだろう。

　ところで、上述のような意味での「近代小説」が、新しい文学体系のなか
で根付き、リアリズム小説・三人称客観小説が誕生するに至る過程におい
て、19世紀のはじめに流行した「歴史小説」というジャンルが果たした役割
は非常に大きかったと言える。それ以前にも、虚構ではあっても現実的な出
来事を描くタイプの小説は[32]、荒唐無稽なものという小説につきまとう批
判から逃れるために、歴史書や伝記の叙述を手本とし、タイトルや序文と
いった「パラテクスト」においても本当の事件・歴史であると騙ってきたの
であるが (cfr. Ginzburg 2006a [1984]: 302-10)、やはり、物語世界の外に配置さ
れた語り手が「歴史家」のように俯瞰的な視点から記述するという語りのあ

30）Rosa (2008: 95-101) を参照。ローザはこの箇所を含む第３章に Sulla soglia della «nuova
　　provincia»（《［文芸の］新しい領域》の戸口で）というタイトルをつけている。
31）『婚約者』の現代の英訳版 (The Betrothed, Penguin Books) の訳者は、解説において「も
　　しもディケンズが１冊しか小説を書かず、フィールディングもサッカレーもいなかっ
　　たとしたら、そして彼の小説が、その後成功することになる民族解放運動というテー
　　マを予示しており、英語に深く永続的で有益な影響を及ぼしたとしたら」と仮定して
　　いる (Penman 1972: 12)。英文学におけるそのような１冊に相当するのが、イタリア文
　　学における『婚約者』だというのである。

り方が確立するには、実際に本当の歴史をも語ろうとした歴史小説の経験が大きな契機となったはずである。また、マッツォーニ『小説の理論』(Mazzoni 2011: 253-8) などが、スコットとバルザックが演劇的手法を意識的に小説に取り入れたことに注目しているように、登場人物の会話を通じて、物語を展開させ、また人物の性格付けを行うというドラマ性が、歴史小説から、同時代の現実を描くリアリズム小説にまで受け継がれていると見ることもできる。

しかし、当然ながら歴史小説は、はじめから一人称小説からリアリズム小説への橋渡し役、「近代小説」のパラダイムの完全な展開へ至る過渡的存在として登場したわけではない。次節では、歴史小説という現象がいかなるものとして現れたかを簡単に確認し、それに対する『婚約者』の特色を見ることとしたい。

6. 歴史小説ブームと『婚約者』

6.1. 新しい「歴史叙述」としての小説

歴史小説は、「主題や内容を歴史に汲み、ある特定の時代と社会の行動や集合心性を描き、しばしば実在の歴史的人物を登場させる物語をとおして、その時代や社会を再現しようとする」(小倉 1997: 30) ものであり、事実と虚構とを取り合わせた雑種的な文学形式である。単に「歴史と創作の混成した作品」ということであれば、古来より叙事詩や史実に取材した悲劇などが存在し、多くの傑作が生み出されたのであるが[33]、歴史小説という一つのジャンルが形成し確立するのは、19世紀初頭のことであった。スコットランド出身の作家ウォルター・スコットが次々と発表した『ウェイヴァリー小説群』

---

32) このタイプを「ノヴェル novel」と呼び、空想的な数奇な運命・冒険を対象とするタイプの「ロマンス romance」と対置すると、両者のうちに異なる二つの系統・伝統を見ることができる。Mazzoni (2011: 97-104, 144-50) を参照。なお逍遥は『小説神髄』において次のように述べている。「[…] 世人やうやくローマンスの荒唐無稽に倦むよしありて、ローマンス随つて衰へ、いはゆる真成の物語（ノベル）起る」(坪内 2010 [1936]: 32)。

第 1 章　『婚約者』の成り立ち——文学の最前線としての近代小説　**39**

（最初の小説『ウェイヴァリー』は1814年）のセンセーショナルな成功により、歴史小説は、1810年代中頃からイギリスのみならず西洋各国で流行し、1830年頃までに頂点を迎えた。これは、18世紀末から19世紀初めにかけて、フランス革命とナポレオン戦争を経験したヨーロッパにおいて「歴史意識」が刷新されたことと時を同じくする現象である。歴史が「国民全体のなまなましい体験となり、絶えざる運動と変転のプロセスとして、人類の生と個人の存在をいやおうなく規定すると自覚されるようになった」（小倉 1997: 44）のであり、そのときに、現在と連続したものと意識された過去——その歴史的条件に規定された人間と社会——を物語として描くジャンルがブームとなったのである。そして、この時期はまた、それまで基本的には文学の一分野であり続けた「歴史叙述」[34]が、新たな歴史意識と近代歴史学の実証的精神のもとに、変革されようとした時期でもあった。

　19世紀前半のヨーロッパに生まれた「歴史小説」と新しい歴史学による「歴史叙述」は、虚構と真実として排除しあうのではなく、むしろ「相互補完性と競合の関係」（小倉 1997: 48）のもとにあった。「歴史家たちは過去の事実を解釈する新しい方法を指し示し、小説家たちのほうではその事実を表象する別の方法を示していた」（Macchia 2000: XIII）。実際、過去の慣習や生活様式を生き生きとドラマ化してみせる歴史小説の物語性は、フィクションを排した歴史家の叙述に大きな影響を及ぼしたのであり、トンマゼーオは1828年の時点で「歴史小説はヨーロッパにおいて歴史を再生させるものであっ

33）マンゾーニの論考『歴史小説および歴史と創作の混合した作品一般について』の第 2 部においては、ホメロス、ウェルギリウスの叙事詩から、アリオストやタッソの英雄詩、シェークスピア、コルネーユ、アルフィエーリらの史劇までが議論の対象となっている。

34）小倉 (1997: 38-43) を参照。歴史叙述は「まず何よりもレトリックの問題だったのである」(p. 38)。ただしギンズブルグ (Ginzburg 2000: 13-49) が注意を促しているように、もともと文章の巧みさの追求は、「証拠 prova」や「真実」とのつながりをないがしろにするものではなかった。「歴史的真実」は第一に説得的な説明によって示されるという考えのもと、歴史とレトリック（修辞学）と証拠が互いに結びついていたのである。

た。ギゾーやティエリはウォルター・スコットなしには恐らく存在しなかっ
ただろう」(Tommaseo 1828: XVII) と述べることができた[35]。こうした状況に
おいて、歴史小説は、フィクションを交えつつも歴史の"真実"を語りうる
表現形式と見なされたのであり、小説家たちはそこに歴史の新しい叙述形式
の提示という企図 (cfr. Scarano 1986: 68-75) を込め、歴史の解読への貢献の自
負 (cfr. 小倉 1997: 277-9) を持っていた。クロード・デュッシェという研究者
は、1815-32年の間に著された歴史小説の序文を読み比べ、作家たちによる
自分の作品の位置付けが「歴史を飾る orner l'Histoire」から「歴史を証明す
る prouver l'Histoire」さらには「歴史である être l'Histoire」へと変化してゆく
様を跡づけている (Duchet 1975: 257)。マンゾーニも、論考『歴史小説および
歴史と創作の混合した作品一般について』(1850) の冒頭において、歴史小説
の読者代表の一人に、歴史と歴史小説の関係を次のように表現させている。

> あなたの作品 [＝歴史小説] の狙いは、歴史という名が、より一般的に、ま
> さにそれの代名詞として、与えられる作品において見られるのよりも、豊か
> で変化に富んだ十全な歴史を、新しい特別な形式において、私の目の前に提
> 示することでした。(*RS*, I, 4)

---

35) オーギュスタン・ティエリ (1795-1856) もフランソワ・ギゾー (1787-1874) も、フラン
スの自由主義派を代表する歴史家であり、フォリエルを通じてマンゾーニも彼らと交
流があった。シャトーブリアンの『殉教者』(1809) に感銘を受け、次いでスコットの
歴史小説に触発されたティエリが、歴史の記述のために選んだのは物語形式であっ
た。彼の考えでは、歴史は論証するものではなく物語るものなのである。「歴史学の
領域においては、提示という方法がいつでもいちばん確実な方法である。もっともら
しい議論を導入すると、真実性を脅かすことになる。[…] 論述形式を捨てて物語形
式をとり、自分の姿は消し、事実そのものをして語らしめておくことで、よりよく成
功するだろうと思った」(『フランス史に関する書簡』(1827年に書籍化) の「序言」
より。小倉 (1997: 55) から引用)。その一つの実践と言える『メロヴィング王朝史話』
(1840年に書籍化) の末尾でも「完全な語り la narration complète」こそが事実の最良
の証明となるという見解が表明されている (*Récits*. 384-5. Cfr. Barthes 1988 [1967]:
149)。Bigazzi (1989: 11-2; 1996: 95-119); Scarano (2004: 180-9); Macchia (2000: XIII) も参
照。また、ライモンディは、ギゾーのシェークスピア論が、マンゾーニの詩学（悲劇
論）に影響を与えたことを指摘している (Raimondi 1974: 79-123)。

実証的な歴史学のさらなる進展にともない、歴史学と歴史小説の幸福な関係は解消されることになるにしても、少なくとも1830年頃までは、多くの小説家たちにとって、歴史小説は「新しい歴史叙述」でさえあったのである。

6.2. 特異な歴史小説としての『婚約者』

多くの歴史小説の作家たちは、フィクションを含む小説全体を指して、歴史学と競合または補完関係にある「新しい歴史叙述」だと述べた。「17世紀という時代を描きこんだフレスコ画」である『婚約者』も全体として、比喩的に、ないしフィクションを通して、歴史を描いたものとは言えるだろう。だが、本書の考えでは、『婚約者』においては、創作部分との境界が判別可能な仕方で史実が記述されており（第2章）、歴史部分と創作部分で異なるレトリックが使われており（第3章）、その歴史部分は正真正銘の歴史叙述と同様の形式を備えているのであり（第5章）、そうだとすれば、この小説は相当に特殊な「歴史小説」だということになるだろう。ただ、語りや叙述のあり方をこのように分析する以前に、それをもたらしている要因、すなわちマンゾーニの史実および歴史的現実に忠実であろうという態度そのものが、そもそも他の作家わけてもスコットのそれとは大きく異なっているのは明らかである。

19世紀前半というのは、新しい歴史意識が芽生え、ようやく古典的な歴史叙述が刷新されようとしていた時期であり、一次史料の体系的な利用による実証的な歴史叙述は、まだ確立への途上にあったと言える。そのような時代にあって、たとえ「新しい歴史叙述」を標榜していたとしても本質的には文学作品である「歴史小説」が、個々の実証的事実との整合性に対して、それなりの柔軟性を示すことは十分ありえた。実際、スコットは、特に『アイヴァンホー』以降の作品において、小説（フィクション）としての論理を優先して、しばしば史実とは異なる記述を行っている。そしてそのことは、当時の作家・知識人たちにもよく知られていた。

これに対し、マンゾーニという人は、史劇の執筆においても丹念な調査を行って史実との対応に気を配ってきた。そしてそうした態度は、何度もゲーテに苦言を呈されるほどに、作品中にまで——本篇外の周辺テクスト（パラ

テクスト）を中心に——現れ出ていた（本書第 2 章第 1 節参照）。だから、その彼が、スコットの小説に見られるような、歴史的事実という制約に対する融通無碍な態度に満足できるはずはなかったのである[36]。実際、歴史小説を書くことに決めたマンゾーニは、スコットの例に習わず、歴史的事実を尊重する考えを明確に打ち出しており[37]、例えばフォリエルに送った書簡（1821年11月 3 日付）の中でも、次のように述べている。

> 歴史小説についての私の主な考えをあなたに手短に示し、そうしてそれを直してもらえるようにするために、あなたに申し上げましょう、私は歴史小説とは、見つけたばかりであるらしい本当の話だと思ってしまいうるほどに現実に似た諸々の事実や人物を通じて、社会が示すある状態を描写するものだと理解しています。そこに歴史上の出来事や人物が混ぜ合わされる場合は、最も厳密に史実に基づく仕方でそれらを表現しなければならないと思うのです。それで例えば、『アイヴァンホー』の中のリチャード獅子心王には欠陥があるように思われます。(*Carteggio Manzoni-Fauriel*, lettera 67: 14-5)

---

36) マンゾーニの歴史研究の厳密さと広さは、『アデルキ』とともに出版された『ランゴバルド史に関する諸問題』でも示されているとおりであり、彼が強迫観念と言えるまでに注意深く文献調査を行うことは周囲も承知していた（cfr. Toschi 1989: 11-2. 本書第 2 章第 1 節も参照）。マンゾーニはフォリエル宛の手紙の中で（1821年11月 3 日付。*Carteggio Manzoni-Fauriel*, lettera 67: 44-7）、同時代のイタリアの歴史家たちが、ランゴバルド史について何もわかっていないことを厳しく批判してさえいる。

37) ヴィスコンティは、1821年 4 月30日にクーザンに宛てた書簡において、マンゾーニの小説の計画について次のように記している。「しかし、その歴史的部分の詩的部分との混合において、アレクサンドルはウォルター・スコットが陥った誤りを断固として避けるつもりでいます。ウォルター・スコットは、ご存知でしょう、それが都合がよいと思えば平然と歴史的事実から離れてしまうのです。おおよその結果は保ちながらですが、状況やその状況へと至る方法をお構いなしにたくさん変更するので、出来事の背景がもはや同一ではなくなるほどです。マンゾーニは反対に、言及せねばならない諸事実の確実なものは、もとのまま保存するつもりです。それらには非常に手早く触れるだけになるかもしれませんが。その展開と詳細はフィクションの説明に割り当てられ、フィクションのほうが彼の作品における主要部分となるはずです。しかしながら、その創作は、決して歴史の詳細に矛盾しないように、小説の執筆においては何の痕跡もないような詳細にさえ矛盾しないように、整えられることでしょう」(*Lettere*, t. I, 825)。

歴史小説においては、創作による部分を歴史的現実に近づける一方で、物語に歴史上の出来事や人物を絡ませるときには、事実と一致するように表現しなければならないのであり、そうした観点からすると、スコットが歴史上の人物を扱う方法には問題があるというのである。歴史的な諸事実と矛盾することがないように気を配りつつ、創作部分を現実にあわせるためには、その事実を史料にもとづいてできる限り正確に把握しなければならないが——17世紀のロンバルディアというよく知る地域の比較的近い過去を選択したことはその点で有利であった——、それに加えて「小説的なもの（ロマネスク）」の排除も必要である。スコット流の歴史小説が時に史実を曲げてまで得ようとした「小説的なもの」は、マンゾーニにとっては、欠点でしかなかった。1822年5月29日付のフォリエル宛の書簡において、マンゾーニは、自分は歴史的に特殊な時代の「時代の精神 l'esprit du temps」を深く理解し、その中で生きようとしているので、「少なくとも［他の小説家の］模倣者という誹りは避けられる」という考えを記しているが (lettera 70: 62)、それに続くのは以下のような言葉である。

> 出来事の成り行き、そして筋立てについては、私が思うに、ほかの人と違うようにする最良の手立ては、人物の行動の仕方をつとめて現実の中で考えるようにすること、そしてとりわけその仕方をそれが小説的精神とは相反するところにおいて考えることでしょう。私が読んだ小説ではどれでも、さまざまな登場人物の間に興味深くて意外な関係を築き、彼らを一緒に舞台に登場させ、全員の運命に同時にしかし別々の仕方で作用するような事件を見つけ出そうという作為が見られるように思いますが、結局のところこれは現実の生活には存在しない作られた統一なのです。この統一が読者を喜ばせるのは知っていますが、それは古くからの習慣によるものだと思います。そこから実際上の、しかも最重要の利益を得ているいくつかの作品において、それが一つの長所とみなされているのは知っていますが、私が思うには、これはいつの日か批判の対象となることでしょう。つまり、諸々の出来事をこのように結び合わせるやり方は、最も自由かつ最も高潔な精神に対して習慣が及ぼす影響力の例として、あるいは、定着してしまった好みに対して払われる犠牲の例として、引き合いに出されることでしょう。(*Carteggio Manzoni-Fauriel*, lettera 70: 63-5)

人間の生きる現実と「小説的精神 l'esprit romanesque」とには食い違うところ
があるのだが、ほかの作家たちは後者に従って、歴史小説の筋立ての中に
「現実の生活 la vie réelle」には存在しない作られた統一を持ち込んでしまっ
ているというのである。マンゾーニがそれに習わず、人間の行動をできるだ
け現実的に描こうとするのは、殊更に他の作家との差異化、独自性を追い求
めているためではない。引用文の後半に見られるとおり、古くからの習慣、
惰性によって喜ばれる人工的な統一は、いずれ批判の対象となるというのが
彼の考えである。その背後には、「小説的精神」にもとづく作為的なもので
はなく、現実的なもの、そして実際に生起した事実的なものこそが、知的で
美的な喜びをもたらすという確信があり、また、事実への関心が広まりつつ
ある「現代」では、現実に反した文学的規範は無効化されてゆくだろうとい
う意識があると言える。この意味において、歴史的事実の尊重と「小説的な
もの」の排除という『婚約者』の特異性についての議論は、すでに「《事実
性》の美学」とでも呼ぶべきマンゾーニの詩学の核心に触れているのであ
る。

7．マンゾーニの詩学における「事実性」の意味

　マンゾーニは不信仰からカトリックへの回帰を経験した人であり、信仰の
問題は彼の人生と作品に大きな影響を及ぼしている[38]。古典主義からロマ
ン主義へという文学上の転向も、信仰への回帰と並行して起きており、第1
節のはじめにも述べたとおり、マンゾーニが最も創造力を発揮し、主要な作
品を書いた時期（1812年頃から1827年まで）は、この二つの「回心」の後に訪
れている。このような意味において、事実に対する強迫観念的とも言えるマ
ンゾーニのこだわりは、やはり信仰の問題とも深く結びついたものであると
認識しておかなくてはならないだろう。ただ、こうした次元では、本当に生

---

38) 例えば『婚約者』においても、クリストーフォロ修道士やインノミナートにおいて見
　　られるように、著者の経験と重なる「回心」が重要なテーマとなっている。

第 1 章 『婚約者』の成り立ち——文学の最前線としての近代小説　　**45**

起した出来事、史実という確実な「現実」は、ただ「真理」や「真実」といったものに近づくための一つの手段・媒介という限りにおいて重要ということになるかもしれない。

　しかし、マンゾーニの文学理論においては、現実的なもの、実証された事実は、超越論的な「真実」を介して間接的に重要というのみならず、それを認識すること自体に、直接的で特別な喜びがあることもまた認められている。マンゾーニの考えでは、物語の事実性を確かめたい、事実なら事実として知りたいというのは、人間に共通する「好み」である。

　　子どもに物語を聞かせると、必ず「それって本当？」と質問してくるものです。そしてこれは幼児期に特有の好みではありません。事実性の要求は、私たちが自分の学ぶあらゆることに対して重要性を与えるようになりうる唯一のものなのです。(*Lettre à M. Chauvet*, 174)

このような欲求が満たされたとき、事実である何かを学び取ったときに、知的かつ美的な喜びが生まれるのである[39]。そして、文学作品において真のドラマ性を表現するには、人間の興味が常に向かうこの「事実」こそが有効となる。過去の特定の時空間における出来事の描写において、実際に生起したことが確かめられた諸事実は「まさに、言わば物質的な (matérielle) 真実に適っているがゆえに［…］最も高い水準で詩的真実の性格を有する」(*Lettre à M. Chauvet*, 173) ことになるのである[40]。

　事実に重きを置くこのような詩学のもとでは、歴史を題材とする作品における詩人の役割、詩的着想の発揮されるべき場所は、おのずとかなり限られ

---

39)　『歴史小説について』においては、現代（19世紀）に至って、事実を求める気持ちがますます大きくなっているという認識が、議論の重要な前提となっている。マンゾーニがきっぱりと主張する「真 vero」と「美 bello」の一致とマンゾーニの詩学上のほかの理論との整合性については、Muñiz Muñiz（1991: 特に460以降）を参照。

40)　『ショーヴェ氏への手紙』に見られるこの言葉は、悲劇（とくに史劇）を対象としているが、悲劇に特有の性質を議論しているのではなく、歴史を対象とする文学作品一般に敷衍できる。

たものとなる。それでも、歴史小説の執筆に取り組んでいたころのマンゾー
ニの考えでは、詩的想像力による創作は、歴史的現実を補う役目を果たすこ
とができた。

> ひと連なりの諸事実のうちにまさにそれらを一つの行為へと組織するものを
> 見出すこと、行為者たちの性格をつかむこと、その行為と性格に調和のとれ
> た展開を与えること、歴史を補完すること、言うなれば歴史の失われた部分
> を復元すること、歴史が徴候しか提供していないところでは諸事実を思い描
> きさえすること、ある特定の時代の知られている風俗を描写するために、必
> 要な場合には人物を創作すること、要するに存在するもの全てを捉えて欠け
> ているものを付け足すけれども、創作は現実と調和するようにし、単に現実
> を浮き上がらせるための一つの追加の手段となるようにすること、以上がい
> みじくも創造すると言いうるものです。しかし、確認された諸事実にかえて
> 想像上の諸事実を置くこと、歴史の諸結果を保ちつつそれらの諸原因は慣習
> 的な詩学に合致しないからといって却下すること、これは明らかに芸術から
> 自然の基盤を取り去ることなのです。(*Lettre à M. Chauvet*, 179)

『ショーヴェ氏への手紙』において表明されたこの見解は、第一に悲劇を念
頭においたものではあるが、文学一般の問題への広がりを持っており、歴史
小説にも当てはまる。前節に見た1822年 5 月29日付のフォリエル宛の書簡で
は、ただ慣習によって喜ばれる「小説的な」筋の展開が「現実」にはないは
ずのものとして退けられていたが、ここでは、実証的事実という現実的で自
然なものを文学的慣習に適うように変えてしまうことが否定されている。歴
史的現実の理解に照らして不自然だと思われるものの捏造は避け、歴史の内
部にドラマになる「一つの行為、筋 une action」を見出し、また、歴史の欠
落部分を歴史的現実にピタリと合うように想像されたものによって埋める。
ここにこそ「詩」の役割があるというのである。そして実際、このような理
論の実践としてのマンゾーニの作品は、誰もが知るとおり、入念な資料調査
とそれに基づいた歴史的現実の十分な認識を経て、生み出されたのであっ
た。
　ところが、詩的創作が歴史を補うというマンゾーニの考えは、『婚約者』
執筆後に再考され、諸前提が突き詰められた結果、危機を迎えることにな

第 1 章　『婚約者』の成り立ち——文学の最前線としての近代小説　**47**

る[41]。見てきたとおり、ある事柄を確かな本当のこととして把握すること
には独特の喜びがあるのであったが、フィクションの混ざった作品において
それを可能にするには、一々の記述について「事実」なのかそうでないのか
示さなければならない。論考『歴史小説について』の冒頭において、マン
ゾーニが想像する 2 種類の読者の声のうち、一方が次のように著者に訴え
る。

> もし通常の、いつの時代にも起こりうる、それゆえ何においても注目に値し
> ない事実に満ちた、つまらない小説であったなら、本を閉じてしまって、も
> うほかに気にはかけなかったでしょう。しかし、まさにあなたが描いてみせ
> る事実、人物、状況、様式、結果が強く私の注意を引きつけて離さないから
> こそ、その分だけ、より生き生きと、よりもどかしく、加えてより妥当にも、
> 私の中に欲求が生じるのです、人間の、自然の、摂理の本当の現れをそこに
> 見るべきか、それとも単にあなたが巧みに考え出したありそうなことを見る
> べきか知りたいという欲求が。(*RS*, I, 8)

しかし、事実かどうか知りたいという要求に応じて事実と虚構に区別をつけ
た場合、小説に「物語性」を求めるもう一つの読者の声、全体を統一感のあ
る一つの物語として提示してほしいという要請[42] に応えることは、果たし
て可能なのか。それは根本的に不可能だ、というのがこの問いに対するマン
ゾーニの答えである。そしてこの論考では、「歴史小説」というジャンルば
かりか、「歴史と創作の混合による作品」の一切が、本質的な欠陥を抱えた
ものと断ぜられるのである。

　（念のため断っておくと、小説『婚約者』に比べれば、この論考の後世に与えた
影響はほとんどなく、19 世紀はじめのブームが去った後も、歴史は小説にインス
ピレーションを与え続け、20 世紀のイタリアでも例えばジュゼッペ・トマーシ・
ディ・ランペドゥーサの『山猫』(1958) やエーコの『薔薇の名前』(1980) など世界
的に知られる歴史小説——いずれも映画化されている——が生まれている。）

41）この経緯については、本書第 2 章の第 3 節および註24 を参照。
42）「私には彼らはこう言わんとしているように思われます、歴史小説の本質的な形式は
　　何か。物語 racconto だ、と」(*RS*, I, 13)。

もちろん、この論考における「歴史小説」の否定を以て、典型から外れた歴史小説と言うべき『婚約者』までもが完全に否定されたと判断するのは早計と言える。その点には多くの研究者が様々に留保をつけてきたのであり、ポルティナーリ (Portinari 2000) のように『婚約者』は否定の対象外と見る場合さえある。そして本書も、『婚約者』で語られる「実証的事実」は、実はかなりの程度までがフィクションと区別して認識できるようになっていることを明らかにし、この問題に新たな観点から一石を投じるものである。しかし、そうは言っても、マンゾーニ自身が認めているとおり[43]、『婚約者』初版執筆前の『ショーヴェ氏への手紙』の頃と『歴史小説について』の頃とでは、歴史と詩の関係をめぐって詩学が変容していることは間違いない。その意味ではやはり、『婚約者』という作品は、事実性を重んじるマンゾーニの詩学がこの変容の手前にあって、まだ歴史に対する詩的創作の役割が信じられていた時期に着想されたからこそ、（少なくとも今日知られるような形で）世に出ることができたと言えるだろう。

8．本書の意義

マンゾーニとその主著『婚約者』の知名度は、わが国では残念ながら不当と言えるほどに低い。かろうじて『婚約者』の翻訳はあるが、それとセットのはずの『汚名柱の記』は訳されていない。マンゾーニに関する研究論文はわずかで、書籍として刊行された専門書は 1 冊もない（ナタリア・ギンズブルグの『マンゾーニ家の人々』が翻訳で読めるのがせめてもの救いだ――インテ

---

43)『歴史小説について』は、1845年から1854年にかけて出版された *Opere varie* (Milano, Redaelli) の第 6 号 (1850) に、『ショーヴェ氏の手紙』に続いて収録されているが、その中の「端書き Avvertimento」においてマンゾーニは、「以下に続く論考において提示される諸理論が、前にある手紙［＝『ショーヴェ氏への手紙』］と一致していると主張しなければならないとしたら、著者は大変苦労することだろう。彼に言えるのは、もし意見を変えたとしても、それは後戻りするためではなかった、ということのみである」(*RS*, p. 2) と述べている。

第 1 章 『婚約者』の成り立ち——文学の最前線としての近代小説　**49**

ルメッツォ 2 を参照)[44]。純粋な物語としての面白さだけで言えば、確かに、すでに広く紹介されている他の外国文学の小説を圧倒的に上回るなどということはないだろう。しかし、19世紀のヨーロッパにおいて「小説」が「詩」と「戯曲」に代わる第一級の文学ジャンルとして台頭してきたときの、文学の最前線における作家たちの挑戦について、これほど多くのことを教えてくれる作品がほかにどれほどあるだろうか。それには、イギリスでもフランスでもドイツでも同時期に偉大な長篇小説がいくつも生み出されたのに対し、イタリアにはそれらに比肩するのが『婚約者』しかないこと、マンゾーニが一から伝統を作らねばならなかったことも大きく作用していることと思われる。

　この唯一性ゆえに、当然イタリアでは、この "国民小説" について数え切れないほどの研究がなされてきた。そして、歴史とフィクションの関係というテーマは、「歴史小説」である『婚約者』の研究史上の古典的課題であり、厖大な数の研究がなされてきたことは言うまでもない。ただ、その中で特に目立つのは、歴史叙述部分における名指されていない典拠や小説の筋にヒントを与えたであろう資料を、微に入り細をうがって調べ上げる研究である[45]。マンゾーニが歴史的現実を理解するために実際に入念な資料調査を行っているために、このような（ともすると訓詁的な）アプローチによって、確かに多くの新事実が明らかになってきたのであるが——実際、詳細な註釈を備えた現代の『婚約者』の版ならば、どれをとっても、その成果の多くを記載している——、これは、"普通の" 歴史小説にも適用できる方法とも言える。これに対し、本書は、このような研究を通じて繰り返し確かめられてきた、マンゾーニの実証的事実へのこだわり、および創作部分にも歴史的現実との符合を求める態度が、どのような形でテクストに現れてきているか、

---

44)　本書の校正中に、*La storia dei* Promessi Sposi *raccontata da Umberto Eco* (Roma, L'Espresso, 2010) の翻訳が2018年 2 月に出版されることを訳者からお教えいただいた（音声 DL BOOK『イタリア語で読む ウンベルト・エーコの『いいなづけ』』，白崎容子訳・解説．NHK 出版）。これは、ウンベルト・エーコが、子どもたち——まだ読まされていない子どもたち——に向けて語った『婚約者』のダイジェスト版である。

そして、その結果、この小説がどれほど特殊な歴史小説になっているのかを解き明かそうとするものである。『婚約者』に記されている内容そのものについて、史実なら正確か、創作なら現実に即しているか（現実的か）を問うのではなく、マンゾーニが研究を通じて史実だと考え、現実的に着想していると信じたものを、どのように表現しようとしたのかを問うのである。だからこそ、本書の問いの射程は近代小説の本質的問題と言える「リアリズム」にまで及ぶことになるのである。

45）調査対象となる資料は、新たな一次史料、マンゾーニが典拠を明示せずに利用している文献、物語世界と同時代の17世紀に書かれたフィクションの作品（小説）など、多岐にわたっている。例えば、「モンツァの修道女」ことヴィルジニア・マリア・デ・レイバについて、マンゾーニが初版出版後にしか読むことができなかった裁判記録（本書第2章註15参照。裁判記録はウンベルト・コロンボの監修により全文が刊行されている。*Vita e Processo di Suor Virginia Maria De Leyva monaca di Monza*, Milano, Garzanti, 1985）を多くの研究が参照しており、また同時に、彼女と同じように貴族の子女が出家を強要されたことに関する記録の調査も数多く行われている。また17世紀の小説については、ジョヴァンニ・ジェット (Getto 1971a [1960]) が、パジーニ・パーチェの小説 *Historia del Cavalier Perduto* (1644) と『婚約者』の筋や登場人物の名前の対応を論じていることなどが特に知られている。

インテルメッツォ1

ゲーテの賞賛と歴史嫌い
―― マンゾーニの国際的名声

　マンゾーニの劇作家としての最初の作品、韻文劇『カルマニョーラ伯』が出版されたのは1820年の初めのことだった。この作品は、古典主義の規定する「三単一の法則」に違反した"ロマン派的"な悲劇であったため、評価が大きく割れた。その中で、ヨーハン・ヴォルフガング・ゲーテが、1820年9月に《芸術と古代 Über Kunst und Alterthum》誌に寄せた書評などで『カルマニョーラ伯』を強力に擁護したことは、マンゾーニにとっても望外の喜びであった。ゲーテ（1749年生まれ）が晩年にドイツの外の若い世代の才能を見出し紹介していたことはよく知られているが、彼がマンゾーニ（1785年生まれ）の悲劇や詩に「関心」を寄せ――しかも頌歌「五月五日」は自らドイツ語に訳している――、それらを好意的に評価したことは、国内外におけるマンゾーニの名声と成功を権威付けることになったと言える。1827年には、イェーナ（ドイツ）のフロンマン社からゲーテの編纂でマンゾーニの韻文作品集 *Opere poetiche di Alessandro Manzoni* が（翻訳ではなくイタリア語のままで！）刊行されているが、その序文「マンゾーニに対するゲーテの関心 *Teilnahme Goethe's an Manzoni*」は、上の書評や彼がマンゾーニの作品について書いた他の記事によって構成されている。

　その1827年は『婚約者』の初版が刊行された年であり、もちろんマンゾーニはゲーテにそれを贈っている――それは美しい装幀の3巻本で、扉にはゲーテへの献辞があった。この小説に対するゲーテの評価は、例えば、晩年の秘書エッカーマン（J. P. Eckermann, 1792-1854）が記した『ゲーテとの対話 *Gespräche mit Goethe*』に見ることができる（訳文は岩波文庫版を利用しつつ、原文とイタリア語訳を参考に一部内容を改めた）。まずは1827年7月18日（水）の対話を見てみよう。

　　「君にぜひ言っておかなければならないが」というのが、今日食卓についたゲーテの最初の言葉であった、「マンゾーニの小説は、われわれの知っているこの種のもののどれよりもすぐれている。内面、すなわち詩人の魂から発しているものはすべて、徹頭徹尾完璧であり、また外面、すなわち場景の描写はすべて、偉大な内面の特性にくらべて寸毫も遜色がない、といえば、君にはそれ以上いう必要もないだろう。これは相当なことだよ」私は彼がこういうのを聞いて、驚くとともに、嬉しかった。「読んでいるときの印象は」とゲーテはつづけた、「いつも感動は驚歎にかわり、驚歎はふたたび感動に変り、そのためこの二つの大きな作用のどれからも逃れられないほど

だ、ということだ。これ以上のものは書けないだろう。この小説ではじめて、マンゾーニの真価を理解できる。ここには、彼の完成した内面が現われている。彼は戯曲ではそれを発展させる機会がなかったのだ。［…］ここには、マンゾーニの内面にある教養がじつに高度に現われているので、彼に匹敵するものを探すのも困難なくらいだ。それは熟しきった果実のようにわれわれを楽しませてくれる。そして一つ一つの処理と描写は、イタリアの空そのもののように澄みきっている」

これはまだ、「第1巻［第11章まで］を読んでいる最中」での所見とのことである。『婚約者』の序盤は、現代の読者には少々退屈にも感じられる記述が続き、残念ながら途中で挫折してしまう人も多いと聞く。そこで筆者などは、どうか騙されたと思って序盤の山場の第8章まで──ルチーアが山々にさよならを言うまで──は読んでみてほしいとよく言うのだが、ゲーテにはそのようなアドバイスは不要だったらしい。

　そして次の対話の時点（1827年7月21日 土曜）では第2巻（第24章まで）を読み終わり、第3巻に入っている。原文（イタリア語）で読んでいるのにとても早い。

　　　［…］「とくに」とゲーテはそれからつづけた、「四つのことがマンゾーニに有利に働いて、彼の作品をじつにすぐれたものにすることに役立っている。第一に、彼が卓抜した歴史家であり、そのため、彼の文学は大きな威厳と説得力にめぐまれ、それが、通常小説ときいてすぐ思い浮かべるようなもののすべてから、彼の文学を一頭地を抜いたものにしている、ということだ。第二に、彼がカトリックであることが有利に働いており、もしプロテスタントであったら、得られなかったろうと思われるような詩的な状況がいろいろと生じている。同様に第三として、著者が革命の軋轢にひどく悩まされたことが、彼の作品に役立っている。彼自身はその渦中にまきこまれなかったにせよ、彼の友人たちはそれに出くわし、そのうちのある者はとうとう身を滅ぼしてしまったのだ。そして最後に、第四にだが、この小説に幸いしたのは、これがコモ湖畔の魅力的な地方を舞台に展開されており、しかもこの地方の印象は、若い頃から詩人の心ふかく刻みこまれているので、この地方をすみずみまで知りつくしていることだ。ところでこのことから、またこの作品の大きく主要な功績、すなわち、この地方がおどろくほど委曲をつくして明瞭に描写されているということ、これが生じているというわけだね」

このとおり、ここまでは手放しで褒めている。『婚約者』という作品の優れた点をわかりやすく説明してくれているため、現代のイタリア文学史の教本などではマンゾーニを扱う際に上のような箇所を引いて「あのゲーテもこのように絶賛した」と紹介するのがお約束となっている──このインテルメッツォもひとまず、それに倣うものである。

　ただし、実はゲーテとマンゾーニとでは、詩（文学）と歴史の関係に対する考え方が大

きく異なっている（本書第2章第1節ではこの点が重要になる）。事実の提示に重きを置くマンゾーニにとって、歴史は単に詩的創作にインスピレーションを与えてくれるだけの補助的なものではなく、文学作品の中においてもそれ自体として固有の価値を持つものである。これに対しゲーテは、戯曲についても小説についても、作者マンゾーニの歴史に対する強いこだわりが表に現れるたびに否定的な評価を下す。つまりゲーテが賞賛するのはマンゾーニの"詩人"としての側面のみとも言え、実際、『婚約者』についても「歴史叙述的章」を多く含む第3巻（第25-38章）を読み進めるにしたがって、歴史がバランスを欠くほど多いという感想をも抱くようになる。1827年7月23日（月）には次のように述べている。

　　「たしか先だって君にいっただろうが」とゲーテは話しはじめた、「この詩人が歴史家であることが、この小説では役に立っている。しかし、いま第三巻まできてみて気がついたが、歴史家であることが、詩人としての働きを妨げているのだよ。つまり、マンゾーニ氏は突如詩人の衣を脱ぎ捨てて、かなり長い間歴史家としての自分をあらわにしてみせている。しかもこれが出てくるのが、戦争 – 飢饉 – ペストといったような描写をするときなのだ。こういうものは、それ自体が不快なたぐいのものなのに、ここでまた無味乾燥な年代記風の描写でくどくどしく詳細に述べたてられると、我慢できなくなる。独訳者はこのような誤ちを避けるように努めるべきだね。つまり、戦争や飢饉の描写のかなりの部分とペストの描写の三分の二はひとつに溶かし合わせてまとめてしまって、登場人物を絡ませるのに必要な箇所だけが残るようにするのだ。マンゾーニに相談相手となるような友人さえいたら、こうした誤ちは簡単に避けられただろうに。しかし、彼は歴史家として現実をあまりに尊重しすぎてしまったのだ。このことで彼は戯曲を書くさいにも悩まされているが、そこでは余計な歴史的素材を註の形で添付することによって難を逃れている。しかし今回はそうやって打開することができず、手持ちの史料から離れられなかったのだ。これはとても不思議なことだよ。しかし作中人物がふたたび登場すると、たちまち詩人はすっかりはなやかになって立ちもどり、有無をいわさずわれわれをふたたびこれまでのように驚歎させてしまうのだ。」

ゲーテがこのように『婚約者』の創作部分と歴史部分とを対比して、前者を褒め、後者を否定的に評していることは、彼の友人シュトレックフースの書評を介してマンゾーニにも伝わることとなる（本書第2章註24を参照）。マンゾーニはそれを受けて、文学における歴史と創作の混合というテーマの再検討を始め、その結果はゲーテ宛の書簡体の論考となるはずだった。ゲーテが1832年に亡くなり、この論考が書簡形式で刊行されることはなかったが、1850年に発表された論考『歴史小説について』は、そのとき着想・執筆されたものが中断を経てまとめられたものである（この論考については本書第2章、特に第3節

を参照)。

　ところで上の引用（点線部）で「独訳者」が話題になっているが、ゲーテは実際に『婚約者』のドイツ語訳も企画し、ダニエル・レスマンにそれを託すことになる。レスマンはその年の 9 月にも翻訳を開始するのだが、ドイツでは、それより一足早く、エドゥアルト・フォン・ビューローも翻訳を始めていた。こちらにはおそらく、ルートヴィヒ・ティークというやはり著名な作家が関わっていたとされる。ビューロー訳のほうは、ライプツィヒで 9 月に第 1 巻が刷られるのだが、ビューローがそれをゲーテに献呈しようとして彼に 1 部届けさせた結果、ゲーテ／レスマン側が競争相手の存在に気づき、慌てることになった。ビューロー側もそれに気づいて、最後は先を争って、いずれも1827年12月に他国語訳に先駆けて出版されることになったのだった（ビューロー訳の発行は1828年付になっている）。ドイツの二人の作家が別々に後押しした 2 種類の翻訳が原著の出版から間をおかずに出たことは、『婚約者』の国際的な評価の高さを示すエピソードとして知られている（ただし、このエピソードには、焦って翻訳したがゆえに関係者の誰ひとり満足できない完成度になったというオチがついている──ビューローは1837年に全面的に見直した改訂版を出すことになる）。

　なおレスマンの訳は、ゲーテのお墨付きもあって実際に戦争とペストのページを短縮しており、さらには「序文」も省略している。こうした省略は、他の言語の版でも、さまざまな理由からなされており、例えばカスティリャ語版ではスペインの悪政に関する記述が削られているという。

　『婚約者』の翻訳については、Bricchi 2012; Frare 2012; "*I Promessi sposi* in Europa e nel mondo" (online) を参照。

第 2 章
「発見された手稿」と虚実の判別可能性

　　知るとは信じることです。そして自分に提示されるものについて、全てが同
　　じように真実なのではないと知っているときに、信じうるためには、[真実と
　　それ以外を] 判別できなければなりません。なのに何ですか、私にいくらか
　　の現実 (delle realtà) を知らせたいと思いながら、私にそれらを現実だと認識す
　　るための手段をくれないというのですか。(*RS*, I, 7)

論考『歴史小説について』(1850) の冒頭で、マンゾーニは、「歴史小説」と
いうジャンルに寄せられる批判の声を取り上げ、それを論理的に整理・展開
したうえで直接話法のかたちで紹介している。上の言葉は、その一部であ
る。歴史を知る喜びを提供するはずの歴史小説は、虚実の入り混じる物語の
中から「現実」を見分けられるようにして提示すべきなのに、そのように
なっていない、というのである。

　この意見は、「重要な史実に関しては」といった条件なしに、つまり事実
と虚構が少しでも混ざっているあらゆる箇所について、そのテクストを読ん
だだけで事実を事実だと判別できなければならない——あとから歴史書で確
かめるというのではダメなのだ——という厳しい要件に書き換えられてゆ
く。だが、それを満足するような歴史小説は、おそらくこれまで存在しな
かったし、仮に満足できたとしても、それはもはや「小説」とは言えないの
ではないか。そのような意味では、この論考において欠陥のあるジャンルと
された「歴史小説」には、理論上、マンゾーニ自身の『婚約者』も含まれる

ことになる。しかしながら、多くの歴史小説において事実と虚構の境界がほ
ぼ見えない——そもそも歴史小説とはそういうものではないだろうか——の
に対し、『婚約者』で叙述される史実の多く（「全て」とは言わない）は、架
空の出来事と並んでいても、かなり細部に至るまで、それと判別できるよう
に仕組まれているように思われる。その鍵となっているのは、「発見された
手稿」という使い古された手法であり、これが、よくあるように単なる語り
の動機付け・口実に堕する（つまり、本篇に入るとほぼ忘れられる）のではな
く、本来の媒介性を十分に引き出して使われている点が重要なのである。

　詩的想像力によって一つの筋にまとめた物語の、どの部分が確かな事実な
のかを知らせるべきだというのは、外から聞こえてくる批判というよりも、
ほかならぬマンゾーニ自身の意見であったように思われる。というのは、マ
ンゾーニは、歴史小説『婚約者』より前に上梓した 2 篇の歴史悲劇『カルマ
ニョーラ伯』(1820) および『アデルキ』(1822) においても、厳密な史料の検
証に基づいて作劇するだけでは飽き足らず、読者が史実の部分を見分けられ
るようにとの配慮を見せているからである。それゆえ、たとえ史劇と歴史小
説とでは虚実の配分が異なり、取りうる手法も変わるとしても、『婚約者』
においてもやはり事実と虚構とを見分けられるようにしてあるのではない
か、と予測するのはむしろ自然なことであろう。
　2 篇の悲劇では、本篇において過去の出来事や状況がいくらかの虚構も交
えて提示されるのであるが、それらが事実としてどうであったかは、第 1 節
で詳しく見るとおり、序論・註記・付録といった周辺テクスト（「パラテクス
ト」）によって明らかにされる。小説『婚約者』には、40 年版で『汚名柱の
記』が付されており、これもペスト禍の実情の一端を伝える役割を負っては
いるものの、小説全体をカバーしているわけではないし、27 年版にはそもそ
もこの付録がなかった。そこで小説では、全く別の方法によって史実が虚構
から区別されていると考えることになる。悲劇にはなくて、この小説にある
ものの一つが、テクストの内部にいて物語にコメントをすることのできる
「語り手」の声である。そして語り手の介入を可能にしているのが、「発見さ
れた手稿」の手法であるが、ポイントとなるのは、手稿をもとに語るという

最初の設定が本篇中でも常に有効で、語り手が、架空のものにせよ実在のものにせよ、いつも何らかの「史料」を典拠として語っているということである。

本書第1章でも確認したとおり、「序文」において仮構される枠組みによれば、『婚約者』の物語——結婚を阻まれた男女レンツォとルチーアの話——は、17世紀の匿名の手稿に記されているのであり、「語り手マンゾーニ」は、手稿の表現を現代風に改めながら物語を紹介し、その内容を他の確かな諸史料によって補うということになっている。作者はこの設定を忘れず、語り手に存在しない手稿への言及「偽装引用 pseudocitazione」(cfr. Illiano 1993: 88-97) を繰り返させる一方で、17世紀の歴史家ジュゼッペ・リパモンティ (1573-1643) の『ミラノ史 Historia patria』(1641-43) をはじめとする実在の史料についても、小説の本文中としては異例なほど頻繁に言及させる（本書第5章も参照）。こうして『婚約者』の語りは、偽装された引用と本当の引用とによって織りなされることとなる。そして、その一つの結果として、語り手の言葉に注意すれば、各記述が実在の史料にもとづくのか、小説の枠内で発見されたと主張されている史料（匿名手稿）にもとづくのか、かなりの程度わかるようになっている。史実と虚構が入り混じっている箇所でも、典拠がはっきり見分けられるなら、読者は、史実の部分（だけ）を「事実」だと信じることができるはずである。

もちろん、ゲーテが『婚約者』に「詩人」と「歴史家」の対立を見たように（「マンゾーニ氏は［27年版『婚約者』の第3巻において］突如詩人の衣を脱ぎ捨てて、かなり長い間歴史家としての自分をあらわにしてみせている」)[1]、まずもって二人の恋人をめぐる架空の物語と、戦争・飢饉・ペスト禍を扱った歴史叙述的部分[2]とが、素朴な意味での「虚構」と「真実」として両極をな

---

1) エッカーマンが『ゲーテとの対話』(1836-48) に記すところよれば、1827年7月23日、『婚約者』を終盤まで読み進めていたゲーテは、架空の人物が出ている場面を絶賛する一方、歴史叙述的章では歴史家が詩人の邪魔をしていると不満をもらし、こうした叙述を独語訳では大幅に短縮すべきだという見解を示した (Gespräche mit Goethe, Montag, den 23. Juli 1827, 260-1)。インテルメッツォ1も参照。

していること、つまり、虚実がその両端において識別可能であることは明らかである。しかし、本章で我々が提示を試みる指標は、事実と虚構とが不可分に融け合いかねない箇所においてなお、薄いながらも確実に両者を分かち続ける《膜》である[3]。

史実と創作とが特に緊密に交錯するのは、実在の人物が登場する場面である。筋を史実に取材し、主たる登場人物が実在の人物である2篇の悲劇と異なり、『婚約者』では主軸となる物語が創作であり、レンツォやルチーアは架空の人物である。しかし、カルマニョーラ伯やアデルキ、エルメンガルダ（シャルルマーニュに離縁されたランゴバルドの王女）と同じように歴史上実在した人物は、この小説にも登場する。なかでもモンツァの修道女、インノミナート、ボッロメーオ枢機卿は、架空の物語にも直接関与する重要な人物として活躍する。こうした歴史上の人物について、内面の動きが描写されたり、交わしたであろう会話が直接話法で記されたりするならば、それは、いかに史料の伝える人物像に符合した真に迫るものであっても、作者の詩的想像力の所産、つまりフィクションである。そして『婚約者』では、そうした創作部分の典拠として常に匿名の手稿が指定されており、そのために実在の史料にもとづく範囲がどこまでか判別できるようになっている。

注意しなければならないのは、これがこの小説の語りの体裁（形式）からの当然の帰結とは言えない点である。本篇中で設定が忘れられるような場合はもちろん問題外であるが、同様の手法で語られていても、例えば架空の「発見された手稿」のほうにも史実がたっぷり書かれていると設定されることは十分ありえることであり、その場合は史実が「偽装引用」のもとで語ら

2）ここでは「《物語の出来事 fatto narrativo》としてのペスト」（Petrocchi 1971: 132）つまり架空の人物である主人公レンツォ（草稿ではフェルモ）の目を通して語られるペスト禍は「歴史の報告」から除外する。したがってペスト禍に関しては第31-32章が歴史叙述的部分となる。

3）ペトロッキも「読者は直感的に、薄いがやはり存在するガラスが、物語的論述を歴史的論述から隔てていることに気づく」と述べているが（Petrocchi 1971: 132）、本章で扱うのは、両者の差が（何となく）感じ取れること——これについては本書第3章で問う——ではなく、両者が（分析的に）見分けられるかどうかである。

れることになりかねない。そこで第2節では、『婚約者』とほぼ同じ内容を、ほぼ同じ形式のもとで語るテクストと対照することによって、『婚約者』における典拠の提示が、語られる内容の虚実と一致するようにかなり整えられていることを示したい。つまり、1821-23年に執筆された小説の第一草稿『フェルモとルチーア』と比べるのである。この草稿の段階で既に、匿名の手稿の内容を書き直し、実在の史料で補完するという基本的な語りの様態は出来上がっている。ところが、匿名の手稿をもとに詳述する内容が史実であったり、実在の史料と匿名の手稿のいずれに依拠しているのか曖昧な記述があったりと、創作部分（だけ）が必ず匿名の手稿によって印付けられることにはなっていないのである。

　というわけで本章では、まず第1節において、そもそもマンゾーニが、虚構の混じる文学作品の提示（出版）において、事実を見分けられるようにすることに強いこだわりを見せていたということを、悲劇の周辺テクストから跡付けてゆく。そして第2節では、小説『婚約者』の本文中で前歴が紹介される4人の登場人物に注目し、彼らにまつわる記述を、草稿からの改稿に注意しながら分析する。これによって、事実と虚構とを区別して提示しようという配慮が、『婚約者』では、本文中における語りの典拠の示し方に現れ出ていることを明らかにする。

1. 読まれる史劇と「パラテクスト」による事実の提示

　『婚約者』では、普通の歴史小説と違って、ある程度テクスト内で、史実と虚構とが判別可能になっているのではないか。しかも、もしかすると意図的にそうしているのではないか。このように推測するのは、『歴史小説について』の議論に加えて、それ以前にマンゾーニが歴史悲劇を出版するにあたって、その周辺のテクストを利用してどの部分が史実か、事実としてはどうだったのかを読者に伝えようとしていたという実態があるからである。

　よく言われるように、マンゾーニの悲劇は2篇とも、上演のためのものというより、読むための作品として書かれている（実際に上演されたことはあるが、いずれも『婚約者』初版の出版より後であり、しかもどちらも成功していな

い[4])。史劇が読まれるものとして着想されているならば、周辺に置かれて同時に読まれるはずの「パラテクスト」も重要な意味を持つ（持ちうる）ことになるだろう。そしてこのパラテクストにおいて、様々な「歴史的素材」——ゲーテに言わせれば「余計な」もの——が紹介されているのである[5])。つまり、形式上の制約により、悲劇本体においては、詩的想像力が生み出す「ありそうなこと」と史実としての実際に「起こったこと」とを判別できるように提示できないとしても、パラテクストを含む著作全体では、史実と創作を見分けられるようにしているのである。実際にどうなっているのか、順に見てみよう。

1.1. 『カルマニョーラ伯』における登場人物の区別

まずは1816-19年に執筆されたマンゾーニの最初の悲劇『カルマニョーラ伯』である。主役のカルマニョーラ伯は、歴史上の人物フランチェスコ・ブッソーネ (1385頃-1432) を指す名前であり、この人は、もともとミラノ公フィリッポ・マリア・ヴィスコンティの下で功績をあげて領地と爵位を得るも、公に疑念を抱かれたため、ヴェネツィア共和国に仕えることになった傭兵隊長である。彼はマクローディオの戦い (1427) でミラノ軍を破るのだが、今度はヴェネツィア側からミラノ公との密かなつながりを疑われ、捕らえられ処刑されるのだった。

『カルマニョーラ伯』は、1820年1月にミラノで出版されたのだが、その本篇の前には「歴史上の記録 Notizie storiche」と題された十数ページにわたる記述があり、悲劇の背景となった史実が典拠とともに紹介されている。この「記録」について、マンゾーニは、これより前に付した「序文」の末尾で次のように述べている。

　　悲劇の前に、登場人物カルマニョーラ伯と劇中で問題になる出来事につい

---

4) 初演は『カルマニョーラ伯』が1828年 (Teatro Goldoni, Firenze)、『アデルキ』が1843年 (Teatro Carignano, Torino) である。

5) Cfr. *Gespräche mit Goethe*, Montag, den 23. Juli 1827, 261.

ていくらか歴史上の記録を載せるが、これは、創作と歴史上の真実が混ざった作品を読もうとする人は、あれこれ調査せずとも、現実の出来事が保存されている部分がどこかわかるのを喜ぶだろうとの考えからである。(*Carmagnola*, 11)

「記録」を掲載するのは、どの部分が史実かを読者に認識させるためだというのである。『歴史小説について』の冒頭に出てくる読者、すなわち虚実の入り混じる物語において「事実」を見分けられるようにすべきだと主張する人は、この意見に完全に同意するだろう。それから、『カルマニョーラ伯』の「記録」の終わりには次のような記述がある。

この悲劇の素材にするために選ばれた出来事については、年代の順が保たれ、本質的な状況も以下の例外を除いて保たれた。すなわち、本当はトレヴィーゾで起きたカルマニョーラ殺害の企てを、ヴェネツィアで起こったことにしたのである。(*Carmagnola*, 22)

これによって劇作家は、史実と異なる箇所がほとんどないと主張する一方で、そのわずかな相違を、読者が見つけるに任せるのではなく、自分から知らせてもいるのである。

　だが、事実と虚構を分けたいというマンゾーニの態度の現れは、この「記録」に留まらない。むしろ、その態度をさらに端的に示すものが、「記録」の後のタイトルページをめくったところで出現する。第一幕の前に付された「登場人物一覧」である。そこでは「歴史上の人物 personaggi storici」と「想像上の人物 personaggi ideali」が別々に並べられているのである（図2−1を参照）。この処理が普通でないことは、以下のゲーテのコメントからもよくわかる。ゲーテは、1820年9月に《芸術と古代》誌 (II/3, 1820, 35-65) に『カルマニョーラ伯』の書評を載せ、反古典主義的な性格ゆえに賛否の割れたこの作品を激賞しているのだが（インテルメッツォ1も参照）、その中でも、本篇前に置かれたこの「登場人物一覧」については、はっきり注文をつけているのである。

　　登場人物の一覧に目をやるだけで、作者［＝マンゾーニ］が気難しい公衆を

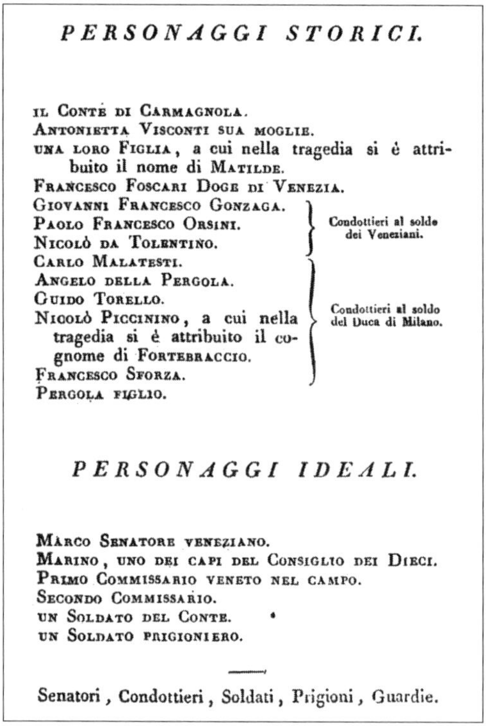

62

PERSONAGGI STORICI.

IL CONTE DI CARMAGNOLA.
ANTONIETTA VISCONTI SUA MOGLIE.
UNA LORO FIGLIA, a cui nella tragedia si è attri-
   buito il nome di MATILDE.
FRANCESCO FOSCARI DOGE DI VENEZIA.
GIOVANNI FRANCESCO GONZAGA.
PAOLO FRANCESCO ORSINI.   } Condottieri al soldo
NICOLÒ DA TOLENTINO.   dei Veneziani.
CARLO MALATESTI.
ANGELO DELLA PERGOLA.
GUIDO TORELLO.   } Condottieri al soldo
NICOLÒ PICCININO, a cui nella   del Duca di Milano.
   tragedia si è attribuito il co-
   gnome di FORTEBRACCIO.
FRANCESCO SFORZA.
PERGOLA FIGLIO.

PERSONAGGI IDEALI.

MARCO SENATORE VENEZIANO.
MARINO, UNO DEI CAPI DEL CONSIGLIO DEI DIECI.
PRIMO COMMISSARIO VENETO NEL CAMPO.
SECONDO COMMISSARIO.
UN SOLDATO DEL CONTE.
UN SOLDATO PRIGIONIERO.

———

Senatori, Condottieri, Soldati, Prigioni, Guardie.

図 2 - 1 『カルマニョーラ伯』(*Il conte di Carmagnola*, Milano,
Vincenzo Ferrario, 1820) p. 35の登場人物一覧。上に「歴史上
の人物 Personaggi storici」、下に「想像上の人物 Personaggi
ideali」が書かれている

相手にしており、少しずつその上に立ち上がってゆくほかないのだと了解す
るには十分である。というのは、彼が自らの意見、確信のもとに登場人物を
歴史上の人物と想像上の人物とに分けたというのはありそうにないからであ
る。作品に対する我々の完全なる満足を表明した後であるから、作者には我々
が彼にこのようにお願いするのを許してもらいたい。つまり、もうこういっ
た区別には走らないでほしい、と。(*Teilnahme*, 38)

明らかにゲーテは、この区別を余計なもの、ないほうがよいものと考えてい

る。この直後に述べられていることだが、ゲーテにとって「詩人の内には歴史上の人物などいない」のであり、作品に登場すれば、もはや何人も歴史的個人ではなく、皆等しく架空の人物なのであった (*Teilnahme*, 38)。だからゲーテは、『カルマニョーラ伯』の作者がこのような区別をしてしまった要因を、気難しい公衆を意識したことに求めているのである。

しかし、この見解は、マンゾーニ自身によって否定される。彼は、好意的な書評を書いてくれたゲーテに謝意を述べるために書簡（1821年1月23日付）を送っているが、その中で次のように記しているのである。

> しかし私は、あなたに告白しなければなりません。登場人物を歴史上の人物と想像上の人物とに区別したのは、すべて私に帰する誤りなのです。そしてそれは、歴史に忠実であることに、あまりに神経質に執着してしまったせいであり、この執着ゆえに私は、現実の人物を、ある階級、ある意見、ある利害を表現するために私が創作した人物から分けてしまったのです。先ごろ取り掛かった別の作品では、既にこのような区別を省いており、こうして前もってあなたの心添えに従えたことをうれしく思います。(*CL*, VI. 1, 5)

史実への執着ゆえに「現実の人物」を、自分が「創作した人物」から分けてしまったというのである。史実と創作が見分けられるようにしたのは、気難しい公衆のせいというよりマンゾーニ自身の問題であった——言い換えれば、マンゾーニこそが史実に執着する気難しい読者だったのだ。また、引用の終わりにある「先ごろ取り掛かった別の作品」とは、2作目の悲劇『アデルキ』のことを指すが、確かに、『アデルキ』には登場人物一覧における区別は見られない（しかも、友人クロード・フォリエルが訳したフランス語版『カルマニョーラ伯』(Paris, Bossange, 1823) においても、マンゾーニの指示により、歴史上の人物と想像上の人物の区別はなくなっている[6]）。マンゾーニは登場人物一覧に関しては、ゲーテの教えに従ったのである。だが、この2作目の悲劇には、より広範な歴史叙述が添えられることになる。

---

6) Cfr. *Carteggio Manzoni-Fauriel*, lettera 69 (il 6 marzo 1822): 28; lettera 70 (il 29 maggio 1822): 30-3.

1.2. 『アデルキ』に付された歴史に関する論考

悲劇『アデルキ』は、1820年に執筆が開始され、途中『フェルモとルチーア』を書き始めるなど中断を挟みつつ、1822年の秋にミラノで出版された。アデルキというのも歴史上の人物の名前であり、シャルルマーニュ（カール大帝）に滅ぼされたランゴバルド王国の最後の王（759年より父王デシデリウスと共同統治）を指している。

マンゾーニは、この史劇の本篇の前にも「歴史上の記録 Notizie storiche」を載せており、ここでもやはり変更した点を明示している。

> この悲劇においては、アデルキの最期が、彼がヴェローナを出る局面に移された。このアナクロニズムと、もうひとつ、王妃アンサが劇の始まる前にすでに死んでいることにしたこと（実際は、王妃は夫とともに捕虜としてフランスに送られて、そこで亡くなった）は、歴史上確かに具体的に起こった出来事に対してなされた、ただ二つの重大な歪曲である。内面については、人物が話をするとき、その人について知られている行動や、そのおかれていた状況にふさわしいものにするよう努力がなされた。しかし、あるひとりの人物の、この悲劇で示されたような性格は、完全に歴史的根拠を欠いている。すなわち、アデルキの企図、出来事に対する判断、性向は、つまり彼の人格の全容は、無から創作され、歴史的な登場人物たちの間に無理やり押し込まれており、その不手際を、もっとも気難しく意地の悪い読者でさえ決して感じないほどに痛感しているのは作者自身である。(Notizie storiche [1822], appendice al *Discorso*, 388)

文学作品中の歴史に対する変更に対し、改ざんや歪曲を意味する «alterazione» の語を用いる（「ただ二つの重大な歪曲」）のはやや大袈裟にも思えるが、それだけマンゾーニの内なる読者は気難しかったということである。また、アデルキの性格について、わざわざ歴史的現実に合っていないと表明されているのも、マンゾーニの歴史に対するこだわりゆえと言えるだろう。この後悔の念については、悲劇がひととおりの完成を見た時点で既に、本作もフランス語に訳すことになるフォリエルに告げられていた。1821年11月3日付の書簡の中でのことである。

> 私の悲劇『アデルキ』は、修正を残して完成したと言いましたので、あな

たにこのことも言っておかねばなりません。私はこの悲劇に全く満足していないのです［…］。私は、根拠が確かだと思う歴史的データをもとに、主人公アデルキの性格を着想しましたが、それはまだ私が歴史を自在に扱えるまでになっていなかったときのことでした。そのようなデータを土台とし、それらを敷衍したのち、執筆が進んでからようやく、その人格に全く歴史性がないことに気づいたのです。その結果、<u>小説的な色合い</u>が出てしまっており、全体と調和せず、<u>好意的でない読者と全く同様</u>、私自身不快に感じます。私は歴史に関する論考を執筆し、これを悲劇と一緒に出版するつもりですので、こうした欠陥はさらにはっきりするでしょう。(*Carteggio Manzoni-Fauriel*, lettera 67: 34-7)

ここで「小説的な色合い couleur romanesque」とは、小説にありがちな、作り事の、荒唐無稽な色合いを意味する（「小説的なもの」については本書第6章で詳しく論じる）。要するに、歴史的根拠を欠いた非現実的なものが歴史的なものの間に入ると調和しないというのがマンゾーニの見解であり、そのことが全く遺憾なのである[7]。なお、ここにもまた、自らを気難しい（歴史にこだわる）読者と近い立場に置く表現が見られる点に注意したい。そして、引用部分の末尾では、悲劇の中の歴史性の欠ける部分を明瞭に示すものとしての論考が話題になっているが、これは実際に1822年に『アデルキ』が刊行されるときに、『ランゴバルド史に関する諸問題 *Discorso sur alcuni punti della storia longobardica in Italia*』（以下略称は『諸問題』）というタイトルで悲劇に付録されて出版されることになる（『アデルキ』とそれに続く『諸問題』を合わせて一冊である）。

　悲劇の歴史的根拠に関する欠陥を示すというのはやや言い過ぎかもしれないが、この『諸問題』は少なくとも、先の「歴史上の記録」と一体となって、『アデルキ』の題材になった出来事や状況が、史実としてはどうだったのかを明らかにするものではある。『諸問題』の序文によれば、論考の目的

---

[7] 書簡で言及されている「修正」を通じてテクストは大幅に変更されるが、「歴史上の記録」の引用箇所に見たとおり、決定稿においてなお、マンゾーニの不満は解消されなかったのである。『アデルキ』創作過程での不満と変更については、天野 (2003: 19-24) を参照。

は、悲劇の背景となっている中世の歴史がいかに重要であるか、それなのに
わかっていないことがいかに多いかを示すこと、それによって真実を愛する
人に更なる研究をするよう促すこと、ということになっている。そして序文
は「この目的が遂げられるならば、悲劇も、それ自体がどのようなものであ
ろうとも、喜ばしいきっかけにはなっただろう」(*Discorso*, 11) という言葉で
結ばれる。この言葉をそのまま受け取るなら、『諸問題』は単なる付録では
ないどころか、ほとんど主従が逆転して悲劇のほうが付録なのではないかと
思われるほどである。

1.3. 文学テクスト上での虚実の判別可能性：史劇から歴史小説へ

　以上のように、２篇の史劇においてマンゾーニは、劇中で混ぜられた歴史
的事実と架空の話とを「あれこれ調査せずとも」分離できるように、本篇前
に史実を掲載し、変更点を明示し、さらには単なる付録とは言い難いような
論考まで付していた。本書が問いたいのは、このようなこだわりが小説『婚
約者』でどのように現れているかということなのである。

　もちろん、歴史を尊重する生真面目とも言うべき態度が、マンゾーニの悲
劇と小説に共通して見られるということ自体は、これまで幾度となく語られ
てきた。例えばゲーテは、マンゾーニから贈られた3巻本の27年版『婚約
者』を読み、第3巻（第25-38章）の初めに至るまで手放しで褒めていたが、
飢饉・戦争・ペストを扱う「歴史叙述的章」を多く含むその巻を読み進める
にしたがって、歴史がバランスを欠くほど多いという感想をも抱くようにな
る（インテルメッツォ1を参照）。そして歴史に対する行き過ぎた尊重が戯曲
においても問題となっていたことを思いだす。

> しかし、彼［＝マンゾーニ］は歴史家として現実をあまりに尊重しすぎてし
> まったのだ。このことで彼は戯曲を書くさいにも悩まされているが、そこで
> は余計な歴史的素材を註の形で添付することによって難を逃れている。しか
> し今回はそうやって打開することができず、手持ちの史料から離れられなかっ
> たのだ。(*Gespräche mit Goethe*, Montag, den 23. Juli 1827, 261)

ゲーテの詩学において歴史は詩的創作にインスピレーションを与える限りに

おいて価値があるらしく、作品中の歴史的素材は「余計な」ものとみなされている。悲劇の際はそれをパラテクストに収めて厄介払いすることができたが、「今回は」つまり小説では、同じこだわりのために「誤ち」を避けることができなかったというのである。また現代の研究者も、ポルティナーリ (Portinari 2000: XXXVIII-IX) のように、歴史的現実に忠実であろうという潔癖さが高じて小説に使う17世紀の文献が細やかに調査されることになったということは繰り返し指摘する。確かに、当時の「布告集 Gridario」を友人に求めるなど、マンゾーニが参考資料の収集に努めたことはよく知られており、また、実際に多くの文献が作品中に直接引用されてもいる。しかし、事前の十分な調査、本文での文献の単なる引用、戦争・飢饉・ペスト禍の長すぎる叙述だけでは、読者が「あれこれ調査せずとも現実の出来事が保存されている部分がどこかわかる」ようにするには、なお足りない。従来の議論では、作品中の史実に沿った部分をフィクションとは区別して提示するというマンゾーニがこだわったポイントが考慮されていないのである。

　戯曲が基本的に台詞によって構成されるのとは異なり、小説では架空の話と並置して歴史叙述を本篇の中に盛り込むことが可能である。しかも語られる出来事に対する註釈は、序論や付録という作品の周辺に追いやられることなく、「語り手」の声を介す形で小説テクストの内部に入れることもできる。もちろん、『婚約者』の語り手は、設定上、架空の物語のほうも事実だと思って語っている。だが、その設定において、彼は実在の史料も引用・参照することになっているので、彼が架空の物語を離れて史料を示しながら行う歴史叙述は、本当の話と信じてよいということになるだろう。それゆえ、万人にかかわる公的な歴史が、田舎の男女の結婚にまつわる私的な物語とは違って史実であることは明白なのである。

　とはいえ、史実と創作の境界がどうしても曖昧になってしまう箇所はあり、特に実在の人物の具体的な言動が語られるところでは、それが顕著となる。だが、事実の提示にあれほど執着したマンゾーニのことである。史実と創作の双方を含む入り組んだ記述においても、「歴史上の記録」などを付録するのとは別の方法で、両者の「判別可能性」が残るようにしているのでは

ないか。まさにそこにおいて、架空の典拠である匿名の手稿への言及（「偽装引用」）がテクスト内で頻繁に行われることの意味が現れてくるのである。第2節では、登場人物の経歴が語られる箇所に着目して、そのことを確かめてゆこう。

2．「匿名手稿」への言及と実在の人物の想像上の言動

『婚約者』に登場し重要な役割を演じる実在の人物としては、モンツァの修道女、インノミナート、フェデリーゴ・ボッロメーオ枢機卿の3人が挙げられる。彼らについては、その人となりを知らせるために、レンツォとルチーアをめぐる主たるストーリーを少し離れて、過去の経歴なども語られている（同じように過去が語られる人物はもうひとり、クリストーフォロ神父がいるが、彼だけは架空の人物である）。

歴史上の人物にかかわる叙述で虚構性が露わなのは、まず架空の人物との交流であろう。ヘルマン・グロッセルは、この交流の際に必ず匿名の手稿が現れることを指摘している (Grosser 1981: 434)。管見の限り、『婚約者』の語りの分析において、語り手による匿名の手稿（またはその著者）への言及が、物語内容の虚構性と連動していることに着目しているのはグロッセルだけであるが、彼が言うには、実在の人物が架空の人物とかかわって「厳密な歴史上の人物という枠からはみ出すときには（そしてそのときのみ）」、本来は「まったき架空の人物のために呼び出される」匿名の著者がやはり召喚されるというのである。実在の人物が架空の人物とかかわって架空の物語に入ってくる場所で、いつも匿名の手稿への言及があるとすれば、匿名の手稿によって史実と虚構の境界がマークされているという仮説が立てられそうである。ただし、グロッセルが注目する架空の人物との交わりは、確かに虚構の典型例ではあるが唯一の例とは言えないので、まだ必要条件がクリアされただけとも言える。実在の人物の史料には記録されていない言動や、実在の人物同士の対話の台詞回しなども、同様に詩的創作の所産であり、我々はこれを見過ごさないようにしたい。

問題の人物たちの経歴は、「事件渦中での人物の心理的厚み」を損なわぬ

第2章 「発見された手稿」と虚実の判別可能性　**69**

よう当人の一人称による昔語りや回想にはせずに (Macchia 1989: 37)、基本的に三人称・過去時制によって語られ、時折語り手のコメントも挟み込まれる。このような形式によって、語り手が何を「根拠」としてその出来事を語っているかを示す余地が生まれるのであるが、史実と虚構の交わりそうな話のなかで、出来事の典拠がどのように示されているのか（あるいは示されていないのか）、実際に確認してみよう。

2.1. ボッロメーオ枢機卿の事績

まずはわかりやすい例、ミラノの大司教フェデリーコ（フェデリーゴ）・ボッロメーオ枢機卿 (Federico Borromeo, 1564-1631) のケースから見ていこう[8]。高潔かつ学識豊かな高位聖職者として知られる彼については多くの史料が残っており、マンゾーニはその人物像に迫るために、リパモンティやフランチェスコ・リーヴォラ（17世紀）による伝記はもちろん、枢機卿本人の著作も参照することができた。『婚約者』の語り手は、こうした史料に即して、第22章でフェデリーゴ・ボッロメーオという人物の事績を語るのである。

第22章冒頭、後述のインノミナートが枢機卿の滞在する教会を訪ね、いよいよ物語に枢機卿が登場するというところで、物語は中断される。語り手が「我々は、物語のこの場所で、わずかばかり立ち止まらずにはいられない」と言い出し、「この人物についてはどうしても我々は少しばかり言葉を費やさねばならない」と述べて枢機卿の人となりの紹介を始めることを告げるのである (PS, xxii, 12)。多くの史料によって枢機卿の素性ははっきりしているので、その経歴をわざわざ創作で補足する必要はない。そこで予想通り、「フェデリーゴ・ボッロメーオは、1564年に生まれ、［…］」(PS, xxii, 13) とはじまる伝記的記述において、匿名の手稿への言及は一切なされない。それに対して、紹介が済んで物語の舞台での活躍を見る段になると、語り手は再び「匿名氏」が仲介者となることを確認する。

8）小説では一貫して Federigo（フェデリーゴ）のほうで呼ばれている。

そういうわけで我々は物語の道筋に戻ったほうがよさそうだ。そうして、人となりをこれ以上くだくだと話していないで、我らが著者［＝手稿の著者］に付き添われて彼［＝ボッロメーオ枢機卿］の動くさまを見に行くほうがよいだろう。(*PS*, XXII, 47)

ということは、反対に、それまでは匿名の手稿に依ることなく記述していたことになるだろう。つまり枢機卿の経歴の叙述は、語り手マンゾーニの責任において書かれた歴史記述・伝記なのである[9]。

　ところで、草稿の『フェルモ』の段階においても枢機卿の経歴の語られ方は同様であった (*FL*, II, XI)。しかし、この草稿には、枢機卿に関して出版稿と異なる点がある。『フェルモ』では、物語への登場前に挟まれる経歴紹介パートとは別の箇所 (*FL*, III, IV) でも、主たる物語の展開には直接かかわらない枢機卿の逸話が紹介されているのである。それは、教区訪問中の枢機卿を慕って近隣住民がいつまでも彼の後を追ってきたり、彼の質素な食事に驚いたりするという聖人伝風の逸話であり、ルチーアが攫われた事件がフェデリーゴの関与でひとまず解決するのを見た後、フェルモの事件へと話題を大きく転換する前に挿入されている。注意したいのは、この話の出典である。語り手は、この逸話が「我らが手稿やその他の箇所に見出される」としているのである[10]。「その他の箇所」がどこなのかはテクスト中では明らかにならないが、この話に対応する記述は、リーヴォラによる伝記「フェデリー

9）内容については、マルティーニが、第一草稿『フェルモ』と比較して、*exempla*（教訓的説話）にありそうな事績の叙述から厳密に歴史的なものへと変わっていると指摘している (Martini 1988: 516-22)。時代的制約による枢機卿の誤りにも目をつぶらない歴史家の視点が感じられるようにもなっており、歴史記述としての信頼性が高まったと言えるだろう。

10）「しかし、フェデリーゴから離れる前に、我々は彼の周辺地区訪問中に起こった一場面を語らずにおくわけにはいかない。というのは、我らが手稿やその他の箇所に見出されるこの話は、我々のものとは遠く隔たった当時の習俗、ある種の熱狂の充満、感情のかまびすしい爆発、あまりに頻繁に悪に向かったとはいえ時には同様に本当に敬うべきものにも向かった激しい衝動ゆえに、非常に目につく習俗、を描き出すのに大変役に立つからである」(*FL*, III, IV, 82)。

コ・ボッロメーオ伝 *Vita di Federico Borromeo*」に見られる[11]。このような仕方で、ほかの文献に記載された「史実」が匿名の手稿においても詳述されていると読者に告げるのは、この手稿によって虚構と史実の境界をマークしようとするならば得策とは言えないだろう。『婚約者』では、このエピソードが全面的に削られており、結果的にそのような不都合は解消されている。

2.2. インノミナート／サグラートの伯爵の経歴

ボッロメーオ枢機卿の事績を記したリパモンティやリーヴォラは、名だたる悪漢が枢機卿との対談を通じて回心したことを伝えている。諸文献が伏せているこの人物の本名フランチェスコ・ベルナルディーノ・ヴィスコンティ Francesco Bernardino Visconti は、小説でも明かされず、語り手は彼を指すのに「名前を呼ばれない（呼ぶのが憚られる）人」という意味の反語的な名前「インノミナート」を用いている（『フェルモ』では架空のエピソードに由来する「サグラートの伯爵」という渾名が用いられる）。小説中でリパモンティ『ミラノ史』などの典拠が明示されていることから、彼は基本的に実在の人物として描かれていると言える。

2.2.1. サグラートの伯爵の逸話

『フェルモ』における彼の呼び名「サグラートの伯爵」は、武器を置いて教会に入った相手を「サグラート sagrato（教会前庭）」において射殺するという神をも恐れぬ所業に由来している。渾名とその由来についての具体的な典拠は見つかっておらず、マンゾーニの手になる創作と考えられるが、その叙述は以下のように始まる。

> この者の本当の名前を見つけるために我々が行った調査は──というのは、我々が書き写したのは渾名であるから──実りのないものだった。このうえ

11）*Vita di Federico Borromeo Cardinale del titolo di Santa Maria degli Angeli, ed Arcivescovo di Milano, compilata da Francesco Rivola sacerdote milanese* [...], Milano, 1656, III, 15, 248-9. Cfr. Nigro (2002a: 1082).

なく慎重な我らが著者には、この男を渾名で呼ぶだけでも、勇気を出しすぎ、分を越えてしまったと思われたのだ。同時代の大変信頼のおける二人の作家、いずれもフェデリーゴ・ボッロメーオ枢機卿の伝記作家たるリーヴォラとリパモンティは、この謎めいた人物について言及しているものの、簡潔に史上比類ないほど恐れを知らぬ大悪党として描写するばかりで、その名前も言わなければ、渾名、つまり、<u>この人物にその渾名を獲得させた出来事、彼の性質をイメージさせるのに十分なその出来事の叙述と一緒に、我々が我らが手稿から引き出した渾名も</u>、教えてはくれない。(*FL*, II, vii, 64)

これによれば、匿名の手稿の著者（匿名氏）だけが、渾名と、その渾名の由来となった事件を記しているということになる。ただ、匿名氏は、語り手から全篇を通じて何度も「非常に用心深い」人物と形容されており、上の引用の前半でも、渾名を伝えるだけでも匿名氏にはやりすぎだと感じられたと書かれている。その彼が、恐ろしい伯爵の所業を詳細に記しているのは、やや一貫性に欠けると言わざるをえない。しかし、史実に対するマンゾーニのこだわりが、実在の人物に関する創作のエピソードを、何の虚構性のマークもなしに語ることを許さなかったのだと考えれば、こうした事態にも一応の説明がつくだろう。

2.2.2. インノミナートの実在性
『婚約者』では、渾名の代わりに、インノミナートという呼び名が使われるようになり、渾名とともにその由来となった教会前庭での事件も削除されている。また第19章後半ではインノミナートの経歴が語られているのだが、そこではリパモンティが適宜引用され、引用でない部分は匿名の手稿が典拠ということになっている。記述の典拠がそのように配分されているということは、リパモンティの『ミラノ史』への言及および引用がなされたあとに次のように書かれていることからわかる。

> この作家［＝リパモンティ］から、我々はのちほど、我らが匿名氏の話をちょうど裏づけかつ明瞭にするような別のくだりをいくらか取り出すことになるだろう。それで、匿名氏と先へ進もう。(*PS*, xix, 38)

グロッセルは、このように経歴の叙述中に匿名氏が召喚されているのを理由に、インノミナートは全体として架空の人物のように扱われていると見ている (Grosser 1981: 434)。確かにグロッセルの言うとおり、この小説において匿名の手稿を拠り所に語られる事柄は、多くの場合、実在の史料に書かれていない創作部分に対応している。しかし、だからといって、経歴の叙述の典拠に匿名の手稿が挙げられているだけで、インノミナートが架空の人物と同じに扱われているとするのは短絡的である。この部分で注目すべきは、匿名の手稿が典拠ということになる記述が、「半過去」（過去の習慣や状況をあらわす時制）の動詞を基調とする概括的なものである（完了をあらわす「遠過去」があっても、「時々」といった副詞を伴うなど、1回きりの行為にならない）のに対し、具体的なエピソードの描写は実在の史料からの明示的な引用によってなされるという役割分担がなされていることである。『フェルモ』の段階では創作による独自のエピソードが織り交ぜられ、それが呼び名（サグラートの伯爵）の由来にもなっていたことを考え合わせるなら、『婚約者』のインノミナートは、完全には架空の人物ではなく、むしろ歴史上の人物としての側面を取り戻したと見ることができるだろう。

　またここでは、この『婚約者』第19章において実在の史料からの引用として提示されるエピソードの一つが、『フェルモ』では典拠を示さず語られていたという事実も指摘しておきたい。それは、表2−1に並べた、サグラートの伯爵／インノミナートがミラノを騒々しく駆け回ったという話である。『婚約者』の語り手は、（手稿に基づいて）インノミナートが国外に脱出しなければならなくなったと記述したあと、その状況に対応すると思われるリパモンティの記録があると述べ、それをラテン語から翻訳し引用している（「彼が述べるには」以降の部分に引用符があることに注意）。一方『フェルモ』で語られるのも全く同じ出来事であるが、それが起きたのは下線部のとおりサグラートの伯爵がたまたまミラノを訪れた時のことだとされ、ミラノから去る場面にはなっていない。ということは『フェルモ』の時点では、リパモンティの記述が利用される一方で、状況には変更が加えられていたということになるだろう。このように状況を変更したものをマンゾーニが「史実」として提示するとは考えにくいので、ここに『ミラノ史』という引用元が提示さ

表2-1　ミラノを駆けるインノミナート

『フェルモ』(II, VII, 66)	『婚約者』(XIX, 42)
［リパモンティからの引用に続いて］	［匿名手稿に依拠した記述に続いて］
この者が自ら恃むところは、力の意識と長きにわたって刑を免れた経験とを糧に大きくなっていた。そのために、ある日ミラノのそばを通る必要があったときに、第一級の犯罪者として追放されていたにもかかわらず、気にもせずに市内に入り、犬どもをつれてラッパを鳴らし、街を馬で駆け、ミラノ総督の住まう館の門前を通過して、そこの衛兵に自分の名で総督を侮辱する手紙を残したほどであった。	リパモンティの前述の歴史書で語られる特筆すべき箇所は、このような状況のことを言っているのだと思われる。彼が述べるには「ひとたび町から退散せねばならなくなったときに、この者が行使した隠密性、気配り、遠慮といったらいかばかりか。なんと犬どもを従えてラッパを鳴らし、馬で街を駆けたのである。そして、総督府の門前を通過し、そこの衛兵に総督を侮辱する手紙を残したほどであった。」
［以降は渾名の由来のエピソード］	［以降はリパモンティ引用＋匿名手稿少々］

れず、引用符もないのは当然かもしれない。それどころか、この話の後には、匿名の手稿が典拠であることが明らかな、例の渾名のエピソード（本章2.2.1.を参照）が続くため、この箇所も手稿を典拠とするように見えなくもない。いずれにせよ、『フェルモ』の段階では史実として紹介されていなかったこの出来事は、改稿を通じて正しい状況のもとに置き直されて、しかも「史実」だと見分けられる仕方で語られることになったのである。

2.2.3. 具体的な残虐行為の削除

『フェルモ』に見られた教会前庭での逸話が削除された結果、『婚約者』のテクストからは、大悪党とされるこの人物の残虐行為の具体例が消える[12]。これに関してルイジ・ルッソは、殺人をそのまま描くよりも曖昧にしておいたほうが極悪さについての空想が広がり、のちに「回心という絵」がはめ込まれるべき「想像による枠」が壊れずに残ると評している (Russo 1945: 42-3)。つまり、削除したおかげで、このような美的効果が生じたというのである。

しかし、実在の人物に関する記述にフィクションを交えるときには、それ

第 2 章　「発見された手稿」と虚実の判別可能性　**75**

を見分けられる仕方で語ることが求められたのではないか、という我々の見方からは、草稿からの変更理由をほかにも見出すことができる。史料の描写が曖昧なインノミナートの過去の行為について具体例を書こうとすれば、創作するしかなく、それは匿名の手稿が典拠ということにするのが妥当である。ところが、インノミナートの無法な振舞いを仔細に記録するのは、匿名氏の用心深い性格に反するものである。それゆえ、残虐行為の具体例の削除は、匿名氏を17世紀の作家として本当らしく描くためにも必要な措置だったと見ることができるのである。

2.3.　ボッロメーオ枢機卿とインノミナートの対談

インノミナート（または伯爵）がボッロメーオ枢機卿との対談を通じて悔い改めるのは小説のハイライトの一つであり、その劇的な回心は、リパモンティやリーヴォラが伝える「史実」である。小説では、ちょうどルチーアがインノミナートの城に捕らわれているときにこの事件が起こったことにされているのだ。

なお、『フェルモ』では、この対談が二人の初対面ではないことになっている。若き日のサグラートの伯爵が、若きフェデリーゴをミラノの教会でからかおうとするが失敗するというエピソードが紹介されているのである (*FL*, II, x, 62-4)。枢機卿の伝記作家リーヴォラが、これとよく似た事件を記録して

---

12) なお『フェルモ』からの改稿の過程で、隠れなき悪漢であった彼（すでに呼称はインノミナート）がミラノを離れなければならなくなるまでの出来事を詳述する部分 "Schizzo più ampio della figura dell'Innominato" が執筆されたが、出版稿直前の第二草稿 *Gli sposi promessi* からは取り除かれている。この部分では、あきらかな殺人の容疑がかかり、召捕りに来た「警吏 bargello」を返り討ちにしたのち、当局が本腰を入れて動いたので、とうとうミラノを去るという顛末が仔細に描かれている。冒頭に「このインノミナートの人となりについて描こうとしているスケッチに、我々はリパモンティの章句をいくらか、その美しいラテン語を何とか上手に訳しながら載せようと思う。残りについては、我らが匿名氏／我らが手稿の未発表の作者のほかに、我々はよるべき権威をもたない」("Schizzo", 786) とあることから、とくに典拠が示されないこの逸話は匿名の手稿に書かれているということになる。つまり、ここでも創作された詳細部分は匿名の手稿に依拠するという形が確認されるのである。

第23章の挿絵〔IM 237〕
マンゾーニの指示:《彼［＝インノミナート］は両手で顔を（あるいは、もしそのほうが画家にとってよければ額を。その場合は本文を変更しましょう）覆った。「偉大にして善なる神よ！」フェデリーゴは叫び、目を上にあげた云々》

いるが[13]、フェデリーゴをからかおうとした人物がサグラートの伯爵であるというのは、フィクションである。この記述についてテクスト中では情報源が示されていないため、史実だと主張されていることにはならないが、一方で、虚構であるにもかかわらず匿名の手稿が典拠だと推定されるような書き方にもなっていない。『婚約者』では、この逸話は削られて、二人が若い頃に出会っていたという設定そのものがなくなる。また『フェルモ』において対談場所は、伯爵の居城近く（その距離およそ2マイル）のキウーゾ Chiuso という地区の司祭宅となっている。これが史実に依ったものかは定かでなく、むしろ2世紀前の物語に登場する善き司祭に、マンゾーニと面識のあったキウーゾの司祭セラフィノ・モラッツォーネ Serafino Morazzone（1773-1822在職）の名を与えることが狙いだったらしい。だが、彼を追悼するために導入されたこの明らかなアナクロニズムは、改稿において考え直されることとなる。『婚約者』では、対談が行われた土地の名は星印＊＊＊で隠され、城からの距離はぼかされ、司祭の名前も出てこないのである。こうして史実へのみだりな介入が消えるとともに、用心深いとされる匿名氏の性格にも合致した記述となったと言える。

さて問題の対談は、実在の人物の間で実際に行われたこと、史実として伝

13）F. Rivola, *Vita di Federico Borromeo* (per Dionisio Gariboldi, 1656), I, 6, 18. またリパモンティ『ミラノ史』の記述も参照されていると考えられる。Cfr. Nigro (2002a: 1042-4); Stella e Repossi (1995: 895).

わる出来事ではあるが、小説に見られる会話の具体的な内容（台詞）は、史料に記されたものなどではない。しかもここでは、架空の人物ルチーアの連れ去りも話題に上るため、いかに本当らしかろうと「史実」ではありえない。『婚約者』において対談場面は、本章 2.1. で見た「我らが著者に付き添われてボッロメーオ枢機卿の動くさまを見に行くほうがよいだろう」という語り手の言葉の直後に始まるため、読者は、対談の内容は匿名の手稿に書かれていると判断することになる。また、対談の行われた劇的な一日を語り手は以下のように締めくくっている。これは、実在の人物に関わる創作の話が語られるときはいつも匿名の手稿が典拠として提示されるという本章の主張を、そのまま裏書きするものと言えるだろう。

> このようにしてその一日は終わったのである。我らが匿名氏の書いていたころにはまだとても有名な一日であった。今となっては、彼がいなければ、何も、少なくとも詳細については、知られなかっただろう。すでに引用したリパモンティもリーヴォラも、たいそう名高い暴君がフェデリーゴとの対談後、目をみはるほどに生き方を変え、それを一生貫いたと言うばかりで、ほかは何も言っていないのだから。(PS, xxiv, 96)

ここでは、後半の下線部のとおり、詳細は別にしても、インノミナートが枢機卿と対談して回心したのは史実だということも再確認されている[14]。

---

14) なお『フェルモ』の対応箇所 (FL, III, ii) でも、史料が言及しているが中身までは知られていない出来事の詳細は匿名手稿を典拠とするという形は基本的に完成している。「ここでなされた［二度目の］対談に関することは、我らが手稿には何も見当たらないが、実のところ著者を責める気はない。かの最初の面談についていくらかでも探り出したことに、我々は舌を巻いているくらいなのだ。枢機卿の従者で、その伝記の作家であるリパモンティでも、その二度目の面談において枢機卿とあの伯爵との間で起こったことについては何も漏れ伝わっていないと言明しているのだから」(FL, III, ii, 75)。「彼［＝匿名の著者］はしかし、一家の新体制のため伯爵がこの日のうちに施した最初の措置について簡潔に述べており、我々はその報告を追って繰り返そうと思う」(FL, III, ii, 81)。

2.4. 「モンツァの修道女」の経歴

故郷を離れることを余儀なくされたルチーアは、モンツァにある女子修道院で「シニョーラ（女主人）」と呼ばれる修道女の庇護を受けることになる。この人物は、実在の史料『ミラノ史』に出てくることが本篇中で明示されていることから、インノミナート同様、原則的には歴史上の人物として扱われていると言える。つまり、貴族の娘に生まれ、その意に反して出家させられてモンツァの女子修道院に入り、そこで誘惑に負けて修道女にあるまじき罪を重ねてしまった——ただし、ボッロメーオ枢機卿に知られて裁判にかけられ、最後には悔い改める——まさにその人だということになっているのである。

「シニョーラ Signora」という呼び名は『ミラノ史』に出てくるラテン語の *Domina* を訳したものであるが、マンゾーニはそのほかにジェルトルーデ (*FL*: Geltrude / *PS*: Gertrude) という架空の俗名を彼女に与えている。実際の名前ヴィルジニア・マリア・デ・レイバ修道女 suor Virginia Maria de Leyva（俗名マリアンナ Marianna）は小説中には現れない[15]。

2.4.1. 経歴紹介の予告

第9章の冒頭、故郷の村を逃れた主人公たちは船を降り、クリストーフォロ神父が手配していた馬車に乗り換える。ここで語り手は、彼らの旅の目的地の名（モンツァ）を、匿名の著者が伏せようとしていることを紹介する。ルチーアがこの地で関わることになる人物（モンツァの修道女）は有力な家の出身であり、この人の身元がすぐに特定されないよう慎重を期さねばならなかったというのがその理由である。

問題の地名がモンツァであることは結局、語り手によって明らかにされる

---

15) ミラノ大司教の許可を得てマンゾーニがこの修道女に対する裁判の記録を見ることができたのは、27年版の出版より後の1835-40年の間であったことが知られている。例えば Vigorelli (1986: 94); Stella e Repossi (1995: 761) を参照。このためルチーアと会った時点での修道女の年齢その他の状況に史実とのずれが生じているが、40年版でも訂正はされていない。Cfr. Pupino (2005: 171-3).

第 2 章 「発見された手稿」と虚実の判別可能性　　**79**

表 2 - 2　モンツァ到着、歴史上の人物の登場示唆

『フェルモとルチーア』(II, I, 23-5)	『婚約者』(IX, 3-6)　（*は原注）
我々は今どこにいるのか。<u>我らが著者はそれを言わないし、それどころか言いたくないとはっきり述べている</u>。[…] この著者は、知っていることを語りたい気持ちと、さる名家の怒りを買うことへの恐れとの間で身動きが取れなくなっていた。これら名家への陰口は、この世で罰を受ける罪なのであった。そこで著者は石橋を叩いて、事実関係を語りながらも、関係者にたどりつく糸口になりそうなあらゆる情報を削り落した。	我らが著者は、その夜の旅路を詳述しておらず、クリストーフォロ神父がこの母娘を差し向けた<u>町の名も伏せている。むしろ、言いたくないときっぱり明言している</u>。物語が進むにつれて、口が重いわけが明らかになる。この土地に滞在して、ルチーアの事件は、さる一門に連なる人物にまつわる暗い陰謀にからまることになるが、その一家は、はたして、著者が書いていたころには大変有力な家であった。
	その特殊な事件における、この人物の奇異なふるまいのわけを説明するために、**著者はその経歴をも**<u>手短に語らねばならなかった</u>。それで、かの家がどのような有様かは、これから読んでいただけばわかるだろう。
その削られた中に、場所を示すものも含まれていたのだが、少なくともこの部分においては、彼は<u>十分な手練ではなく</u>、我々は間違える恐れも抱かずに、ルチーアが留まった土地を言ってみせることができる。というのは、著者は知らず識らず、子どもでさえ探り当てられるだけの糸口を提供したのである。話のある一節では、ルチーアは、<u>都市とは呼ばれないが実質はそれに値する由緒正しき大きな町</u>に着いたと言い、別の箇所では、そこを流れる<u>ランブロ川</u>の話をし、また別のところでは<u>主席司祭</u>がいるとも言っている。これらの情報があれば、ヨーロッパじゅう探しても、文字に通じた人で、すぐにこう呼ばわらぬ者はない。モンツァだ、と。	しかし、この哀れな男が慎重にも我々の目から遠ざけたものは、我々の入念な調査で別の場所に見つけられたのである。**あるミラノの歴史家*** が、まさに<u>同一の人物</u>に言及すべきこととなった。この者は確かに、人物の名も町の名も明かしていないが、町について、<u>都市とは呼ばれないが実質はそれに値する由緒正しき大きな町</u>であったと言っているし、別の箇所では<u>ランブロ川</u>が流れていると言っている。ほかでは、<u>主席司祭</u>がいるとも。これらの事項を照合して演繹するに、間違いなくモンツァである。

* Josephi Ripamontii, Historiæ Patriæ, Decadis V, Lib. VI, Cap. III, pag. 358 et seq. |

のであるが、それを特定するために使われるテクストは、『フェルモ』と『婚約者』とで異なっている。表2-2の左側のとおり、『フェルモ』においては、匿名の著者の隠し方に問題があって、モンツァだと突き止める三つの手掛かり（つまり下線部の、都市並みに大きな町で、ランブロ川が流れ、主席司祭 arciprete がいるという記述）が残ったことになっている。一方、『婚約者』においては全く同じ手掛かりを提供するのはリパモンティだということになっている。地名を伏せる振りをしつつ実質的には隠していない記述は、『婚約者』の語り手が脚註をつけているとおり、リパモンティの『ミラノ史』という実在のテクストに見られるものである。それが『フェルモ』では、匿名の手稿のテクストにいわば"混入"していたことになる。小説の設定上は、匿名氏がリパモンティとそっくりの書き方をしていたとしても問題はないし、読者も『ミラノ史』の該当箇所を読まないかぎりそれに気づくことはないのだが、改稿の結果、『婚約者』では、このやや個性的な記述は、リパモンティのものとされたのである（そして、『婚約者』の匿名氏はより慎重な人物となったのである）。

　また、表2-2右側の中央のとおり、『婚約者』には匿名の著者が問題の人物の履歴を書いているという記述も追加されている。『フェルモ』とは異なり、『婚約者』では第9章冒頭のモンツァ到着の時点で、これから登場する謎の人物（モンツァの修道女）について、その過去が語られるであろうことが予告されることになったのである（なお読者は、これより前の第4章において、すでに別の登場人物の過去が語られるのをみている。本章2.5.を参照）。そして、履歴は匿名の手稿に書かれているとしつつ、リパモンティ『ミラノ史』を引いて（脚註にレファレンスも記して）その人物の実在性は担保しているのである。

　以上を踏まえて彼女の過去が語られる箇所へと移ろう。

「シニョーラ」の頭部（第9章）〔IM 097〕

2.4.2. モンツァの修道女の過去

　モンツァの修道女（＝「シニョーラ」、ジェルトルーデ）の過去の叙述は、彼女がルチーアらと会話を交わした後に始まる。『フェルモ』では、先に見たとおりモンツァ到着の時点（表2-2）でリパモンティに触れられていなかったので、ここで初めて言及されることになる。

　　　彼女の言葉は、大変奇妙に、修道女の言葉とするとなおのこと奇妙なものになったので、それを話す前に、この「シニョーラ」の物語を聞かせ、その話し方をこのように奇妙にした情念と出来事とを明らかにせねばならない。
　　　この出来事は陰気で異常なものであり、いくらこの不吉な記憶を残した時代には現在ならば驚嘆すべき多くのことが日常茶飯であったとしても、ただ匿名氏の権威だけでは、我々が語ろうとしていることを信じるに足らないだろう。したがって、この物語の足跡がどこかほかに見当たらないかと探し回ったところ、疑いを残す余地のない証言に行きあたった。[…] **リパモンティが、この不幸な女について、我々の物語［＝匿名の手稿］の中にあるよりも強烈な事柄を語っているのである。** むしろ、我々はリパモンティが残してくれた報告を用いて、「シニョーラ」の常ならぬ履歴をより十全にしようと思う。(*FL*, II, ii, 2-3)

下線部のとおり、『フェルモ』の語り手は、どこの誰とも知れない匿名氏が書いているというだけでは信じるに足りないほど異常な話なので、より生々しい記載のあるリパモンティを引くと述べている。したがって、語り手による彼女の過去の叙述の情報源は、リパモンティと匿名氏の両方であり、両者の補完で物語が完成するという体裁になっている。ただし、『婚約者』のインノミナートの場合（本章2.2.2.）のように、実在の史料『ミラノ史』から適宜引用し、それ以外は匿名手稿といった形は採用されていないため、普通の歴史小説と同じく、テクスト内の情報だけでは（つまり『ミラノ史』を自分で読まないかぎり）、どこが史実なのかは一切わからないような語り方になっている。

　一方『婚約者』では、語り手が彼女の過去を語ろうとする理由（動機）は『フェルモ』の際と同じだが、その導入部からリパモンティへの言及が消えている。

［…］徐々に彼女の言葉は、大変奇妙なものになっていったので、それを話すかわりに、この不幸な女の前歴を簡単に物語ったほうがよいだろうと思う。つまり、彼女のうちに見えた何か常ならぬ、謎めいたものを説明し、あとで語らねばならない出来事での彼女の振舞いのわけをわかってもらうのに十分なことだけであるが。

彼女は、＊＊＊公の末の娘で、［…］(PS, ix, 40-1)

『婚約者』の語り手は、先の表2－2の時点で、リパモンティ『ミラノ史』が同一の人物に言及していると述べていたが、それによって、もちろん彼女が歴史上の人物であることは示唆される。しかし、だからといって語り手がこの史料を彼女の過去を語るための典拠にしたということにはならない。結局のところ、『フェルモ』の場合と異なり、『婚約者』におけるモンツァの修道女の履歴の典拠は、匿名の手稿のみとなったと言えるだろう。実際、表2－2では、匿名の著者が修道女の奇異な振舞いのわけを説明するために「履歴をも手短に語らなければならなかった」とされていたのであり、また、履歴の叙述の始まりに見られる「＊＊＊公」という星印（アスタリスク）は、用心深い匿名の著者に由来する隠蔽表現である――次項で見るとおりクリストーフォロ神父の過去の叙述の際に「これらの星印はすべて我が匿名氏の用心によるものである」(PS, iv, 8) と書かれているのだ。また、マンゾーニは履歴の後半にも匿名の手稿への言及を挟んで、読者に情報源を思い出させている。すなわち、修道女になったジェルトルーデを誘惑する男が登場する場面で、語り手が「我らが手稿［＝匿名の手稿］はその名前を、家名は言わずに、エジーディオと記している」(PS, x, 83) と述べるのである[16]。

ここで「モンツァの修道女」ジェルトルーデの経歴の叙述について、全体

---

16) なお、この箇所は40年版が «Il nostro manoscritto lo nomina Egidio, senza parlar del casato» であるのに対し、27年版では下線部が «senza più» となっていた (PS V, x, 83)。つまり、意味は同じだが「その名前をエジーディオとだけ記している」という表現になっていたのであり、匿名氏があえて家名を言い落としていることが、改稿によって、より強く示唆されるようになったとも言える。

の構成を確認すると、『フェルモ』では、幼少期から彼女が強いられて出家をするに至るまでに4章、女子修道院で彼女が犯す罪——エジーディオとの関係、殺人への関与——について2章が割かれている。出家以前についてはリパモンティ『ミラノ史』の記述が少ないため、誕生から出家までの話のほとんどは、貴族の子供が望まない出家を強要されるという当時珍しくなかった出来事を、作家が現実的に思い描いてみせた創作部分と言える。出家後の修道院での醜聞は、『ミラノ史』に詳しく書かれているので(ただし重点はそのあとの悔悛のほうに置かれている)、最後の2章が、〈事実に創作が混じってどこが事実かはっきりしない叙述〉になっているわけである。

一方、『婚約者』では、前歴の叙述は、2章弱に減り、しかも、そのほとんどのページが意に反して修道院に入ることになるまでにあてられ、出家後の事件については詳しく語られなくなる。そして、醜聞の核心は「不幸な女は応えた la sventurata rispose」という言葉によって暗示的に述べられるだけとなっている——結果として、削られた内容の重みを一身に背負うこの短い言葉が、小説中でも最もよく知られるフレーズの一つとなった。全体としては結局、(意に反した出家という大枠は事実としても)詳述しようとすれば創作するほかない部分が中心を占めることになったわけである。

したがって、『婚約者』における「モンツァの修道女」の前歴の叙述は、匿名の手稿のみを典拠とし、罪の細部を省いて全体を創作に頼った叙述にすることによって、『フェルモ』のような史実と創作の境目のきわめて不明瞭な状態から脱却したと言うこともできるだろう[17]。そしてリパモンティ『ミラノ史』は、「モンツァの修道女」の履歴の直接の典拠ではなくなり、モンツァの暗い事件——無理やり出家させられた貴族の娘が女子修道院でスキャンダラスな事件を起こしたが、枢機卿も関与して最後には悔悛に至った——の事実性を大枠として(のみ)保証するものへと機能を転じたのである(小

---

17) 史実と虚構の混合は、後半部分が削除された結果、回避された。削除の理由としては従来、道徳上の問題および小説全体の分量に対するバランスへの配慮が想定されているが(例えば Stella e Repossi 1995: 757 を参照)、それだけでなく、こうした効果をも狙って削除されたと考えることは可能であろう。

説終盤の第37章で「モンツァの修道女」のその後、つまり罪の発覚から悔悛まで、について簡単な紹介がある際も、参考文献として『ミラノ史』が引かれていることに注意[18])。まとめると、草稿からの書き直しによって、小説中で語られる実在の人物「モンツァの修道女」の経歴は、リアリスティックに想像された部分がほとんどを占めるようになり、それに合わせるように、その語りの典拠としては匿名の手稿のみが示される形になったのである[19]。

2.5. クリストーフォロ神父の過去

物語の本筋で活躍する以前の経歴が語られる４人のうち、これまで、小説に本格的に登場する順番とはちょうど反対向きに、その叙述において創作の比重が少ない順序で３人を見てきた。４人目の、主人公たちを導く善き修道士クリストーフォロは、モデルこそいるが架空の人物であり[20]、その来歴はついに完全に創作ということになる。それゆえ理論上――語り手がそのことを明示しようとしまいと――、情報源は匿名の手稿しかありえないのであるが、(『フェルモ』ではそうでなかったのに)『婚約者』では、典拠としての匿名の手稿の存在が読者の目にも明らかとなる語り方になっている。これを

---

18) 該当箇所も脚註で示されている。「このいたましい話をもう少し詳しく知りたい人は、我々が別のところでこの人物に関連して引用した本の当該箇所にその話を見つけられるだろう*。* Ripam. Hist. Pat., Dec. V, Lib. VI, Cap. III.」(*PS*, xxxvii, 45; 星印*は脚註)。

19) こうして履歴の詳細の事実性が主張されなくなったこと、つまりフィクションとして語られていることを考慮するならば、40年版において裁判記録を踏まえた史実へのすり合わせがなされなかったことも一定の説明が可能になる。本章の註15を参照。

20) 1630年のペスト禍を記録したピオ・ラ・クローチェの報告 (Pio la Croce, *le Memorie delle cose notabili in Milano intorno al mal contagioso l'anno 1630*, Milano, 1730) により、歴史上クレモーナのクリストーフォロ神父 padre Cristoforo Picenardi da Cremona という人物が実在し、小説のクリストーフォロ同様ミラノの伝染病院で看護活動をして自らも病に倒れたことが知られているが、その過去は明らかではない。さらにムラトーリによるモデナ公アルフォンソ３世の伝記にも着想を得た可能性が指摘されている。Russo (1945: 325-32) などを参照。複数の人物に着想を得ているとすれば、小説のクリストーフォロはひとりの歴史上の人物とは言えないことになる。

確認し、〈語りの典拠が適切な箇所で示されることにより事実と虚構の境がマークされている〉という本章の仮説の傍証としたい。

クリストーフォロは小説のキーパーソンの一人であり、語り手は、彼が物語の本筋に具体的に干渉するのを語る前に、その人となりを読者に知らせるべく、この人の過去に何があったのかを物語る。来歴は、『婚約者』第4章のはじめで、次のような仕方で導入される。

> 「いったいどうして、この人はルチーアのことでこれほど気をもむのか。どうして最初の知らせがあるや、修道会管区長の呼び出しがあったかのようにすぐさま飛び出したのか。まずこのクリストーフォロ神父とは何者なのか」これら全ての質問に答えなければならない。
> ＊＊＊のクリストーフォロ神父は、五十よりも六十に近かった。[…]
> クリストーフォロ神父はずっとこういう人だったわけでもなければ、ずっとクリストーフォロだったわけでもない。生まれたときの名はロドヴィーコだった。彼は＊＊＊（これらの星印はすべて我が匿名氏の用心によるものである）の商人の息子で、[…] (*PS*, IV, 5-8)

この裕福な商人の息子ロドヴィーコ[21] は、とある貴族とのつまらない諍いで刃傷沙汰に至り、従者クリストーフォロを殺されたために我を忘れ、相手を殺してしまうのだが、ここで問題なのは、星印である。括弧内の語り手の註釈により、地名を星印に置き換えている人物——ということは、この伝記的なものを書き残している人物——が、実在の伝記作家ではなく、匿名手稿の著者であることが明瞭となる。

『フェルモ』の対応箇所 (*FL*, I, IV, 7-8) も、これと同様に読者の質問に語り手が答えるような形で来歴の叙述が始まるが、その段階ではまだ星印＊＊＊は用いられず、彼がクレモーナの出身であることがはっきり書かれていた（「クレモーナのクリストーフォロ神父は [...]」）。実は、クレモーナのクリストーフォロという人は実在し、小説の神父のモデルの一人とされる（註20を参

---

21) なお『フェルモ』から27年版までは、Lodovico（ロドヴィーコ）ではなく Ludovico（ルドヴィーコ）だった。

照）。ただし、小説のクリストーフォロと重なるところのある人物の存在は、研究の結果として明らかになったのであって、マンゾーニ自身が小説中でドキュメントを紹介しているわけではない点に注意が必要である。これまでに見た3人の例とは全く異なり、マンゾーニには、彼を実在の人物と見せる気はなさそうなのだ。

　『婚約者』では、地名の部分に星印が使用されるようになったことによって、一方では、モデルの一人である実在の人物「クレモーナのクリストーフォロ」のアイデンティティが薄まり、他方では、匿名氏という架空の媒介者の存在が、否が応でも意識させられる形になった（このあと、出家してクリストーフォロとなったロドヴィーコの修練期 noviziato の場所も『フェルモ』のモデナから＊＊＊に変更されている）。なお、小説の登場人物としてのクリストーフォロは、修道士になるにあたり、殺してしまった貴族の弟（兄？）と一族に心からの謝罪をし、クリストーフォロに恥をかかせようと待ち構えていたその弟まで心を動かされるのだが、そこで『婚約者』の語り手はこう述べている。「我々の物語［＝匿名手稿］がはっきり述べていることによれば、この日以降、彼は激烈さを少々やわらげ、少し御し易くなったとのことである」(PS, IV, 61)。クリストーフォロが許しを乞うセレモニーを行って以来この人物が少し心を入れかえたこと自体は、『フェルモ』の段階でも書かれていたが (FL, I, IV, 55)、匿名の手稿がこれを伝えているとの記述は『婚約者』で加わったものである。これによって、履歴の終盤においても、その典拠が匿名の手稿であることが読者に意識されるような形になったと言える。

3．小括：史実と虚構の滑らかな接続と判別可能性

　以上に見てきたことから言えるのは、『婚約者』の中の実在の人物に関わる叙述は、語り手の言葉によって指示される語りの典拠に注意すれば、詩的創作に基づく箇所と史料的裏付けのある箇所とを、かなり細かく見分けることができるように整えられているということである。というのは、史実として伝えるべきところには史料（のみ）への言及があり、史実と間違われそうな創作の場面では常に匿名の手稿（のみ）への言及があるからである。そし

て「発見された手稿」の手法を取っていても、それだけではこのようにきっちりと語りの典拠が配分されないことも同時に確認された。序文等で導入された手稿に本篇でほとんど言及がないような場合は話にならないが、『婚約者』の草稿『フェルモ』のように、架空の手稿と実在の史料に語り手がしばしば言及するという体裁が整っている場合でさえ、そうなるとは限らない。典拠不明で虚実の入り混じる箇所ができることもあれば、架空の手稿のほうが典拠として指示されている箇所で史実が詳述されることもあるからである。したがって、『婚約者』で史実が判別可能になっているのは、語りの体裁の当然の帰結でも、偶然でもなく、悲劇において実際の歴史がどうだったのか知らせようとしたのと同様のこだわりが、小説テクストにも（改稿を通じてより明瞭に）現れた結果と見ることができるだろう。

　これが、悲劇の場合と異なるのは、どこが史実かを（どこが虚構——リアリスティックに想像されているが確実に起こったとは言えない部分——かを）見分けるのに小説テクスト本体だけで足りるということである。つまり「あれこれ調査せずとも」よいばかりか、周辺テクストを読む必要もないのである。ただし、もちろん、小説の設定上は匿名の手稿も"史料"であるから、見分けるためには、その設定を離れて手稿を架空のものと見る視点が必要である。匿名の手稿の存在がフィクションであることは、小説内では決して明かされない。語り手が歴史書の一つであるかのように扱う匿名の手稿（そこに記されているのは綿密な時代考証に基づいてリアリスティックに着想された物語である）と、実在の史料との決定的な差は、それが現実に入手・参照可能かというテクスト外の事実のみに依っているのである[22]。この意味において、『婚約者』における「発見された手稿」の手法は、小説的設定の内側では、史実と創作部分とをいずれも語り手による「事実の報告」ということにして滑らかに接続することを可能にしている一方[23]、その外側では、史実と創作との判別を可能にしていると言えるのである。

---

22) ただし、本書第5章で見るとおり、「偽装引用」と本当の引用には形式上の差が全くないわけではない。

さて、こうして〈『婚約者』では、匿名の手稿に言及する「偽装引用」と実在の史料の引用・参照の組み合わせにより、史実と創作の判別可能性を残しつつ、両者を滑らかに接続することが可能になっている〉という解釈が得られたところで、本章の冒頭で言及した論考『歴史小説について』の議論との関連を検討してみよう。

この論考が世に出たのは1850年のことだが、マンゾーニが史実（歴史）と創作（詩）の関係について理論的な検討を始めたのは、もともと1827年の『婚約者』初版を読んだゲーテの評がきっかけであった[24]。この論考においてマンゾーニは、歴史小説には本来、応えるべき二つの要請があるが、厳密に言えばそれぞれが十全には応じえない要請であり、相容れない両者を同時に満たすことなど理論的に不可能だと述べ、ゆえに歴史小説という種（ひいては「歴史と創作の混合した作品」という属）自体がそもそも誤りであるという衝撃的な結論を導き出すことになる。その二つの要請の一方が、はじめに引いた史実と創作の区別である――読者公衆の声として紹介されてはいるが、第1節でも見たとおり、マンゾーニ自身が第一にこれに執着しているのであった。実際に起きた事柄（真実）が仮構された事柄（虚構）と区別されない限り、「歴史のひとつの真正なる表現 (una rappresentazione vera) を提示するという、この種の作品に肝心の効果のひとつ」(RS, I, 2) が欠けてしまうというのである[25]。「本当に起こったこと、それが実際にどんな様子であったか知ること」自体から「生き生きとして力強く、しかも特別な、関心」が生

---

23) アゴスティは、史実と虚構の語りが、同じ「事実の報告」という形式を取ることによって、様々なレベルで同質的なものとなっていることを確認している (Agosti 1989: 135-8)。

24) ゲーテの友人で『アデルキ』の独訳者でもある K. シュトレックフース (1778-1844) が1827年に執筆した書評（《芸術と古代》誌に掲載）はゲーテの意にかなったものであり、マンゾーニはこれをゲーテ自身の手になるものと信じた（インテルメッツォ 1 も参照）。論考は、はじめゲーテへの書簡の形で着想され、1828-31年にかけて執筆されたが中断、ゲーテ没後の1850年にようやく出版された。

25) フィクションである「歴史小説」の役割について、歴史の提示という面を重く見る考えについては、本書第 1 章 6. 1. および Portinari (2000: XXXI, XLII-IX, LXXI) を参照。

じるのであり (*RS*, I, 7)[26]、だからこそ、ここに本当らしいだけで実は虚構なのではないかという疑いが入り込むことは防がねばならないのである (*RS*, I, 9-11)。

ところが、事実の部分についてこれは事実だと述べたてたならば、事実でない部分（創作部分）が事実でないこと（虚構であること）が際立ってしまううえ、史実と創作を漏らすことなく逐一区別したとすれば、もう一つの要請、つまり同質的でなめらかな語りが阻害されてしまう——こちらは、ゲーテを含む普通の読者が「小説」に求める真っ当な要請に思える。小説の中で一文ごとにこれは事実でこれは創作と指示があったら（例えば詩的想像力で補った部分にいちいち「…かもしれない」と付いていたら）、堪ったものではないし、それはもはや小説ではないだろう。このような二律背反の要請を前に、歴史小説はついに立ち往生するというのが、妥協というものを知らない理論家マンゾーニの考えなのである。

マンゾーニはこの難問を『婚約者』27年版の出版より後にはっきり認識するに至ったわけだが、史実を創作から見分けられるように提示したいという考え自体は、未だ理論的に突き詰めてはいなかったにしても、それ以前からあったのだから、判別可能性を残しながらもちぐはぐでない同質的な語りを目指すという課題は、小説の執筆時にも、作家の意識下に漠然と存在していたのではないか。このように考えるとき、小説の設定の中にいる語り手の立場からは全体を同じように典拠に基づいた「事実の報告」として語っているにもかかわらず、多くの史実が別のテクストの助けなく史実と判別できるようになっている『婚約者』の語りのあり方は、この課題を少なくとも部分的に解決しようとするものと見えるのである。

『歴史小説について』の中でマンゾーニは、歴史叙述——歴史小説ではなく——においても、確実な部分と推測による部分を区別すべきであると説

---

26) 事実の認識そのものを知的かつ美的な喜びと結びつけるマンゾーニの詩学については、本書第 1 章第 7 節も参照。

き、そのような叙述を、計画中でまだ存在しない箇所を違う色で塗り分けた町の地図に喩えている (*RS*, I, 58-63)[27]。歴史家カルロ・ギンズブルグ (Ginzburg 2006a [1984]: 311) は、このように推測部分をそれとわかるようにマークし、一貫して事実と区別する処置を「リガティーノ［線描補彩画法］によって欠損部分が指示された絵画修復」になぞらえつつ、この発想が当時の歴史叙述においてはいまだ独創的なものであったと指摘している（当時の例としてあがるのは、『ローマ帝国衰亡史』のエドワード・ギボン (1737-1794) であり、彼が同書第31章の叙述について推測のみに基づく箇所も条件法でなく直説法で語ったと註釈していることが紹介される）。つまり、史料の欠落を埋めて全体像を提示し、かつどの部分が史実かわかるように「保存」して語るのは、次代の歴史叙述で果たされるべき課題だったのである（ギボンの処理は、いまだ、オリジナル部分と修復箇所の見分けがつかなくなる塗り直しの段階にあった）。だが、小説『婚約者』の、例えばインノミナートの過去の叙述は、史料から浮かび上がってくる全体像、つまり想像や推測も交えねば描けない像を語りつつ、どこが史料に基づきどこがそうでないかを、動詞の法（モード）のような言語的な差に訴えるのとは違う仕方で、示すことに成功していたのではなかっただろうか。

『婚約者』という小説においては、かなりの史実が創作部分から見分けられるようになっていて、それは戦争・飢饉・ペスト禍の叙述が田舎の恋人たちの物語からくっきり分かれているという単純明快なレベルを超えて、細部にまで及んでいる。とはいえ、「かなりの」であって「全ての」ではないことにも注意しなければならない。「発見された手稿」の手法をもとにした判別可能性にははっきり限界があり、例えば、架空の人物レンツォが目にしたものとして語られる、ミラノの住民の暴動やペスト禍の様子には、非常に多

---

27)「［現実にあったことがらと、ありそうなことがらを分けることによって］歴史が行っているのは、ある都市の地図を描いて、そこに、別の色で、計画された道や広場、建物を付け足す人がするのとほとんど同じようなことなのである。彼は、存在するようになるかもしれない部分を現に存在する部分とは区別して提示することによって、それらを結び合わせて想像する理由が見えるようにしているのである。」(*RS*, I, 62)

リガティーノを用いた絵画修復

「リガティーノ rigatino」は、修復された作品のオリジナル部分と修復による介入箇所の区別がつくように、欠損箇所に細い線を垂直方向に引き重ねて補彩する絵画修復法である。1940年代に誕生したこの技法の特徴は、「作品から一定の距離をおけば欠損部分は目立たないが、間近に見れば、修復箇所は容易に判別可能である点」にある（田口 2015: 255）。マンゾーニが提示し、ギンズブルグが注目した歴史叙述の方法も、単に確実な（実証される）部分を述べるにとどまらず、叙述対象が現実としてどうであったかという全体像を提示することを目指しながら、そのなかで、確実な部分と推測による部分との判別可能性は残すというものであった。

判別可能性のある修復をするのは、もちろん「オリジナルの真正性を尊重する」ためであり（田口 2015: 255）、この技法の精神は、本章に見たような、史実を尊重して創作部分から見分けられるようにしたマンゾーニの態度と非常に親和性が高いと言える。

くの「史実」が含まれるが、（最初の語り手レンツォの視点のものなので）全て匿名の手稿に書いてあることになっており、周囲にある創作——推測・類推に基づく部分——との見分けはつかない。その部分が「史実」であることは、読者が自分で史料を参照したとき（というより、研究者による詳細な註を読んだとき）はじめて分かるのである。それゆえ、本章の結論として、次のように言えるだろう。『婚約者』においては、いくらかの重要な史実が、「これ（だけ）は史実だ」と言葉にされることなしに（あるいは、設定上は周りも含め全てが史実だと主張されているにもかかわらず）、史実だと見分けられる形で提示されているのであるが、その事実を以てしても、おそらく『歴史小説について』の時点でのマンゾーニは満足しなかったのではないか。しかし、その一方で、『婚約者』の語りのあり方は、『歴史小説について』で突き詰められることになる二つの要請に、おそらく他に類を見ない仕方で、かなりの程度まで応えているのではないか、と[28]。未知の手稿の発見および紹介という一見月並みにも思われる技巧は、事実に執着するマンゾーニの態度と関

連付けて考えるとき、独特の機能を帯びたものと見えてくるのである。

---

28) マンゾーニ自身による「歴史小説」の否定が何を意味するのか、その際に『婚約者』
も否定されたのかという議論は、この点も考慮して展開されるべきではないだろう
か。とはいえ、マンゾーニが「歴史小説」として自身の『婚約者』も念頭に置いてい
たのか否かは、多くの研究者が性急な判断を避けてきた難問である。『婚約者』は否
定の主たる対象ではないと見る向きでも、例えばマッキア (Macchia 2000) やポルティ
ナーリ (Portinari 2000) のように「歴史小説」を否定する議論はそもそも『婚約者』に
は当てはまらないと見るのを好むか、セグレ (Segre 1993) のように『婚約者』も最終
的には射程に入るとするか、見解は分かれる。後者のように『婚約者』もやはり否定
されるとする場合には、40年版『婚約者』に付された『汚名柱の記』のほうを「歴史
小説にとって代わるべき形式をもつ」(堤 1998: 107) ものとみなし、『歴史小説につ
いて』を「成し遂げた仕事に対するこのうえない擁護の宣言」(Brogi 2005: 233) と捉
える説も有力となる。

インテルメッツォ 2

マンゾーニ一家のフィレンツェ旅行と 「アルノ川での洗濯」
―― 『マンゾーニ家の人々』より

　イタリア北部ロンバルディア州の州都ミラノから中部トスカーナ州の州都フィレンツェへ。現在の高速列車なら1時間40分ほどで行ける距離である（日帰り旅行も可能だ――筆者はしたことがあるが、オススメはしない。時間があるなら泊まってください）。なお列車はエミーリア＝ロマーニャ州の州都ボローニャを経由する。

　だが、19世紀前半の旅はそれほど楽ではなかった。大人数の一家での移動となればなおさらだ。『婚約者』の言語

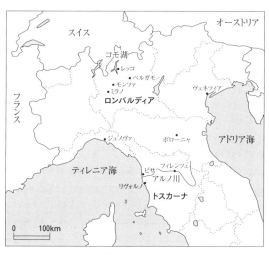

現在のイタリア

的改訂の方針（同時代フィレンツェの話し言葉をベースにした書き換え）は、マンゾーニのフィレンツェ旅行により決定づけられたのであったが、この旅もなかなかの大仕事だったのである。ナタリア・ギンズブルグの名著『マンゾーニ家の人々』（須賀敦子訳，白水Uブックス，2012［単行本は1988］）から、そのときの様子を描いた箇所を引いてみよう。

　　トスカーナ地方の人々の会話を聞けば、自分の小説の文体にまだ欠けている冴えと新鮮さと純粋な抑揚を持たせることができるとマンゾーニは信じていた。小説はすでに印刷中だったが、彼はそれを再読して、校正して、改訂版を出す予定だった。（上巻 p. 155）
　［…］
　　家族は［1827年の］七月の半ばに出発した。総勢十三人、二台の馬車に分かれて乗った。パヴィアで休憩し、トージ司教と昼食を共にした。さらに旅を続けたところで雨が降りだし、その直後、事件が起きた。子供たちの乗っていた馬車が転覆したの

だった。(p. 158)

子供たちは運よく皆無事だったとのことだが、危ないところではあった。このあと一行は
ジェノヴァに立ち寄り（ルートに注意。ティレニア海側から向かうのだ）、そこにしばら
く滞在する。そして「挙げ句の果て、一行はリヴォルノ［トスカーナ地方の都市］に向か
うことになった」が、前夜にマンゾーニが手紙に書いたエピソードが興味深い。

　　出発の前夜、マンゾーニはロッサーリにこう書いている。「とびきり大切な友よ。大
　人も子供も大騒ぎしている。［…］」ジェノワのある青年がマンゾーニを訪ねて来て、
　彼の小説には〈これまで自分が純粋のジェノワ弁だと思い込んでいた表現をたくさ
　ん〉見つけたと言った。「僕はもう少しでその男を抱擁し、両の頬にキスするところ
　ろだったよ。［…］」(pp. 161-2)

この話は、改訂前（27年版）の"イタリア語"表現も、多くのイタリア人にとって、自分
が普段話しているのと遠くないと感じられるような水準になっていたことを推測させるも
のである。さて、一行はいよいよトスカーナに入る。マンゾーニはリヴォルノから手紙を
出すが、相手はトンマーゾ・グロッシ、つまり叙事詩『第一回十字軍のロンバルディア人』
の作者で、『婚約者』の「語り手」が自分と兄弟のような仲だと述べている人物である。

　　リヴォルノ発。マンゾーニよりグロッシへ。「グロッシよ、なんという心優しい、
　蜜のように甘い手紙を君は書くのだ。これまでの無音の罪がこれで帳消しになった！
　早速、返事を書くことにする。［…］ロッサーリへの手紙にも書いたとおり先週の火
　曜日に出発して、ここにたどりつくまで四日かかった。一日目は、［…］。三日目に
　一行はピエトラサンタに到着した。「いよいよトスカーナの地に入った。この辺りか
　らすでにトスカーナ言葉が快く耳に響いた。ここリヴォルノでも同様、言葉は快い。
　フィレンツェはどんなにすばらしいだろう。到着次第、同地のすばらしき事どもにつ
　いて、君に書き送ろう。」旅行中、一行は昼食のために小さなレストランに入ったと
　ころ、ある野菜が供された。ロンバルディア地方ではコルネッティといわれる、〈い
　んげん〉である。「給仕に向かって、ていねいに、どもらぬよう気をつけながら［マ
　ンゾーニはどもる傾向があった］名前をたずねた。この野菜はなんですかと。それも
　名を知らぬから聞いているのではなくて、それが何かわからぬというふりをよそおっ
　て、だ。ファジョリーニ（いんげん）でございます、とナプキンを腕にかけた教授殿
　は教えてくれた……。」(pp. 162-4)

マンゾーニは食事の際にも研究に余念がなかったのだ。ちなみに『婚約者』には、そら豆
なら出てくるが――ベルガモ周辺でミラノ公国側の住民を指す蔑称が"そら豆"なの

だ──、いんげん豆は出てこない。小説に使われる単語だけを一生懸命調べていたわけではなかったのだなと感心する。一家は、その後（もう９月になっていた！）、とうとうフィレンツェに到着する。そしてマンゾーニは『婚約者』の改訂作業に勤しむ。

> マンゾーニは［…］、例の小説に手を入れていた。作品は大判紙に印刷して七十一ページあった。イタリア語の相談相手としては〈博学。愛すべき人物で、十六世紀の作品と一時信じられた短編小説の著者でもある〉、フィレンツェの人ガエターノ・チョーニと、いくつかの悲劇の作者でピサの人、ジョヴァンニ・バッティスタ・ニッコリーニが手伝っていた。「どれほど僕が忙しいかわかるだろう。なにしろ七十一枚のシーツを洗濯しなければならないのだ。水はアルノ川、洗濯女はチョーニとニッコリーニ。これほど上質の水も洗濯女も、ここでなければ見つかりっこない。」(p. 168)

アルノ川はフィレンツェやピサを流れることで知られる河川。『婚約者』の言語上の改訂は一般に「アルノ川での洗濯」と呼ばれているが、それは、このマンゾーニ本人が記した "比喩" に由来するものなのである（アルノ川は文字通りの洗濯をしたいような川ではなかったと思う）。ここでシーツが71枚とされているが、初版の判型は八折り判であり、大判紙１枚には表裏で計16ページが印刷されていたので、計1136ページとなり、つまりは小説の全ページを意味しているのである。右の写真は、この「洗濯」の例。第８章末の有名な「山々への暇乞い」の冒頭部分が、初版の«Addio, montagne sorgenti dalle acque, ed erette al cielo»から現代の多くのイタリア人が暗唱している形«Addio,

40年版のためにマンゾーニが手を入れ、印刷屋に送られた『婚約者』27年版の１ページ。Fernando Mazzocca, *L'officina dei* Promessi Sposi (Mazzocca 1985b), p. 45より転載。

monti sorgenti dall'acque, ed elevati al cielo» へと変更されるように指示されているのが見て取れる（「冴えと新鮮さと純粋な抑揚」？ 筆者の力量では正確に訳し分けることはできない。いずれもおよそ「さようなら、水面からそそり立ち天にそびえる山々」である）。

＊＊＊＊＊

　ここに引用したナタリア・ギンズブルグ (1916-1991) の『マンゾーニ家の人々 *La famiglia Manzoni*』（原著は1983年発行）は、マンゾーニ家の人々と、彼らの親戚、友人たちの間で交わされた膨大な書簡を通して、18世紀後半から１世紀以上にもわたる期間の、貴族の一家の日常生活を、物語として再構成した作品である。イタリアにおいて、国民的な詩人・作家であるマンゾーニのイメージは半ば神話化されているが、この作品は、そうした伝統的なマンゾーニ像を解体し、「家族という大河」の流れの中に浮かぶ一人の人間として提示するものであった。

　この作品に引かれた書簡はすべて本物であり——ただし、書簡の多くはフランス語（当たり前のようにフランス語）なのだが、イタリア語に訳されている——、その他の記述（地の文）も事実に基づいている。だが、訳者の須賀敦子さんも「あとがき」で述べているとおり、本作は「ギンズブルグの視点のおもしろさ」によって「厳密な意味での伝記でもなく、ましてや単なる書簡集でもない、著者の意識的な文学的選択と介入を経たひとつの作品」(p. 322) となっている。また、人物たちの内面について、資料的な裏付けのもと蓋然性の高い推論が成り立つ場面でも「…に違いない」としておくのが学術的な語りだとすれば、語り手が「ジュリアは […] と考えた」だとか「ジュリアはステファノが嫌いだった」だとか述べるのは典型的に小説的な語りと言える。そのような意味からすれば、この作品もまた「歴史小説」ということになるのだろう。

　日本の読者にとっては、全く馴染みのないマンゾーニについて、その文豪イメージの解体と言われてもピンとこないかもしれない（ジュゼッペ・ヴェルディの「レクイエム」が生前から尊敬されたマンゾーニの一周忌のために作曲されたこともあまり知られていないだろう）。しかし、アレッサンドロ・マンゾーニという人物の周辺で起こる私生活上の出来事は、18-9 世紀のヨーロッパの貴族社会や文人サークルの複雑に絡み合った人間関係の中にあって、昼ドラ的な意味でなかなかにドラマチックであり（まず父ピエトロ伯は実父ではないらしいし、母ジュリア・ベッカリーアは恋人とパリに行ってしまうし、その母の友人としてアレッサンドロに紹介されるのが例のクロード・フォリエルで、そのフォリエルはパートナーのコンドルセ夫人のことを黙ったまま友人で歴史家のオーギュスタン・ティエリの元恋人と…といった具合だ——序盤だけでお腹いっぱいになってしまう）、一読の価値があると言える。

　なお、著者ナタリア・ギンズブルグは、現代イタリア文学を代表する作家であるが、本書で何度も引用・参照する歴史家カルロ・ギンズブルグの母でもある。

第3章
「語り手」による一人称の使い分け

　歴史小説の主要人物は、架空の人物であっても、実際に起きた公的な歴史の展開に何らかの形で関与する行為者（アクター）の役割を演じる場合が多く、そのことが史実の中に虚構が混ざり込む一つの要因ともなっている。これに対し、『婚約者』に登場する架空の人物たちは、公的な歴史を動かす側にはならず（なれず）、その影響を受けながら——それに翻弄されながら——私的な物語を生きる存在である。それゆえ、結婚を邪魔された恋人たちの物語にかかわる部分の虚構性と架空の人物が関与しない部分の歴史性の間に混乱が生じることはないのであり、ジョルジョ・ペトロッキの指摘によれば、「読者は直感的に、薄いがやはり存在するガラスが、物語的論述を歴史的論述から隔てていることに気づく」とのことである (Petrocchi 1971: 132)。ペトロッキは、単純に何が語られ誰が登場するかという点だけでなく、歴史部分が創作部分（メインストーリー）の展開を条件付ける「諸前提」を示す役割を担うといった、物語内で両部分が果たしている機能の違いにも着目している。『婚約者』の創作部分と歴史部分は小説の設定上、同じ「事実の報告」という体裁をとっていて、確かに表面上は滑らかに接続するのだが、内容・機能の上で違いもあるので、語り方にも若干の違いが生じ、そのために読者もその差を感じ取るということなのだろう。本書第2章で見た語りの典拠の指示ないし示唆が、史実と虚構が混ざりかねない箇所において両者を見分けさせるための指標となるのに対し、ここでいう語り方（レトリック）の違いは「直感

的」に感じ取るという種類のものである。だが、それならば、この違いを分析的に観測することは全く不可能なのだろうか。いや、そうではない。そのことを明らかにするために、本章では、「語り手マンゾーニ」が用いる一人称にいくつかのヴァリエーションがある点に注目する。

『婚約者』の語り手は、事件の一部始終を外から眺めつつ物語を紹介する人物として設定されている[1]。この語り手は、聞き手の十全な理解を助けるために、主人公らの内面、敵対者の企み、為政者の判断や歴史的事実など個々の登場人物が知り得ない情報をも伝える。そして「事実をして語らしめておく」ばかりでなく、ときにパターナリスティックと感じられるまでの説明を加えて解釈を方向づけてゆく。全知・遍在という特権を備えた「語り手」が明示的かつ積極的に物語に介入するのは、19世紀前半までの小説の一つの定型であり、『婚約者』の語りはその典型例とも見なされている。それゆえ、この作品の「地の文」に一人称による言明が頻繁に現れるのは、「語り手」の姿を極力見せないようにした19世紀後半以降の非人称の語りに慣れた現代人には奇妙に見えるかもしれないが、少しも驚くに当たらないことなのである[2]。しかし、だからと言って、これを単なる過去の慣習的表現や常套句の類と捉えて軽く流してしまってもいけない。

　ヨーロッパの近代小説は、限られた知識人・宮廷人の集団に向けられたそれ以前の文学とは異なり、様々な関心をもつ多数の読者に開かれたものとして登場した。そこで作家たちは、多かれ少なかれ規範から離れた自分の物語が読むに値するものであることを請け合う必要を強く感じていたし、読者のほうは、文学作品に精神を傾けるという営み——そこには物語を虚構と知りつつ本当の話として読むというフィクションの基本的な約束事も含まれる

1）ジュネットの言う「異質物語世界外の語り手」すなわち「自分自身は登場しない物語を語る第一次の語り手」に該当する（ジュネット 1985 [1972]: 292. 傍点は訳書）。Grosser (1985: 74-5) および本書第 1 章第 2 節を参照。
2）ただし頻度によっては（度が過ぎる場合は）独特の意味が生じると考えられる。詳しくは本書第 4 章第 2 節で論じる。

——に慣れるとともに、カノン（聖典）の定まらない作品群から自分の「趣味」に合いそうな作品を選んで吟味しながら読み進める必要があった。著者と読者の間にこのような「契約」関係が確立してゆく過程にあって、作家たちはしばしば自ら作品中に姿を現して、物語の信憑性を保証するために何らかの方便を用いるとともに[3]、内容に関する説明——「品書き」——を読者に提供したのであった[4]。三人称小説における語り手の一人称での言明は、もちろん形骸化している場合もあるが、本来は、このような著者と読者の間の対話関係を反映したものと考えられるのである。そして、イタリアでは小説がいまだ正統な文芸として評価されていなかった1820年代に執筆された『婚約者』においても、語り手の言葉は、そうした対話の緊張を孕んだものと考えるのが妥当である。

　しかも、すでに何度も確認したとおり、『婚約者』の地の文に姿を見せる人物「私」（ないし「我々」）は、作者マンゾーニ本人のように見えて、実は、「発見された手稿」に記された物語を紹介するという小説の設定のもと、「編者」の役割を真剣に果たす語り手としてのマンゾーニであるから、"対話"の関係は込み入ったものとなる。この語り手「私」（ないし「我々」）が目の前のテクストと向き合い、語られる内容（物語）に註釈を入れ、また「聞き手」[5]に語りかけるありさまが、物語に設定された「枠」そのものへの注意を持続させるのであり、本書第2章に見たように細かく事実を認識（判別）

3）物語の真実性を主張するメタ言説には様々な型があり、単なる形式に堕する場合もあるが、ともかく前提として、荒唐無稽な「作り話」ではない「本当の話」は語るに値するという観念がある。そのため特に小説の手本や比較対象とされたのが歴史書であった。Cfr. Ginzburg (2006a [1984]: 302-10).

4）近代小説の成立と「読書革命 Leserevolution」の関係については Rosa 2008（特に第1章「語りの契約 Il patto narrativo」9-58; 第4章「『婚約者』の読書革命 La Leserevolution dei «Promessi sposi»」128-53）を参照。ローザは「品書き menu」という隠喩をフィールディングの『トム・ジョーンズ』第1巻第1章から引いている («a Bill of Fare», Tom Jones, 31)。「語りの契約」については Grosser (1985: 17-27) も参照。

5）本書第1章で見たとおり、『婚約者』の語りの受信者「聞き手 narratario」は第1章の「我が25人の読者は［…］」(PS, I, 60) という呼びかけによって不特定"少数"の読者集団に設定されている。

する可能性も、読者がこうした設定を了解しながら読むことによって初めて
生まれるのである。

　小説（フィクション）の語り——それは騙りでもある——を一種の「言語
行為」と見做して語り手の発話に注目する研究は、『婚約者』の研究史にお
いては比較的新しい流れと言える。そうした研究がまず目を付けたのは、形
態の異なる2種類の一人称すなわち「私 io」と「我々 noi」の使い分けで
あった。これによって紋切り型の「全知の語り手」といった画一的な把握の
仕方には限界があることが明らかになったのであるが、「私」にはこれこれ
の機能があるのに対し「我々」はこれこれだという二項対立の図式にあって
は、同じ「我々」の内にも大きな差異が存在するという事実が看過されてし
まう。だが実は、この「我々」内部の差こそが、本書の議論にかかわる歴史
部分と創作部分の雰囲気の違いにも関連していると考えられるのである。そ
のため本章では、この「我々」の機能を問い直すことによって、「私」対
「我々」という二項対立モデルを書き換えることを目指す。まず第1節で先
行研究に沿って単複の一人称の対立を確認した後、第2節において意味論
上、語用論上の差を顕在化させながら、『婚約者』の語り手が用いる一人称
複数「我々」は二つに分ける必要があることを示す。そして第3節では、こ
うして新たに分類された「我々」の特性が、事実的言説（歴史記述）と虚構
的言説（物語の本筋）という2本の異なる糸によって織りなされる歴史小説
の語りにおいて、それぞれ固有の効果をもたらしていることを明らかにした
い。

1．「私」か「我々」か：従来の二項対立

1.1．単数の代わりをつとめる複数：「著者の一人称複数」

「私」と「我々」の対立の構図を見る前に、まず一人称複数「我々」が、
必ずしも複数の人間を指すとは限らないことを確認しておかねばならない。
イタリア語（や英語、フランス語など）の「我々」には「君主／著者の一人称
複数 il plurale maiestatico / autoriale」と呼ばれる特別な用法がある。皇帝や王
といった君主、あるいは学術論文や歴史書などの執筆者が、一人称単数の代

わりに用いる一人称複数のことである（前者は「朕」や「余」などと訳される）。

　一人称複数は、名詞の複数のように同一の対象物の倍数ではなく、《わたし》と《非＝わたし》という互いに等価ではない成分の接合によって成り立つ（例えば apples はリンゴという同じものが複数個だが、we は《わたし》に《別の誰か》を合わせて複数なのである）。このことを踏まえつつ、エミール・バンヴェニストは、《あなた》を含む一人称複数《わたし＋あなたがた》と含まない一人称複数《わたし＋かれら》とを形の上で区別しない言語、例えば印欧語の、《わたしたち》について次のように述べている。

　　この《わたしたち》は、定義可能な要素の接合とは別のものである。《わたし》の優越性が、ここではきわめて強く、一定の条件のもとでは、この複数は単数の代わりをつとめうるほどである。その理由は、《わたしたち》が量化ないしは倍加された《わたし》ではなくて、厳密な人称を越えて、増大されると同時に輪郭のぼやけた、<u>膨張した《わたし》</u>であることである。ここから、普通の複数の枠を出て、互いに対立はするが、しかも矛盾のない二つの用法が生ずる。一方、《わたし》は、《わたしたち》[と名のること]によって、一段とかさの大きい、荘厳な、しかし限定の少ない人称に拡大される。これが尊称の《われ.われ》である。他方、《わたしたち》を用いることによって、《わたし》のくだすあまりにも鮮明な断定がぼやかされ、よりゆるやかで、かどのとれた表現となる。これが筆者ないし弁者の《われわれ》である。（Benveniste 1966a: 234-5. 引用は邦訳書 (1983: 214) によった。下線は原文イタリック、傍点は邦訳者）

《わたし》の代わりに《わたしたち》を用いると、「《わたし》に内属する唯一性と主体性」(Benveniste 1966a: 233 [邦訳 p. 212]) がぼやけ、特有の効果が生じるのである。反対に言えば、ある一人称複数がこのような特殊な用法の《われわれ》と見做されるとき、それは《わたし》の代わりであるから、複数の見かけでぼやかされていても、実際上はその発話の主体（君主／筆者）唯ひとりを指していることになる[6]。

　『婚約者』においても、語りの主体つまり「語り手」が自分ひとりを指して「我々」と言う場合が多く見られる。例えば「だが我々は、読者が本当に

彼［＝匿名氏］と一緒に是非ともこの目録の先へ進みたいと思っているだろうかと疑い始める。ma noi cominciamo a dubitare se veramente il lettore abbia una gran voglia d'andar avanti con lui [=l'anonimo] in questa rassegna」(*PS*, XXVII, 56)という文において、疑い始める「我々」が「読者」とも手稿の著者「匿名氏」とも異なることは明白であり、それ以外の誰かを含むということも考え難い。つまり語り手は、筆者ないし弁者の《われわれ》を用いているのである。本書ではこれを「著者の一人称複数」と呼ぶことにするが、問題は、この「著者の一人称複数」を用いる人物が、通常の単数の一人称「私」の方も使うことにある。

1.2. 2種類の一人称の併用：「私」と「我々」

『婚約者』の語り手が用いる2種類の一人称「私」と「我々」は、まず小説の「序文」において劇的に対立する。『婚約者』の序文は、転写された匿名氏による「緒言」から始まるが、この書き写しは1ページほどで中断され、手稿の編者「私」が登場し（「だが、私がこの色あせて引っかき傷だらけの手稿からこの物語を書き写すという英雄的労苦に耐えて［…］」）、話は面白いのに書き方がまずすぎると手稿を非難して、自ら現代風に書き改めると言い出す。語り手は、本の由来を紹介するこの箇所までは自分のことを「私」と呼んでいる。ところが、そのあと執筆方針を語り出した途端、一人称は複数の「我々」に切り替わる[7]。あくまで《書き直し手》という設定のもとではあるが、1冊の書物の「著者」であるという意識が、一人称複数の使用という"身振り"によって表現されたと見ることができるだろう。

しかし、語り手がこうして筆者または弁者の意識を獲得して以降も、単数の「私」が消え去ることはない。本文中でも、一人称単数「私」と一人称複数「我々」の間の揺れが確認されるのである。『婚約者』の地の文に現れる全て——見落としがなければだが——の一人称表現を数え上げ、各章ごとの

6）英語では、we に対応する再帰代名詞として複数 ourselves の代わりに単数 ourself を使用する例が見られ、この用法の指示対象の「単数性」が露わになる。Cfr. Levinson (1993 [1983]: 82).

表 3-1 「一人称複数」対「一人称単数」

	序	1	2	3	4	5	6	7	8	9	10	11	12	13	14	15	16	17	18	19
「我々」	23	10	2	1	8	4	5	12	12	18	8	15	6	4	14	3	2	6	4	15
「私」	9	1	1	1	1	1	0	2	2	3	1	11	2	1	1	0	1	5	0	2
計	32	11	3	2	9	5	5	14	14	21	9	26	8	5	15	3	3	11	4	17

	20	21	22	23	24	25	26	27	28	29	30	31	32	33	34	35	36	37	38	全
「我々」	6	0	22	3	5	16	7	34	24	5	8	24	14	7	3	5	2	13	11	381
「私」	3	2	3	3	3	1	3	4	8	2	5	12	10	8	4	2	2	12	16	148
計	9	2	25	6	8	17	10	38	32	7	13	36	24	15	7	7	4	25	27	529

　テクストとしては40年版を使用した。原則として定形の動詞、補語人称代名詞、所有形容詞を数え、定形の再帰形は動詞と代名詞を合わせて1回とした。

　「私」および「我々」の使用回数をまとめると表3-1のようになる（ここから、例えば、最終章では「私」が「我々」の回数を上回っていることや、一人称による言明の頻度が章によって大きく異なることがすぐに見て取れるだろう[8]）。

　2種類の一人称がこのようにそれぞれ相当数使われていることに気づいたならば、両者を比較・対照し、それぞれの用法が持つニュアンスの違いを見ようというのは自然な発想だと思われる。しかし、具体的に使い分けを分析し、それぞれが代表する語り手の二つの側面を浮かび上がらせようという試みは、管見する限り、膨大な蓄積を誇る『婚約者』研究において比較的新しいものである。すでに重要な成果もあがっているのだが、分析方法に全く問

---

7) 以降、序文の一人称は、発話を調整する機能を担った «non dico»（「とは言わないが」）が一度だけ使われるのを除くと、すべて複数「我々」となる。なお、『婚約者』の序文における「私」と「我々」の使い分けは、草稿と比較するといっそう際立つ。小説の第一草稿『フェルモとルチーア』には二通りの序文（最初の数章と同時期に書いたものと全体を書き終えてから改めて書いたもの）があるが、いずれにおいても単数と複数は『婚約者』の序文ほど明瞭に対立しない。また語り手は自らを、『フェルモ』の第一序文では「編者 editore」、第二序文では書き終えた者の立場から「著者 autore」と呼んでおり、「私」「我々」のほかに三人称という第三の要素があったことになるが、いずれも『婚約者』の序文には継承されていない。

8) なお、単語数で割るなどして章の長さのばらつきを均しても、やはり第22, 27-28, 31-32, 37-38 章は突出して多い。

イタリア語の人称について

イタリア語の動詞は、同じ時制でも一・二・三人称のいずれか、単数か複数かに応じて、活用が6種類に分かれ、基本的に動詞の活用形だけ見れば（聞けば）、主語の人称・数がわかるようになっている。一方、よく知られているように、主語［主格人称代名詞］のほうは、省略が可能である。そのため、主格人称代名詞の «io»（私）«noi»（我々）で代表して一人称単数、複数を指すことはよくあるけれども、その io や noi は、字面上は現れていないことがままあるのである。本書の使用回数の調査に際しても、省略されたりされなかったりする主格人称代名詞ではなく、一人称単数・複数に活用した動詞のほうを数えている——これは I や we が省略されない英語で一人称を検索するよりかなり面倒である。

人称はこのほか、補語人称代名詞と所有形容詞（・所有代名詞）に現れるので、mi (me), me / ci (ce), noi（「私／我々を」「私／我々に」「私／我々とともに」など英語の me や us にあたるもの）と mio / nostro（「私／我々の」——英語の所有格 my や our に対応するが性・数の一致がある）が、数える対象となる。

題がないとは言えない。そこで以下では、そうした研究の主だった見解を簡単に紹介し、現況と問題点を明らかにしたい。なお、先行研究において用いられている物語論の術語には、本書で採用されているものとは定義の異なるものが混じるが、そのままにしてあることをお断りしておきたい。

1.3. 語り手マンゾーニの2種の相貌：「私」対「我々」

ダニエラ・ブロージという研究者は「匿名氏と物語の枠 *L'Anonimo e la cornice narrativa*」という論文（Brogi 2005に収録）において、匿名氏の役割、語り手による手稿の書き直し、聞き手との対話といったテーマを扱っており、そこでは語り手 (N_1) の輪郭を描き出すことも主要な課題となっている[9]。「事実」として与えられたものを事実として語るためには主観を排し

9）「第1次の語り手 il narratore di primo grado」である19世紀の書き直し手（語り手マンゾーニ）が N_1 と呼ばれ、「第2次の語り手 il narratore di secondo grado」である17世紀の手稿の著者（匿名氏）が N_2 と呼ばれている。

た客観的叙述が求められる。しかし同時に、書き直しを誠実に行うために、言葉の選択や内容の確からしさについて主体的判断を行う“声”の導入も望まれる。ブロージによれば (Brogi 2005: 197-205)、『婚約者』の「内包された作者」（としてのマンゾーニ）は、こうした客観化（脱主観化）と主観化の間でバランスをとるために、第 1 次の語り手 (N₁) つまり「語り手としてのマンゾーニ」のうちに次のような 2 種類の人物像を形作っている。

> N₁: a … 全知の著者の代弁者であり、「事実を知っており、それを述べる」(p. 200)
> N₁: b … 「事実を知っていると考えている」(p. 200) 人物で、疑いを挟みながら苦労して「解釈」しているさまを見せる

N₁: a は主として一人称複数「我々 noi」を使い、著者の立場を代表し、権威をもって気後れなく語るという。「著者の一人称複数」の使用が、きっぱりとした物言いや気後れのなさと対応しているということになるだろう。一方、単数「私 io」で話す傾向のある N₁: b からは、語りに対する反省やためらいの気持ちが伝わるという。個人的な迷いが「私」という一人称の選択にも現れたということになる。ブロージは一人称単数による言明に、語られる内容や語り方自体への反省を示して物語に奥行きを与える役割を見たのである。もちろん彼女は「傾向」を述べているのであって、二つの人物像と 2 種類の一人称がぴったり重なるとは言っていない[10]。しかし、語り手の一人称が単数と複数で揺れていることに、語る態度の変化の徴候を見ようとしていることは確かである。

　アントニオ・イッリアーノ (Illiano 1993) は、草稿および出版稿に見られるマンゾーニの様々な語りの技法を分析する中で、自らを「私」と呼ぶ声に、語り手ではなく《作者》を見出している。作品中には作家の個人的・自伝的

---

10) 実際ブロージは上の傾向に加えて、小説の最終章第38章を例に「私」を用いる語り手の「全知性」は諧謔的であると述べているが (Brogi 2005: 202)、この場合の「私」は、語りや解釈作業における疑いと苦労をほのめかす N₁: b の相貌とは折り合わないように思われる。

要素がはっきり現れる箇所があるが、確かに、これらが語られるときに使わ
れるのは一人称単数「私」のほうである[11]。しかも、《作者》である「私」
は、架空の物語を創作した人物ということになるが、実際、一人称単数によ
る言葉の内には「全知性」が垣間見られるという。それに対し、一人称複数
「我々」を用いた躊躇いのない語りは《語り手─編者》の声とされる。編者
としての語り手には、「本当らしくないことを想像すること immaginare
l'inverosimile」や「記録されていない出来事を物語ること narrare la storia di
eventi non registrati」が許されていない（Illiano 1993: 73; 傍点は原文イタリッ
ク）。つまり「我々」を用いた発言には制約がかかっているというのである。
確かに、事実的発話のための装置とも見なすことができる「我々」（本章 3. 1.
で後述）に比べ、「私」による発話は（錯覚ではあるが）生の声に近く感じら
れる。意味上は単数だとしても抽象度の高い「我々」は、与えられた物語を
語るためのものであり、作家の個人的領域について話すのには適さないから
こそ、個人的・自伝的要素を話す際には単数の「私」だけが用いられると考
えることができるのである。イッリアーノはまた、動詞「言う dire」とそれ
に関連する動詞群が、頻繁に一人称単数で表れることにも注目する（特に
«dico»「私が言いたいのは」と «non dico»「私は…とは言わないが」）。「とは言わ
ないが」「言いたいことはつまり」といった言葉は、叙述内容や語句の意味
をその場で説明・修正・限定する役割を負っており、そうした発話を通じ
て、「私」が叙述の最終的な責任者（つまり《作者》）であることが端的に示
されているというのである。以上のような一人称の単数と複数とに対応した
《作者》対《語り手─編者》という構図は堅持しつつも、イッリアーノはさ

---

11) 友人グロッシの詩を引用して、作者と「私は兄弟のようなもの」という箇所（«e io l'ho
preso [il verso di Tommaso Grossi], perchè mi veniva in taglio; e dico dove, per non farmi
bello della roba altrui: che qualcheduno non pensasse che sia una mia astuzia per far sapere
che l'autore di quella diavoleria ed io siamo come fratelli, e ch'io frugo a piacer mio ne' suoi
manoscritti» PS, XI, 46) と、マンゾーニの息子を指すとされる「少年」が庭に放してい
たテンジクネズミを集めるのを「私は何度も見たのだが」と述べる箇所（«Ho visto più
volte un caro fanciullo, vispo, per dire il vero, più del bisogno, ma che, a tutti i segnali, mostra
di voler riuscire un galantuomo [...]» PS, XI, 49) のことである。

らに、それぞれの内部にも揺れ・差異が存在することを見逃していない (Illiano 1993: 65-87)。《語り手─編者》のほうの発話は (I) 解説的役割を果たす発話 (II) 筋の接続をなす定型的なフレーズ (III) 編集作業・資料収集の標示に下位区分され、《作者》による「全知」的発話は (i) 絶対的全知と (ii) 相対的全知とに分類されているのである[12]。

　また問題の語り手の特徴は、第一草稿『フェルモ』から『婚約者』への書き直しによって、実はかなり変化している。マリオ・バレンギによれば、『フェルモ』と『婚約者』とでマンゾーニは「作品世界内部における彼の代弁者として、二人の異なる《登場人物としての語り手》」を生み出しており、それゆえ、二つのテクストは、同じ物語内容を異なる仕方で語る別々の小説と見なされるべきということになるという (Barenghi 1994: 14)[13]。彼はさらに、『フェルモ』と『婚約者』の計 3 通りの序文[14] における語り手が、それぞれはっきりと異なるとも指摘している (Barenghi 1994: 19)。違いがはっきり感じられる一因は、改訂に伴って一人称の使い方が変化したことにあると考えられる。実際、エリザベス・マイヤー゠ブリュッガーは 2 種類の一人称の使用回数を数えあげて[15]「この私 io ／我々 noi の役割を分ける傾向は、『フェルモ』よりも『婚約者』のほうがはっきりして」おり、「その傾向がとりわけ『婚約者』の序文、歴史叙述的章、最終章において顕著になってい

---

12)《作者》にも知らない事柄のあることを示唆し、疑念の姿勢を示し、また意見を表明するなど主観性の領域にかかわる (ii) は、ためらいを表明するブロージの $N_1: b$ と、完全にではないとしても、かなりの重なりがあると考えられる。

13) これに呼応する現象として、カディオーリ (Cadioli 2001: 201-2) が指摘するような両稿の読者像の変化を挙げることができる。『フェルモ』が単なる草稿というより独自性を備えた別の作品であるという見方は、語り手や聞き手のあり方のみならずプロットの違いなど様々な観点から、多くの研究者により支持されている。

14)『フェルモ』には序文が 2 種類あるため。本書第 1 章第 3 節および本章の註 7 を参照。

15) 一人称、二人称、「読者」という語、匿名手稿への言及といった〈語り〉の場への参照が多い章と少ない章について使用回数を紹介しており、ブロージ (Brogi 2005) もこのデータを利用している。表 3-1 に示した本書のデータと比べると、数え方の方針の違いだけでは説明がつかない差が見られるが、これは筆者がマイヤー゠ブリュッガーの見落とした事例をも拾ったためではないかと推察される。

る」と分析しているのである (Meier-Brügger 1987: 28)。

　このマイヤー゠ブリュッガーによれば、「話し手としての語り手および文献調査中の語り手は ‘私 io’ においてあらわれ、一方、筋の構成者・執筆者としての語り手は ‘我々 noi’ で表現される」（傍点は原文では下線）という (Meier-Brügger 1987: 28)。作品中での文献の調査・紹介が実際は一人称複数「我々」でも表現されるため[16]、この分類には不備があるが、読者（聞き手）との対話に注目して一人称単数「私」を《話し手 locutore》とする観点は示唆に富む。彼女の指摘するところでは、一人称複数「我々」による言明中に現れるのは三人称の「読者 lettore / 読者たち lettori」のみであり、二人称複数「あなたたち voi」[17] を用いて声をかけるのは決まって一人称単数の語り手「私」である (Meier-Brügger 1987: 80)[18]。つまり、聞き手との直接対話の主役は単数「私」だということになるだろう。

　以上簡略に振り返ったとおり、語り手の態度ないし語りの調子がいつも同じではなく、物語内容や、語り手と物語の距離、等々に応じて変化することは先行研究によっても明らかにされている。この語り手の "声" は、「私」と「我々」による発話がそれぞれ代表するような、少なくとも二通りに分けられるというのである。そこから、主観性を感じさせる「私」と非主観的な雰囲気の「我々」を併用してメリハリをつけ、叙述に奥行きを持たせようと

16）例えば «[...] e ci siam messi a frugar nelle memorie di quel tempo, per chiarirci se veramente il mondo camminasse allora a quel modo. Una tale indagine dissipò tutti i nostri dubbi [...]»（「そこで我々は、世の中がその頃本当にそのように進んでいたのかはっきりさせるために、当時の史料の探索に取りかかった。こうした調査によって、我々のあらゆる疑念は晴らされた」PS, Intr. 12), «Ma ciò che la circospezione del pover'uomo ci ha voluto sottrarre, le nostre diligenze ce l'hanno fatto trovare in altra parte»（「しかし、この哀れな男が慎重にも我々の目から遠ざけたものは、我々の入念な調査が我々をして別の場所に見つけさせたのである」PS, IX, 4) など。イッリアーノの分類 III（編集作業・資料収集の標示）も「我々」を用いる語りである。

17）イタリア語の二人称複数はフランス語のように敬称単数の「あなた」の意味で使うこともできるが、『婚約者』の聞き手は不特定 "少数" の読者集団（「25人の読者」）と設定されているから、小説中の二人称複数 voi は単なる複数の「あなたたち」と考えられる。

いうマンゾーニの企図もまた見えてくる。しかし、ここでは、先行研究の考察が、いずれも一人称の形態上の区別（単数か複数か）をベースに進められ、その二項対立の枠内に留まっている点に注意しなければならない。いずれの研究も概ね「我々」に「事実（とされるもの）」を堂々と語る役割を措定しており、そのイメージは「著者の一人称複数」（本章 1.1. を参照）に重なる。一人称単数「私」との対比の中で、一人称複数「我々」が用いられるときの語りは、ある程度まで一様だと見立てられているのである。しかしながら、実際には「我々」を用いた数多の言明の内部には差異が存在し、しかもその差異はイッリアーノの分類が示唆している以上に大きい。鍵となるのは、聞き手としての読者集団「あなたたち」の存在である。イッリアーノは、「一人称複数」の下位区分（II: 筋の接続をなす定型的なフレーズ）の、そのまた一部分という非常に限定的な仕方で、聞き手を巻き込んだ筋運びの表現に言及しているのであるが (Illiano 1993: 67-8)、この表現には独立の価値が認められねばならない。従来の二項対立の構図の解体は、まさにここから始まる。

---

18) 厳密には一度だけ、小説の結びにおいて、「我々」が「あなたたち」に語りかけているが、このときの「我々」は語り手ひとりを名指してはいない。「それ［＝物語］が、もし全く気に入らなかったのでないなら、それを書いた者に好意を寄せてほしい、それから書き直した者にも少しの好意を。しかし反対に、万一私たちがあなたたちを退屈させることになってしまったならば、信じてほしい、わざとではなかったのだ。La quale [= la storia], se non v'è dispiaciuta affatto, vogliatene bene a chi l'ha scritta, e anche un pochino a chi l'ha raccomodata. Ma se in vece fossimo riusciti ad annoiarvi, credete che non s'è fatto apposta」(PS, xxxviii, 69) という文において、「私たち」は「それを書いた者」つまり原著者＝匿名氏 (N_2) と「書き直した者」つまり語り手 (N_1) の二人を指す。なお発話者 N_1 が自身に N_2 を加えた二人を指して「私たち」とするのは、ただ1度、この結びの文においてのみである。他方、「私」のほうは、三人称の「読者」とセットになることもある。例えば「我が25人の読者は［…］」(PS, i, 60) や「それからどのように［…］かは、私は読者が考えるに任せよう Lascio poi pensare al lettore, come [...]」(PS, iii, 13) など。

2.「我々」の分類：「共感の一人称複数」の発見

「私」と「我々」の単純な二項対立は、二人称（聞き手）を含む一人称複数の存在を認めることによって崩れてゆく。

見てきたとおり、先行研究は概して一人称複数「我々」を用いた発話に気後れのない権威ある調子を見出しているのだが、それは「著者の一人称複数」に固有の効果・役割であるから、先行研究が基本形として想定している「我々」は語り手だけを指すもの（単数の代わり）ということになるはずである。それに対し、二人称を含む一人称複数とは、語り手（話者）が自身と聞き手（聴者）をあわせて「我々」と称する日常的な用法の一人称複数であり、一人称単数の代わりではない。聞き手を含んで正真正銘の複数となっているこの「我々」を、本書では「共感の一人称複数 il «noi» affettivo」と呼ぶことにする[19]。『婚約者』の語り手が何度も用いている「我々」の中には、実は「著者の一人称複数」のみならず、それとは異質な、この「共感の一人称複数」が数多く含まれているのである。

2.1.「聞き手」への目配せ：所有形容詞 nostro

一人称複数が単数の代わりではなく、二人称「あなたたち」[20]——つまり不特定 "少数" の人々として表象される読者の集団——を巻き込んだ複数であることが見えやすい事例としては、所有形容詞「我らが（我々の）nostro」が挙げられる。

登場人物や匿名手稿等に所有形容詞が付けられるとき（「我らがロドヴィー

---

19) "Il «noi» affettivo" という語とその訳語「共感の一人称複数」は、それぞれ2010年3月、2011年9月の個人的会話において、イラリア・ボノーミ Ilaria Bonomi 氏（ミラノ大学教授）、長神悟氏（東京大学教授（当時）、現名誉教授）から示唆を受けた。

20)「あなたたち」つまり単数ではなく複数と見做すのは、マイヤー＝ブリュッガー (Meier-Brügger 1987: 80-1) の指摘するとおり『婚約者』において読者を指す二人称が常に複数だからである（註17も参照）。本書第4章で見るとおり、ローザは、マンゾーニが慣習的な二人称単数を用いず、二人称複数と三人称（名詞「読者」または不定代名詞）を併用することの戦略性に注目している (Rosa 2004: 104-6)。

コ il nostro Lodovico」「我らが登場人物 i nostri personaggi」「我らが物語 la nostra storia」等々）、その「我ら（我々）」には、語り手のほかに聞き手が含まれると考えるのが自然である[21]。臆病な司祭ドン・アッボンディオも小説第1章ですぐに「我らがアッボンディオ」と呼ばれるのであるが（「我らがアッボンディオは、高貴な生まれでなく、裕福でもなく、ましてや勇敢でなどなかったが［…］」PS, I, 52）、当然ながら彼はそれよりも前に物語に登場しており、聞き手はすでに彼のことを知っているのである。この形容詞によって聞き手は、登場人物に対する親しみの情を語り手と共有することになる（この親しみは、作者が自分の創作した人物に対して抱く思いとも密接に関連していると思われる）。聞き手と語り手の連帯を通じて読者を作者との共犯関係に誘うこうした表現を、ジョヴァンナ・ローザは「最も目配せの効いた挿入句」と呼んでいる (Rosa 2008: 144)。

　この意味での一人称複数の所有形容詞 nostro は、登場人物や物語を"共有"することによって聞き手（そして読者）を物語世界へかかわらせる重要な修辞法と言える。上述の研究者たちもこれを見落としてはいないのだが（例えば Illiano 1993: 7; Brogi 2005: 211）、どういうわけか一人称複数形全体にかかわる問題とは見做していない。しかし現実には、所有形容詞に見出される聞き手への働きかけは、「目配せ」の効き方の度合いは劣るかもしれないが、一人称複数「我々」が動詞の主語として現れるとき（これは原則として動詞の活用形によって標示される）や、動詞の目的語や前置詞句として現れるとき（補語人称代名詞によって表現される）にもやはり確認されるのである。

2.2.「聞き手」を巻き込む「我々」:「共感の一人称複数」

『婚約者』の語り手が一人称複数形で用いる動詞には、まず、「書く scrivere」に代表される動詞群があり（「我々は正確な言葉を転写せねばならない」('trascrivere' PS, IV, 61)「これ以上描写しつづけるのは我々には耐えられない」

21）ただし、「我々の入念な調査 le nostre diligenze」(PS, IX, 4) や「我々の読者 i nostri lettori」(PS, XXII, 45; XXIII, 2) のように、語り手のみを指す所有形容詞の例も小説中にいくつか見られる。

('descrivere' *PS*, xx, 42)「我々が追悼演説を書こうとしたと思われないように」(*PS*, xxii, 44) ほか多数)、これらは、聞き手が「転写」したり「描写」したりはしない読者である以上、形が複数であっても実際には語り手ひとりの行為を表現していることになる[22]。これらの「我々」は特殊な用法「著者の一人称複数」である。

その一方で、聞き手を巻き込んでいると見なすべき動詞もある。例えば、「我々がここで出会ったひとりの人物は［…］」(*PS*, xxii, 12) という表現に見られるように、新しい登場人物に「出会う abbattersi」のは、物語の進行を追う人物、つまり本のページをめくってゆく「読者」である。そして特に「見る vedere」と「行く andare」に代表される動詞群においては聞き手の参入が決定的と言える。つまり「我々が後ほど見るように come vedremo più avanti」(*PS*, xxviii, 73)、「我々の視界から消えていた、レンツォの後を追うために per andare dietro a Renzo, che avevamo perduto di vista」(*PS*, xi, 49)、「（我々が）彼［＝ボッロメーオ枢機卿］の動くさまを見に行く andiamo a vederlo in azione」(*PS*, xxii, 47)、「（我々は）城へ移動しよう Trasportiamoci al castello」(*PS*, xx, 42) などの表現において、行為者は語り手ひとりではなく、聞き手も含まれると考えられる[23]。「我々が見たとおり come abbiam veduto / visto」という定型句も、聞き手の行為を表すからこそ、前に語られた内容を指示することができるのであって、その証拠に仮に単数にして「私が見たとおり come ho visto」

---

22)「書く」「写す」等が文字の使用を明示する一方、音声的な「語る raccontare」「言う dire」といった表現も多く、文字か音かという両傾向のせめぎ合いは注目に値する。そして後者の方が語り手と聞き手の距離が近く感じられるのだが、いずれにしても発信者はやはり語り手ひとりである。定形表現「我々が述べたとおり come abbiam detto」も、論理的には語り手が単独で「述べた」のであり、実際「私が述べたとおり come ho detto」と書き換えたとしても、ニュアンスの差こそあれ意味は通じる。また、文中に挟まれる «diciamo»（「言う dire」の一人称複数）は読者を巻き添えにする傾向が強く、*Grande grammatica italiana di consultazione*, vol. 3（以下 GGIC3 と略す）の VI. 6. 1. 1. 2 の分類に従えば、狭義の「著者の一人称複数 il plurale autoriale」とは別の「連帯の一人称複数 il plurale sociativo」となると思われるが、本書では、話者一人の行為を表している点を重視し、原則としてこの範疇も「著者の一人称複数」に含める。GGIC3: V. 3. 1. も参照。

第 3 章 「語り手」による一人称の使い分け　　**113**

とすると、語り手だけが見たことになってしまうため、前の文章を指示する
機能を失って意味が通らなくなる。こうした「我々」が「共感の一人称複
数」であり、一人称単数「私」の代わりである「著者の一人称複数」とは
違って、基本的に「私」と置き換えることができない。

　以上を踏まえて『婚約者』の各章の「地の文」で用いられる一人称複数形
（動詞、補語人称代名詞、所有形容詞）を、「著者の一人称複数」、「共感の一人
称複数」、そのいずれでもない「その他」に分類すると、内訳は次の表 3-2
のようになる[24]。「著者の一人称複数」および「共感の一人称複数」という
本章で注目する「我々」は、小説『婚約者』のテクストにおいて、実に約
360回も用いられている。もちろん、両者には形態・統語上の違いが見られ
ないため[25]、いずれに属するかの判断は、完全には主観を免れない。どち
らとも取れる事例もあって、厳密な境界線を引くのは困難と言える。しか
し、それが区別のないことを意味するわけではなく、実際、上に見たような
典型例においてはすぐに見分けがつく。現実には一定の基準に従って一意的
に決定できるケースが全体の 9 割を超えるため、参考データとしては十分で
あろう[26]。このデータについて何より先ず注意を促したいのは（詳細な分析
は本章第 3 節を参照）、一人称複数形全体（381回）に占める「共感の一人称複
数」（141回）の割合が約37パーセントにも上ることである。これは、「我々」
の対立項として注目された「私」に匹敵するほど使われていることを意味す
る（一人称単数形「私」は148回使用されている。表 3-1 を参照）。このような
用法を断りもなく捨象したり、あるいは周辺的事例のように扱ったりするの

23）一部の事例においては、聞き手は実際には行動していないとの解釈も不可能ではなく
　「連帯の一人称複数」(cfr. GGIC3: VI. 6. 1. 1. 2; 本章註22) との境界は必ずしも明瞭でな
　いが、ここでは「読む」という行為によって読者自身も動詞「行く andare」や「見る
　vedere」が暗喩的に指す行為を実現するという見方を採る（本章 3. 2. を参照）。

24）人間一般、物書き一般など聞き手以外の多くの者を包含する意識が強く表れた一人称
　複数は「その他」に計上している。なお、当然ながら合計は、表 3-1 の「我々」の
　数に等しい。

25）イタリア語の「著者の一人称複数」は、発話主体の実際の性・数にかかわらず男性・
　複数で一致するため (cfr. GGIC3: VI. 6. 1. 1. 2)、形態上は単数性が露わにならない。

表3-2　「著者の一人称複数」と「共感の一人称複数」

	序	1	2	3	4	5	6	7	8	9	10	11	12	13	14	15	16	17	18	19
「著者」	20	6	0	1	5	1	3	4	4	11	3	5	3	2	7	0	0	3	4	10
「共感」	3	4	2	0	3	3	2	6	8	7	5	10	3	2	7	1	2	2	0	5
その他	0	0	0	0	0	0	0	2	0	0	0	0	0	0	0	2	0	1	0	0
合計	23	10	2	1	8	4	5	12	12	18	8	15	6	4	14	3	2	6	4	15

	20	21	22	23	24	25	26	27	28	29	30	31	32	33	34	35	36	37	38	全
「著者」	3	0	15	3	3	8	6	21	12	0	1	19	10	3	2	3	2	11	4	218
「共感」	3	0	7	0	2	4	1	11	7	5	7	3	4	2	1	2	0	2	5	141
その他	0	0	0	0	0	4	0	2	5	0	0	2	0	2	0	0	0	0	2	22
合計	6	0	22	3	5	16	7	34	24	5	8	24	14	7	3	5	2	13	11	381

は不適切と言わざるを得ない。『婚約者』の語り手が用いる「我々」の中で、「共感の一人称複数」は、「著者の一人称複数」と並んで中核をなす用法なのである[27]。

---

26) 本書では「どちらとも言える」「双方の特徴を有する」といった範疇を設けず、次の原則に従っていずれかに分類した。①発話や執筆にかかわる行為（「伝達動詞 verba dicendi」やその派生語によって表現される。註22も参照）は、語り手だけの行為と見做す。②文献を調査するのも語り手のみである（「我々は見つける troviamo」「我々の調査 le nostre ricerche」等）。③「読者 lettore / lettori」の語と対比される「我々」は聞き手を含まない。④登場人物や物語を「見る」「追う」または物語内を「移動する」のは、聞き手の行為でもある。⑤登場人物や物語を指す語を修飾する所有形容詞「我らが」には聞き手が含まれる。以上①②③が「著者の一人称複数」の、④⑤が「共感の一人称複数」の基準となる。これによって判断できないケースは、筆者の解釈によって分配したが、そうした例は数が少なく各章に散らばっているため、仮にそれらを全て捨象する、あるいは全て「著者の一人称複数」／「共感の一人称複数」と見做す、という操作を行っても、わずかな誤差しか生じず、本章における分析には影響を与えない。

27) ただし最も使用例の多い用法はやはり「著者の一人称複数」であり、約57パーセントを占めるのだから、これまでこれが『婚約者』の「我々」全体のイメージを規定してきたとしても不可解とまでは言えない。反対に「共感の一人称複数」が大半を占める小説では、そちらのイメージが先行すると予想される。

2.3. 一人称の類型と聞き手との対話

「共感の一人称複数」が一人称単数形に匹敵するほどの頻度で使われているという事実はまた、単数・複数という両形態の使い分けと聞き手（読者）との関係についても従来の見方の転換を迫るものである。確かに、マイヤー＝ブリュッガー (Meier-Brügger 1987: 80) の指摘するとおり、『婚約者』の「我々」は「あなたたち」に語りかけない（一人称複数形と二人称複数形は一緒には用いられない）のであるが、だからと言って「あなたたち」とのダイレクトな“対話”は一人称単数形の独壇場ではない。というのは、聞き手を内に含む「私＋あなたたち」の「我々」が繰り返し使用され、「私」（膨張して一般化・社会化された《わたし》ではない普通の《わたし》）と「あなたたち」との関係を直接取り結んでいるからである。語り手と聞き手の対話（そしてそれを媒介にした作者と読者の対話）を論じるにあたって、この種の「我々」つまり「共感の一人称複数」についての考察が零れ落ちてしまわないようにするためにも、単数形と複数形を単純に対立させる図式は解消されねばならないだろう。

そして実際のところ、まさにこの「あなたたち」との対話という要素こそが、『婚約者』の地の文における一人称の類型化（タイポロジー）に新たな展望を拓くと考えられる。実質単数の「著者の一人称複数」と真の複数「共感の一人称複数」の差は、まずもって「あなたたち」を含むか否かである。さらに、「我々」の場合ほどに明瞭な差は認められないが、実は一人称単数「私」の方も「あなたたち」と共に現れる（または現れうる）場合とそれ以外とで印象が異なることには注意を促しておきたい[28]。つまり、同じ一人称単数が使われていても、「と［私は］思う」のような話者の認識・信念に関わる様相表現と「［…］は、あなたたちが考えるのに［私は］任せよう」(*PS*, xxxviii, 45) のような直に聴者に向けられた（行為遂行的）発言とでは、おそらくタイプが異な

---

28) もちろんあらゆる発話の背景・根底には、ある話し手がある聴き手に向けて発話しているという関係があるが、本章で注目するのは「私」や「あなたたち」という直示により〈話者〉や〈聴者〉が名指され、対話性が前景化する場面なのである。Cfr. 﨑田・岡本 (2010: 131-52).

るということである。本章 1.3. で見た諸研究は、「私」による発話と「我々」
による発話とを対置して論じるなかで、「我々」に関しては（「共感の一人称
複数」を捨象して）似通った像を描いていたが、「私」を用いた発話の特徴に
ついては、必ずしも互いに見解が一致していなかった。だがこの相違も、
「私」を用いた諸発言の内部に差があることを認め、"対話性"の前景化に関
連づけて整理・分類するならば、一定の説明がつくように思われる——要す
るに、「私」を用いた言明が一様ではないのに、各研究がそれぞれに自分の
都合のよい例を取り上げて「私」像を描いたためにズレが生じたと考えられ
るのである[29]。したがって、〈語り〉の場において「語る《わたし》」が自
らを名指す一人称の諸相は、一人称単数のほうも含めて、ときに二人称「あ
なたたち」さらには三人称「読者」等で指示される「語られる《あなた》」
（聞き手）との相互作用のうちに把握されるべきだと考えられるのである。

　さて、ここまでで新しい分類方法について一応の見通しが示されたのであ
るが、このような分類の価値は、それによってマンゾーニの語りのプランが
どの程度明らかになるかといった尺度で測られねばならない——さもなけれ
ば、分類のための分類になってしまうだろう。本章の主眼である一人称複数
「我々」についても、「あなたたち」との関係（つまり、それを含むか含まな
いか）において、ひとまず個々の文のレベルで意味論的に区別されることを見
てきたのだが、以下では、「我々」が 2 種類に大別されることを認めて、そ
れらと語られる事態や物語のコンテクストとの対応関係に注意するならば、

---

29)「私」が語りに対する反省や躊躇いをみせるとき、つまり「と私は思う credo」や「と
　は私は思わないだろう non crederei」などと発言するとき、原則として「あなたたち」
　は現れない。この「あなたたち」と共起しない「私」(A) は、概ねブロージのいう
　N_1:b に対応し——実際ブロージの引く例には「あなたたち」が出てこない——、ま
　たイッリアーノによる「私」の下位分類 (ii)「相対的全知」との重なりも大きいと考
　えられる（註12参照）。一方、「私」による発話に《作者》を見出すイッリアーノの立
　場からすると、「私」が〈聴者〉を名指した「あなたたち」と一緒に現れうることこ
　そ「作者性」のひとつの発露になるだろう。また、ブロージが「諧謔的」と述べて
　N_1:b から捨象しているように見える言明（註10参照）も、基本的に「あなたたち」
　が前景化した例であるため、この「あなたたち」に語りかける「私」(B) の範疇に属
　すると言えよう。

小説テクスト全体の中で、それぞれの用法が固有の役割を負っているのが見えてくることを明らかにしたい。

3．2種の「我々」が果たす異なる機能

これまで見てきたとおり、『婚約者』の語り手の用いる一人称複数の主要な用法は「著者の一人称複数」と「共感の一人称複数」の２種類である。これらはいずれもマンゾーニが作り出した独自の用法ではなく、むしろ文芸上の伝統に属しており、単に両用法の併用が確認されるテクストならば全く珍しくはない。しかも、この２種の用法は、形態・統語上の区別が（ほとんど）存在せず、連続的に用いることが可能であるため、意味上の違いがあまり意識されないまま使われている場合も多いだろう。『婚約者』においても、ひと連なりの文章において、さらには一文の内部でさえ、「我々」の用法がダイナミックに揺れ動くのが見られるくらいなので、１回毎の「我々」が明確な意図をもって使い分けられていると主張するのは難しいかもしれない。ただ、『婚約者』の語り手は、これらを非常に多く（合計350回以上）用いているのであり、全体としての傾向（偏り）という観点からは、これらはやはり、それぞれの特徴を生かして戦略的に使用されているように見えてくる。それこそが、マンゾーニの語りの注目すべき特徴なのである。

先に示した表３-２からわかるように『婚約者』の地の文に見られる一人称複数の分布には偏りがある。その分布を、章の長さがまちまちなのを均した上でグラフにすると、図３-１のようになる（「序文」は省略した。物語が始まっても語り手の一人称が多数見られるのが『婚約者』の特徴である）。まずは、使用総数が多いが、ばらつきも大きいように見える「著者の一人称複数」から検討してみよう。

3.1.「著者の一人称複数」と客観性の演出：事実を語る「我々」

「著者の一人称複数」は第22, 27, 31章で最も多く使われており、それが主たる要因となって、これらの章は一人称複数「我々」全体の使用頻度でも最上位に位置している。第22章のほとんどは、実在の人物フェデリーゴ・ボッ

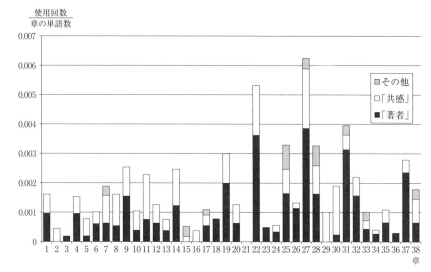

図 3-1　一人称複数の分布

ロメーオ枢機卿の伝記的記述にあてられる[30]。第31章は、続く第32章とともに1630年のペスト禍の叙述にあてられており、フィクションを排した歴史の章と言える。さらに第27章も歴史記述（マントヴァ・モンフェッラート継承戦争の説明）に始まることから、ここまでで「著者の一人称複数」の使用頻度の高さと内容の事実性（非虚構性）との連関が推測される。しかし第27章の後半では架空の登場人物たちの動向も語られるため、もう少し詳しく観察する必要があるだろう。

そこで第27章ではどこに「我々」という語が使われているかを見てみると、実は冒頭の2段落に集中していることがわかる。日本語としては少しぎこちなくなるが、逐一「我々」を訳出しながら引用してみよう（以下、本節の引用では同様に「我々」は全て訳出する）。

---

30) 枢機卿の人となりの紹介には、他の登場人物の場合と比べ、虚構を排して事実を述べる意図が強く感じられる。歴史叙述の一種としての「伝記」となっているのである (cfr. Parrini 1996: 12; 本書第2章 2.1.)。

第 3 章 「語り手」による一人称の使い分け **119**

　すでに一度ならず我々は、二人目のヴィンチェンツォ・ゴンザーガ公 [＝
2 世] が治めていた国々の継承のために当時沸き立っていた戦争について言
及する機会があったのだが、その機会はいつも我々がとても急いでいるとき
にやってきたのだった。そのため、我々はそれに慌ただしく触れる以上のこ
とはできなかった。しかし今や、我らが物語の理解のために、いくらかのよ
り詳細な情報が要求される。それらは歴史を知る人なら知っているはずの事
柄であるが、我々自身が正しく感じていることには、この作品は、無知な人
によってしか読まれえないと我々は推測しなければならないのだから、ここ
で必要な人に上っ面の知識を与えるのに足りるほどのことを我々が述べるの
も悪くないだろう。
　我々は、その公爵の死去により、相続する系統として最初に呼ばれた者、
つまりフランスに移植された傍系の当主で、その地にヌヴェール公国とルテ
ル公国を有していたカルロ・ゴンザーガが、マントヴァを領有するに至って
いたと述べたのだったが、いまそこに我々は、モンフェッラートの領有も付
けたそう。そのことを、まさに急いだせいで我々は書き落としてしまってい
たのである。マドリードの宮廷は、何としてでも（これについても我々は述
べたが）その二つの封土からその新しい君主を排除したいと思っており、彼
を排除するために理由 ragione を必要としていたので（というのは何の理由も
なく戦争が起こされればそれは不当ということになるので）、マントヴァにつ
いては、別のゴンザーガつまりグアスタッラの君主であるフェッランテ [・
ゴンザーガ] が自分にあると主張する権利 ragione [継承権] を、そしてモン
フェッラートについては、サヴォイア公カルロ・エマヌエーレ 1 世およびロ
レーヌ公の未亡人マルゲリータ・ゴンザーガの主張する権利を擁護すると宣
言していたのである。(*PS*, xxvii, 1-2; 実線が「著者の一人称複数」、点線が「共
感の一人称複数」、以下同様)

「我らが物語」の所有形容詞「我ら」は一応「共感の一人称複数」に分類す
るとして、残りの10例は、「言及する」「書き落とす」「述べる」「付けたす」
といった語り手にしかできない行為に関わる用例であり、「著者の一人称複
数」とみなされる。第27章は、序盤に歴史叙述があり、途中からフィクショ
ンの話が語られるという章であるが、その章に「著者の一人称複数」が多い
のは、それが歴史を導入する箇所で集中的に用いられているからだと言え
る。
　導入部に「著者の一人称複数」が集中するのは、ペスト禍の叙述において

も同様で、第31章の冒頭2段落には9例がひしめいている。この箇所の初め
（1段落目）では、次のような言葉で歴史叙述の自律的価値も宣言されてい
る。

> 我らが物語の筋に導かれて、我々は、その厄災［＝ペスト］の主要な出来事
> の叙述に移る。［…］そしてこの叙述において、我々の目的は、実を言うと、
> 我らが登場人物たちがその中に居合わせることになる事柄のあり様を描き出
> すことだけではない。可能な限りかいつまんで、そして我々に能う範囲で、
> 有名なわりに知られていない祖国の歴史について知らせることも目的なので
> ある。(PS, xxxi, 1-2)

架空の物語の要請を超えて、可能な範囲で祖国の歴史の一端を知らせること
自体も、「著者の一人称複数」で語る人物の「目的」なのである（当然、知
らされる相手である聞き手は、「我々」から切り離されていることになる）。ま
た、第22章のボッロメーオ枢機卿の伝記の前口上では、「著者の一人称複
数」の“集中”は見られないが、「共感の一人称複数」から「著者の一人称
複数」への移行が観察される。

> 我らが物語のこの場所で、我々は、わずかばかり立ち止まらずにはいられな
> い。ちょうど、長いこと乾いた荒野を歩いてへとへとに疲れ切った旅人が、
> 湧水のほとりの、快い木陰で、草の上に座り、ぐずぐずと少しの間、時を無
> 駄にするのと同じように。我々はここでひとりの人物に出会ったのであるが、
> その人は、その名前と記憶が心に浮かべば、いつも穏やかな尊敬の感動と朗
> らかな親愛の情に心慰められるというような人なのだ［…］。この人物につい
> てはどうしても我々は少しばかり言葉を費やさねばならない。その言葉を聞
> こうという気はなくて、でも物語の先に進みたいとは思う人は、次の章まで
> 飛ばしてほしい。(PS, xxii, 12)

立ち止まったり、出会ったりというのは、語り手とともに物語を読み進めて
いくかぎり、聞き手も巻き込まれてしまう行為であり——語り手が自分だけ
出会ったと言っているのではない——、「我らが物語」という所有形容詞も
含め、前半は「共感の一人称複数」と判断される。一方、後半の「少しばか
り言葉を費やす spendere quattro parole」は語り手（のみ）の行為であり、そ
れはちょうど聞き手の行為「その言葉を聞く sentirle」と対称をなしている

と言える。語り手がこれから始めようとしているのは事実の陳述（主に公的な史料に基づいた枢機卿の経歴の叙述）であり、「我々」の用法の移行は、語る意識がその直前に微妙に変化したことを示唆しているかのようである。

さらに、ほかの歴史叙述的章に目を向けると、パンの価格が高騰しミラノで暴動に発展した経緯の叙述（第12章）と、飢饉による惨状および傭兵部隊のイタリア南下に発展するマントヴァ・モンフェッラート問題の叙述（第28章）に対しては、それぞれの導入部にあたる第11章末尾（および第12章冒頭）と第27章末尾において、頻度は高くないがやはり「著者の一人称複数」が使用されている[31]。『婚約者』でまとまった歴史叙述の入る箇所は以上で全て確認したことになるのだが[32]、その導入部には必ず「著者の一人称複数」の「我々」が見られ、つまりは語り手が著者ないし歴史家として口上を述べていることがわかった。やはり事実を陳述するという状況によって「著者の一人称複数」の使用が動機づけられていることは間違いなさそうである（小説の設定上は、語り手が手稿に書かれた物語を伝えるのも事実の陳述であって、実際そちらでも「著者の一人称複数」は使われるのであるが、その頻度は落ちる。創作の物語も本当の歴史も同様に事実とみなす語り手の水準においても、私的な出来事と公的な出来事という差はあるので、後者を語る際に歴史を叙述するという意識がより強く現れると考えればよいだろう）。

ところで、そもそも「著者の一人称複数」というのは、ある事柄を客観的事実として記述するためのレトリックと言える。歴史書や学術書に好んで用いられるこの「我々」は、「私」に比べ主観性が抑制された印象を与えるのである（本章 1. 1. を参照）。もちろん、現代の学術論文のように規範化・定

31）「彼［レンツォ］が歩いている間に、我々は可能な限り手短にその混乱の諸要因と発端を語ることにしよう」(PS, XI, 73)、「我々がいま話している細かい状況は、慢性の病の急激な悪化のようなものであった」(PS, XII, 3)；「いまや、語るべきものとして我々に残されている私的な出来事が明瞭になるように、我々はどうしても公的な出来事の叙述を、それなりに、少し遠回りもしながら、前置きしなければならない」(PS, XXVII, 60).

32）もちろん他にも断片的な史実の記述は随所に見られ、歴史叙述を補完している。

型化が進むと（例えば英語の we を使うことの）修辞性は意識されにくくなるかもしれないが、単純に事実の報告だから自然と「一人称複数」が使われるのではなく、その報告が事実であると感じさせるために「一人称複数」が使われるのである。言い換えれば「著者の一人称複数」は客観性を演出する手段であり、それゆえ他者・他派を排除し自らの属する集団の立場や主張の「真実性」を標榜するためにも用いることが可能なのである。ここに学者の誠実さや倫理性が問われることになるのだが、『婚約者』の語り手はと言うと、（公的な）歴史の叙述に際して「著者の一人称複数」を用いてそれが事実であることを主張する一方、マンゾーニ本人として振舞って言説の責任を引き受けているように見える。そして、その叙述が見かけどおり一次史料の丹念な調査にもとづく真剣な事実の報告であることは、テクスト内部でも、例えば小説としては異例の数の註釈や文献引用によって、保証されている。

　語り手マンゾーニが過去の事実——本当の、公的な文書の残るほうの歴史——を報告しようとするとき、私たち読者は、彼が「歴史家の衣を纏った」ことを感じ取る。それは、単純に語られる内容によって分かるというより、例えば「著者の一人称複数」の使用のような語り方の微妙な変化が伴うことによって何となく察知されるということである。この用例の「我々」が頻出する場合、また第31章冒頭のように物語の説明のためだけではなく歴史叙述それ自体も目的だと宣言される場合には、より感じ取られやすいだろう[33]。もちろん「著者の一人称複数」は、事実の報告という体裁で語られる架空の物語においてもそれなりに使用されているため、単独では歴史部分と創作部分を弁別する指標になりえない。とはいえ、図3-1に見られるような「著者の一人称複数」の特定の箇所への偏りと語られる内容の事実性（非虚構性）との間に一定の連関があること、そして、まとまった歴史記述の前に必ず「著者の一人称複数」が現れることもまた事実である。それによって、語り手の発話態度が、実際はフィクションである私的な物語を叙述するときと

33）こうした印象を誘引する要素は他にもある。事実的言説と虚構的言説がまだらに入り乱れるのではなく前者がある程度まとまったブロックになっていることや、それに呼応した章立てなどが、実際には複合的に作用していると言える。

は何か違うという印象・雰囲気が演出されるのである。創作部分と歴史叙述に差をもたらしているこうした演出は、ペトロッキの言う物語の叙述と歴史の叙述とを隔てる「ガラスの仕切り」の一つの構成要素と見ることができるだろう。

3.2.「共感の一人称複数」と筋の展開：物語内を旅する「我々」

「著者の一人称複数」が、事実を語っているという雰囲気を生むレトリックだとすれば、それはそれで、語りの受信者である聞き手への（そしてそれを介した読者への）働きかけということになる。一方、本章第2節でも記したとおり、これとは全く違うレベルで、つまりより直接的に、聞き手へ働きかけるのが一人称複数のもう一つの主たる用法、「あなたたち」を含む「我々」である。「共感の一人称複数 il «noi» affettivo」という呼称も、この用法が、聴者の視点に立つことにより聴者を否応なく巻き込み、傍観者たることを許さぬさまを映していると言える。こうした特性は、小説のコンテクストの中では、いかなる意味を帯びるだろうか。

動詞句として現れる「共感の一人称複数」は、「行く andare」と「見る vedere」とが典型であることは既に述べた。『婚約者』の語り手は、物語世界の外にいて、異なる場所・時間に起きた出来事を次々に語ることができるのであるが、ある話の予告・開始・進行・遅延や以前の話の再確認、新しい話への切り替えの多くが、「あとで我々が見るように」「我々が見に行く」「我々は少し戻ろう」「すでに我々が見たように」「我々は先へ進もう」「我々は立ち止まらずにはいられない」といった「見る」「行く」にまつわる語句で表現されているのである。こうした意味では、この「我々」は、物語の成り行きを目で見ながらテクスト上を移動していると言える。文学作品の叙述を旅と表現するのは常套句であり、それを読むこともまたしばしば旅に譬えられるのだが[34]、『婚約者』の場合はそれが単なる隠喩ではなくなっているわけである。マイヤー＝ブリュッガーはこれを「語り手の旅」だとしているが (Meier-Brügger 1987: 34-5)、ここでの「我々」には語り手「私」のほかに「あなたたち」が含まれるので、語り手ひとりの旅ではなく「語り手と聞き手の旅」と呼ぶほうがふさわしいだろう。

「我々」が物語の時空間を移動するのは、同時並行的に進む物語の複数の糸を追いかけるためであり、また歴史叙述という“わき筋”とメインストーリーとを行き来するためである。語り手はここで物語の進行を司る“狂言回し”を演じているのであり、聞き手の興味をつなぎとめつつ、旅の案内役を務める。つまり彼は、主に場面の転換に際して、「共感の一人称複数」が持つ交話的機能——対話の回路がつながっていることを確認し相手の注意を促す機能——を利用しながら[35]、それまで聞き手とともに見てきた成り行きを確認し、今後の行程を示すのである。もちろん、場面を転換し筋を進めてゆくべき箇所は小説の一部分に集まりはしない。「共感の一人称複数」の各章の使用回数は「著者の一人称複数」に比べれば偏りがやや小さく、その分、小説全体に散らばっていると言える[36]。そうして「共感の一人称複数」は、聞き手への呼びかけの多様なレパートリー（本書第4章を参照）とともに、語り手と聞き手の間に旅の道連れとしての親密な関係を徐々に構築してゆくのである。語り手は小説の終盤になると、単数「私」を用いつつ頻繁にそして親しげに「あなたたち」に言葉をかけるようになるのであるが（表3-1を参照）、こうした態度を可能にする雰囲気は、物語全体を通じてゆっくりと醸成されたと言えるだろう。

　マンゾーニは、現実の作者としてはもちろんのこと、フィクションの中の《語り手＝書き直し手》としても、匿名の手稿の“最初の読者”という設定によって、物語の成り行きを予め知っている。この点では、明らかに語り手は、聞き手に対して特権的立場にある。その一方で「共感の一人称複数」と

34）例えば『トム・ジョーンズ』（*Tom Jones*, 913）において語り手と「読者 reader」が「駅馬車の同乗者 fellow-travellers in a stage coach」に喩えられているように（cfr. Rosa 2008: 10-11)、《聞き手＝読者》が「旅」の道連れとされるのである。「テクストの旅 Il viaggio testuale」という隠喩については Corti 1978 も参照。

35）ヤーコブソンの定義では、「交話的機能」とは、メッセージの六つの要因のうちの一つ「接触 contact」に焦点を合わせるもので、「伝達を開始したり、延長したり、打ち切ったりあるいはまた回路が働いているかどうかを確認したり［…］話し相手の注意を惹いたり、相手の注意の持続を確認したり［…］するのに」役立つ機能である（ヤーコブソン 1973 [1960]: 187-94; 特に191）。

いう目配せは、物語を読み進めながら登場人物のことを知り、事の成り行きを目にする聞き手（そして全ての読者）に、しかも彼らのみに、登場人物への愛着や物語についての知識を語り手「私」と共有し、その物語世界に「私」と同じ仕方で関わるよう迫るものと言える。例えば「我々が見てきたように」というフレーズが言及しているのは、小説のページのあいだで起きた出来事を見てきた人のみが知っている内容であり、この「我々」は物語を読んでいない第三者を閉め出して、語り手の「私」と聞き手の「あなたたち」との共犯的関係を築くのである[37]。「著者の一人称複数」が客観的叙述の雰囲気を演出するのに対し、「共感の一人称複数」は、登場人物への愛着に対する共感を促し、一緒に見てきた物語の成り行きについて確認を求め、また場面転換のダイナミズムに立ち会わせることによって、聞き手（そして読者）の関心を保ちながら物語の筋をつないでいくためのレトリックとして、その効力を遺憾なく発揮するのである。

---

36) 両用法の絶対数が異なる点に留意すれば表3-2や図3-1からも判断可能であるが、偏りを比較しやすいように各々の総数を1とし章ごとの割合をグラフにして並べると、次の図3-2のようになる。

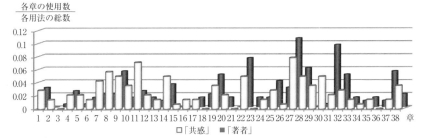

図3-2　二種類の「我々」の偏り

「共感の一人称複数」のほうは極端な増減が少なく、集中的な歴史記述の少ない小説前半でも後半とあまり変わらない頻度で使用されていることがわかる。

37) 註24に記したとおり、〈語り〉の場にいない人（第三者）を含む意図の「我々」は「その他」とした。

4．小括：〈人称＝人格（ペルソナ）〉のある語りと事実の陳述

『婚約者』の語りには、確かに、いわゆる「全知の語り手」の特色が随所に観察されるが、だからと言って、その語りは画一的ではない。それどころか、物語内容、語り手と物語の距離、聞き手との関係の変化に応じて、語り手の「声」も刻々と変容する。一人称単数「私」と一人称複数「我々」を対比する分析方法は、そうした変化の一端を捉えたと言えるが、本章においては、この対立モデルの限界を、聞き手への働きかけに注目することによって乗り越えることを目指した。これまで看過されてきたと言ってよい「あなたたち」を内包する一人称複数つまり「共感の一人称複数」に光を当てることによって、交話的機能をもとに聞き手をダイナミックな筋の展開に参与させ、テクスト上の旅に誘い込んでゆく手法が浮き彫りとなった。その一方で、これまで「我々」のイメージを主に規定してきた「著者の一人称複数」については、「共感の一人称複数」という通常の「我々」と区別して分析することにより、その本来の役割がよりはっきりと見えるようになってきたと言える。客観的叙述の印象を与える特殊な「我々」の機能は、全体としてはフィクションである小説の内で、公的な史料が残されている歴史について語り、しかも、それを真面目な歴史叙述だと受け取らせようとするときにこそ活きるのであり[38]、この機能が、読者にフィクションと歴史の叙述の微妙な違いを感じさせる一つの要因になっているとも考えられるのである。

『婚約者』という事実と虚構が織りなす複雑なテクスチュアの中で、語り手の一人称は、《わたし》の主体性を前景化させた一人称単数「私」、反対にそれを曖昧にした「著者の一人称複数」、または聞き手を巻き込んだ「共感

38）そもそも、いくら言説の中身が事実であったとしても、そのことが言説が真実として受け取られることの保証にはならない。そのためグレマス（Greimas 1985 [1980]: 108-9）が述べるとおり、真実の陳述を成功させるには、発話に何らかの操作を行い「真実陳述の契約 le contrat de véridiction」という暗黙の合意を得る努力が必要となる。歴史叙述に「真実効果 effetto di verità」をもたらすテクスト内的要素について論じたGinzburg 2006b も参照。

の一人称複数」といった諸形が併用されており、それらは各々の特徴を踏まえて戦略的に使い分けられているように見える。つまりマンゾーニは、語り手の一人称表現を細やかに調整することによって、虚構的言説にどれだけ本当らしさを確保するか、事実的言説にいかに真実らしさを付与するか、読者とどのような信頼関係を築くかといった、いわばフィクションの核心的問題に取り組んだと考えられるのである。その革新性は、同様の一人称形を備えた同時代の作家の諸作品と比較することによって、今後、いっそう明瞭となることが期待される。さらに、こうした語りの態度は同時に、語りの非人称化——つまり語り手の存在の隠蔽——という次の世代の作家たちのアプローチと対をなすものとしても注目される。周知のとおり、歴史家たちが（自らの姿を消すことによって）事実をして語らしめておきたいと願ったのと同様に、自然主義などに代表される19世紀中盤以降の多くの作家たちも、可能な限り話者の指標（とりわけ一人称）を消し去ろうとしたのである[39]。そのようなアプローチを説明する際には、語る《わたし》の存在（人格）を見せてしまうことが、必ず客観的な語りを阻害するかのように語られがちなのであるが、語る《わたし》という視点から近代文学の物語体の展開を正確に記述しようとするならば、『婚約者』のように、語り手が発話の責任を引き受ける主体としてむしろ積極的に姿を見せることを通じて、語る内容（の一部）を真実だと感じさせることを目論んだ語りが存在し、それが単純で図式的な説明を拒んでいることに十分な注意を払わねばならないだろう。

---

39) いわゆる三人称客観小説のように出来事が語り手の現在と切り離して語られるとき、その叙述は、形式において歴史書の叙述と差異がないか僅かとなり、実際バンヴェニストはフランス語の動詞の分析において両タイプのテクストを同列に扱っている (Benveniste 1966b: 239-41)。両者に共通する、指示対象がひとりでに語るかのような印象について、バルトはその「錯覚」が組織的な操作に基づくことを強調する (Barthes 1988 [1967]: 141-2)。Grosser (1985: 104-5); Agosti (1989: 107-9) も参照。

第4章
「聞き手」への執拗な呼びかけ

『婚約者』(40年版)の第26章の最後に配置された挿絵〔IM 275〕
マンゾーニによる挿絵画家への指示は «Finale del cap. XXVI parte di figura con l'indice d'una mano sotto un occhio: quell'atto cioè con cui si burla familiarmente uno che, credendo di averla indovinata, s'inganna» というものだった(訳は本文を参照)。

　上掲の挿絵は、マンゾーニから読者に向けて発せられた"注意せよ"というメッセージだとされる。40年版の挿絵の全ての主題の考案者である著者マンゾーニの指示によれば、この絵は「人差し指を目の下に当てている人物の部分。つまり、見抜いたつもりになっているが、見当違いをしている人を親しげにからかうあの身振り」であって、作中人物の誰かを描いたものではな

い[1]。

　第26章の終盤で話題になっているのは、ミラノでの暴動に居合わせた際の不手際でお尋ね者となってしまい、従兄弟ボルトロを頼ってベルガモ周辺（ミラノ公国の力が及ばないヴェネツィア共和国内）に逃れていたレンツォと、ミラノ総督でありながら戦争のためにミラノを離れていたドン・ゴンサロとのわずかな繋がり、つまり私的で個人的な物語と公式かつ公的な歴史とを——ということは創作部分と歴史部分とを——結びつける細い糸である。レンツォは逃亡先にある絹の紡績場で働いていたはずなのだが、消息が不明となってしまう。そのことについて、彼の恋人ルチーアの母アニェーゼのもとには、互いに矛盾した噂話——「人が言うには…」という形式の信用ならない話——しか届かないのだが、聞き手としての読者たちには、語り手から真相が知らされる（「全て流言である。真相はこうだ」 *PS*, xxvi, 57）。つまり、ミラノ総督ドン・ゴンサロが、ミラノで起きた暴動の扇動者と目される人物（レンツォ）がベルガモ地域に匿われているらしいと報告を受けて、ヴェネツィア共和国の駐ミラノ公国公使に対し大いに憤慨して見せた結果、ヴェネツィア側でも捜査することになり——ただしヴェネツィアはレンツォのような絹の紡績工のベルガモ周辺への流入を奨励する立場であり、捜査は穏やかなものだった——、それを察知したボルトロの手配によって、レンツォはやや離れた土地の別の工場で偽名を使って働くようになっていたというのである。こうして語り手は、ミラノ公国とヴェネツィア共和国の微妙な政治・外交関係の現実が、主人公の運命に作用している（けれども、彼の行動のほうは歴史を展開させているわけではない）という関係を見せているわけなのだが、その後で以下のように、聞き手がそうした点を誤解しないようにと注意を促している[2]。これが第26章の結びの、つまり前ページの挿絵が入る直前の、言葉なのである。

1）描くべき主題に関するマンゾーニの指示については彼の手稿が残っており、出版もされている。Cfr. Cartago (1989: 137-8); de Cristofaro e Viscardi (2014: 795). またインテルメッツォ5も参照。

しかしドン・ゴンサロが、そうした身の上の紳士が、本当に本気で山育ち
の貧しい紡績工に腹を立てていたとか、［…］彼がこの男のことを、ローマの
元老院がハンニバルに対してそうしたように、逃亡していても迫害するほど
の、離れていても生かしておけないほどの危険人物だと思っていたなど<u>とは
思わないでほしい</u>。ドン・ゴンサロの頭の中には、あまりに多くのあまりに
重大な事柄があって、レンツォのことをそこまで気にかけてはいられなかっ
たのだ。気にかけているように見えたとしたら、それは、諸事情が特異な仕
方で重なったために生じたのであり、つまりその気の毒な男は、はからずも、
そして当時もその後も知らないままだったのだが、非常に細くて見えない糸
で、そのあまりに多くのあまりに重大な事柄につながってしまっていたので
ある。(*PS*, xxvi, 64)

ミラノ総督は、続く第27章で説明があるとおり、レンツォの逃亡と潜伏を外
交上のちょっとしたカードとして利用しただけであって、それに真剣にかか
ずらっているわけではないのである（それに対して、そうとは知らないレン
ツォたちは警戒を続けることになるのだった）。
　このように『婚約者』の聞き手（「25人の読者」という語によって設定される
読者集団）は――そして彼らとともに「内包された読者」（作者としてのマン
ゾーニが想定する読者。本章註5参照）も――、物語世界から一歩引いて、そ
れを外から眺める語り手と同じ視点に立ち、作中人物たちには見えていない
であろう「細い糸」を捉えるよう求められているのである。しかも、上の引
用箇所にはいくつかのアイロニーが仕込まれているということにも注意が必
要である。例えば、「あまりに多くのあまりに重大な事柄」という言葉が繰
り返されているが、それはドン・ゴンサロの意見を反映した語であって、マ
ンゾーニ自身がそれを重要と考えているわけではない。というのは、ここで
のドン・ゴンサロの関心事というのは、ミラノが食糧難――これが暴動の要
因である――と疫病の危機にあるにもかかわらず、その対処を他人任せにし

2）下線部原文では二人称や「読者」の語を用いて聞き手をはっきり名指す代わりに、
　«Non si creda» という形で、命令・依頼・勧誘を示す接続法現在が、非人称の si とと
　もに用いられている。それにより「思わないでほしい」という意味になるのである
　が、語り手から聞き手への働きかけ（言語行為）となっていることには変わりない。

て続けている軍事的活動なのであって、マンゾーニがそうした態度を厳しく批判していることは小説のほかの箇所から明らかに読み取れるからである。つまり読者には、この言葉の内に"ミラノ総督が不幸にも重大だと思っている（が本当は全然重大ではない）事柄"という含みを読み取ることも要求されていることになる。

　どうやら『婚約者』というテクストは、単純に物語の筋を追うだけの読書に比べればはるかに骨の折れる作業を読者に期待しているらしい——本書第2章で見た史実と虚構の判別可能性にしても、読者に見分ける気がなければ機能しないのだ。本章では、このような読者に対する期待や要求について考察を深めるべく、第3章で取り上げた「語り手」に対置される存在「聞き手」に注目する。『婚約者』には、語り手から聞き手への直接的な呼びかけが数多く見られるのである。

　19世紀の後半以降の（写実主義・自然主義の）小説とは違って、『婚約者』が書かれた頃にはまだ人格を持った（登場人物化した）語り手が姿を見せるのはよくあることだったと前章で述べたが、この語り手が二人称を用いて聞き手に言及するのもまた珍しくはなかった。二人称への呼びかけは、叙事詩など小説以外の物語文学においても見られるので、むしろ伝統のあるレトリックだと言える。だが、語り手マンゾーニによる聞き手への言及は型通りのものではなく——それゆえ単なる文彩とは違う緊張感のある対話となるのだ——、そのことは『婚約者』をイタリアで初めての本格的な近代小説と見るべき一つの根拠ともなっている。

　もちろん、マンゾーニの『婚約者』以前にも"文学性"を備えた小説は存在したが、先輩の文学者アレッサンドロ・ヴェッリ (1741-1816) やウーゴ・フォスコロらにおいては、依然として、限られた文学エリート向けの文体・語彙、古典主義のレトリック等、旧体制の残滓が見られた。それに対し、マンゾーニにおいて小説は、決定的にアンシャン・レジームの文学体系と決別し、「都市ブルジョア文化」の枠組みに到達したとされる。そして、そうした近代性が目に見える形で現れる箇所として、ローザ (Rosa 2008) やカディオーリ (Cadioli 2001) らによる近年の研究は、テクストの中に書き込まれた

《作者と読者の関係》に注目する。そしてその分析においては、「聞き手」という形で読者がいかに表現されているかが重要な手掛かりとなるのである[3]。

　すでに何度も確認したとおり、『婚約者』の語り手は、17世紀の手稿を発見した19世紀イタリアの知識人であり、本篇の至る所に姿を見せるが、語りの受け手である《聞き手 narratario》のほうも、小説第 1 章の「我が25人の読者は、いま語られたことが哀れな男［＝司祭ドン・アッボンディオ］の心にどのような動揺をもたらしたか、考えてみてほしい」(PS, I, 60) という有名な呼びかけによって[4]、不特定 "少数" の読者集団としてテクスト内にはっきり書き込まれている[5]。ローザ (Rosa 2004) をはじめとする研究は、西欧諸国の小説の発展を横目に見やりながら、『婚約者』における聞き手への言及を文法的かつ意味論的に分析し、それが、マンゾーニ以前のイタリアの作家による「呼びかけ」とは本質的に異なることを明らかにしている。ただし、こうした先行研究には、「読者 lettore / lettori」という語を含む表現や二人称複数「あなたたち voi」を用いた表現ばかりを分析し、聞き手を指すもう一つのタイプの表現にほとんど注意を払っていないという不備がある。という

---

3) 第 1 章第 2 節にも記したとおり、本書においては、19世紀前・中盤の（バルザックやスタンダールに代表されるような）三人称小説を近代小説の一つの典型と見なしている。その発展は、不特定多数の人々が黙読を通じてそれぞれ個として作品を享受するという "近代的な" 読書の広まりと連動しているのであり、本章において、小説の近代性とは、こうした新たな様態の読書が、テクストの内にいかに想定されているかによって測られるものである。

4) «Pensino ora i miei venticinque lettori che impressione dovesse fare sull'animo del poveretto, quello che s'è raccontato». これも三人称・接続法現在の動詞 (pensino) を用いて命令・依頼・勧誘を示す構文となっている。

5) 「聞き手」は、語り手が作者（「内包された作者」および現実の作者）と区別されるのと同じように、読者（「内包された読者」および現実の読者）とは区別される存在である。読者は「聞き手」に感情移入して自分が話しかけられていると感じてもよいが、距離をおいて第三者として眺めることもできる。『婚約者』では聞き手が「読者」の語で表現されることから、「内包された読者」と混同されやすいが、語り手が聞き手を「無知な人」としているのに対して (PS, XXVII, 1 ［本書第 3 章 3. 1. で引用］)、作者はそれほど無知ではない読者を想定していると思われるなど、重要な違いもある。Grosser (1985: 42-7) および本書第 1 章 2. 3. を参照。

のは、本書第3章で見た聞き手を含む「我々」（「共感の一人称複数」）が、作中に頻出するにもかかわらず、無視されているのである。そして、一つの頻出表現が見落とされてきたことは、別の大きな問題とも密接に関わっているように思われる。これまでは、そもそも聞き手への言及の"量"がひとかたならず多いという事実が等閑に付されてきたのである。聞き手への言及の内容（"質"）の分析によって、確かに、社会・文学史上の文脈との関連——つまり均質的でない不特定多数の人々がそれぞれ個人として作品を"消費"するという近代的な読書との関連——において『婚約者』が占める位置は示される。しかしそれは、近代的な読者意識のもとに書かれた他の（他国あるいはマンゾーニ以後のイタリアの）小説と同じ位置であり、それでは『婚約者』の語りを他と画する特徴までは捉えることができないだろう。

　以上を踏まえ、本章では、まずローザらの先行研究を道標として『婚約者』における聞き手への言及の特徴とそこに見られる新しさ（近代性）を確認し（第1節）、その上で「共感の一人称複数」についての分析を加えることによって既存の説の不備を補い、これを修正する（第2節）という順序で考察を進める。それによって、単純に近代的であるだけではない『婚約者』の語りの独自性も明らかになるはずである。

1．作者と読者の新たな関係

　『婚約者』の語りは、物語が「書かれていると同時に朗読されているかのような」印象を与える (Illiano 1993: 104-5)。それは、叙述に朗々たるリズムがあるからなどではなく、メッセージの受け手を意識して発せられた（と見える）語や文、つまり「談話性」のサインが、ふんだんに含まれているからである。例えば、発言内容に対する同意を求める間投詞 eh を含む «Che carattere singolare! eh?»（「何と変わった性格だろうか！ ねえ（そうでしょう）？」*PS*, VII, 72）や、発言内容への不信・疑念を見越しての断言 «andò finalmente a dormire. Sì, a dormire; perchè aveva sonno»（「とうとう眠りに行った。そう、眠りに。なぜなら、眠かったのだ」*PS*, XXIV, 93）は、いずれも語りの宛先を意識した発言であり、このような「いま語られている」という現場性を演出する語句は枚挙に

いとまがない (cfr. Illiano 1993: 98-107; 特に103-4)。そして種々のレパートリーの中でも決定的なサインと言えるのが、直接的に聞き手を指示する表現である。『婚約者』において物語が語られる相手（聞き手）は、「25人の読者」という語で設定された後、「読者」という語を含む表現や、二人称複数「あなたたち」を用いた表現によって、作中で言及され続けるのである。本節では、まさにこの「25人の読者」をタイトルとしたジョヴァンナ・ローザの論文「『婚約者』の25人の読者 *I venticinque lettori dei* Promessi sposi」(2004) および同著者の『語りの契約 *Il patto narrativo*』(2008: 特に第4章「『婚約者』の読書革命 La leserevolution dei «Promessi Sposi»」128-59) を主な拠り所としつつ、『婚約者』における聞き手への言及のあり方の特徴を確認してゆく。

　なお本書第1章でも述べたとおり「25人の読者」というのは、はっきり顔の見える誰か、特定可能な25人を想定した表現だとは考えられていない[6]。基本的には、「この本を読む人など少ない」という謙遜を表現したものであって、そこに反語的な意図が込められていると取るべきである（つまり少数ではないことはわかったうえで、なお不特定 "少数" だと言っているのである）。また、この聞き手たちは常に「読者」つまり書かれたものを読む人として表象されており、一所に集まって朗読を聞く聴衆のイメージとは結び付けられない点にも注意したい[7]。

---

6) 25という数については、ニグロが、『エゼキエル書』(8, 16) に見られ、カルロ・ボッロメーオ（フェデリーゴの従兄で聖人）の *Memoriale ai milanesi* にも引かれた、神に背を向けた25人ばかりの者たちとの関連を指摘している (Nigro 2002b: 807-8)。それによれば、「25人の読者」は正統な文学から目を背けて「禁じられたジャンル」に属する本を読む人という含みを帯びることになる。なお、『婚約者』の第一草稿『フェルモとルチーア』においては、第2巻第11章の終わりで「読者の4分の3」が「少なくとも30人ほど」だとされているので (*FL*, II, xi, 39)、聞き手としての読者は25人ではなく40人以上いたことになる。

7) 実際、物語の享受が「聴く ascoltare」のような聴覚に関わる語彙で表現されることはほとんどない。ローザは皆無としているが (Rosa 2008: 145)、実は例外的に一度、第22章で聞き手側の行為が動詞「聞く sentire (27年の初版では intendere)」によって表されている (*PS* / *PS V*, xxii, 12 ［本書第3章 3. 1. (p.120) の引用］)。

1.1. 作者と読者の "対等" な関係

『婚約者』の語り手は、よい作品を提供しようとする彼の「努力」に、聞き手が相応の仕方で応えることを要求する。ローザは『婚約者』において、語り手が自らの活動を「労苦 fatica」「職業 professione」「仕事 lavoro」という語彙で表現していることに着目し、文学活動が、詩的霊感に身を委ねる行為ではなく、あくまで生産活動として捉えられていると見る (Rosa 2004: 84)。この意味で、「序文」において、聞き手側の享受・消費が、語り手の行為(「書くという英雄的労苦 l'eroica fatica di scrivere」) と同じ「労苦」の語を用いて表現されている (「読むという労苦 la fatica di leggere」) ことは注目に値する[8]。両者の行為は「交換の関係」(Rosa 2004: 83) のもとに捉えられているのである。

このような関係にある読者は「注がれたものを無頓着に飲む」のではなく、「作家が読者の判断を気にして、書くものをよく煮詰めざるをえなくなる」くらいの批判的眼差しを向けて読まねばならないのであり[9]、実際、『婚約者』の語り手は、聞き手を「検閲者」として意識している。イッリアーノはその例として「実際のところ、きょう日の読者に見せられるような代物ではない」(*PS, Intr.* 10) や「[こう想定しても] もちろん我らが読者を侮辱することにはならない」(*PS*, XXII, 45) という発言を挙げている (Illiano 1993: 101)[10]。また作品の結び (最終段落) においても、聞き手は判断者として描かれている。

---

8) 草稿『フェルモ』の 2 種類の序文のうち、最初の数章とともに書かれた序文には、そもそもこの対比がなく、後から書いた序文では「労苦 fatica」対「煩わしさ fastidio」となっており、対比が非対称であった。『婚約者』27 年版からは、いずれも「労苦 fatica」となる。

9) マンゾーニは、1823-24 年に書かれた「汚名柱に関する歴史的補録 *Appendice storica su la Colonna Infame*」の中で、ムラトーリ (1672-1750) のような秀でた作家が時に思慮を欠いた書き方をしてしまうのは、当時の読者の大半が「熟慮し比較する訓練をつまず、注がれたものを無頓着に飲むことに慣れており、作家が彼らの判断を気にして、書くものをよく煮詰めざるをえなくなるなどということがない」ためだと述べている (*AS*, 265)。Cfr. Illiano (1993: 100-1).

第4章 「聞き手」への執拗な呼びかけ **137**

　それ［＝物語］が、もし全く気に入らなかったのでないなら、［あなたたち
は］それを書いた者に好意を寄せてほしい、それから書き直した者にも少し
の好意を。しかし反対に、万一私たちがあなたたちを退屈させることになっ
てしまったならば、信じてほしい、わざとではなかったのだ。(*PS*, xxxviii, 69)

語り手は「序文」において結婚を誓った恋人たちの物語を「大変素晴らしい
molto bella」と形容している――それこそが書き直して紹介する理由である
――のだが、物語の美的価値の最終的な判断は、聞き手「あなたたち」に委
ねられているのである[11]。

　それから聞き手には、語り方も含めた内容の吟味だけではなく、解釈への
参加もまた求められる。はじめに「25人の読者」に要求されるのは、「語ら
れたことが哀れな男［＝ドン・アッボンディオ］の心にどのような動揺をもた
らしたか」を考えることであったし、ほかにも「どのような秩序が決められ
保たれ得たか、各自思い描いてほしい」(*PS*, xxviii, 54)、「この女が黙ってい
たかどうか［あなたたちは］考えてみよ」(*PS*, xxx, 46)、「何が彼らの頭によ
ぎったであろうかは、あなたたちが考えるのに任せよう」(*PS*, xxxviii, 45) な
どと、語り手は聞き手に人物の心境など物語の状況を自ら考える（想像す
る）よう促すのである。

　ただし、『婚約者』の語り手から聞き手への働きかけが、預言者、詩人、
先導者として相手に啓示を授けるような呼びかけではない点には注意が必要
である。エーリッヒ・アウエルバッハの「読者へのダンテの呼びかけ」とい
う論文 (1998 [1954]) によれば、『神曲』における詩人ダンテの読者への「呼
びかけ」には、兄弟のような親密さに加え、「教え諭すがごとき優越性」が
あるという。読者は、友人であると同時に「一人の門弟」であり、「議論し

---

10)　ほかに第26章冒頭の「そして実を言えば、我々も、この手稿を前に置いて、ペンを
　　握っていて、言葉のほかに戦う相手を持たず、<u>我らが読者たちの批判以外に恐れるも
　　のを持たないのだが</u>、その我々も、続けるのにちょっと抵抗感がある」(*PS*, xxvi, 1)
　　なども加えられるだろう。
11)　引用した一段落は草稿『フェルモ』の段階では存在しなかった。出版稿における増補
　　によって、結びが聞き手への言及となったのである。

たり判断したりするのではなく、従うことを期待されている」（アウエルバッハ 1998 [1954]: 200）のである。それは啓示を授けるような呼びかけであり、その荘重さ・ドラマティックな雰囲気には「頓呼法」[12] が寄与しているという[13]。これに対し、読者を対等な「交換の関係」におく『婚約者』においては「教え諭す」という雰囲気はなく、そもそも「読者」という語を呼格にした頓呼法が一切見られないのである（本章 1. 3. を参照）。また、これは従来の研究では特に指摘されていないことなのだが、「よく目を凝らして真実を見る」ことを求められる『神曲』の「読者」とは異なり（「読者よ、ここでよく目を凝らして真実を見なさい Aguzza qui, lettor, ben li occhi al vero」 *Purgatorio*, VIII, 19）、『婚約者』の聞き手は常識的な判断力をもってその時点までの物語を読んでいればよく、要求される理解力・想像力のレベルが相対的に低いことも見逃してはならない事実であると思われる。「考えてみなさい」「想像してごらんなさい」と要請があっても、「暗示的看過法 preterizione」（言わないと主張するまさにそのときに言う修辞法）にも似た表現によって、ほとんど答えが用意されている場合も多い[14]。例えば、「そしてこの幻影が、それとはかくも異なり重々しく冷淡で威嚇的な他の幻影の中で、どれほど奇妙な見え

---

12) 頓呼法は、演説・詩などでその場にいない人物や擬人化されたものなど（もともと話が向けられている相手以外）に呼びかける表現技法で、キケローのカティリナ弾劾演説（第一演説）が有名な例である。この修辞の狙いは、情念 pathos を呼び起こし、聴衆・読者の感情的な参加を誘引することにある。頓呼法には「呼格」が不可欠で、多くの場合、命令法も伴う。Cfr. Mortara Garavelli (2006: 268-9).

13) 読者を「読者」と名指して呼びかけることは古典古代には稀であり、中世の詩には見られるものの、ダンテの場合と違って、強調の少ない穏やかなものであった。アウエルバッハが、読者への「呼びかけ」の最も崇高な例として挙げるのは、「天国篇」第2歌の冒頭である。«O voi che siete in piccioletta barca, / desiderosi d'ascoltar, seguiti / dietro al mio legno che cantando varca / tornate a riveder li vostri liti: / non vi mettete in pelago, ché forse, / perdendo me, rimarreste smarriti» （「おお君たち小さな船にいる人々よ、君たちは聴きたさのあまり、歌いながら進む私の船の後をついてきたが、君たちの岸を再び見るべく帰りなさい。大海に乗り出してはならない、君たちはおそらく私を見失い、途方にくれることだろうから」 *Paradiso*, II, 1-6).

14) 暗示的看過法または逆言法が、『婚約者』における読者への語りかけの重要な技法となっていることについては、Illiano (1993: 108-11) を参照。

方をしたはずか、[あなたたちは] 考えてみなさい」(*PS*, ix, 81) という表現は、聞き手「あなたたち」に考えるように促しているけれども、"その幻影がとても奇妙に見えたこと" は（反語でない限り）ほぼ自明の前提となっていると言える。また「この女が黙っていたかどうか考えてみよ」(*PS*, xxx, 46) という呼びかけも、期待されている回答が "黙ってはいなかった" であることをほぼ言ってしまっている。つまり、『婚約者』の語り手が物語の解釈への参加を呼びかけるとき、文芸に通じた知的エリートの理解力は想定されていないのであって、この意味においては、誰もが「25人の読者」の一員たりうるのである。

1.2. 広い読者層の想定：すべての人のための本

　『婚約者』が、限られた知識層のみに向けられた作品ではなく、より広範な読者層を想定していることは、物語が平易な言葉遣いによって語られていることや社会的身分の低い主人公が選択されていることなど、文体や物語内容のレベルにおいても見て取ることができる。それまでの規範に反して日常の現実を真面目に描くというアンチ（またはポスト）古典主義的な主題選択については、マンゾーニの論考『ロマン主義について』(*Sul romanticismo*, 1823年に執筆）でも語られていた。

> [詩に望まれるのは、] 最も学識のある人たちの興味を引くだけのものを持ちつつ、同時に、より多くの読者が、人生における記憶や日々の印象から生まれる好奇心や関心を寄せるような主題を選択すること [である]。(*Sul romanticismo*, testo definitivo [1871], 96)

このような文学観のもと、マンゾーニの小説は、既存の読者層を排除することなく、同時にイタリアにおいては未だ確固として存在してはいなかった中間層、小市民に（そして最終的には文盲の主人公たちと同じ下層の人々にまで）届く作品、つまり「すべての人のための本」として企図されたと考えられるのである[15]。

　そして、このような全ての人々に向けられているという作品の狙いは、テクストに書き込まれる聞き手の相貌にも現れていると見ることができる。正

確には、「25人の読者」にはっきりした相貌が与えられていないことが、その狙いと対応しているのである。マンゾーニが『婚約者』を書いた当時、小説の読者のステレオタイプとされていたのは、小説熱に浮かされた、あるいは"高等な"文学の因習に縛られない存在としての「女性」や「若者」であり、マンゾーニも草稿『フェルモとルチーア』の段階では女性の読者に言及していたのであるが (FL, Intr. Prima, 19 e 21)、出版稿『婚約者』の聞き手からはこうした特徴が削られている[16]。「25人の読者」は、輪郭のはっきりしない"不特定"少数の人々として個性が抑えられ[17]、読者の誰もがそこに自分を投影しうる読者集団となったのである。

ただ、このように集団として描かれる読者たちも、物語の解釈に参加するにあたっては、ひとまず各個人へと分節される。ローザ (Rosa 2004: 104) によれば、「語りの作業への協力」は（複数形の「読者たち lettori」ではなく）単数の「読者 lettore」という"個"に呼びかける場合が「圧倒的大多数」を占める。«lascio poi pensare al lettore»（「あとは読者が考えるのに任せよう」PS, III, 13）«se gl'immagini il lettore»（「読者は自分でそれらを想像してほしい」PS, XXX, 38）のように、"想像"は各自が行うのである。しかし、それによって各人が独力で読んでいることが意識されたとしても、単数と複数の「2種類の異なるコミュニケーション様式」の対立に矛盾はなく、むしろ、読者集団が近代的公衆の性格を帯びれば帯びるほど、"個"への呼びかけも重要度を増すことになる。

15）近代における読者層の変化、新しいより多くの読者層の獲得という文脈から『婚約者』を扱った研究は、スピナッツォーラの『すべての人のための本 Il libro per tutti』(1983) を嚆矢とするとされる。本書第1章2.3. も参照。

16）ただし、「そしておそらく我らがミラノ人読者たちの誰一人として［…］を聞いた覚えのない人はいないだろう」(PS, III, 31) という表現から（少なくとも数人は）ミラノ人であることがわかり、その他、中には若者もいる (PS, XI, 71)、歴史には明るくない (PS, XXVII, 1) といった程度の情報であれば付加することができる。

17）改稿によって語り手の個人としての側面への言及が減っていることも、これと呼応する現象と考えられるかもしれない。『フェルモ』の第1巻第1章の導入部にあった語り手の（マンゾーニとしての）自伝的要素が、『婚約者』の段階では見られなくなっているのである。

集団の形で思い描かれた公衆に近代市民的な特徴が付与されればされるほど、小説の書き方によって定められている対話的関係は、その分だけより一貫して、読者としての私の、つまり、その中において共同体が認識されるような諸価値の総体を分かち持った主体の、意識的内面に訴えかけるのである (Rosa 2004: 105)。

「読者としての私 io lettore」が、すでに近代市民的な読者集団の一員として特徴づけられていたならば、その《読者＝私》は、個々の内面に訴える呼びかけを受けても、自分だけが話しかけられていると感じるのではなく、むしろ自分と同じような内面を有する人々が周りに存在することを意識させられる結果になるのである。こうして読者集団は、それぞれに内面を有しつつ価値を共有する個々人の共同体として特徴づけられていくことになる[18]。前節で指摘したとおり物語の理解・解釈が強く方向付けられていることもあり、聞き手（そして読者）は、個別に、しかし皆と同じような仕方で、解釈に参加しながら、共に物語を読み進めてゆくのである。

1.3. 慣習的な、型通りの呼びかけからの離脱

上に見た「読者」を表わす語が単数か複数かという問題は、単なる内容のレベルにとどまらず、どのような仕方・パターンで聞き手に言及するかという形式の問題にも深く関わっている。ローザ (Rosa 2004) は、マンゾーニが聞き手への言及に型通りの（それゆえ形骸化した）表現を用いていないこと――「慣習的な修辞による呼びかけの手続きを使用することに対するマンゾーニのはっきりとした拒絶」(Rosa 2004: 105)――を強調する。特に「《「君」の記号 i segni del tu》」の排除、つまり二人称単数形が一切使われていないことに注目し[19]、それを型通りの呼びかけを捨てて、作者と読者の間に単な

---

18) これは、石原 2009 が、ベネディクト・アンダーソンの「想像の共同体」をもじって「内面の共同体」と呼ぶものに対応すると思われる（特に石原 2009: 55-73 を参照）。「何かを共有している感覚」を共有し、互いに「「あの人も自分と同じように読んでいるだろう」と感じている」（石原 2009: 67-8）読者が形成するこの共同体は、「想像の共同体」としての国民国家形成の前提となっているという。

る文彩ではない真面目な"対話"の回路を再び開こうとするものだと見る。

> 対等で親しみを帯びる分だけ、真剣で責任を伴うものとなる対話、まさに「他者」との対話を開くために、[『婚約者』の] 語り手は《「君」の記号》(Prince) を打ち捨てるのである (Rosa 2004: 105)

実際、「読者よ！」と lettore の語を呼格にして、二人称単数の動詞（特に命令法）で受けるという常套表現（本章 1. 1. のダンテの引用を見よ）は、『婚約者』には見られない。「読者」という単語は、単数も複数も、斜格でないときは必ず主格となって三人称に活用した動詞と結合しているのである。聞き手（の一部）が英語の everyone にあたる ognuno（皆それぞれ）や先行詞を含む関係代名詞 chi を用いた節（何々する者は…）によって言及される場合も多いが、当然これらは三人称である。また、二人称単数が使われていないのに対して、二人称複数は多用されており[20]、『婚約者』における聞き手への呼びかけの基本形の一つとなっている[21]。

　さてローザ (Rosa 2004: 106) は、「《「君」の記号》の拒否は伝統的なレトリックの規則からの不可逆的な離脱を意味している」と述べるが、2008年の著書 (Rosa 2008) のほうで同様の問題を扱っている箇所を読むと、伝統の枠組みを残した作品としては、例えばフランチェスコ・ドメニコ・グエッラッ

---

19) 草稿『フェルモ』の段階では、非人称的な用法の（つまり特に聞き手を名指しているとは言い難い）二人称単数が見られたが、出版稿ではそれさえなくなっている。

20) イタリア語では二人称複数 voi を二人称単数に対する敬称として使う場合があり、『婚約者』の登場人物たちはこれを（親称 tu および三人称単数 Lei による敬称と使い分けて）用いているし、マンゾーニ自身も『フェルモ』の第 2 巻第 1 章や別の作品において単数の「想像上の人物／理想読者」との対話に二人称複数を使用しているが、『婚約者』の地の文の二人称複数は、読者集団としての聞き手に向けられたものとして、敬称の「あなた」ではなく本当の複数「君たち・あなたたち」と取るのが自然である。

21) 二人称複数「あなたたち」を用いた表現には、聞き手に語りへの参加（解釈・想像）を要請するものが多い。先に述べたとおりローザは、単数の lettore という"個"に対する要請が圧倒的に多いとしているのだが (Rosa 2004: 104)、二人称複数を含めれば実は"集団"への要請も決して少なくないのである。

ツィ (1804-1873) の歴史小説やフォスコロの『ヤコポ・オルティスの最後の手紙』（初版1798-1802）などが想定されていることがわかる。それらの小説に見られ、マンゾーニにおいて否定されたレトリックに関わるキーワードは「パトス pathos」と「同情 compassione」である。グエッラッツィの『ベネヴェントの戦い *La battaglia di Benevento*』(1828) や『フィレンツェ包囲戦 *L'assedio di Firenze*』(1836) は、マンゾーニと同時期または以後に書かれ、ジャンルも同じ歴史小説であるにもかかわらず、『婚約者』の落ち着いた調子とは全く異なり、口頭による雄弁な語りかけの雰囲気を帯びている。

> 『ベネヴェントの戦い』または『フィレンツェ包囲戦』において優勢となるのは、[マンゾーニとは] 反対に、雄弁的演説の惹きつける《パトス pathos》であり、それはオペラのメロドラマの扇動的な夢幻性から離れたものではない。[…] マンゾーニが25人の読者に提示する、独りで無言で行う読書には、リヴォルノの作家 [＝グエッラッツィ] が英雄的志願兵役に打ち震える若者たちに闘争を呼びかける際の朗々たる響きが対立する。(Rosa 2008: 131)

グエッラッツィの小説における聞き手への言及は、もちろん《「君」の記号》を伴う伝統的な表現によってなされており[22]、そのような演説調の呼びかけが、「目で読む」より「耳で聞く」もののような詩的リズムと相俟って、"読者（黙読者）"というより"聴衆"である聞き手のイメージを演出していると言える。また、ローザ (Rosa 2008) はフォスコロの『ヤコポ・オルティスの最後の手紙』についても、やはり情熱的な調子があることに注意を促し、「雄弁なフォスコロ Foscolo retorico」が、「技術的にブルジョアの tecnicamente borghese」マンゾーニと対立するという構図を提示している[23]。書簡体小説

---

22) 『フィレンツェ包囲戦』では二人称単数への熱のこもった呼びかけや呼格の使用が見られ（「それでもし、ここまで読んできた君が、心と知性に揺るぎがないと感じるなら、もし君が人間の苦悩の光景を見るのが涙で妨げられないならば、ついて来なさい、私の苦しみの巡礼のあとを。私は君に残酷な物語を語ろう、君に地獄の罪人の叫び声のように恐ろしく響くであろう事柄を告げよう。」「この話を聞いてくださるためにお集まりの<u>紳士淑女の皆さん</u>」）、『ベネヴェントの戦い』では「読者」が呼格でも現れる（「<u>親切な読者よ</u>、もし君が話のわかる選ばれた者たちの一員なら」）。すべて Rosa (2008: 166) より引用。

である『最後の手紙』は、ヤコポ・オルティスの友人ロレンツォ・アルデラーニが「編者」だという体裁をとっており、本の冒頭の、編者から「読者」へ宛てられた部分（「読者へ」）には、次のような言葉が見られる。

> E tu, o Lettore, se uno non sei di coloro che esigono dagli altri quell'eroismo di cui non sono eglino stessi capaci, darai, spero, la tua compassione al giovine infelice dal quale potrai forse trarre esempio e conforto.
> そして読者よ、君が、自分自身が為しえないヒロイズムを他人に要求する者たちの一人でないならば、私は期待する、君が不幸な若者に同情を示してくれるだろうと。恐らく君は、彼から範と慰めを引き出すことができるだろう
> (*Ortis*, 3)

単数の「読者」が呼格として現れており（«o Lettore»）、その「君」に対して、編者の「私」が「同情 compassione」つまり〈「共に com-」苦しむこと〉を要請しているのである。この編者による前書きは、主人公に共感できる他ならぬ「君」に焦点をあて、「君」という“個”と緊密な関係を取り結ぶのであるが、それは、やや特別な限られた読者である。ローザは、聞き手「君」のこうした表象によって示される作品と読者の関係が、本文（手紙）のあり方とも密接な影響関係にあると見る (Rosa 2008: 98-9)。この小説には、非常に叙情的な抑揚のリズムがあふれ、そこに「日常にある悲劇を描くときの中間的な調子よりも比類なき苦悩を描く高潔で崇高な音調」(Rosa 2008: 99) を出そうとする傾きが見出されるのであるが、そのことは、聞き手がヤコポ・オルティスに共感しうる特別な「君」（だけ）であって、皆と同じように読むという“読者意識”をもった人々として設定されていないことと連動しているのである[24]。

　これに対して、『婚約者』においては、「読者」の語を用いた頓呼法（「おお読者よ！」）に代表される高らかな呼びかけがないため、「君」（だけ）に語っているという雰囲気（錯覚）は生じず、また聞き手に対して共感や同情

---

23) いずれも、アントニオ・グラムシの『獄中ノート』から引かれた言葉である。Cfr. Rosa (2008: 132).

が煽られることもない。そこでは、単数・複数の「読者」と二人称複数「あなたたち」の組み合わせによって、個々の黙読する読者の内面に訴えると同時に、"読者意識"によって結ばれた不特定の人々の集合体も対話の相手として描き出されている。そして、それと呼応するように、日常の現実が、深刻に捉えられながらも、あくまで中間的な調子で語られるのである。こうして『婚約者』の聞き手は、大きく感情を揺さぶられることなく、語られる内容に対し冷静な判断を下せる位置に置かれることになる。

1.4. 感情移入を排して内容を吟味する読書へ

『婚約者』において語り手と聞き手は、物語世界に没入することなく常に語られる物語（レンツォやルチーアの生きる世界）の外部にいる。そこには「決して心をかき乱す刺激ではなくて、理性的な分別の名において、受け手［読者］に共同を求める強固な意志」(Rosa 2004: 110) が感じられる。その現れとしてわかりやすいのは、例えば、主人公の独白の途中で、台詞に見られる利己的な言葉遣いに注意を傾けるよう促す、次のような語り手の介入である。これはベルガモ周辺に潜伏していたレンツォが、ペスト禍の混乱に乗じて、ルチーアのいるはずのミラノに戻ることを決意する場面（第33章）である。

> 「[…] 逮捕状は？ いや、いまは生きている者たちには、ほかに考えることがあるさ！ この辺りでも、お尋ね者の連中が、何の心配もなくうろつき回っているし…ならず者だけに通行証があってよいだろうか？ それにミラノではもっとひどい混乱だと皆が言っている。これほど素晴らしい機会を逃してしまったら、──（ペストが！ ちょっと考えてみてください、全てを自分に関連付けて従属させるあの喜ばしい本能のおかげで、私たちが時に言葉をどの

---

24) ローザは、こうした相関を『最後の手紙』とゲーテの『若きウェルテルの悩み』との対照によって確認している (Rosa 2008: 97-9)。『ウェルテル』は、内容と形式において『最後の手紙』と似通っていながら、悲劇的で崇高な調子ではなく、より中間的な感傷的・市民的な調子を帯びているとされるが、『ウェルテル』における「編者」は、端書きにおいて、二人称単数「君」を gute Seele [anima buona 善き魂] と呼びつつ（「善き心の人よ」）語りかける一方、二人称複数つまり読者の共同体へも言葉を向けているのである。

ように使ってしまうのかを！）——同じような機会は二度と戻ってこない
ぞ！」(*PS*, xxxiii, 34)

　レンツォがずっと苦しい思いをしてきたのを知っている読者が、レンツォの
気持ちに寄り添って考えるならば、ペストを「これほど素晴らしい機会」と
見てしまうのも仕方のないことに思われるはずである。しかし聞き手は、語
り手マンゾーニの介入によって、彼とともに一歩引いて、レンツォの言葉を
ペストがもたらす悲惨な状況と対比させて見ないわけにもいかなくなるので
ある。
　ところで、作品世界への読者の没入に関してマンゾーニは、『ロマン主義
について』や『ショーヴェ氏への手紙』といった論考において一貫して、お
およそ以下のような考えを表明している。〈物語に没入し強烈な感情に身を
委ねるような作品の享受（観劇も含む）から得られるのは一時的な楽しみで
しかなく、より持続する高次の喜びは、物語を通じて真実を知ることによっ
て得られる[25]——どこが創作ではない確かな事実かを見分けることの意義
もここにあるのだ——。そしてそのためには、物語について外から冷静に判
断できるようにすべきであり、ゆえに、読者の登場人物への同一化や物語世
界への没入は遮断されるべきである〉。このような詩学の実践としての『婚
約者』において[26]、読者の心がかき乱されず、登場人物への感情移入も促
されないのだとすれば、それは作者の狙い通りということになるだろう。
　『婚約者』の語り手は、しばしば「読者の判断にまかせよう」「ご存知のよ
うに」といった表現を用いて、語りの場を顕在化するとともに、その語りが
聞き手と一緒に進められていることを示す。ローザ (Rosa 2004: 111) の指摘す
るとおり、こうした表現は常に《意見、判断、知識に関する動詞 *verba
sentiendi o iudicandi*》を含んでいる。しかも、当然とも言えることだが、そ

---

25) 作品に寓意的・教訓的なメッセージを読もうとする近代以前の文学観のもとでも、没
　入的読書は危険視されるが（例えば Mazzoni (2011: 158; 200-15) を参照）、マンゾーニ
　の言う「真実」には作品の寓意的メッセージ以前に個別的な事実関係が含まれるため
　（本書第 1 章第 7 節も参照）、趣旨がやや異なると思われる。

れらには、物語の叙述の中心を占める直説法遠過去・半過去とは異なる時制、つまり直説法現在・近過去・単純未来や接続法現在といった時制が用いられている——ハラルト・ヴァインリヒの『時制論 Tempus』の分類によれば、イタリア語の時制のうち現在・近過去・未来は「説明の時制」であり、この時制は、目下の状況に関わる話だという信号を含み、聴者に〈緊張〉を促すという (Weinrich 2004 [1964]: 29-33, 49-56)[27]。このような動詞・時制を伴う語句は、(物語世界における行為・時間とは別の) 現在進行中の読書の行為・時間を指示しているわけであり、それによって「物語の時空間に聞き手が入り込んでしまうことを根本的に排除する」(Rosa 2004: 111) 効果が生じるのである。また、これら以外にも、例えば「あなたたちは思い描くことができるだろう」「各自想像してほしい」などのような聞き手の想像力に訴える言葉は、文学的メッセージを受け取り味わう場が物語の外にあって機能していることを意識させると考えられる。さらに、動詞「見る vedere」も、例えば「読者が [物語のこの先で] 見るように」「[この人物は] 読む気のある人が見ることになる姿を示すことだろう」といった形で用いられ、同様に「作品の享受における知的・知覚的活動への言及」(ibid.) となっている。つまり本当に物語の中にいて見ているのではなく、「わかる」「読む」という意味の「見る」なのである。

　なお、『婚約者』の聞き手は本来、設定として語られる物語の外におかれているのだから聞き手に言及しさえすれば必然的に物語の外の話になるよう

---

26) マンゾーニの考えは「真実を《ななめに obliquamente》提示する」(Muñiz Muñiz 1991: 466) つまり物語を経由して (異化作用などを通じて)「真実」にいたるという道から、後年の論考『歴史小説について』(1850) に見られるように、「真実」を直接扱う方向へと変化する。『婚約者』は、マンゾーニの二つの詩学の中間、フィクションから歴史叙述への移行の中間に位置しているのであり、両詩学の交差する場となっている。この問題の詳細は、読者による作品の享受の観点からマンゾーニの詩学を論じたMuñiz Muñiz 1991を参照。

27) これに対し、半過去・遠過去・大過去および条件法現在・過去は「語りの時制」に分類され、ひとまず単なる "お話" として受け取ってよいという信号を聴者に送り、〈緊張緩和〉へと誘うのである。Cfr. 坂部 (2008: 67-73).

に思われるかもしれないが、実はそうとは限らない。「物語世界外の語り手もしくは聴き手が物語の空間へ侵入する」ことによる「奇妙な効果」を狙った文彩も存在するからである（ジュネット 1985 [1972]: 275）[28]。例えば、筆者が同時代の小説に見つけたものとして、スタンダール『赤と黒』の第 1 巻第 1 章の次の一節があげられる。

> Par exemple, cette scie à bois, dont la position singulière sur la rive du Doubs <u>vous a frappé</u> en entrant à Verrières, et où <u>vous avez remarqué</u> le nom de SOREL, [...]
> たとえばドゥー川の岸近く奇妙な場所にあるので、きっと諸君の眼をひいた製板小屋——『ソレル』という名が、屋根の上にのっかった看板にでかい字で書かれているのに<u>諸君は気がつかれただろう</u>——あの製板小屋にしても［…］(<i>Le Rouge et le Noir</i>, 353; 『赤と黒』: 24)[29]

ここでは聞き手 vous（「諸君」または「あなた」）が物語世界内にあるはずの看板に書かれた文字に「気づいた」ことが複合過去という時制を用いて表現されているが、これは前のページで語り手と一緒に外から見た（読んだ）などという話ではない。「もしそこにいたら」といった仮想のニュアンスもなしに、なぜか聞き手が物語世界の中に配置されていて、実際に看板を見たことになっているのである。このように聞き手を物語世界内に入り込ませる手法は存在するのであるが、マンゾーニは基本的にそれを使っておらず[30]、それゆえに『婚約者』の聞き手はいつも設定どおりに物語の外に置かれ、そ

---

28) これは、ジュネット (1985 [1972]: 274-8) において、「転説法 ［語りの転位法 <i>métalepse narrative</i>］」（傍点は訳書）と呼ばれている。

29) なお訳文は「諸君」となっているが、この vous は敬称単数「あなた」と取ってもかまわないところである。

30)「もしその場にいたとすれば」という仮想的な侵入であれば、「奇妙な効果」は薄れるはずで、『婚約者』にも、そうした形でならば——それがほぼ唯一の例外であり非人称的ではあるが——、物語世界の中に《読む私》を置くような表現は見られる。第35章のペスト隔離院の描写において、遠く雷鳴が聞こえているという記述のあとに「耳をすましてもそれ［雷鳴］がどちらからやってきているのか聞き分けられなかっただろう né, tendendo l'orecchio, avreste saputo distinguere da che parte venisse」(<i>PS</i>, xxxv, 6) という二人称複数・条件法過去による説明が続いているのである。

の姿が「知的に関心を持って玩味するという行為」(Rosa 2004: 111) のうちに描写されることになるのである。

2．聞き手を含む「我々」と呼びかけの頻度

2.1.『婚約者』における聞き手への言及の "量"

ここまで、ローザの研究 (Rosa 2004; Rosa 2008) を、他の研究者や筆者の指摘によって補いながら整理し直し、『婚約者』に書き込まれた聞き手とその背後にある読者像を分析し、この作品の "真に近代性を備えた最初のイタリア小説" としての側面を確認してきた。『婚約者』において語り手と聞き手は、前者が「仕事」として行う執筆活動に、後者が単に受け身ではない内省的・批評的な読解で応えるという、市民的な「交換の関係」を思わせるある意味で "対等" な関係に置かれている。そして、そのことは聞き手が、知的エリート集団ではなく、様々な背景を持ちうる不特定の人々として描かれていることと密接な関係にあり、そのような「25人の読者」は各々 "個" として解釈に参加しつつ、互いに同じように読んでいるという "読者意識" にもとづいて共同体を形成する。旧体制の（上流・知的エリート層の）古い読者像から新興市民層を視野に入れた新しい読者像へのこうした変化は、聞き手に対する伝統的な呼びかけ、特に二人称単数「君」への呼びかけがなくなったことにも如実に現れていると言える。それによって、強い共感や情動を引き寄せようとする高らかな抑揚が減ぜられたことは、「読書革命」時代の目で読む散文の中間的な調子にふさわしく、しかも読者が物語に没入せずに距離を置いて事実を見極めるのをよしとするマンゾーニの詩学にも適うものである。

以上の先行研究の考察においては、聞き手に言及する各表現の意味が、文法（格、人称、法）上の含みまで踏まえて分析されているものの、特定の型の呼びかけが多いか少ないかは（都合の悪い例をわずかな例外として紹介するときを除き）論点になっていない。つまり、これこれを意味する種類の言説があるかないかによって近代性が測られているのであり、だからこそ、小説の「読者」としての聞き手への言及が前書き等にしか見られない——それゆ

え言及の数はかなり少ないはずの——書簡体小説も、同じ基準で比較される
のである。そして、このように言説の内容（質）だけを見るならば、物語に
巻き込まれていない語り手を“案内人”として設定するタイプの近代小説
（例えばスコットの歴史小説）は、『婚約者』において近代性の反映とされたの
と同種の呼びかけをほぼ全て備えていることになるはずである（つまりある
かないかで言えばあるはずである）。にもかかわらず、ローザは、聞き手への
言及によって感情移入を遮断しようとするのは、マンゾーニの文学観に根ざ
した『婚約者』に特有の現象だと見なしている (Rosa 2004: 113)。その見方自
体は、実感に合った適切なものと言えるが、他の近代小説においても強い共
感を誘う高らかな呼びかけは見られず、文体は散文的に抑えられ、聞き手が
物語世界の外に置かれているのだとすれば、『婚約者』の聞き手への言及の
個々の内容だけを見て、それがマンゾーニ固有の呼びかけだと主張するのは
根拠に欠けると言わざるを得ない。マンゾーニ独自のものと主張するには、
言及の頻度も問題にしなければならないのではないか。つまり、聞き手を
（物語世界内ではなく）物語りの現場あるいは作品を“消費”する場面に据え
るような言及が、他の小説よりも多い、「近代的」と呼ぶのに必要な分量を
はるかに超えて余計にある、という量的な認識が不可欠なのではないだろう
か。

　こうした“数”の問題は、『婚約者』の聞き手や読者にまつわる従来の研
究において、議論に忍び込んで来てはいるものの、意識的に考慮されてきた
とは言えない。例外的に数を調べているマイヤー＝ブリュッガーの報告によ
れば、『婚約者』において語り手は単複の「読者」の語 (lettore / lettori) を46
回、二人称複数「あなたたち」は75回も用いている (Meier-Brügger 1987)。こ
れに対し、例えばスコットの『アイヴァンホー』(1819) においては、筆者の
調べた限り、小説の「読者」としての聞き手を指す reader または readers が
現れるのは、本篇前の「献呈書簡 Dedicatory epistle」を除く本文において14
回である（加えて脚註に4回、ただしそのうち2例はのちの増補による）。また、
二人称 you で聞き手を指すのは1度だけである。個々の例を見ると、「読
者」は呼格では現れないし、聞き手の理解や想像が話題になるなど『婚約
者』と類似点が多く、フォスコロやグエッラッツィとの比較ほど容易には差

異を指摘することができない。しかし、数を比べれば、やはり違いは明らかであり[31]、『婚約者』における聞き手への言及の執拗さがよくわかる結果となる。

さらに、『婚約者』の聞き手や読者に関するこれまでの研究が完全に見落としている（あるいは少なくとも捨象している）、もう一つのタイプの表現が存在する。それは聞き手を含む「我々」——つまり聞き手としての「あなたたち」を語り手の「私」にプラスした「共感の一人称複数」である。これを用いた表現は、実は「読者 lettore / lettori」という語を使った表現よりも数が多く、二人称複数による表現よりもなお多いのである。

2.2.「共感の一人称複数」によって描かれる「読者」

本書第3章で見たとおり、『婚約者』の語り手は自分を指すにあたって、一人称単数「私 io」と一人称複数「我々 noi」を併用しており、「我々」のほうはさらに2種類に大別される。すなわち、「私」の代わりとして用いられる「我々」（「著者の一人称複数」）が数多く見られる一方で——本章第1節でも引いたイッリアーノ (Illiano 1993)、ブロージ (Brogi 2005)、ローザ (Rosa 2008) らは、『婚約者』の「我々」を基本的にこの「著者の一人称複数」とみて考察を進めてしまっていた——、語り手「私」のみならず、聞き手「あなたたち」も含むタイプの「我々」（「共感の一人称複数」）も相当数存在するのである。そして、その「共感の一人称複数」の使用回数は、「我々」全体の実に約37パーセントにあたる141回にものぼるのであった[32]。二人称複数「あなたたち」を用いた表現も75回とかなり多いのだが、「共感の一人称複数」はその倍近くにもなるのである。この「あなたたち」を含む「我々」は、これを考慮せずに進められた諸研究によって描き出された聞き手および読者の像と、どのような関係にあるだろうか。

まず、「共感の一人称複数」の頻度（量）ではなく内容と文法上の含み

---

31)「読者」の語だけを比べても、『アイヴァンホー』では13061単語に1回なのに対し、『婚約者』では約4788単語に1回の割合で出てくる計算になる。

32)「我々」の類型に関する議論の詳細や数え上げの基準などは、本書第3章を参照。

（質）を考えてみよう。イタリア語の一人称複数は、「君主の一人称複数」や「著者の一人称複数」のような特殊な用法において話者だけを指す場合もあるが、普通は話者に聴者または他の者を加えた複数を指す[33]。その場合に指示される者としては（1）話者＋聴者、（2）話者＋聴者＋他の者、（3）話者＋他の者の3通りがあるが[34]、本書で「共感の一人称複数」と呼んでいるのは原則として（1）のことである[35]。つまり、この「我々」は聞き手以外、結婚を阻まれた二人の若者にまつわる物語を読んでいる人以外を排除しているのであり、それによって語り手「私」と「25人の読者」（とそこに自らを重ねる読み手たち）との間の連帯感が演出されるのである[36]。このような連帯感、共感は、「我々が見たとおり」という表現のように、語り手が聞き手の視点に立つことによって達成される——これが聞き手寄りの視点であることは「あなたたちが見たとおり（ご覧のとおり）」と言い換えうることからもわかる——場合もあるが、こうした視点の投影は、語り手「私」が

33）ただし、大人が子どもに話すときのように目上の者が目下の者に話す場合に、聴者 (tu / voi) を指すのに一人称複数 noi が用いられることもあり、このときの noi は実質としては話者 (io) を含まないことになる (cfr. GGIC3: VI. 6. 1. 2. 4.)。また、別の聴者に向かって、目上の話者がその場にいる目下の者 (lui / lei / loro) を指して（本来自分は含まないのに）一人称複数 noi を使う場合もある (cfr. GGIC3: VI. 6. 1. 4.)。

34）通常（1）と（2）をあわせて「包括的 inclusivo」用法、（3）を「除外的 esclusivo」用法と呼ぶ。

35）例外として、手稿の著者「匿名氏」も入れて〈語り手＋聞き手＋匿名氏〉と解釈できるケース（これは（2）と言える）も「共感の一人称複数」に含む。それ以外の（2）は、いずれも「一般に人は」という意味の総称であり、はっきり「我々人間」と書かれている場合 (p. e.「だが我々人間というのは一般にそういうふうにできているのだ」 PS, xxviii, 37) も入れて19例が確認される。一方、（3）は「我々作家」という意味の「それは出版向けに書いている我々 noi altri にも起こることである」 (PS, xxvii, 19) と、語り手「私」と「匿名氏」の二人を指した「しかし反対に、万一私たちがあなたたちを退屈させることになってしまったならば」 (PS, xxxviii, 69) のみだと思われる。

36）これまで強調されてこなかったが、物語を読んでいる人以外の排除は二人称複数「あなたたち」に関しても言えることである。「あなたたち」という語はその場にいる「あなた（たち）」に加えて、その場にいない人を含み得るが、『婚約者』の語り手が用いる二人称複数からは基本的に第三者つまり読んでいない人は除外されている。

17世紀の匿名の手稿を発見し、そこに記された物語を現代語に書き改めて紹介する人物であるという小説の設定によって、自然かつ容易になっているとも言える。物語を書いた人物（原著者「匿名氏」）が別に存在するという、決して忘れられることなく、小説の最終段落でも念押しされる設定は、語り手「私」を、物語の最初の読者の位置に据えるものだからである。こうして、物語の案内人として聞き手と同じ視点にも立つ語り手が、作中人物への感情移入が妨げられている聞き手にとって、唯一共感しうる相手となるのである。「交換の関係」の参加者としての"対等"とはやや趣が異なるかもしれないが、「共感の一人称複数」も語り手と聞き手との間に親密かつ"対等"な関係を築く表現と言えるだろう。

　また、「共感の一人称複数」で表される動詞の典型は、やはり前章で指摘したとおり、「行く andare」と「見る vedere」である。二人称・三人称について確認したのと同様（本章 1. 4.）、「見る」型の動詞表現によって意味されるのは、物語の中に入って登場人物たちと同じ次元で事件を「目撃する」ということではなく、「語られる／た」出来事や状況を外部から捉えた「認識」であり、言葉を介して「見る」ということである。「［我々が］後ほど見るように come vedremo più avanti」「我々が見たとおり come abbiam veduto / visto」といった言い回しでは、それぞれ単純未来、近過去が使われているが──いずれもヴァインリヒのいう「説明の時制」である──、こうした時制は、物語世界を流れる時間ではなく「読書行為の時間」に対応したものである。一方「行く」型の動詞は、語られる世界、特に異なる場面と場面の間を、「我々」が自在に移動していることを比喩的に表現している。物語世界をこのような仕方で見たり移動したりできるということは、「我々」がその世界に属していないことを端的に示している。「共感の一人称複数」とみなされる動詞表現は、（語り手とともに）聞き手を、レンツォらの生きる物語世界の外部に位置づけるのである。

　このように、聞き手を含む「我々」、「共感の一人称複数」を用いた表現には、語り手と聞き手の間に"対等"な関係を構築し、彼らを物語の時空間の外に置き、また、同じように物語を読み進める者同士の連帯を演出するという"意味"がある。これは、『婚約者』に書き込まれた聞き手（とそこから浮

かび上がる読者像）について、既存の研究が指摘してきた諸特徴と矛盾する
ところがなく、むしろその妥当性を裏打ちするものと言える。もちろん、語
彙的に「読者 lettore / lettori」と名指す場合や二人称複数で「あなたたち」と
呼ぶ場合と比べると、同時に語り手自身まで含める「我々」は、聞き手に言
及していることが目立たないかもしれない。しかし目立たずとも「我々」の
一部として聞き手は指示されているのであり、少なくとも語り手と聞き手の
「接触」を維持する「交話的機能」は果たされていて (cfr. ヤーコブソン 1973
[1960]: 191; 本書第 3 章註35)、物語世界の外の "語りの場" に焦点が当たるこ
とになる。塵も積もれば、と言っては議論の単純化が過ぎるかもしれない
が、それが繰り返し使われていることは十分考慮に値する事実である。「共
感の一人称複数」もまた、『婚約者』のなかで聞き手のあり方を特徴づけて
ゆく主要な呼びかけのレパートリーの一つとして認識されるべきである。

2.3. 聞き手への頻繁な言及と感情移入の阻害

『婚約者』において、これまでに考察の対象とした聞き手に言及する表現
のレパートリーは、いずれも一貫して、近代的な読書、作者と読者の新しい
関係を示唆している。だが、その一つのパターンとして、使用回数の多い
「共感の一人称複数」も含まれることを認め、レパートリーの多様さととも
にそれぞれの多さを認識するなら、語り手マンゾーニによる聞き手への言及
が、単に近代的な小説のパラダイムというだけでは済まないほどに執拗であ
ることが、一層はっきりと見えてくる。

どのような意味の言及が多いのか、その類型の調査・検討は他の機会に譲
り、ここではより基本的なこととして、聞き手への言及が全般的に多いこと
が、物語への没入を妨げる点を強調しておきたい。物語の外部にいる語り手
が、聞き手を同じく物語の外に置いて（つまり、聞き手を仮想的に物語世界の
中に置いたりせずに）語りかけるとき、語られる物語とは別の時空間におい
て「物語り」という発話行為がなされていること、その発信者（語り手）と
受信者（聞き手）が物語世界の外にいることが示唆されることになる。この
ことは、物語中の出来事と自分との間に「インクで書かれた音のない言葉」
(*PS*, xxxvii, 27) が介在しているという事実の認識を聞き手そして読者に促す。

もちろん、物語の外部を意識させる程度は、個々の表現によって異なる。本章 1. 4. で見たように、内容を批評し解釈するといった、いわば作品を知的に消費する姿において聞き手を捉える表現は、物語世界の外において「物語り」^(ナレーション)がなされていることを強く意識させることができるだろう。しかも、こうした"強い"示唆は、「序文」のような周辺部ではなく、本文において物語が展開される最中に、一度ならず現れるのである。しかし、見てきたとおり、『婚約者』が想定する読者には知的・文学的エリートではない多くの人々が含まれている。彼らが、なるべく物語へ没入せずに、外から冷静に判断し吟味できるようにするためには、"弱い"示唆（例えば「近過去」による「読書行為の時間」の指示）が断続的に現れることにも大きな意義がある。物語世界の外に存在する読者集団（またはその一員）としての聞き手に繰り返し言及することによって、物語を読んでいるという事実を度々思い出させることは、幾度かの印象的な言及に劣らず効果的だと考えられるのである。

3．小括：近代的読者像とマンゾーニ詩学の交差

　小説『婚約者』において、語り手は不特定多数の読者集団として描かれる聞き手（たち）にしきりに言葉をかけながら物語を進めていく。19世紀中盤以降の非人称的な小説の語りに慣れてしまった現代の読者の眼には、語る「私」ならまだしも、語られる「君」あるいは読む「私」としての「読者」がテクストに書き込まれているのは、風変わりなことのように映るかもしれない[37]。しかし、新興の読者層がまだ確固とした存在ではなく、小説の読み方も定まっていないような時代にあっては、作者本人が作品中に（本篇中

---

37) ロラン・バルトは「これは注目に値する、かなり不思議な事実であるが、文学の言説には、ごく稀にしか《読者》の記号が含まれていない。それどころか文学の言説を特徴づけるのは——見たところ——それがあなた抜きの言説であるという点にある、とさえ言える」（傍点は訳書。原文の斜体に対応）と述べているが (1987 [1967]: 169-70)、ここではフローベール以降の非人称的な語りの小説が強く意識されているものと見られる。

なら語り手として）姿を現して内容に関する「品書き^{メニュー}」を提供するのはむしろ通例であり（本書第3章註4を参照）、その受け取り手（聞き手）が「読者」として登場するのも自然なことであった。現実の読者たちが同化したり、または批判的に距離をおいたりできるモデルが聞き手としてテクスト内に存在することの意義は小さくなかったのである。

　このような読書革命の中で——ただしイタリアは、他国に比べ小説というジャンルへの抵抗が強く、識字率も低く新興の読者層がまだ潜在的な存在でしかないという後進的状況の中にあったのだが——、マンゾーニは、様々な関心を持った多数の読者たちによる新しい読書のあり方をいち早く認識し、他国の近代小説の作家たちと同じように、小説中で語り手が呼びかける相手（聞き手）を、新しい読書のあり方と連動するような仕方で描いたのである。先行研究を参考に『婚約者』における聞き手への言及の特徴を検討すると、そこには確かに旧体制とは異なる新しい読書・新しい読者に対する意識の反映が見出される。ただ、これまでは、明瞭な特徴が確認される表現の分析に力点が置かれ、同種の表現が多いか少ないかといった問題が、主張の論拠としてはっきり提示されることはなかった。しかし、他の近代小説に対する『婚約者』の個性は、聞き手への言及の多さ（執拗さ）——それは、聞き手を含む「我々」（「共感の一人称複数」）を考察に加えることによって一層浮き彫りになる——にこそ見出されるのであり、そこに注目することにより、マンゾーニの詩学との関連も明瞭なものとなってくる。文学作品は感情移入せずに冷静に吟味しながら鑑賞されるべきものだというのがマンゾーニ独自の文学観であった。そして、物語の途中に断続的に挟まれる呼びかけによって、聞き手（と彼らに自らを重ねる現実の読者たち）が常に「読んでいる」ことを意識することになれば、それはこうした文学観に照らして実に適切なことだったのである。『婚約者』は、小説——第一級の文学ジャンルと認められるような小説——の発展が遅れたイタリアにおいて、近代的な“読者意識”をもつ読者層を自ら生み出したとも言える作品であるが、その中に見られる聞き手への言及のあり方は、一方で、未だ確立していない近代的な新しい読書についての洞察を反映したものであり、他方では、マンゾーニに特有のものと言ってよい詩学に結び付いている。「25人の読者」（という独特の言

葉によって設定される聞き手）に対する多種多様で頻繁な呼びかけは、新時代
の小説のパラダイムとマンゾーニの個性とが交差する地点に生まれたもの
だったと言えるだろう。

インテルメッツォ 3

声に出して読みたい (?) イタリア語
―― 『婚約者』の現実の読者たち

――レンツォたちやルチーアたちは本を読まない。――本を読まない？ いやいや、読むようになるだろうさ。それに読めるようになるまでは人に読ませるだろう。

　イタリア近代最大の抒情詩人ジャコモ・レオパルディ (1798-1837) の才能をいち早く見出したことでも知られる文学者ピエトロ・ジョルダーニ (1774-1848) は、『婚約者』について上のような意見を述べたという (Mazzocca 1985a: 54)。「[現代 (19世紀) の] レンツォたち」が「本を読まない」という言葉は、マンゾーニほどの文学者が無学な田舎者を主人公にしたことに対する同時代の文人たちの戸惑いを端的に示すものだが (本書第 7 章 1. 1., p. 235を参照)、そうした声が上がっているなかで、ジョルダーニは「民衆の本」という観点から『婚約者』を高く評価したのだった。

　〈語り〉のあり方からすれば、『婚約者』という小説は、個人が黙読で楽しむ近代的な読書を前提に書かれている、というのが本書の立場である。聞き手「25人の読者」も、各々独力で語り手の言葉を読み解く人々として表象されている。だが、マンゾーニは、識字率のかなり低かったイタリアにおいて――1861年の統一の時点での非識字率は約75パーセントに上ったという――、未だ確固として存在していない潜在的な読者層に向けてそれを書いていたのである。いくつもの海賊版が出るほどに売れた『婚約者』は、間違いなく期待通りの読まれ方もしたはずだが、当時の現実の読者たちは、この小説を声に出して読んだり、読んでもらったりもしたのである。

　20世紀前半に活躍した作家マッシモ・ボンテンペッリ (1878-1960) が、『婚約者』の初版の出版100周年の年に、次のような話を書いている――これは本書第 4 章が多くを負っているジョヴァンナ・ローザの論文「『婚約者』の25人の読者」(Rosa 2004: 79) の冒頭に引かれている (ローザ先生はミラノ大学の講義でもこの話をされていたように記憶している)。

　　　ある日アレッサンドロ・マンゾーニは小旅行で «quel ramo» [小説の最初に描か
　　クェル・ラーモ
　　れている地方の] 小さな村にやってきた。少なからぬ村が『婚約者』の村のモデルに
　　使われた村という栄誉を争っているが、そのうちの一つの村である。ある農夫が、そ
　　の白髪の紳士に対し案内役を買って出て、あれがルチーアの家ですよと指し示した。
　　　巧みな尋問によって判明したことには、その農夫は、アレッサンドロ・マンゾーニ
　　という名前を一度も聞いたことがないのだった。彼は『婚約者』という題の小説の存

インテルメッツォ 3　声に出して読みたい (?) イタリア語　159

Emilio De Amenti, *La lettura in famiglia di un punto commovente dei* Promessi Sposi, 1876, Pavia, Civici Musei.

在を知らなかったし、レンツォとルチーアの物語が作り話だなどと彼に言う者があればそれが誰だろうと激怒したことだろう。(Bontempelli, *L'avventura novecentista*, marzo 1927, ora in *Opere scelte*, Milano, Mondadori, 1978, 762)

この話は、レンツォとルチーアの物語が人々の間に浸透し、ある意味では特定の創作者の名前を必要としない「共有の財産」になっていたことを示すものだが（「ロミオとジュリエット」の物語、ヴェローナにあるジュリエットの家も思い出してほしい）、個々人が小説を黙読しているだけでは、このような状態に至るはずはないだろう。物語は、本来なら小説の読者とならなかった層にまで、読み聞かせや口承を通じて——しかもおそらくは簡略化されたバージョンで——、広まっていたということなのだろう。

その一方で、これと並行して、文豪マンゾーニとその立派な著作『婚約者』の神話化のプロセスも進んだ。エミーリオ・デ・アメンティ (1845-1885) が描いた『『婚約者』の心動かされる箇所の家族での読書』(1876年。上の写真参照) は、19世紀における「マンゾーニ崇拝」を象徴するものとされる。『婚約者』第20章の、ルチーアが「モンツァの修道女」の裏切りにあう辺りを家族で読んでいる——娘たちが本の前に座り、長女が声に出して読むのを両親も聞いている——様子を描いた作品ということだが (Mazzocca 1985b: 49)、マッツォッカの観察に従えば (Mazzocca 1985a: 9)、この絵からは単にマンゾーニの小説が広く読まれていたという以上の情報が読み取れる。ポイントは、こうした説明や、

後ろのマンゾーニ像と壁にかかった 2 枚の絵（『婚約者』の場面から取られている）といったヒントがなければ、小説ではなく祈祷書でも読んでいるかのように見えるということなのだ。つまり『婚約者』を読むことは、ブルジョア家庭における一つの厳かな儀式となっていたと言えるのである。

　そしてこのことは、中等教育において読まされる本であり続けた『婚約者』に、たいていの若者たちがうんざりしてしまうこととも無縁ではないように思われる。『婚約者』は、神妙に拝聴しなければならない御高説ばかりの作品ではなく、くすりとさせられる滑稽さ、ユーモアや皮肉が散りばめられているという意味でも"面白い"小説なのだが、イタリア人たちは大学入学以降に（強制されずに）読み返してみて初めてそのことに気づく場合が多いようなのだ。そういえば、イタリア滞在中に何度か、俳優による『婚約者』の朗読を聞く機会もあった──うち一回はミラノのスカラ座での催しだった──が、感動的なシーンが好んで選ばれていたように思う。

　いずれにせよ、ともかくも『婚約者』の文章は、黙読されるだけではなくて、声に出して読まれてきたのである。マンゾーニの文章は、言語学者 G. I. アスコリ (1829-1907) が「イタリアの文芸から […] レトリックという古来よりの癌を根絶することに成功した」と評したとおり (Ascoli 2008 [1872]: 30) ──アスコリはマンゾーニの言語理論に異を唱えたことで知られるが、マンゾーニの作品のほうは高く評価していたのだ──、"修辞的"でない自然な文体となっているはずなのだが、人々はやはりそれを朗読にも堪える優れた文章と見なしてきたということなのだろう。だから、イタリア語を学んでいる人は、多くのイタリア人たち（不幸にも大学以降に自発的に読み返さなかった人たち）の"不評"にめげずに、『婚約者』をぜひ原文で読んでみてほしい。声に出して読み、朗読も聞いてみてほしい。内容については好みも分かれるかもしれないが、それが名文であることと読み終えた後にイタリア語が格段に上達しているであろうこと、それだけは（もちろん一文一文きっちりと読むことが条件であるが！）保証したいと思う。

第 5 章
「歴史叙述」における引用のレトリック

　『婚約者』には、"公的な歴史"に関するまとまった分量の記述がある。こ
れは、小説の中核をなす市井の人々の私的な物語に対して、現実的な筋の展
開のあり方を条件付けるような関係にあり、読者には、物語世界に（あまり）
没入してしまわずに、そうした連関を見極めることが期待されている。この
ような歴史部分を読んでゲーテは「マンゾーニ氏は突如詩人の衣を脱ぎ捨て
て、かなり長い間歴史家としての自分をあらわにしてみせている」と述べた
のであったが（本書第 2 章およびインテルメッツォ 1 参照）、それが否定的評価
であることは今は措くとして、マンゾーニがここで歴史家になっているとい
う指摘は妥当である。というのは、この部分は、"小説の中に現れるにしては"
といった限定が不要なほどに、歴史叙述的な性格を有しているからである。
　すでに述べたとおり、19世紀前半のヨーロッパで流行した歴史小説は、文
学的想像力の助けを借りるという意味ではあくまでフィクションでありなが
らも、過去の習慣や生活様式を生き生きとドラマ化して提示してみせる手法
により、「新しい歴史叙述」を標榜することさえあったジャンルである[1]。
『婚約者』の場合、こうした意味の「新しい歴史叙述」は、綿密な時代考証
に基づいて17世紀のロンバルディア地方という過去の世界とそこに暮らす

---

　1 ）歴史小説と歴史叙述の間の競合・相互作用の関係については、本書第 1 章 6. 1. を参照。

人々をリアリスティックに描いたメインプロットによって、すでに実現され
ていると考えられる。問題はそこに、それとは様相を異にした本来的な歴史
叙述らしきものが挟まれている——そしてその中では語り手が歴史家になって
しまっている——ことであり、これは他に類を見ない選択であったと言える。

　『婚約者』の歴史部分は、単に異論の余地の少ない事実について順を追っ
て物語る、いわば教科書的な記述となることもあるが、多くは、議論の過程
を読者に提示するような"論証"を伴った、より本格的な歴史叙述となって
いる。そして、そこには歴史叙述特有のテクスト上の要素が少なからず見受
けられる。歴史叙述に特有の要素など同定できるのかと疑問に思われるかも
しれないが、ここで言わんとしているのは、必ずしも歴史を語るテクストの
みに見られる特徴ではない[2]。それは「歴史を語る」という状況が強い契
機となってテクストに備わったと考えられる形式上の諸特徴であって、その
ような特徴は、仮にそれが小説など別種のジャンルに取り込まれていたとし
ても、やはり過去の事実に関する真面目な陳述——つまり歴史叙述——に特
有のものと見なすべきなのである[3]。このような意味において、『婚約者』
のいわゆる「歴史叙述的」章は、単に架空の物語と対比して内容が史実だと
いうのではなく、テクスト上の特徴という観点からも文字通り歴史叙述に
なっていると思われる。そして、このとき重要な役割を果たしていると考え
られるのが、語り手が実在の史料を引用・参照してみせる手続きなのである。
　ただし、ここで注意しなければならないのは、「発見された手稿」の手法
に基づいて、語り手は、架空の史料を実在するものとして扱い、創作部分に

2）「小説」が他のジャンルの特徴を内に取り込む雑種的性格を有する表現形式であるな
　らば、そこに取り込まれえない、歴史にしかない形式的特徴を検出するのは原理的に
　不可能だと思われる。
3）これはスカラーノ (Scarano 1990) が提出した考えであり、歴史とフィクションの連続
　性をめぐる実りの少ない論争に対して発想の転換を促すものと位置づけられる。この
　ような特徴の多くを互いに共有するテクスト群が、固有の伝統を有する一つの文学
　ジャンル「歴史叙述」を形成していると考えられる。

おいても引用・参照を繰り返しているということである。理論上は、こちら
も本格的な歴史叙述らしくなってもおかしくないのだ。実際、このような設
定が、フィクションと歴史の叙述の滑らかな接続の要となっているのは間違
いなく、『婚約者』の語りの技法に関する研究は、例えばアゴスティが創作
部分と歴史部分の様々な水準における同質性を指摘しているように (Agosti
1989: 135-8)、この連続性を強調する傾向にある[4]。語り手マンゾーニは、創
作部分の典拠として本文中でも手稿に執拗に言及し (「偽装引用」)、手稿の著
者を時に「歴史家」と呼び (PS, xv, 55)、彼を実在の歴史家と並置することさ
えある[5]。匿名の手稿は一貫して一つの史料として扱われているのであり、
それゆえ創作部分は、実在の史料を参照する歴史部分と形式の上で多くの共
通点を持つことになるのである。創作部分と歴史部分に形式上の連続性や統
一感を見出す動きはまた、1970年代以降の歴史学における「言語論的転回」
の動きとも無縁ではありえない。というのは、そのなかでは「現実」を言説
の構築物とみなすようなポストモダニズムの議論を背景に、フィクションと
歴史の叙述の差異が最小化されたからである[6]。以上を踏まえると結局、
テクスト外の知識との照合によって記述内容の真偽を予断することなく、テ
クストの形式のみを問題にするのであれば、フィクションと歴史の叙述の差
異は、全く自明のものとは言えないということになりそうである。

　しかし、理論上はそうであっても、マンゾーニが歴史部分で見せている手

---

4) ほかに Grosser (1981: 435-7) や「偽装引用」を詳しく論じた Illiano (1993: 88-97) など
　が挙げられる。
5) 例えば第24章の末尾 (PS, xxiv, 96) では、インノミナートの回心という史実に関して、
　匿名氏がリパモンティやリーヴォラの記していない細部を書き残している、と述べら
　れる。このとき匿名氏は 2 人の実在の作家と比べられているのである。
6) Cfr. Ginzburg (2006b: 15-6); 野家 (2005: 359); Scarano (1990: 67); Bigazzi (1989: 8). ただ
　し、この「転回」をもたらしたヘイドン・ホワイトらの議論が歴史叙述の物語性・レ
　トリック性を強調し、歴史をフィクションの側へ引き寄せたのに対し (cfr. Ginzburg
　2006a: 308)、『婚約者』研究においては、匿名の手稿が史料と同様に批判的な距離を
　持って扱われることや、その引用行為が一貫して継続されることなどを根拠に、フィ
　クションから歴史の側へという逆向きの接近が指摘されることが多い。

続きを詳細に分析したうえで、創作部分と比較してみると、表面上の共通点の背後に特筆すべき相違があることが明らかとなる。つまり、歴史部分には歴史叙述特有の要素がはっきり見られ、文字通りの歴史叙述となっていることが分かる一方、それに応じて、匿名の手稿を典拠とする創作部分のほうは、そうした要素の多くを欠いていることが認識できるようになるのである。そこで本章では、次のような順序で分析を進めようと思う。まず第1節で、（1）執筆の動機や主題を提示する「序言」の役割と（2）他のテクストが歴史叙述に及ぼす作用とに注目して、『婚約者』の歴史部分に、歴史叙述に固有の形式的特徴が見出されることを確かめる。同時に、それが創作部分においてどのくらい模倣されているかも明らかにしてゆきたい。そして第2節ではより的を絞って、歴史叙述らしさの度合いが増す第31-32章（ペストの叙述）を中心に、諸史料の引用・参照のあり方を具体的に検討する。それによって引用という『婚約者』の語りの設定の要と言える手法が、語り手が「歴史家」としての本性を現している箇所においては、実在感の獲得あるいは「真実効果」に寄与するものとして効果的に働いていることがよくわかるだろう[7]。

　『婚約者』の歴史部分といえば、これまで本書で見てきたとおりマンゾーニがあれほどこだわっていて、創作と混ざりそうな箇所でも判別可能性を残して保存しようとしている箇所なのだが、従来の研究では、創作部分ないし小説全体に対してどのような機能を持つかという点にばかり関心が寄せられてきた。あるいは、そうでなければ、叙述内容の正確さ（史料に忠実か、誤解や歪曲はないか）ばかりが議論の的となってきた。これに対し本章では、それを語りの技法の水準において分析し、歴史の書き手としてのマンゾーニの技量がどれほどのものかを測ることを目指しているのである。そして、この観点から見たならば、"歴史叙述らしさ"の違い——本書第3章で見たよ

7）「真実効果」の語は、カルロ・ギンズブルグ (Ginzburg 2006b) の «l'effetto di verità» に想を得ているが——この語自体もロラン・バルトのいう「現実効果」を意識したものである——、本章では「本当にあったことと実感させる効果」という程度の意味に用いる。

うな「著者の一人称複数」の使用の偏りもその違いを生み出す一つの要素と見ることができるだろう——が、読者に歴史部分と創作部分とを隔てる「ガラスの仕切り」を感じさせる要因として浮上してくるという、そのことに注目したいのである。

1．歴史部分の"歴史叙述らしさ"

さてこれから、歴史叙述に特有のテクスト上の要素を手掛かりとして、『婚約者』のフィクションと歴史の叙述を比較するわけだから、まずは歴史部分とはどこなのか、その範囲を確認しておきたい。歴史小説である『婚約者』において、歴史的事実にまつわる記述は随所に様々な仕方で現れるが、まとまった分量の記述が見られる箇所は、次の表のとおりである。

12章前半	パンの価格が高騰しミラノで暴動に発展した経緯
27章冒頭	マントヴァ・モンフェッラート継承戦争
28章	暴動後の経過 (1-13)、飢饉の惨状 (14-62) および戦争の経過と軍隊の南下 (63-88)
31-32章	ペスト禍
22章	ボッロメーオ枢機卿の伝記

第28, 31-32章の3章は、専ら歴史的事実を語るのに充てられている。それは主人公ら低い階層の名もなき人々まで否応なく巻き込む規模の事象である。特に2章が費やされるペスト禍の叙述は非常に詳細であり、ミラノの人口を3分の1以下にしたとも言われる疫病が猖獗を極める状況が冷徹な筆致で語られるとともに、飢饉と戦争に苦しめられた住民たちがさらなる厄災の到来をなかなか信じようとしなかった様子や、そのなかで毒性物質を塗ってペストを広めるという想像上の犯罪 «unzione» が信じられるようになったプロセスもつぶさに叙述されている。それから、伝記を歴史叙述の一種と考えるならば、第22章も歴史叙述的章に加わる。またこのほかに、"歴史叙述らしさ"は若干劣るものの、史料に記載された実在の人物であるインノミナートおよびモンツァの修道女に関連する記述についても一定の注意が必要となるだろう。

1.1. 歴史叙述の導入部

はじめに『婚約者』の歴史部分には、前口上や序言に相当するものが付されるという点に目を向けよう。上記の全てのブロックの前で、長さに差こそあれ——7パラグラフに及ぶ第31章冒頭から1文に過ぎない第11章末まで——、語り手が何らかの口上を述べているのである。

歴史叙述において《歴史家＝書き手》は、自己を消して事実自体に語らせようとするものと見られることが多いが[8]、それは本文での叙述が始まってからの話であって、本文の前の「序文」や「前書き」等においては[9]、書き手である歴史家本人が姿を現し、自身の仕事について語るのがむしろ通例である。創作の物語の全容が作者の想像力の中にあって、語られないかぎりは読者にとって窺い知れないものであるのに対し、歴史叙述の内容は、連綿と続く歴史の中から選ばれており、著者一人の独占物ではなく読者にも接近可能な対象を含む。それゆえ歴史の書き手には、なぜほかでもないその部分を切り取って語るのか、対象の取捨選択の理由を説明し、正当化することが強く要請される。つまり、本題に至る前の部分で歴史家の"自己"と"書く行為"とがはっきり表現されるのは、歴史を語るという行為の本質的条件にもとづいた特徴なのである[10]。ところで『婚約者』の歴史部分の導入部においても、語り手の"自己"が現れていると言える。マンゾーニは、いわゆる「著者の一人称複数」(本書第3章を参照)を用いてコメントを挟んでいる

---

8) この見方が、歴史叙述と非人称的な(写実主義・自然主義の)小説とに形式的な同質性を見出す契機となっている(cfr. Benveniste 1966b: 239-41; Barthes 1988 [1967]: 141-2)。ただし、スカラーノによると、理論に反して実際上は、歴史叙述において非人称的な語りはそれほど徹底されていない(Scarano 2004: 7)。

9) これには、本文から明瞭に区別されたパラテクストだけではなく、「前置き」「導入」の機能を担う文が広く含まれる。

10) もちろん架空の物語の場合にも、前もって執筆の動機が語られることは多々あるが、スカラーノによれば、それはフィクション自身の特徴ではなく、「フィクションの物語のなかに見出される、歴史の言説を模倣した多くの形のひとつ」である(Scarano 1990: 75)。フィクション(小説)による歴史叙述の形式の模倣については、Ginzburg (2006a [1984]: 303-5) も参照。

のである。また、彼の前口上にはいかにも動機を開陳する場だという雰囲気はないけれども、とにかくそこで動機も述べられている。主人公たちの登場しない歴史部分は、第一に「我らの物語の理解 intelligenza del nostro racconto」(*PS*, XXVII, 1) を助ける、つまり主たる物語の状況を明瞭にするという目的によって、少なくとも建前としては[11]、正当化されるのである[12]。ただし、ペスト禍の叙述に限っては「物語の理解」だけが動機ではないとその前口上（第31章冒頭）において明言される。

> 我らが物語の筋に導かれて、我々は、その厄災［＝ペスト］の主要な出来事の叙述に移る。［…］そしてこの叙述において、我々の目的は、実を言うと、我らが登場人物たちがその中に居合わせることになる事柄のあり様を描き出すことだけではない。可能な限りかいつまんで、そして我々に能う範囲で、有名なわりに知られていない祖国の歴史について知らせることも目的なのである。(*PS*, XXXI, 1)

歴史的諸条件のもとに設定された架空の物語の理解のためという要請を超えて、祖国の歴史の一端を知らせること自体も、叙述の目的として主張されているのである。ここまでで確認されるのは、『婚約者』の歴史部分の導入部が少なくとも表層的な形式のレベルにおいて歴史叙述の通例と一致していることであるが、さらに前口上に関わる別の特徴、つまり主題の提示という側面に注目することによって、フィクションとの構成上の違いも確認したい。

　歴史叙述の序言部分では、「記憶に値する」事柄について知らせることを執筆の動機として述べるのが一つの典型であり[13]、『婚約者』の第31章冒頭もこの系統に連なることになる。このとき必然的に、主題となる事柄につい

---

11) パッリーニは、第28章では物語の理解に直結する部分よりも直接的には関係ないはずの部分に多くのページが割かれていることを指摘して、この目的は建前に過ぎないのではないかと述べている (Parrini 1996: 117-20)。

12) ただし第12章の暴動の記述については、物語の状況を説明するためという動機は、文脈上明らかとはいえ、言明されていない。一方、第22章の伝記的記述は、このような理由では正当化されないものであり、それゆえ実際、語り手自身が読み飛ばしてよいと明言する（「その言葉を聞こうという気はなくて、でも物語の先に進みたいとは思う人は、次の章まで飛ばしてほしい」*PS*, XXII, 12)。

て、本論が始まる前にそれが"何"であったのか、歴史の中でどのような意味を帯びたのかが述べられる点に注意したい。多くの歴史叙述に共通するこの性質、つまり叙述の開始前に語られる事柄——特にその結末——が、いかなるものであるのか説明がなされるという現象は、歴史叙述に特有のものと言える。読者——その読者自身も歴史家かもしれない——にとってもアクセス可能な「歴史」を対象とする叙述においては、フィクションに比べて結末を隠しておく意味が薄く、何が起きたかではなく、それがどのような仕方で、なぜ起きたかのほうが、関心の的となるのである[14]。『婚約者』の歴史記述においても、対象となる事柄は通常、（メインストーリーにおいて何らかの形で触れられた後）前口上の段階で確認される。つまり"何が起きたのか"は、叙述が始まる前にある程度知らされるのである。例えば、ミラノの暴動についての叙述は、直前に主人公レンツォの目を通してミラノ市内のただならぬ様子が描かれ、レンツォ自身も「反乱の起きた町 città sollevata」に来たと理解したと語られた後、語り手の「その混乱の諸要因と発端 le cagioni e il principio di quello sconvolgimento」(*PS*, XI, 73) を述べようという言葉によって導入される。叙述対象が何であるかは、それに「混乱」という意味が与えられることによって明瞭となり、以降はその「混乱」が"なぜ、どのようにして起きたか"が問題となるのである。ほかの場合も、起きたことが「飢饉」「戦争」あるいは「ペスト禍」であることは先に明瞭に述べられており[15]、そのあとの記述はまずもって、なぜ、いかにそれが起こったかの説

---

13) Cfr. Scarano (1990: 75-6; 2004: 13-7). 野家は、歴史記述を「物語り行為」という言語行為とみて、「記憶せよ！」という発語内行為が遂行されていると説く（野家 1998: 72-3）。

14) E. H. カーは『歴史とは何か』の IV 章「歴史における因果関係」冒頭で「歴史の研究は原因の研究」と述べている（カー 1962 [1961]: 127-30）。

15) 飢饉については本篇の物語中にも予告的要素が多く見られ、戦争（戦渦）とペスト禍には詳述前にそれぞれ「新たな鞭／災厄 flagello［最初の災厄は飢饉］」「災禍 disastro」との意義付けも見られる (*PS*, XXVIII, 62; XXXI, 7)。なお、傭兵軍団のミラノ領通過は、〈戦争＝災厄〉の範疇ではあるものの、個別の事件としては予告がなく（草稿『フェルモとルチーア』には示唆があったが出版稿では消える。Cfr. Parrini 1996: 154-5)、例外的にやや唐突に語られる出来事と見ることもできる。

明に傾けられることになる。

　一方、『婚約者』の架空の物語（手稿に記されたレンツォたちの話）のほうに目を向けると、「序文」において語り手は、手稿に記された話を大変«bella»（美しい／素晴らしい）と形容するのみであって——物語の存在理由として明言されるのは「これほど素晴らしい話が世に知られぬまま埋もれてしまうのが残念に思われ」(*PS, Intr.* 11) たことだけなのだ[16] ——、具体的な内容には触れないし、転写された匿名氏自身の「緒言」からも物語内容は漠然としか想像できない[17]。ここに『婚約者』の創作部分と歴史部分との一般的傾向の違いが見て取れる。つまり、架空の物語の展開を条件付ける歴史的状況の説明も含めて "なぜ" や "いかにして" が基本的に歴史部分に委ねられているのに対し、創作部分は、物語の成り行き、すなわち "何が起きたか" へと向けられているのである。

1.2. 他の歴史のテクストとの繋がり

　『婚約者』の歴史部分は、それだけで閉じてはおらず、他の歴史のテクストとの連関のもとに成り立っている。このことは、マンゾーニがあれこれと文献を調査したというテクスト外の情報によらずとも、また叙述内容を他のテクストと照合してみるといった作業を経ずとも、本文の記述自体から読み取ることができる。それは本章第 2 節で扱う「引用」を通じて顕在化するばかりではない。例えば「未だ語られたことがない」という表現は、既存のテクストとの関係を問題にしているし、いままさに行っている記述を「一時的な間に合わせ」として提示するときは、暗に（自分を含めた誰かが書くことに

---

16) もちろん物語の美的価値をあらかじめ強調することには重要な意味があり、ローザは、それを特に当時の「語りの契約」という文脈において考察している (Rosa 2008: 136-7)。

17)「ただ、取るに足らぬ卑しい人々の身に起こったこととはいえ、記憶に値する出来事を知り及んだがゆえに、率直にありのまま物語、乃至は報告にして、その記憶を後世に残そうと筆を執ったばかりである。その報告の中では、狭隘な劇場において痛ましい恐怖の悲劇、壮大な悪辣の場面が上演され、幕間には、悪魔的所業に抗する徳高き偉業と天使の善良とを目にすることになろう」(*PS, Intr.* 3-4)。

なるはずの）将来のテクストとの関係を示していることになるのである。

　一篇の歴史書が、途切れることなく続く「歴史」の諸対象を隈無く収める
ことは実際上不可能である。また限られた対象を扱うにしても、証拠の発見
や新たな知見・視点の導入を考慮に入れるならば、決して最終的な記述には
到達しないことになる。それゆえ歴史のテクストは、かつて書かれたまたは
これから書かれる他のテクストと何らかの関係を持つことが宿命づけられて
おり、そうした関係性は叙述の内にもはっきりと現れる。実際、例えば既存
の叙述の不十分な点を指摘したり史料を引用したりして「すでに語られた」
こととの関係を表明することは、歴史叙述の伝統において、ほとんど義務的
なものとなっている。他の文芸ジャンルに見られる「間テクスト性」はあっ
てもなくてもよいものだが、歴史叙述のうちで明に暗に他のテクストとの関
係が示されることは、ジャンルに内在する不可欠の要素と言えるのである。

　『婚約者』においては、ペスト禍の叙述が「未だ語られたことがない」と
いう事態と明示的に関わっている。ある記憶に値する事柄が未だ歴史叙述の
対象とされていないことは、歴史家がその事柄に取り組むための強い動機と
なるが、普通その旨は「序言」等で紹介される。『婚約者』の語り手は、ペ
スト禍の叙述の前口上 (*PS*, xxxi, 1-7) において、出版された報告のほかに未刊
行の報告や公的な記録を渉猟したことを明記し、「簡略ではあるが、虚偽の
混じらない、一続きの情報」を初めて伝えるという企図を開陳している。

> 我々は、刊行された全ての報告、それに一件の未刊行の報告と、（残っている
> ものの少なさからすれば）多くの、いわゆる公的な文書を、少なくとも大変
> な熱意をもって、調査し比較して、そこから期待されるべきものではないに
> しても何かまだ成されてはいないものを成そうとしたのである。［…］我々が
> 試みたのはただ、最も一般的で最も重要な諸事実を見極めて確かめ、それら
> の理と性質が許す限りにおいて、それらを推移した現実の順序に配置し、そ
> れら相互の働きを観察すること、そして、このようにして、その災禍の、簡
> 略ではあるが虚偽の混じらない一続きの情報を、誰か別の人がもっと巧くや
> るまでのさしあたり、提供するということである。(*PS*, xxxi, 6-7)

ここには、自分の叙述を「誰か別の人がもっと巧くやるまで」の間に合わせ
として提示する言葉も見られる[18]。スカラーノ (Scarano 1990: 79) の指摘する

第5章　「歴史叙述」における引用のレトリック　**171**

とおり、歴史家は「未だ語られていない」ことを書き記し、記憶を継承する「新たな伝統を打ち立てる」ことを目指すという状況にあって、自分の叙述が間に合わせで、将来的に完成させられるべき不完全なもので、要するに語り直しに開かれていると明言することがままある。未完であることは歴史という営みに内在する特徴とも言えるため、こうした言葉は謙遜を示す単なる常套句としての「叙述の未熟さの表明」とは少し異なり、ある程度は字義通りの意味を保つと見るべきである。『婚約者』において、ほかにこのような叙述の不完全性のテーマおよび将来のテクストとの関連が現れる場面としては、巻末の付録『汚名柱の記』への言及（第32章末）が挙げられる。ペストが人為的に広められているという噂（迷信）について語るなかで、語り手は、毒性物質を塗布した「ペスト塗り untore」の濡れ衣を着せられた市民に対する裁判も記憶に値する事柄——したがって語るべき対象——として言及するのだが、そろそろ「我らが登場人物」の話に戻らなければならないという本篇との折り合いを理由に、詳細の記述は別のテクストに譲って、その参照を指示するにとどめるのである（「それらについて物語り、検討するのは別の文書に取っておいて*［…］」「*巻末の小作品を見よ」*PS,* XXXII, 69; 星印*は脚註の指示)[19]。

　一方、『婚約者』の歴史部分のあり方に対して「すでに語られた」こと——つまり先行するテクスト——が及ぼす作用は、何よりもまず第28章およ

---

18) なおマンゾーニは、歴史叙述の著作と言える『ランゴバルド史に関する諸問題』(1822) の序文においても、「この歴史がいかに重要で、いかにまだ欠けているか」を示して真実を支持する者にさらなる研究を促すことが論考の目的であると記している (*Discorso,* 11)。

19)『汚名柱の記』が初めて世に出たのは、決定版（40年版）の一部として出版されたときであるが、「別の文書に取っておいて」という言葉は、初版（27年版）の本文中でも既に見られる (*PS V,* XXXII, 69)。40年版では同箇所に註がついて «*V. l'opuscolo in fine del volume»（巻末の小作品を見よ）と記されるのである。なお「叙述の不完全さ」は、他の歴史部分においても、本篇の補助という動機と結びついて暗に示される。というのは「通り一遍の知識を与えるのに足りるだけ」(*PS,* XXVII, 1)、「できるだけ手短に」(*PS,* XI, 73) といった言葉は、テクストの外に語るべき事柄の総体が存在し、その全てが語られてはいないということを示唆していると考えられるからである。

び第31-32章にはっきり見て取れる。形式的構成への影響として最も目につくものとしては、斜体による書簡や「布告 grida」など公文書の引用、引用符《　》（ギュメ）に挟まれた他の歴史家の報告の挿入、脚註における典拠の指示などが挙げられる。さらに40年版の第32章では、ボッロメーオ枢機卿の記した『ペストについて De Pestilentia』の一節の複製（ファクシミリ）がテクストの間に挿入され（図5-1参照）――27年版では脚註に、もちろん活字で、置かれていた――、またミラノ総督アンブロージョ・スピーノラ Ambrogio Spinola や大法官アントニオ・フェッレール Antonio Ferrer の署名も書簡・公文書から複製され、テクストの中に組み込まれることになった（cfr. Cadioli 2001: 216）。こうした引用、言及、参照の様々なあり方については、本章第2節において分析することになる。ここではただ、第28, 31-32章の叙述が断定調にはならず、多くの推量やペンディング（判断の保留）を含むことに注意を促しておきたい。これらの章では、史料の不在が明言されることも多く、推測は推測であることがすぐにわかる仕方で記され[20]（本書第2章末で言及した現代の絵画修復とのアナロジーも思い出してほしい）、また、史料が異なる見解を述べる場合にそのまま諸説が併記されることも稀ではないのである[21]。こうした記述のあり方は、作者が出来事の全てを知っているフィクションよりも、歴史叙述にふさわしいものと言える――フィクションがそれを利用しているとすれば、それが歴史叙述に倣ったものと見るべきである。もちろん歴史を語るテクストも、信頼のおける史料のみに依拠し、議論の余地の少ない事実だけを語るときには、確かに断定文が中心になるが、それは教科書や概説書など一部の例外に限られる[22]。本来の（本格的

20）模範例は、第28章で、安く抑えられたパンの価格の行方について述べた「確実な資料に欠けるとき推測を持ち出すことが許されるなら［…］という考えに我々は傾く」（PS, xxviii, 13）という発言である。

21）例えば第31章で、ミラノ市に最初にペストが侵入した状況について諸報告の食い違いが提示される（PS, xxxi, 24-5. 本章 2.3. 参照）。また決定版では、ペストの死者数や「モナット monatto」（疫病の患者や死者を運ぶ作業にあたる者）の語源に関する見解の相違も紹介されるが（PS, xxxii, 27; 29）、いずれも数少ない決定版での増補の例である。

632 I PROMESSI SPOSI

credulità, l'ignoranza, la paura, il desiderio di scusarsi d'aver così
tardi riconosciuto il contagio, e pensato a mettervi riparo; che molto
ci fosse d'esagerato, ma insieme, che qualche cosa ci fosse di vero.
Nella biblioteca ambrosiana si conserva un'operetta scritta di sua
mano intorno a quella peste; e questo sentimento c'è accennato
spesso, anzi una volta enunciato espressamente. «Era opinion co-
mune,» dice a un di presso, «che di questi unguenti se ne com-
ponesse in vari luoghi, e che molte fossero l'arti di metterlo in opera:
delle quali alcune ci paion vere, altre inventate.» Ecco le sue parole:

Ci furon però di quelli che pensarono fino alla fine, e fin che vis-
sero, che tutto fosse immaginazione: e lo sappiamo, non da loro,
ché nessuno fu abbastanza ardito per esporre al pubblico un senti-
mento così opposto a quello del pubblico; lo sappiamo dagli scrittori
che lo deridono o lo riprendono o lo ribattono, come un pregiudizio
d'alcuni, un errore che non s'attentava di venire a disputa palese, ma
che pur viveva; lo sappiamo anche da chi ne aveva notizia per tradi-
zione. «Ho trovato gente savia in Milano,» dice il buon Muratori, nel
luogo sopraccitato, «che aveva buone relazioni dai loro maggiori, e

図 5-1　ボッロメーオ枢機卿の著書の一節 «Unguenta vero haec...»（上 4 行）
と表題 «De Pestilentia...»（下 3 行）が挿入されたページ［Badini Confalonieri
による復刻版より］
ペストの毒を含む油を塗って病気を蔓延させるという行為を枢機卿ほどの
知識人さえ部分的には信じていたことが分かるとして著書の一節の内容が
本文で紹介される。そして «Ecco le sue parole:»（「さあこれが彼の言葉であ
る」）という導入の言葉によって、本文と複製された文字とが接合されて
いる。

な）歴史叙述においては、いつも史料の証言に信頼がおけるとは限らず、歴史家は、怪しげな証言に疑問を呈したり、複数のテクストが食い違う場合に判断を下したり判断を保留したりしながら議論を進める。そして頼りになる史料を欠く場合には、推測を披露して歴史の間隙を埋めるのである[23]。

第28, 31-32章以外に見られる他のテクストの明示的な参照としては、第1章はじめの「ならず者（ブラーヴィ bravi）」に対する布告の長々とした引用（斜体）および第19章［インノミナートの来歴の叙述］におけるジュゼッペ・リパモンティの『ミラノ史 Historia patria』からの引用（引用符を使用）が目を引く。また、モンツァの修道女の過去の叙述に関しては、インノミナートの場合と異なり、具体的描写のほとんどが創作であり引用も個別の参照もないが、事前に脚註において上記『ミラノ史』への参照指示がなされているのであり、そのことによって実在の人物であることは担保されていると言える[24]。なおモンツァの修道女に関しては、物語の終盤（第37章）で彼女の後

22）スカラーノは、歴史の言説が常に肯定の断定文となると見なすバルト（Barthes 1988 [1967]）の考えに異を唱え、断定的な語りは、本来的な意味での歴史叙述の特徴ではなく、むしろフィクションにこそ固有のものと見る（Scarano 1990: 89-90）。「歴史の言説が断定文の形を採るとき［…］フィクションの形式を模している」（Scarano 1990: 90）のである。またスカラーノは、歴史小説が歴史を語る際にも、通常確実な情報だけが対象とされ、総じて断定調になると考えている（Scarano 2004: 189; 196-7）。この意味において、『婚約者』（特に第28, 31-32章）の叙述は、普通の歴史小説とは全く異なることになるだろう。

23）フィクションが「本当らしい、ありそうなこと」しか語れない——「詩人（作者）の仕事は、すでに起こったことを語ることではなく、起こりうることを、すなわち、ありそうな仕方で、あるいは必然的な仕方で起こる可能性のあることを、語ることである」（アリストテレース『詩学』1451a, 邦訳 p. 43）——のに対し、歴史叙述は信頼できる史料を担保として「ありそうにないこと」をも語ることができるが、史料がないときはフィクションと同じく「本当らしさ」に訴えることになる。しかし、それをあくまで推論だと明示する点が重要であり、スカラーノによれば「歴史のテクストにおける本当らしさは、それが想像による表象の産物だと前もって表明されるがゆえに、破格」であって、フィクションの語りに固有の約束事としての本当らしさとは異なるのである（Scarano 1990: 95）。

24）実在の人物の紹介と史実・史料の関係については、本書第2章第2節を参照。

第5章 「歴史叙述」における引用のレトリック　　**175**

半生が簡単に語られる際にも再び同史料が紹介されることになる。

> このいたましい話をもう少し詳しく知りたい人は、我々が別のところでこの
> 人物に関連して引用した本の当該箇所にその話を見つけられるだろう*。
> *Ripam. Hist. Pat., Dec. V, Lib. VI, Cap. III.　　　　　（*PS*, xxxvii, 45; 星印*は脚註）

これに対し、いま挙げなかった歴史部分は、明示的な典拠がほとんど無い記述となっている[25]。この場合、歴史の教科書に見られるような——そして多くの歴史小説に見られるような（本章註22を参照）——断定文を基調とする叙述となるが、歴史部分の第一の存在意義がメインストーリーの理解を助けることにあり、そのために「手短に」済ませるべきであるならば、むしろこちらが自然な形とも言える。ただし、テーマによっては詳しい叙述を行う用意のある歴史家マンゾーニが、記述を簡略に済ませているわけだから、それが極まると却ってある種の効果が生じるということも見過ごしてはならないだろう。例えば第27章冒頭、マントヴァ・モンフェッラート継承戦争については多くの言葉が費やされず、駆け足の説明で片付けられているのだが、このような、飢饉やペストに比べて語るに値しないと言わんばかりの扱いは、語り手が小説中でしばしば見せている旧来の歴史叙述に対する批判的態度（「反歴史」——本書第7章を参照）とも呼応するものである。戦争というものが、従来は「わけても歴史的と名指される事象」（*PS*, xxviii, 63）であり、「偉業」として長々と記述される対象であったことも踏まえるならば[26]、記述の簡潔さ自体が、旧来の歴史叙述に対する鋭い批判の意味を帯びうるのである。

25）ただし典拠の存在の仄めかしならば散見される。例えば、第22章（枢機卿の伝記）に「そうした美徳について彼の伝記作家たちが書き留めた多くの特異な例のうち、ここでは一つだけ引用しよう」（*PS*, xxii, 34）という表現がある。その「引用」には引用符もレファレンスも付されないが、ともかくも下敷きとして史料が存在するということは示されていると言える。

26）マンゾーニ自身も、従来型の歴史叙述のあり方に引きずられたためか、草稿『フェルモ』の段階では、やや詳しく記述してしまっている（cfr. Parrini 1996: 157-78）。これについては、本書第7章2.2.で再度取り上げる。

さてここで、今度は『婚約者』のフィクションの記述（創作部分）に目を向けてみよう。レンツォとルチーアの物語については、匿名の手稿が、その話を伝える唯一のテクストということになっていた。物語をすでに語ったテクストが存在することになるが、それは世に知られていなかった手稿であり、活字化もされていないので、「未だ語られていない」ことの範疇にも入る。その「書き直し」は困難な作業ということにもなっており、理論上は、創作部分の叙述も、後世のやり直しに開かれた一時的な間に合わせという体にすることができたはずである。しかし、実際にはそのような装いは施されていない。誰かがこの〈物語＝歴史〉をやり直すためには、問題の手稿を入手しなければならないわけだが、そもそも語り手以外の人物がこの手稿を参照するという事態を想定するような発言が一切ないのである。また、語り手による手稿の「書き直し」は、広い意味での引用であり、「我らが匿名氏がこう述べている」といった言及も頻繁ではあるのだが、序文で提示された「一連の出来事を取り出して文章表現をやり直」(PS, Intr. 11) すという指針のとおりに、手稿からの「引用」に対して、本文中で引用記号が使われることは一切ない（本章 2.1. を参照）。これまで見過ごされてきたように思われるのだが、この事実は、匿名の手稿の引用（「偽装引用」）が実在の史料の引用と全く同じではないことを端的に示していると言える。

　ここまで見ただけでも、『婚約者』の歴史部分には歴史叙述に固有の形式上の特徴が備わっていること、ただし歴史記述の各ブロックの "歴史叙述らしさ" には濃淡があり、ペスト禍の叙述を頂点に階層が形成されていることが明らかになったと思う。これは、従来指摘されてきたことと、あるいはそもそも一読して得られる印象と、異ならない結果とも言える。しかし、本節ではそれを、内容や単なる分量（長さ）の問題に還元されない水準において裏書きすることができたのである。そして、こうした形式的構成の水準において、歴史部分の最上位に位置するもの——つまりペスト禍の叙述——が、歴史叙述の一例として本物の（本格的な）歴史書と遜色ないことも見えてきた。さらに、同じ歴史叙述の特徴が、体裁上は「事実の報告」となっているメインストーリーの部分（創作部分）にはあまり備わっていないことも浮き

彫りになってきた。こうした違いによって読者は、歴史部分が他の部分とは
異なる"真剣な"歴史叙述となっていることを、よりはっきりと感じること
になるのである。

2. 引用の技法と「真実効果」

さて、『婚約者』の歴史部分が、内容のみならず、テクスト上の特質から
も歴史叙述と見なされうることが明らかになったところで、いよいよ歴史小
説『婚約者』の語りのあり方を決定づけているとも言える要素、つまり引
用、の詳しい分析に移りたい。語り手マンゾーニは、レファレンスを開示せ
ずに史料の記述を利用することも多く、そのため下敷きとされた史料を特定
しようという研究も膨大となっているのだが、ここでは、史料を引いている
ことがテクストの上で明示されているケースを分析の対象とする。史料を利
用したという"借り"が示されないことも多いわけだから、明示的な引用お
よび典拠の提示は、"負債の返済"というより、別の何らかの効果を意図し
て為されたものと想定される[27]。

マンゾーニが自らの歴史記述と既存のテクストとの関係を最も明瞭に表現
するのは、前節でも見た第31章冒頭である。そこではまず「我らが物語の筋
に導かれて」始めることになったペスト禍の叙述は、メインストーリーに従
属しない自律的価値をも有することが宣言される(「有名なわりに知られてい
ない祖国の歴史について知らせることも目的なのである」)。それから語り手は、
どのような史書・ドキュメントを渉猟したか、そしてそうした史料がいかな
る有り様であるかを説明する。そして最後に、事実の見極め、現実の順序へ
の配置、影響関係の観察を行って「その災禍の、簡略ではあるが虚偽の混じ
らない一続きの情報を」提供しようとした――それは今まで誰もやってこな

---

27) もちろん現代の研究では引用元を明示するのは鉄則となっている。エーコは『卒業論
   文の書き方』(邦題『論文作法』)において「ある語句が引き出されたときその元の本
   を引用するのは負債を返すことである。あるアイデアや情報が使用されたときその著
   作者を引用するのは負債を返すことである」と述べている (Eco 1977: 184)。

かったことだった——と述べるのであった。ただ、「一続きの／切れ目のない continuata」話といっても、調査・研究の結果としての事実のみが物語形式で綴られるということではない。このあと始まる記述は、肯定の断定文を基調としてすらすらと進むのではないし（第12章前半、第22章、第27章冒頭はそうであった）、史料の言葉をパラフレーズしたものが語り手の言葉と継ぎ目なくつながるわけでもない（匿名手稿の「書き直し」はそうである[28]）。ペスト禍の叙述では、他のテクストを直に引用して検討することによって、事実に至るための研究の過程（の一部）が開示されるのである[29]。文体や言葉遣い等の異なる他人の文章を呼び出し、テクストが言わばまだらになることは、物語としてのまとまりを損なう恐れがあり、メインストーリーとの兼ね合いで求められる簡潔さにも反しているように思われる。しかし、こうした叙述形式は、何より事実を語るテクストであると理解されるために有効なのであり、記述内容を事実として伝えようという作者の意図には完全に適合すると言えるだろう。

　引用に代表されるような仕方で、テクストの中で史料との関係を開示することは、生き生きとした物語性によるリアリティとは別種の現実感、語られる事実を本当のことと思わせる効果——「真実効果」（本章註7参照）——をもたらす。ただし、引用なら何でもよいということではなく、引用の種類や巧拙に応じて真実効果が発揮される仕方や程度も変わってくる。本節では、『婚約者』に組み込まれた歴史叙述において駆使される多様な引用・参照を

---

28) 本章 2.1. を参照。あるいは物語形式による歴史の叙述を試みた「物語派 école narrative」の例もある。例えばティエリの『メロヴィング王朝史話』は、トゥールのグレゴリウスらのラテン語をしばしば翻訳・パラフレーズしているが、登場人物が発した言葉以外には引用符などの明示的な印がつけられず、おおまかな対応箇所が脚註で示されるのみとなっている。

29) マンゾーニは、史劇『アデルキ』(1822) の本篇前の「歴史上の記録」において歴史研究の結果としての事実のみをひとまず記述しているが、単なる事実の列挙では不完全だとして、『アデルキ』に付して出版した『ランゴバルド史に関する諸問題』の第1章で、それらを事実と考えるに至った過程を開示している。Cfr. Muñiz Muñiz (1991: 468-70).

第5章 「歴史叙述」における引用のレトリック　　**179**

幾つかのパターンに分けて検討し、マンゾーニの歴史叙述の技法を探ること
としたい。

2.1. 一次史料に内在する "力" を引き寄せる

　まず、他者の言葉の明示的引用、つまり他のテクストに記された言葉をそ
れとわかるようにそのまま挿入すること自体が発揮しうる効果について確認
しておきたい。マンゾーニは、ペストの叙述の導入部（第31章冒頭）におい
て、事件と同時代に書かれた文献について「常に、鮮烈で、固有の、そして
言わば説明のしようのない力がある」と述べている。ここでの趣旨は、自ら
の叙述によってこの力の全てを伝えることはかなわないので、こうした文献
を読む意味がなくなることはない、つまり十全な理解のためには同時代史料
の通読も奨励されるということである[30]。しかしそうは言っても、このよ
うな力を有する史料の言葉は、引用符 « » や斜体によってマークされて（そ
れとわかるようにして）小説の本文中に直接現れてもいる。これは、パラフ
レーズしては失われてしまうような独特の力の一部を引き出す作業にほかな
らない[31]。コンテクストから切り離され、手書きの文字は活字化され、ラ
テン語ならば翻訳もされ、引用文は変質を免れないが、それでもその文体
は、マンゾーニのものとは明らかに異なっており、書き手の固有の癖を残し
ている。語られる内容にどこまで信頼がおけるかはまた別の話だが、事件と
同時代を生きた書き手の存在の目に見える痕跡は、史料自体の実在をありあ
りと感じさせるのである。

　もちろん、このことは架空の書き手に存在感（リアリティ）を付与するの

---

30) 「この事象についてより十全に理解したいと思う人に対して、報告原本を読まなくて
　よいようにしてやろうなどという企図はさらに少ない。どのように着想され、出来栄
　えがどうであれ、この種の作品の内には常に、鮮烈で、固有の、そして言わば説明の
　しようのない力があることを、我々はあまりにも感じているからだ」(*PS*, xxxi, 6)。

31) 「引き出す」「引き寄せる」というイメージは、引用行為に必須の「再現への志向」と
　結びついている。引用符や斜体は、そこにあるのが他人の言葉の「忠実な再現であ
　る」ことを約束してみせるための印なのである。引用における再現については、
　Mortara Garavelli (2009 [1985]: 43-72特に45); 木村 (2011: 151-5) を参照。

に応用可能であり、実際『婚約者』の序文の冒頭に匿名氏の「緒言」が転写され、17世紀特有の文体を模した文が読めるようになっているのは、明らかにそうした効果を狙ったものと言える[32]。しかし、むしろ注目すべきは、この技法が序文の中でしか見られないことである。19世紀の語り手による「語り直し」は、17世紀の手稿の単なる現代語訳ないしパラフレーズに終始してはいない——材料だけを取り出して自分なりに再解釈しながら伝える一方、匿名氏のコメントも参考にはする——ため (cfr. Scarano 2004: 175-9)、個々の比喩・修辞やコメントが匿名氏と語り手のいずれに属するのか曖昧になることも多い。そこで語り手は時に応じて「ここで我らが匿名氏は述べている」といった定型句で匿名氏に帰すべき発言を明示するのだが、この場合にも引用記号は一切使用されず、表記レベルで原文の"色"を残そうという意図は感じられない。つまり、本文中で引用元の文を"再現"し、その"オリジナリティ"を直に感じさせるのは、実在の史料を引く際に限られるのである。

2.2. 同時代性、直接体験の強調

一次史料が独特の力を発揮するのは、その書き手が対象となる事件を同時代のものとして体験しているという事実に負うところが大きいのではないか。しかし、書かれた内容、特に個別の出来事の具体的な記述の信憑性を問う上では、単に証言者が同時代を生きただけでは担保として十分ではない。

信憑性を高める要素としてわかりやすいのは、書き手が事件に居合わせた目撃者であることである。それゆえ史料の書き手自身がその点を強調するのは当然と言えるのだが、以下のケースでマンゾーニは、本文中に直接引用する箇所として、まさにそのような部分を選んでいる。

---

32) 草稿段階の2種類の序文から出版稿の序文へと匿名氏の「緒言」転写部分の推敲過程を追うと、17世紀の文体の模倣の完成度を高めるために注意が傾けられたことが確認される。なお決定版（40年版）では、緒言は斜体となっており、終わりには "»"（ギュメ閉じ）が付く。

第 5 章　「歴史叙述」における引用のレトリック　**181**

a)　«Vidi io,» scrive il Ripamonti, «nella strada che gira le mura, il cadavere d'una
donna... Le usciva di bocca dell'erba mezza rosicchiata, e le labbra facevano ancora
quasi un atto di sforzo rabbioso... Aveva un fagottino in ispalla, e attaccato con le
fasce al petto un bambino, che piangendo chiedeva la poppa... Ed erano sopraggiunte
persone compassionevoli, le quali, raccolto il meschinello di terra, lo portavan via,
adempiendo così intanto il primo ufizio materno.»（「私は見た」とリパモンティは
書いている。「町の城壁をめぐる道で、ひとりの女の遺体を…その口からは半
分齧られた草が出ており、唇はいまだ怒り狂って奮闘しているかのようだっ
た…肩には小さな包みを携え、胸には産着で赤ん坊を結わえ付けており、そ
の子は泣きながら乳房を求めていた…そしてそこへ哀れみ深い人々がやって
きて、哀れな幼子を地面から取り上げ、よそへ連れて行きながら、母として
の最初の務めを果たしていた」*PS*, xxviii, 42）

b)　«Io lo [=un vecchio scambiato per un untore] vidi mentre lo strascinavan così,» dice
il Ripamonti: «e non ne seppi più altro: credo bene che non abbia potuto sopravvivere
più di qualche momento».（「私はその者［＝ペスト塗りと間違われた老人］を
人々がそうして引きずっていくところを見た」とリパモンティは述べている。
「彼についてそれ以上は知らない。きっと少しの間しか持ち堪えられなかった
ろうと思う」*PS*, xxxii, 10）

いずれもリパモンティの『1630年ミラノのペスト』(1640) から引かれている
(*De peste*, I, 29; II, 35)。同書の記述は、実は引用文 a の直前の描写（飢饉の悲惨
な影響が極まる様子：*PS*, xxviii, 38-41）にもそのまま利用されているのだが、
語り手はその旨を明らかにしていない——そのためレファレンスのない「地
の文」となっている——[33]。惨状を劇的に描き出すのに適し、しかも本人
が「見た」と述べている具体的なエピソード（赤ん坊を抱いたまま餓死する母

33）飢饉の惨状を描く第28章の序・中盤では、この箇所以外にも広い範囲で同書の記述が
　　使われている。飢饉の叙述は（歴史家たちがその「描写 ritratto」を残したことに触れ
　　た後）「以下がその痛ましい描写の《写し copia》である」(*PS*, xxviii, 14) と始まるた
　　め、史料に則っていることは強調されていると言えるが、同書が名指されることはな
　　い。記述の対応関係については Repossi (2009: 513-21) を参照。なお、途中に挟まる枢
　　機卿の逸話では別の史料が明示的に引かれている (*PS*, xxviii, 29-31)。

親）こそが、はっきりリパモンティの言葉とわかるように引用されるのである。引用文 b のほうは、「ペスト塗り」の存在を信じた市民たちが疑わしい人物を見つけ出しては制裁を加えていたことの証拠として提出された二つのエピソードの一つである。リパモンティ自身、その二つを選んだのは、日々行われていた制裁の中で最も残酷な例だからではなく、どちらも偶然自分が居合わせたからだと述べており、マンゾーニもエピソードを記す前にその旨を紹介している。この場合は、引用部分の前後も当該エピソードの記述であり、引用符の中には入らずとも一連の記述が同じ史料に依拠していることは明らかだが (*De peste*, II, 34-8. Cfr. Repossi 2009: 570-2)、あえて引用符を使って原文通りであると見せる箇所は、やはり「私は見た」という言葉を含んでいるのである。

　また、叙述の重要なソースとなる史料を著した人物、リパモンティやアレッサンドロ・タディーノ (1580-1661) らについては、単にその報告内容が伝えられるだけでなく、彼らが職務上多くの重要な情報に接近可能であったことも強調される。前者については著述家としての能力の高さも小説中で明確に評価されているが[34]、それだけでなく、語り手は、彼が市参事会に指名された歴史家として必要な情報の収集が容易であったものと推察しており (*PS*, xxxi, 25)、また調査の過程で後者タディーノと面談したことも記している (*PS*, xxxi, 15)。そのタディーノのほうは、ミラノ市保健局に勤める医者であるが、疫病による死者の増加の報を受けて調査に派遣され (*PS*, xxviii, 12)、ミラノ総督へ具申する任を負うなど (*PS*, xxviii, 69; xxxi, 15)、ペスト対策に直接携わった人物であることが分かるように描かれているのである。

　これに対して匿名氏はどのような人物とされているかというと、転写された「緒言」によれば、若い頃に起きた事件を記す人物ではあるが（「したがって、我が若かりし頃に起きたこの物語を描写するにあたり […]」*PS*, Intr. 6)、その事件を知り及んだというだけであり（「ただ、取るに足らぬ卑しい人々の身

34）例えば第31章冒頭 (*PS*, xxxi, 3) に、リパモンティの記す事実が、量および選択、さらに「観察の仕方」において、誰より優れているという評価が見られる。

に起こったこととはいえ、記憶に値する出来事を知り及んだがゆえに［…］」*PS,*
Intr. 3）、目撃者とは言えない[35]。しかも、小説の草稿と比較すると、推敲を
通じて目撃者ではなくなったことがわかる。第一草稿『フェルモとルチー
ア』の「第一序文」（最初の数章と同時期に書かれた序文）の段階では、匿名
氏が自らの目で見たことが強調されていたのである（「我が長い歳月のうちに
多くの尋常ならざる出来事を観察したために［…］」「したがって私によって観察さ
れた思いがけない出来事を忠実な目撃者として語るなかで［…］」*FL, Intr.* Prima, 3
e 7）[36]。この意味において、記述の信憑性を高める目撃証言という価値が、
架空の手稿からは意図的に消されたと見ることさえできるだろう。

2.3. 御し難い現実と史料の誤謬：史料批判の問題

目撃者や実行者としての直接体験ではなく、伝聞情報に依拠して出来事を
語るとき、また出来事自体を離れ、その原因に関する思弁を始めるとき、同
時代を生きた人々も、いや彼らこそ却って間違いを犯しやすい。自分が巻き
込まれてしまっている現実を客観的に眺め、適切な情報のみを選び出し、出
来事の意味を誤りなく解釈し、因果関係の秩序のもとに整然と把握するなど
という技は、通常の人間の限界を超えていると言えるのではないだろうか。

マンゾーニも、やはり第31章冒頭において、実在の史料には誤謬や限界が
あると率直に述べているが、それはまた史料に対する自身の批判的姿勢を見
せることでもある。

同時代の多くの報告の中で、一つとして単独でそれ［＝ペスト禍］について
少しでも明瞭で秩序だった考えを抱かせてくれるに足るものはない。同様に

---

35) 知り及んだ経緯についても匿名氏が自ら説明することはない。主人公レンツォから直
接聞いたということになっているが、それは語り手がそうに違いないと推察している
のである（「（すべてがこう信じるように導いてゆく、我らが匿名氏は一度ならず彼
［＝レンツォ］からそれ［＝物語］を聞いたのだと。）」*PS,* xxxvii, 11）。なお語り手
は、匿名氏の他の作中人物への取材も示唆している（*PS,* xi, 39; xv, 55）。
36) なお、草稿の第二序文（全体を書き終えてから改めて書いたもの）では、もはや目撃
証言ではなくなっている。

一つとして、そうした考えを形作るのに役に立たないものもないが。［…］各々に、別の報告には記録されている、本質的事実が抜けている。各々に物的な誤りがあって、別の報告、あるいは刊行済み及び未刊行の現存する僅かな公文書の助けを借りて、それと気づき、正すことができるのである。(*PS*, XXXI, 3)

ここでは、個々の誤りが諸史料の補完関係によって解消されることも述べられているが、それは、マンゾーニ自身が、実際はどうだったのか、正しい（と思われる）情報に辿り着くべく諸史料を付き合わせて検討した結果にほかならない。こうして史料の限界を指摘することによって、むしろ最終的な書き手に対する信頼の度が高まると言えるだろう。また、諸史料間で食い違う情報を実際に紹介することにより、誤り自体も記述の対象となる。例えば上述のタディーノとリパモンティは、最初にミラノ市にペストをもたらした人物とその状況について記述を試みているのだが、互いに名前も日付も一致しないし、どちらの日付もより確かなデータと合致しない。この点を指摘しながら、ともかくもマンゾーニは彼らの提示する情報を紹介するのである。その上で、日付については蓋然性の高い期間が提示し直されている（*PS*, XXXI, 24-5. 本章註21も参照）。

　現実は捉え難く、人間は間違いを犯すという常識的な感覚に違うことなく、歴史家の記述にも誤謬があって、『婚約者』の語り手も、歴史叙述的章においてはその点を隠さずに紹介している。ところが、匿名の手稿の著者は、間違うことがないのである。文体や修辞法といった「言い回し dicitura」こそ語り手から手酷く難じられるが、手稿の伝える「出来事 fatti」については、用心のための意図的な省略が問題になるくらいで、訂正が必要となることは決してない。語り手は「序文」において (*PS*, *Intr.* 12)、史料を渉猟し、本当に手稿が記すような仕方で「世の中が進んでいたのか」調べたと述べる。それにより「類似の事象 cose consimili」や「一層強烈な事象 cose più forti」が同時期に見られたこと、登場人物の幾人かが確実に実在したことが確認され、もって信憑性についての疑いは晴れたとされる。事件を語る唯一の証言という設定ゆえに、手稿に記された内容の真偽については、史実と矛盾がない「起こりえた、ありそうな」ことか否かを問うことしかでき

ず、それ以上には近づけない。実際、本文中ではもはや"史料"としての真偽は真剣な考察の対象にならない[37]。実在の史料については史料批判の過程（の一部分）が本文中で示されるのに対し、匿名の手稿については批判作業（の一部分）が擬似的に開示されることはないのである。

2.4. 意図しない証人の召喚：推論の証拠としての引用

史書が信用できないとき、互いに食い違うとき、それを利用する〈語り手＝歴史家〉は、何らかの判断を下し、推論をし、または判断を保留するさまを見せる。ここには記述の真意を問う解釈の作業がかかわっているが、その作業は、公文書や書簡といった、もともと歴史の伝達を意図していない文献を相手にするとき、さらに前面へと押し出されてくる[38]。そうした文献から情報を引き出すには推論が不可欠であり、しかも単に得られた結果だけを記すのでないかぎり、読み取り作業そのものが——もちろん整理された形ではあるが——テクストに書き込まれることになるのである。

第31章でマンゾーニは、人々が毒性物質の塗布 «unzione» によるペストの拡散という迷信を信じるきっかけともなった二つの事件の詳細を紹介するにあたり、「保健局特別委員会 tribunale della sanità」からミラノ総督に宛てられた書簡を引いている。一つ目の事件は、大聖堂内の男女を分けるための仕切りに何かが塗られ、その調査に赴いた保健局長が仕切りのみ洗えばよいと

---

37) 本文中で一度、手稿の内容の信憑性が話題となるが、そこでも「起こりうること」と確認される結果となる。第26章冒頭で語り手は、手稿の記すボッロメーオ枢機卿の言葉に疑念を呈してみせるのだが、史実としての本人の行動と矛盾しないとして結局はそのまま受け入れるのである (*PS*, xxvi, 1)。

38) マンゾーニ自身、論考『歴史小説について』において (*RS*, I, 75)、後世のための記録となるとは想定されずに書かれた資料をも調査するよう歴史家に促している。マルク・ブロックは『歴史のための弁明』2章2節「証拠」において（邦訳 2004: 42-50）、歴史研究の発展における「文献が言おうと望まなかったのに聞かせてしまう事項」(p. 45) の領分の拡大を強調する。史料の"行間"に見出される前提や文脈を証拠として提示すること、そこに叙述（ナレーション）との摩擦・緊張が生じること、をめぐるギンズブルグの考察 (Ginzburg 2000: 44-9, 51-67) も参照。

したにもかかわらず、仕切り以外に多くの長椅子も外に運び出され、群衆の目に曝されたというものである。もう一つは、明くる朝、市内の至る所で家の扉や壁が汚されているのが見られたという事件である。第一の事件のために大聖堂の椅子や壁にペストが塗られたと噂になり、かつ信じられたことは、当時の回想録によって認められるが、事件の真相は書簡が見つからなければ想像するよりなかった、とマンゾーニは述べている。そのため斜体で書簡の一部を引いていることは、まず、事件の叙述全体に信憑性を与える役割を担うと言える。ただし、引用されるのが、仕切り（だけ）を洗うようにという保健局長の指示の理由「必要だからというより、用心を重ねるために *più tosto per abbondare in cautela che per bisogno*」(*PS*, XXXI, 58) である点にも注意が必要である。この言葉からは、保健局側としては「ペスト塗り」を本気にしていないということが窺われるのである。第二の事件については、保健局側が、事情聴取や動物実験（犬で検証）に触れつつ、「このような無鉄砲は、悪辣な目的のためというより、不遜から生じた *che cotale temerità sia più tosto proceduta da insolenza, che da fine scelerato*」という意見を寄せていることが記される。やはり斜体で引かれたこの意見からも、保健局がペスト塗りを信じてはいないことが推察されるが、その点について今度ははっきり語り手による解説がつく。引用の直後にコロン（：）が付され、「この時点までは、存在しないものを見はしないだけの精神の落ち着きが彼らにあったことを示す考えである」(*PS*, XXXI, 62) という言葉が続くのである。さらに、事件の首謀者の通報に報奨を掲げた件（保健局特別委員会の布告）について同書簡が報告する箇所も引かれるが、その引用には「この人民を宥め、落ち着かせるために *per consolatione e quieto di questo Popolo*」(*PS*, XXXI, 66) という語句、つまりペスト塗り自体は疑いつつも群衆の圧力に屈して妥協したことを物語る言葉が含まれる。そして続く語り手のコメントは、こうしたペスト塗りの実在を疑う理性的な推論が、布告自体の文言からは見て取れない（隠されている）ことに対する非難となっている。マンゾーニは二つの事件の詳細を記した動機として、集団的誤謬においては「それが辿った道のり、様相、それが人間の頭脳に入り込み、征服した仕方」を観察することこそが「最も興味深く最も有益」だという見解を述べている (*PS*, XXXI, 64)。ある時点まではペ

スト塗りが信じられていなかった——つまり理性が活動していた——ということが、その観察の第一段階となるのだが、問題の書簡から選び出され引用されるのは、まさにそのような見方の裏付けとなりうる言葉、つまりペスト塗りを信じていないことを示唆する言葉なのである。

もう一つ、より分かりやすい例を挙げよう。小説第 1 章の冒頭、ブラーヴィ bravi と呼ばれる輩（ならず者）が登場したところで、語り手はブラーヴィという「種 specie」の「主な特徴、その消滅に傾けられた努力、その堅固かつ旺盛な生命力について十分なイメージを与えてくれる」布告を引用する (*PS*, I, 13)。数ページにわたって複数の布告が斜体で引用されるのだが、布告の字句はブラーヴィとは何かを直接的に解説するものではない（その意味では読み飛ばしてもかまわない）。読み飛ばしたくなるほどの長さで、繰り返し布告が引用されていることが大事なのである。布告が何度も出されている、ということは、仰々しい厳しい法令にもかかわらず彼らは絶滅しなかった。1628年の前にも後にも布告が出されている、ということは、当時ブラーヴィは多数存在したはずだ。「これで十分、我々が扱っている時期に、やはりブラーヴィがいたと確信がもてる」(*PS*, I, 25)。単にブラーヴィと呼ばれる連中がいたと解説するのではなく、こうした推論の過程を一緒に辿ることによって、読者を納得させる。そのために引用が役立っているのである。

2.5. 再検証の可能性とレファレンス

史料が引用され、解釈の結果がその推論の過程とともに提示されるならば、読者の側がそれを検証し、場合によっては反証することも容易になる。直接の引用によって史料の字句がテクスト内に現れない場合も、議論の組み立てに利用された事柄の出典が提示されていれば、その叙述は検証に開かれていると言える。もちろん読者が実際に原史料にあたって確かめる以前に、レファレンスの提示によって検証の可能性が示唆された時点ですでに、特有の効果が生じると考えられる。要するに、読者は真剣な事実の陳述であるという印象を受けるのである。

一般に小説の内容が純然たるフィクションでないほど、つまり、何らかの具体的な事実に基づいているほど、作者による脚註は多くなる傾向にあるが

(cfr. Genette 1989 [1987]: 326)、『婚約者』はとりわけ出典を示す脚註の多い小説である。同時代の歴史小説、例えばウォルター・スコットの『アイヴァンホー』（初版1819）やアルフレッド・ド・ヴィニー (1797-1863) の『サン＝マール』（初版1826）に見られる脚註は、内容に関する註釈や意見表明であることも多い。それに対し『婚約者』初版（27年版）の脚註は、41回中40回が他のテクストへのレファレンス（参照指示）である[39]。そのうち38例が第28, 31-32章つまり歴史叙述的章に集中している（各4, 14, 20例）。対応する本文または脚註自体に明示的な引用（翻訳も含む）があるのは20例で、その他の箇所では当該史料の字句そのものは現れない。しかし、脚註に表された文字列は、基本的に該当のページあるいは節までを詳らかにしているため、引用と同じように他人の言葉（の存在）を具体的に指示していると言える[40]。それゆえ、こうした脚註も、事実の陳述という構えを見せる効果は十分に備えていることになるだろう。

　一方、読者には開かれていないテクストである匿名の手稿について確認しておくと、「匿名氏はこう述べている」といった言及にあわせてページ等が指示されることはないし、目次や叙述の順序といった位置情報さえ開示されることはない。理論的には、詳細なレファレンスを模倣的に挿入することもできたはずであるが、実際には、正真正銘のレファレンスのほうの効果を損ないかねない偽のレファレンスが提示されることはないのである。

---

39) 決定版では全27のうち26例がレファレンスとなる（初版では、著者が名指されることにより引用元が前掲書だとわかる場合にもページのみを記した脚註が付されていたが、決定版ではそのほとんどが削られ、脚註の数が減った）。なおレファレンス以外の1回は、本文中トスカーナ語で表されたパン屋の店名 il forno delle grucce のミラノ方言での表記 El prestin di scansc を示す註である (PS, XII, 21)。ジュネットは、註の多くを引用のレファレンスや情報源の提示といった権威の召喚に充てる著作の例として、ミシュレやトクヴィルらの歴史書をあげている (Genette 1989 [1987]: 319)。

40) 引用された表現は、意味と文法構造を備えたものとして新しいテクストの言説に組み込まれ「使用」されると同時に、その表現自体に「言及」している (cfr. Mortara Garavelli 2009 [1985]: 53; 木村 2011: 114-28)。コンパニョンによれば、引用とレファレンスは論理的には等価で、同じ外示を有する（コンパニョン 2010 [1979]: 445)。

第5章 「歴史叙述」における引用のレトリック　　**189**

　以上、『婚約者』の中に目に見える形で現れる史料の引用・参照の特徴を見てきた。もちろん、これによって全ての類型が尽くされたとは言えず、また重複している部分もある。しかし、この不完全な例示によっても、『婚約者』の歴史部分において、典拠となった諸史料は、闇雲にではなく、叙述に現実感が付与されるよう、効果的な内容と場面が選ばれて引用されていることが明瞭になってきたと思われる。一方、フィクションの物語における匿名の手稿の参照という模倣が、この水準にまでは踏み込んでこないということも特筆に値する。この事実は、「真実効果」を目指した引用の作業が『婚約者』の事実的言説を印づけるという見方を裏付けるとともに、小説の体裁の要と言える「偽装引用」がどのような効果をどの程度まで発揮しているかを測る上でも重要な要素となるであろう。

3．小括：小説の "設定" がもたらした論述的な歴史叙述

　語り手が史料を参照しながら事実を伝えるという表面上の形式の一致により、確かに『婚約者』の創作部分（メインストーリー）と歴史部分は滑らかに連続している。しかし、真面目な歴史の報告であることと強く結びついた形式上の特徴に注目し（本章第1節）、また叙述に実在感を与える技法という観点から「引用」を分析すると（第2節）、実は両者の形式に本質的な差異があることが明らかとなる。歴史部分は、正真正銘の「事実の陳述」として理解されるよう意図されたものであり、そこでは歴史の著述家としてのマンゾーニの力量が発揮されている。それと引き較べると、創作部分は、歴史叙述の技法の模倣が不十分であり、表面上その体裁を整えたばかりとさえ見えてくるのである。

　もちろん、実在感を与える語りのあり方は、本章で取り上げたものが全てではない。むしろ、『婚約者』の歴史部分のような、伝えるべき事実を証するために他のテクストの字句を戦略的に呼び込むまだらなテクストよりも、同時代の歴史家オーギュスタン・ティエリらが目指した継ぎ目のない語り（本書第1章註35：本章註28参照）のほうが、当時としては標準的であったかもしれない。しかし、ページを開く前から事実の陳述であることが予期され

る歴史書とは異なり、『婚約者』は全体としてはフィクションなのである。しかも、現実感をもたらす生き生きとした物語性は、もともと小説こそが備える特徴である。だとすれば、書き手が自己の姿を消して事実が語るに任せていたのでは、テクスト（小説）の内部では史実と虚構が区別をなくしてしまい、それを読むだけでは、どの部分が本当の事実の陳述か、それがどのくらい確からしい事実なのかが見極められなくなる。ここにおいて、物語による迫真性とは別種のリアリティが必要となるのである。その意味で、引用を巧みに利用したマンゾーニの歴史叙述——物語的というよりむしろ論述的な歴史叙述——は、逆説的に小説の産物とも言える。その真実効果のあり方は、「発見された手稿」の《書き直し手》として物語世界を外から眺める位置に語り手を置く小説自体の設定と、そして何より小説の中に歴史叙述を織り込むという独特の選択とに、強く結び付いたものなのである。

インテルメッツォ 4
『汚名柱の記』の今日性(アクチュアリティ)と怒りのレトリック

　1630年、ペストを広めたという身に覚えのない罪で処刑された不幸な者たちの一人、理髪師ジャンジャコモ・モーラの家が取り壊され、そこに柱が立てられた。大罪とそれに対する厳罰の記憶を碑文とともに後世に伝えるはずの「汚名柱」であった。柱は1778年に取り壊されたが、碑文はミラノのスフォルツァ城に保管・展示されており、判事たちの不名誉をいまに伝えるものとなっている。
　物的証拠の出るはずのないこの事件において、根拠はたった一人の目撃証言のみだった。だが、容疑者たちは捜査当局の望むストーリーにそって自供させられ、犯人に仕立て上げられ、処刑されたのだった。
　供述が"制度化された"拷問──今でも行われることがあるという"事実上の"拷問ではなく──によって引き出されたという違いがあるとはいえ、『汚名柱の記』の語る話が21世紀の現在でも決して遠い過去のことと思えない今日性（アクチュアリティ）を保っていることは、人類にとって不幸なことである。

　『婚約者』の決定版 (1840-42) に付加された『汚名柱の記 *Storia della colonna infame*』は、ペストが猛威を振るった1630年のミラノにおいて、無実の人々が毒性物質を塗って病気を広める「ペスト塗り」の嫌疑をかけられ処罰された事件を、裁判記録をもとに（それを巧みに引用しながら）物語として再構成したノンフィクションの歴史作品である。マンゾーニは、冤罪事件そのものはもちろん、彼以前に同じペスト禍について記録した作家たちが1世紀半にわたってその裁判の結果を無批判に受け入れてきたこと、彼らの「誤ったことを正しいと認め褒める言葉、[…]犠牲者たちを呪う言葉、矛先がさかさまの義憤」(*CI, Intr.* 37) に対しても、怒りを燃やしている（文章からも怒りがひしひしと伝わってくる。『婚約者』の語り手のような余裕は感じられないが、これは、きっと内容だけでなくレトリックの問題でもあるのだ。張り詰めた文章が100ページ以上。読む側にもそれなりの覚悟がいる──無論それだけの価値はあるが）。
　2世紀ではなく1世紀半にわたって、となるのは、マンゾーニよりも前に、彼の母方の祖父──近代的死刑廃止論でも知られるベッカリーア──とともに活躍したミラノの啓蒙思想家ピエトロ・ヴェッリ (1728-1797) が、論考『拷問に関する諸考察 *Osservazioni sulla tortura*』(1776-77年執筆、1804年に出版) において、この裁判の誤りを指摘しているからである。ただ、タイトルからも分かるようにヴェッリの敵は拷問を認めている法制度であり、この野蛮な制度自体に責任を押し付け過ぎているところがあった。これに対しマンゾーニは、すでに拷問が廃止された時代を生きる世代として、この裁判における拷問以外

の問題点に目を向ける。拷問が憎むべきものであることは疑いないのだが、このケースでは、判事たちが誤ったのは拷問の制度があったせいだとは言えない（それに「ペスト塗り」という迷信が流布した無知蒙昧の時代のせいでもない）、というのがマンゾーニの考えであった。彼は裁判記録の分析から、迷信がはびこり制度や手続きにも不備がある当時の状況にあっても、判事たちは誤りに気付いてしかるべきだったこと、容疑者たちの供述の間の矛盾には間違いなく気が付いていたことなどを解き明かしてゆく。つまり、判事たちが「真実を追求する」という責任を放棄して、スケープゴート（疫病に対する人々の遣り場のない怒りのはけ口）を生み出すべく「自白を求めていた」ことが問題なのである。

　さて、これで作品の概要は説明したので、あとは興味のある人は覚悟を決めて作品を読んでほしいと言いたいところなのだが、残念ながら邦訳はないし、手元の英訳・仏訳版の『婚約者』にも『汚名柱の記』は収録されていない。仕方がないので、いつの日か発表されるはずの訳書の予告編として、マンゾーニが文書に残された記録をいかに物語に仕立てているかが見える箇所をひとつ選んで翻訳し、紹介してみようと思う。主要な"登場人物"の一人である理髪師モーラが、拷問の苦しみのなかで行った供述の内容を、翌日改めて承認するよう求められ――この手続きを踏まなければ証拠として有効にならないのだ――、それを拒絶した場面である。なお、当時は裁判官が取り調べも行っていた（検察官と分離していなかった）ことに注意してほしい。会話文（鉤括弧内の言葉）は原文では全て斜体で、つまり史料からの引用であり、本当は少々訛っている。

　そのような［再び拷問にかけるという］脅しに対し、彼［モーラ］は依然としてこう応えた。「繰り返しますが、私が昨日申しましたことは、全然本当ではありません、それを申したのは苦痛のせいです」。それからまた言った。「判事様、私にちょっとアヴェマリアを唱えさせてください、そうしたら主が私をお導きになるとおりにいたします」。そして十字架のキリストの、つまりいつの日か彼の判事たちに審判を下すはずの者の、像の前に跪いた。

〔IM 444〕

　しばらくして立ち上がり、自供内容を承認するよう促されて彼は言った。「我が良心において、それは全然本当ではありません」。すぐに拷問の部屋に連れて行かれ、そして縄に繋がれ、残忍な麻縄［これにより（腕だけでなく）手も脱臼させ

られる〕も追加されて、不幸極まる男は言った。「判事様、これ以上私に苦痛を与えないでください、私が供述した真実、それを肯定する気になりましたから」。縄を解かれ取調室に再び連れてこられると、彼はまた言った。「全然本当ではありません」。再び拷問にかけられ、彼はそこでまた判事たちの望むとおりのことを言うのだった。彼に残っていたわずかな勇気を

〔IM 445〕

苦痛がもはや最後の最後まですり減らしてしまったので、彼は言ったことを撤回することなく、すぐにも自供内容を承認するつもりだと述べた。自供を自分に読み上げることさえして欲しくないと言った。判事たちはこれを聞き入れなかった。<u>彼らは、最も重要かつ最も明白な規定に違反している一方で、もはや意味のない形式を遵守することには神経質になっていたのだ</u>。調書が読み上げられると、彼は言った。「全てそのとおりです」。(*CL*, IV, 88-9)

拷問が憎むべき恐ろしい制度であること、それももちろん伝わる。だがもっと恐ろしいのは、判事たちが良心にも正義（法）にも反する仕方で、その恐ろしい道具を利用していたということであり、その責任が追及されなければならない——マンゾーニがそのような立場にあるということは、この場面からも（特に下線部、モーラの祈りにかこつけてすかさず挟まれる神の審判への言及や法手続きの遵守に関する皮肉から）見て取れるのではないか。だが、気になる続きは…？ この続きやここに至るまでの物語について知りたい方は、筆者あるいは有志の今後の奮闘に期待していただきたいと思う。

第 6 章

「創作部分」における現実性の強調

「現実性」の二つのタイプ

　ここまで『婚約者』の創作部分と歴史部分には見えない仕切りがあって完全には混ざり合わず、しかも歴史部分には歴史家としてのマンゾーニのこだわりがはっきり現れていることを見てきた。しかし、だからと言って早合点して、マンゾーニが真に書きたかったのは歴史部分であって創作部分は単にそれを興味深く読ませるための仕掛けにすぎないなどと考えてはいけない。読者は、両部分を結びつけている関係を注意深く見なければならないのであり、また、ゲーテがあれほど褒めたフィクションの物語のほうにも、現実世界のあり方を歪めずに写したものとなるようにと、マンゾーニが細心の注意を傾けた跡が見て取れるのである。

　『婚約者』のメインストーリーは確かに作り話で、主人公たちは架空の人物である。しかし、それは17世紀北イタリアの歴史的現実に即して着想されている。ウンベルト・エーコも述べているように、「レンツォやルチーア、あるいはクリストーフォロ修道士が為すあらゆることは、1600年代のロンバルディアで為されるほかはありえなかった」のであり、彼らの話すことは、その当時話されていたはずのことだったのである (Eco 1984: 532)。実際、『婚約者』で語られている出来事と同じようなこと（「類似の事象」や「一層強烈な事象」 *PS, Intr.* 12）が本当に起こっていたことや、描かれている習慣・習俗・ものの考え方の多くが史料的に裏付けられることが、膨大な『婚約者』

研究の蓄積によって明らかになっている。だが、そうした研究を知らない読者は、どうやってこの創作の物語が現実に起こり得たものだと分かるのだろうか。記述の詳しさによって感じ取るのか、または作者マンゾーニへの信頼からだろうか。それもあるかもしれないが、はっきりとした手掛かりは、むしろ小説テクストのうちに見つけることができる。『婚約者』の第3章で、結婚式を挙行しないよう司祭が脅されている件について弁護士アッツェッカ・ガルブーリに相談に行ったレンツォが、1627年10月15日付の布告を見せてもらう場面を読んでみよう（なお、彼が弁護士を訪ねた日——結婚式が行われるはずだった日——は、1628年11月8日ということになっている）。

> 「どこにあるんだ？ 出てこい、出てこい。手元にたくさん持っていなければならんからな！ だが間違いなくここにあるはずだ、何せ重要な布告だから。ああ！ これだ、これだ。」彼は、それを手に取り、広げ、日付をじっと見、そして一層真剣な顔をしてから、声を上げた。「1627年10月15日！ 間違いない。去年のだ。出たばかりのものだよ。より恐ろしいやつというわけだ。お若いの、文字は読めるかな？」
>
> 「ほんの少しなら。」
>
> 「よろしい、私のあとから目で追いなさい。読んでみよう。」
>
> 〔…〕
>
> 「*横暴な行為から始めると、経験が示すには多くの者がこの国の…、*聞いているかね、*町々でも村々でも汚職を行い、様々な仕方で最も弱き者たちを虐げている、例えば力で押しつけられた売買や賃貸の契約…、*などなど、*がなされるように働きかけるときのように。*どこにいるんだ？ ああ！ ここだ。聞きなさい。*結婚式が行われるように、または行われないように働きかけるときのように。*なあ？」
>
> 「これは自分の事例です」と

布告を読む弁護士アッツェッカ・ガルブーリとレンツォ
〔IM 030〕
この場面でレンツォは、文字が読めると答えているが、後ほど明らかにされるとおり、印刷された文字なら何とか読めるということであって、広義の読み書きができるわけではない（実際、第27章では手紙の代読・代筆が問題となっている）。

レンツォは言った。

「聞きなさい、聞きなさい、ほかにもあるのだよ。そしてその後で罰を見よう。*証言するように、または証言しないように。住んでいるところから立ちのくように。*などなど。*ある者が債務を払うように。別の者が彼の邪魔をしないように。またある者が彼の粉ひき場に行くように。*これら全ては私たちには関係ないな。ああ、あったぞ。*司祭がその務めにより義務付けられていることをしないように、あるいは彼の役目でないことをするように働きかけるときのように。*なあ？」

「まさに自分を念頭に布告が作られたかのようです。」(*PS*, ɪɪɪ, 21-4)

斜体は原文でも斜体であり、その表記は語り手が地の文で布告を引用するときと共通する。レンツォはここで、自分たちに向けられた不正行為、つまり司祭を脅して結婚式の挙行を妨げようとする行為に対して罰則を定めた布告があることを知る[1]――そして間もなく、法の無能も知ることになる――のだが、この箇所から読者は、『婚約者』の物語の端緒となる出来事（「この結婚式は執り行ってはならない、明日はもちろん、この先もずっと」）が、当時、本当に起こり得たことだということを確認することができる[2]。というのは、物語の始まる前年（1627年）の布告の中でそれが不正行為としてわざわざ名指されているということは、当時実際にそういうことをする輩がいたはずだという推論が成り立つからである。これは、『婚約者』第1章において長々と引用される布告から、1628年における「ブラーヴォ（ならず者）」の存在が証明されるというのと同じ理屈である（本書第5章2.4.を参照）。ほかにも、例えば、レンツォが第34章で些細なことで「ペスト塗り」だと誤解され、追われるという物語中の出来事に対しては、第32章（歴史叙述的章）に

1）なお引用部のすぐ後で、レンツォは、その発布者がミラノ総督ゴンサロ・フェルナンド・デ・コルドバ（本書第4章の冒頭で見たとおり、架空の人物レンツォと彼とを結ぶ「細くて見えない糸」が問題となる歴史上の人物）であることも知ることになる。

2）そもそもマンゾーニは、この布告から物語の中心的主題のインスピレーションを得たと言える。彼がこれを最初に見たのは、経済学者メルキオッレ・ジョイア（1767-1829）の『食料品の取引と食糧の高値について *Sul commercio de' commestibili e caro prezzo del vitto*』（1802）の中の引用としてであった。Cfr. Stella e Repossi (1995: 701-2); Poggi Salani (2013: 88-9).

おいてリパモンティ『1630年ミラノのペスト』からの引用として提示される
エピソード（本書第5章2.2.を参照）が実例ということになるだろう（40年版
では巻末の『汚名柱の記』もその機能を果たすことになる）。さらに、より広い
意味では、そもそも「物語の理解」のために必要とされる歴史部分——本書
第5章で見たとおり、これは史料的な裏付けのもとに語られていることが目
に見える部分である——は、創作の物語を歴史の中に位置付けるものとなっ
ている。このような仕方でマンゾーニは、小説の中で語られる出来事が、舞
台となっている時空間において本当に起こり得たということをテクストの中
で示しているのである。読者は、そのような意味での物語の「現実性」を、
自ら当時の史料と突き合わせたりせずとも、見て取ることができるわけであ
る。

　だが、マンゾーニの小説には、歴史的にそういうことが起こり得たという
意味の「現実性」のほかに、ルチーアがそれなりの容姿ではあっても絶世の
美女ではないというタイプの「現実性（リアルさ）」もある。マンゾーニは、
このような、いかにも小説（文学）にありがちな理想化を排除するという意
味での「現実性」にも相当こだわっており、よく見れば、物語がそのような
意味で現実的であることのほうも、やはりテクストの中で強調されているこ
とがわかる。
　よく見れば、というのは、出版稿『婚約者』における現実性の主張は、そ
れほど露骨ではないからである。だが実は、草稿の『フェルモとルチーア』
の段階では、かなり目立つコメントを通じてそれが強調されていた。それが
最もよくわかるのは、「この物語が作り話だったなら…」という仮定節に始
まる語り手のコメントである。『フェルモ』には、これが物語の途中に3度
も差し挟まれるのであるが、本当は作り話である物語に対して、語り手がこ
のような仮定をすることができるのは、小説の設定上、彼は17世紀の匿名の
手稿に書かれた物語を「本当の話」として語っているからである。それで、
このコメントで展開されるのは、《物語の内容は「事実」であるため文学の
慣習によって形成された「よき趣味」には従わない》という主張となってい
るのだが、それは、実際上は——つまり物語が作り話だと知っている読者に

対しては——、《この物語は慣習に従わずに現実的だ》と述べているに等しいのである（この仕組みについては本章第1節でもう少し詳しく説明する）。

　このコメントにおいては、物語内容が、目の前の現実を反映していない文学的慣習と対比されることがポイントなのだが、それはマンゾーニの詩学の根幹にも関わる話である。本書第1章6.2.でも触れたように、マンゾーニは、慣習によって好ましいとされてきた表現方法にとらわれて非現実的なものを描いてしまうことを一貫して批判しているからである。例えば彼は、書簡体の悲劇論『ショーヴェ氏への手紙』において古典主義の「三単一の法則」のうち「場所の単一」と「時の単一」を否定している——そして実際の作劇でもこれらの規則を無視したのだった——のだが、その判断は、こうした人為的・恣意的な規則が出来事の自然な展開を妨げるという考えを根拠としているのである。またマンゾーニは、やはりこの悲劇論において、小説というジャンルについても考察を進めており、不変で矛盾のない感情、欠点のない人物、全く穴のない策略、変化に富みながら秩序を失わない筋の展開など、現実の世界には見られない「偽り le faux」を作り上げてしまうのが、このジャンルに特有の「障害 écueil」であるという見解を示している（*Lettre à M. Chauvet*, 192）。そしてそこで展開されているような、小説には「現実の生活 la vie réelle」に見られない作為的なものが含まれるという指摘は、友人クロード・フォリエルに宛てた1822年5月29日付の書簡においてもなされていた（本書43ページを参照）。もう一度見てみよう。

> 私が読んだ小説ではどれでも、さまざまな登場人物の間に興味深くて意外な関係を築き、彼らを一緒に舞台に登場させ、全員の運命に同時にしかし別々の仕方で作用するような事件を見つけ出そうという作為が見られるように思いますが、結局のところこれは現実の生活には存在しない作られた統一なのです。（*Carteggio Manzoni-Fauriel*, lettera 70: 64）[3]

これは単なる観察や不満の表明ではなく、自身は小説の創作においてウォルター・スコットを含む他の作家たちとは違う道を進んでいるということをはっきり意識した言明であった。というのは、マンゾーニはスコットの歴史小説『アイヴァンホー』(1819) に触発されて、前の年（1821年）の春には『フェルモ』の執筆を開始していたからである。実際マンゾーニは、引用部

分の直前で、自分は歴史的に特殊な時代の「時代の精神 l'esprit du temps」を深く理解し、その中で生きようとしているので、「少なくとも模倣者という誹りは避けられる」(lettera 70: 62) という考えを表明したうえで、次のように書いていた。

> 出来事の成り行き、そして筋立てについては、私が思うに、他の人と同じようにしない最良の手立ては、人物の行動の仕方をつとめて現実の中で考えるようにすること、そしてとりわけその仕方をそれが小説的精神とは相反するところにおいて考えることでしょう。(lettera 70: 63)

ここで使われている「小説的」という語には「コンベンショナルで、いかにも作り事の」といった含みがある[4]。「小説的精神 l'esprit romanesque」のもとに考えると、現実ではなく文学の「よき趣味」に合わせることになってしまうのであり、歴史小説においてそれをすると史実を歪めることにもなりかねない[5]。マンゾーニは、ほかの作家たちとは違って自分は「現実の中で dans la réalité」考えていること、それによって現実からの乖離を避けている

---

3) リッカルディによれば、ここで明らかな批判の対象となっているのはバロック小説ということである (Riccardi 2008: 158-9)。ただし彼女は、この時点ですでにマンゾーニがスコットの小説やリアリズムの系統に属する英仏の最重要の小説を読んでいたことも忘れずに指摘している。

4) 『ショーヴェ氏への手紙』においてマンゾーニは、小説で創作される世界が現実にそむき離れることが非常に多かったため、結果として「小説的という形容詞 l'épithète de romanesque」が、現実にはあり得ない、コンベンショナルで作為的な出来事や性格、言動などを指すものとして(つまり「いかにも小説めいた」といった意味で)使われるようになったとしている («Et cela est si bien arrivé que l'épithète de romanesque a été consacrée pour désigner généralement, à propos de sentimens et de mœurs, ce genre particulier de fausseté, ce ton factice, ces traits de convention qui distinguent les personnages de roman», *Lettre à M. Chauvet*, 195)。なお、フォリエル宛の別の書簡(1821年11月3日付)において執筆途中の悲劇『アデルキ』(1822) を評した際に、歴史的な根拠を欠いたせいで主人公アデルキの人物像に「小説的な色合い couleur romanesque」が出たと不満を漏らしているように(*Carteggio Manzoni-Fauriel*, lettera 67: 35-6. 天野 (2003: 19-22) も参照)、マンゾーニは romanesque という言葉を小説以外の作品に関しても用いている。

ことをはっきり意識しながら執筆していたのである。こうした意図は、フォリエルやエルメス・ヴィスコンティのように彼の詩学をよく理解し共鳴する文学者にならば、特に説明せずとも伝わったかもしれない。しかし、小説というジャンルを選択し、普通の人々を主人公に据え、その物語を平易な文体を用いて書く以上、むしろ、こうした議論に通じていない一般の人々こそが読み手として想定されていたはずである[6]。だとすれば、従来小説に期待されてきた要素を取り除くことは、多くの読者から理解されないという危険を孕んだ行為でもあったと言える[7]。実際マンゾーニは、文学の伝統によって定着した好みが、やがて批判の対象となると確信する一方で、それが一般の人々の間でいまだ強力に生きていることもよく理解していた。フォリエル宛の書簡は、「作られた統一 une unité artificielle」の存在を指摘したあと、次のように続くのであった。

> この統一が読者を喜ばせるのは知っていますが、それは古くからの習慣によるものだと思います。そこから実際上の、しかも最重要の利益を得ているいくつかの作品において、それが一つの長所とみなされているのは知っていますが、私が思うには、これはいつの日か批判の対象となることでしょう。つまり、諸々の出来事をこのように結び合わせるやり方は、最も自由かつ最も高潔な精神に対して習慣が及ぼす影響力の例として、あるいは、定着してし

---

5) 例えば本書第 1 章註37に引いたエルメス・ヴィスコンティの言葉（「しかし、その歴史的部分の詩的部分との混合において、アレクサンドルはウォルター・スコットが陥った誤りを断固として避けるつもりでいます。ウォルター・スコットは、ご存知でしょう、それが都合がよいと思えば平然と歴史的事実から離れてしまうのです。」 *Lettere*, t. I, 825) を思い出してほしい。

6) マンゾーニの選択した語りのあり方と想定される読者との関係については、Rosa (2008: 128-59) などを参照。もちろん新しい読者層が広く想定されているとしても、スピナッツォーラ (Spinazzola 2008 [1983]: 48) やブロージ (Brogi 2005: 204-22) の指摘するとおり、文芸の伝統に通じた読者層を排除するのではなく、両者に受け入れられる作品（「すべての人のための本」）が志向された。本書第 1 章 2. 3. も参照。

7) ムニス・ムニス (Muñiz Muñiz 1991: 452-8) が指摘するとおり、同時代の意見や趣味にあまりに先んじた思想家や作家が読者に受け入れられないというレオパルディ的な主題は、マンゾーニの著作にも散見される。

まった好みに対して払われる犠牲の例として、引き合いに出されることでしょう (lettera 70: 65)

つまりマンゾーニは、現実に即した新しいタイプの小説を創出しているという自負を抱いており、だからこそ読者がそのような作品として受け取ってくれるように誘導する必要性を感じていたと考えられる。『フェルモ』においてやや露骨とも言える仕方で「現実性」が強調されていることは、まさにこうした文脈のもとで理解されるべきなのである。ただ、ここで注意しなければならないのは、問題の互いによく似た三つのコメント（「この物語が作り話だったなら」型のコメント）は、『婚約者』への改稿の過程で全て消えてしまっている――しかも、コメントの対象となっていた物語内容のうち二つは『婚約者』にも残っているにもかかわらず――ということである。しかし、このことによって直ちに、マンゾーニがもはや物語内容の現実性をわざわざ強調する必要を感じなくなったとみなされるわけではない、というのが筆者の考えである。

『フェルモ』には、このほかにも多くのメタレベルの言説が挿入されており[8]、恋愛要素の欠如に異議を申し立てる「想像上の人物」と語り手との対話（第2巻第1章冒頭）などがよく知られるが[9]、物語のまとまりを重視する『婚約者』においては、それらの大部分も同様に見られなくなっている。ところが――ここが大事なのだが――、『フェルモ』において語り手の

---

[8] ブロージによれば、これらの語り手のコメント（メタテクスト）は、「メタ物語 metanarrazione」「メタ談話 metadiscorsività」「メタ文学 metaletteratura」の少なくとも三つに分類される (Brogi 2005: 51-2)。ただし、明確な線引きは困難であるため、本書ではあまり厳密には定義せず、語り手のコメントのうち、事実か作り話かを含めて物語内容について述べている部分を「メタ物語的」、文学や小説のあり方について言及している部分を「メタ文学的」と呼んでいる。

[9] バルベリ・スクァロッティは La metaletteratura nel «Fermo e Lucia»（『フェルモとルチーア』におけるメタ文学）と題した論文において、この対話は、文学の性質や役割に関する考察を「ドラマ化」したものであり、これ自体も一つの「物語 narrazione」になっていると指摘する (Bàrberi Squarotti 1986: 146-7)。

註釈によって表現されていた事柄のいくつかは、単純に消えたのではなく、『婚約者』では物語の内部で表現されるようになったことが指摘されているのである。例えば『婚約者』では、最終盤において、結婚を約束した二人の若者の紆余曲折の物語（つまり小説で語られてきた物語）について登場人物たちが意見や批判を述べるようになったのであるが、バルベリ・スクワロッティによれば、これは、『フェルモ』において語り手が物語を離れて展開していた、文学の意義に関する考察を引き受けたものである (Bàrberi Squarotti 1986: 146)[10]。さて、そうだとすれば、『フェルモ』の「この物語が作り話だったなら」というタイプの言説が『婚約者』に何らかの形で引き継がれていないかについても検討されてしかるべきだと思われるのだが、そうした研究は管見の限り見当たらない[11]。本章では、このタイプの言説が、文学の描きがちな理想的世界と現実との対比によって物語内容の現実性を強調する点に注目し、『婚約者』においてもやはり、目立たない形ながら何度も現実性が主張されていることを明らかにしたい。

　第 1 節では、『フェルモ』の三つの語り手のコメントが「現実性」を強調する仕組みを確認したのち、形は少し異なるが同種のものと考えられる四つ目のコメントがあること、そしてそれは『婚約者』にも残っていることを指摘する。第 2 節では、《物語が匿名の手稿に記された事実である》という設定の「固さ」に注目し、『婚約者』には、この設定を『フェルモ』のメタ物

---

10) バルベリ・スクワロッティはほかに、『フェルモ』における17世紀の文化に対する批判が、『婚約者』においては17世紀的知識人を代表する人物ドン・フェッランテの蔵書の描写の拡充という形で引き受けられていると指摘する (Bàrberi Squarotti 1986: 181)。また古典主義の多用する神話的寓意に対する批判は、『フェルモ』においても、物語を離れて展開されるだけでなく、フェルモと居酒屋の主人の関係をクピードーとプシューケーにたとえた皮肉によって物語の中に巧みに組み込まれており (*FL*, III, VII, 91. Cfr. Nigro 1996: 38-9)、メタレベルの批判の消えた『婚約者』においてもこの皮肉は残っている (*PS*, xv, 11)。

11) ブロージ (Brogi 2005: 62-3) は、このコメントの一つを取り上げて、むしろ『フェルモ』と『婚約者』における語りのあり方の違いを強調する材料としている（「『婚約者』の語り手が、この手の長い口上を述べるのを想像するのは難しい」p. 63）。

語的言説よりも目立たない形で利用しつつ現実性をそっと主張する箇所があちこちに見られることを明らかにする。本章では、このような仕方で、普通の人々の生きる世界を理想化せずに描く《リアリズム》が当然のものとなる以前に、マンゾーニがいかにそれを実践しようとしたのか、その苦心の跡を浮かび上がらせることを目指す。

1. メタ物語的・メタ文学的言説を通じた「現実性」の強調

1.1. 『フェルモ』における「この物語が作り話だったなら」型の言説

まずは「この物語が作り話だったなら」という非現実の仮定に始まる『フェルモ』のコメントについて確認しよう。このタイプのコメントは3か所に現れており、その配置は4巻に分けられた『フェルモ』の第2巻、第3巻、第4巻に一つずつとなっている[12]。

最初の第2巻第9章に挟まれたコメントは、ヒロインのルチーアの誘拐に加担した「モンツァの修道女」ことジェルトルーデの行動に関するものである。ルチーアは、ジェルトルーデに嘘の用事を言いつけられて女子修道院の外に出たところを、待ち構えていたブラーヴォたちに攫われる。それで、修道院長がこの事件の調査に来たときに、ジェルトルーデは、ルチーアが自分の言いつけにより外出したという事実を話さなかったのだが、この沈黙は、悪事の露見につながる綻びとなりうるものであった。

> この物語が作り話だったなら、エジーディオとシニョーラ［＝ジェルトルーデ］がたくらんだ策謀のうちに大変な読みの甘さを認める読者が確実にいたことだろう。というのは、もしルチーアがいつの日か話すことができたなら、もし彼女が攫われた時ジェルトルーデの命令で出かけていたと知られることになったなら、ジェルトルーデは、これほど重要な事情、とてもよく覚えているはずで、やましいところなく振舞っていたとすればきっと隠すはずのなかった事情を、修道院長に黙っていたことになるわけで、これ以上なく大き

---

12) ニグロも、3か所のコメントを、わずかな違いがあるだけで同じ形式を有するものだとしている (Nigro 2002a: 1038)。

な疑惑が彼女に降りかかることになっただろうから。物語においては策謀も完璧になされることを期待する読者たちは、その作者をなじることだろう。しかし、このような批判はあたらない。なぜなら我々は起こったとおりの物語を語っているからである。(*FL*, II, ix, 81-2)

　創作の物語の慣習によれば、悪役たちの陰謀は現実以上に完璧であることが望まれるが、この物語は「事実」で現実の世界が舞台なのだから、そうはならないというのである。もちろん、「この物語が事実だ」というのは小説の設定（フィクション）であって、ここで註釈されている出来事も実際には作者が考えた話である。したがって、語り手は小説の設定の内側にいて「事実」だから文学の慣習とは異なり陰謀が不完全だと主張しているのだが、それが設定だと了解している読者は、この言葉のうちに、陰謀が読みの甘さを残した形で着想されているこの話は、（創作なのだが）文学の慣習には従わず、現実に即している、リアルであるというメッセージを読むことになるだろう。しかも、実は、この箇所でジェルトルーデが修道院長に話していようがいまいが、このあとの筋の展開には全く影響しない（実際、『婚約者』では、物語の大筋に変更のないまま、この場面は省略されている）。つまりマンゾーニは、プロット上の必要がないところで、わざわざ陰謀を不完全にしておいて、その「現実性」に注意を促したということになるのである。

　同じ型のコメントの二つ目は、第3巻第8章に現れる。ミラノの暴動に居合わせたためにお尋ね者にされてしまった主人公フェルモが、アッダ川を越えてベルガモ方面へ逃れようとする場面である。アッダの岸辺まで辿り着いたフェルモは渡河のため森で夜明けを待つことにするのだが、立ち止まった彼の脳裏には、ドン・ロドリーゴやドン・アッボンディオといった、不愉快な記憶と結びついた否定的イメージが次々と浮かんでくる。それに混じって二つの肯定的なイメージも現れたというのだが、その二つが黒髪の若い女性（ルチーア）と白い髭の老人（クリストーフォロ神父）という互いに異質なイメージであることが語り手の註釈の対象となっている。

　　もし我々が今、ほんの楽しみに物語を創作しているのであれば、ヴェノーサの人［＝ホラーティウス］の鋭く深い規定を心にとめて、フェルモの頭の中

で結び付けられた二つのイメージほどにかけ離れたイメージをあわせること
は避けるところである。<u>しかし、我々は真実の物語を書き写しているのだ。</u>
そして、現実の事象は、よき趣味に基づいた選択と調和で織りなされたり、
調合されたりはしていないのである。自然と美しい自然とは、別物なのであ
る。したがって、歴史家の率直さをもって述べよう［…］(*FL*, III, VIII, 82-3)

ホラーティウス（の『詩論』）が規定するような「よき趣味」に合致した、楽
しみのための文学が描く世界、調和のある「美しい自然」と、現実の事象、
形容詞抜きの「自然」とが対置され、フェルモに起こる出来事は「事実」で
あって後者に属するから、調和に欠けていてしかるべきというわけである。
だが、この話が事実を書き写したものだというのは小説の設定であって、本
当は作者の創作である。それゆえ、現実の世界と文学の世界を対置して、こ
の話は事実だから文学の規定してきた調和に反すると説く語り手の言葉は、
設定（フィクションの枠）の外側では、結局、この話は文学の規定に反する
仕方で着想されていて現実的だという主張になっているのである。なお、こ
の場面で文学的調和に反するような二つのイメージがフェルモに現れるとい
う事態は、その後の筋の展開に特に影響を与えるものではない。それは単に
作者がこの場面を現実に即して創作した結果なのであり、実際、『婚約者』
においても、註釈のほうは消えてしまうものの、やはりレンツォ（旧名フェ
ルモ）の脳裏には、この不調和な二つのイメージが浮かぶのである。

　三つ目のコメントは、第4巻第6章の冒頭に置かれている。ペストから回
復したフェルモが、いまだペストで混乱を極めるミラノに入る場面である
が、フェルモの目を通して混乱したミラノを描くのは、食糧難のなか住民が
蜂起した「サン・マルティーノ（11月11日）の暴動」に続いて2回目だとい
うことが問題にされる。

　　　<u>もし私が今、物語を創作していて</u>、ある重大な状況にある都市の様子を描く
　　　ために、登場人物をそこに至らしめ、その中を経巡らせるという策が、折し
　　　も一度ひらめいていたとすれば、別の状況下の同じ町を描くために、愚かに
　　　も同じ方策を繰り返すことは差し控えただろう。さもなければ、想像力の欠
　　　乏という非難にあたったことだろう。この非難は、その法規の賢明さゆえに

誰しも知るとおりあらゆる共和国から抜きん出た共和国、つまり文芸共和国においてなされる最も恐ろしい非難に数えられる。しかし、読者に知らせてあるとおり、私は事実起こったままに物語を書き写しているのである。現実の出来事は、創作の話のために定められた人為的な規則に縛られることはなく、よき趣味を持つ人を満足させようなどと考えることなく、まったく別のルールに従って進むのである。もしもこの現実の出来事を美学が望むとおりに運ばせることができたなら、世界はおそらく今よりもっと素敵なものとなろうが、それは望むべくもないのだ。事実のこうした武骨で粗野な流れに従って、フェルモ・スポリーノは［…］(*FL*, IV, vi, 1-3)

ここでも、「文芸共和国」によって形成されてきた「よき趣味」に基づく人為的な規則（繰り返しを避け変化をつけること）とそれに縛られない現実の出来事の進行とが対置され、「事実」であるこの話は人為的な規則には従わないという説明がなされている。この場合は、フェルモが混乱したミラノを2度訪れないとプロットが変わってしまうのだが、先の2例に照らせば、変化に欠けることの言い訳をしているのではなく、それにかこつけて、この物語が、文学の人為的規則ではなく、現実の流れをモデルとして組み立てられていることを暗に主張しているのだと読むことができる。

　以上に確認したとおり、3か所のコメントはいずれも、物語内容が文学の慣習に従わない箇所において、「よき趣味」にあわせた文学の人為的な創作が現実の世界とは異なることを指摘することによって、物語が「事実である」という設定を再確認し強調するものであった。そしてそれは、その設定の外から見れば（つまり物語が本当はフィクションであるという事実を踏まえれば）、物語が文学の慣習ではなく、不規則で無秩序な現実世界ないし歴史にならっていること[13]、つまりは「現実的である」ことを主張するものにほかならなかった。この主張は、先に見たフォリエル宛の書簡における、「現実の生活には存在しない作られた統一」に対する批判や、自らは「小説的精

---

13) マンゾーニは人工的な統一や調和に反した「無骨で粗野な流れ」にこそ「現実性」を見ているのであるが、コルンミ・カメリーノはこれを「無秩序と対称性不在のモデル」「不規則性のモデル」と呼んでいる (Colummi Camerino 1988: 417)。

神」を避けて「現実の中で」考えているとする言明とはっきり呼応する言葉
を通してなされており、マンゾーニの詩学の核心に触れるものと言える。そ
れゆえ、ここに見た三つのコメントが、物語の流れを中断する他の長いコメ
ントと同様に、全て出版稿『婚約者』で見られなくなっているからといっ
て、そこに込められていた主張が『婚約者』の本文中では一切なされないと
するのは、やはり早計ということになるだろう。そしてまずもって、『フェ
ルモ』において、メタ物語的言説とメタ文学的言説を通じて物語内容の「現
実性」を主張するコメントが、実はこの3例のほかにも存在することに注意
を払わなければならないだろう。

1.2.「悪者に相対する正直者」：もう一つのメタ物語・メタ文学的言説

　前項の3例では、語り手のコメントの中に、理想的な（非現実的な）世界
を描く文学の慣習と対決しようというマンゾーニの姿勢がはっきり見て取れ
たのであるが、同じことは『フェルモ』の第1巻第5章のクリストーフォロ
修道士の行動に関するコメントについても言える。フェルモとルチーアの結
婚が小領主ドン・ロドリーゴによって妨害されていることを知った修道士
は、ロドリーゴの意図を質しに彼の屋敷に向かうのだが、彼の友人たちの集
う会食の席に招き入れられるという場面で、語り手は以下のような考察を差
し挟んでいる。

> 白状しなければならないが、小説や劇作品のなかには、一般的に言って、こ
> の世界におけるよりも素晴らしい人生がある。確かに、現実の出来事の流れ
> に比べ、そこでは、より残忍で、より悪魔的で、より強大なならず者たちに
> 出会うし、そこで目にする残虐行為は、より磨きがかかっており、より抜け
> 目がなく、より隠されていて、より大胆なものではある。しかしながら、そ
> の世界には大きな利点もいくつかあって、そのうち一つで多くの悪を埋め合
> わせるのに足るもの、最も羨むべき利点の一つは、正直者、正しい側の言い
> 分を擁護する人たちが、力は劣り、運命に打ちのめされていても、悪人を前
> にして、その悪人が勝ち誇っているのに、常に自信、決意、精神と言葉にお
> ける優越を見せることである。それは、良心が彼らに与えているものだが、
> 良心が現実に生きる人々に常に与えるわけではないものである。［…］した
> がって、［現実世界では］往々にして、悪党のほうが、あらゆる言動におい

て、涼しげな態度、もっと穏やかで落ち着いたものだったなら、ほとんど良心に曇りなしと取られそうな満足感を示し、誠実な人のほうが、外向きの表現においても心の内においても、良心の呵責と思われるような、ある種の気づまりや気後れを示したり感じたりすることがある。そうして少しずつ、行動だけでなく言葉においても、態度においても、抑圧されることとなり、嘆願する人のようになり、本当は前にいるのが罪人なのに、ほとんど自分のほうが罪人のようになってしまうのである。(*FL*, I, v, 26-9)

「小説」や「劇作品」の中では悪が完璧である代わりに正義のほうも完璧という「より素晴らしい人生」が見られるのに対し、現実では、弱い立場にいれば正義の側にいる人もひるんでしまうというのである。そして、このような一般論のレベルの長口上——動詞は現在形になっている——の後、正しい行いをしているクリストーフォロが悪事を働くドン・ロドリーゴを前にして少々気後れしている様子が語られることになる。「この物語が作り話ならばこうなるのだが」という「反実仮想」の文章こそ出てこないものの、「小説や劇ではこうなるのだけれど」という記述は、その仮定文とほぼ同じ役割を果たしているのであり、こうしたメタ物語的・メタ文学的な言説によって、クリストーフォロの振る舞いが文学ではなく現実の世界のほうに属すると主張されているのは明らかである。先に見た同形式の3例のほかに、そのヴァリアントと言える4例目が存在したのである[14]。

だがこの箇所は、友人のフォリエルがマンゾーニの自筆原稿（草稿『フェルモ』）に直接書き込んで指摘しているとおり（口絵3を参照）、重複的で冗長と言え、『婚約者』への改稿において再考、修正されることになる。フォリエルは「この考察は、私にはその後に出てきて、その考察を十分に示唆している物語の、無駄な繰り返しとしか思えません」と記しているのだが[15]、

---

14) 順序を考えれば、『フェルモ』第1巻に見られるこのコメントが元の型と言える。なおニグロも、このコメントと3例のうちの最後のもの (*FL*, IV, vi, 1-3) を同種のものとして並べて引用している (Nigro 1996: 40-1)。

15) «Ces réflexions ne me paraissent qu'une inutile doublure de la narration qui les suit, et les suggère suffisamment» *Fermo e Lucia: prima minuta (1821-1823)* II. Apparato critico: 92 (52a-d).

その後に出てくる「物語 narration」とは、次のとおりのものであった。

> よき神父クリストーフォロは、最も純粋な正義の遂行、最も卑怯な不正の中止をドン・ロドリーゴに頼みに来たのであるが、正しい言い分ならすべて持っているものの、ドン・ロドリーゴの友人たちのやかましく無秩序なおしゃべりの真ん中に、そしてドン・ロドリーゴもいる前に、このように独りでいて、まごついて恥じ入るかのようにしていた。(FL, I, v, 30)

確かにこの物語本体のみでも、人は自分に理がある場合も力のまさる相手の本拠地に乗り込んでいるといった現実的状況の制約を受けるものだという要点は、十分に示唆されるように思われる。そして実際に、出版稿『婚約者』では『フェルモ』の長い考察部分が消えているため、一見、マンゾーニがフォリエルの言葉に素直に従ったようにも見える。だが、『婚約者』の対応箇所をよく見ると、単純に物語部分だけが残されたのではないことがわかる。クリストーフォロの気後れの描写を導入する短いコメントが付加されているのである。

> <u>悪者に相対する正直者というのは、一般に（皆が皆とは言わないが）顔を上げて堂々と胸を張り、眼差しは自信に満ち、弁舌はさわやかにと想像するのが好まれる。しかし事実においては、そうした態度を取るには、多くの条件が求められ、その条件が一遍に集まることは滅多にないのである。だから驚かないでいただきたい</u>、たとえ、自らの良心をしかと感じ、支持しようとしている立場の正しさを非常に強固に信じているクリストーフォロ修道士が、ドン・ロドリーゴに対して恐れと哀れみの入り混じる気持ちを抱きつつ、ドン・ロドリーゴその人を前にして、いくらか恭順や敬意を示すような様子でいたとしても。そのときドン・ロドリーゴは、自分の家、自分の王国の中にいて、上座に着き、友人に囲まれ、敬意に囲まれ、彼の力のたくさんの印に囲まれ、誰しもそれを見れば嘆願の言葉を飲み込んでしまうような顔つきをしており、まして助言、諫言、叱責などできそうになかったのだ。(PS, v, 28-9)

ここには『フェルモ』のように「小説」や「劇作品」に言及したあからさまなメタ文学的言説はないが、代わりに、堂々とした正直者が「一般に好まれる piace generalmente」という簡潔な言明によって、間接的に文学的な想像力

への言及がなされていると言える。そのことは、後に続く現実との対照（「しかし事実においては」）によっても明らかである。そして、現実世界ではそのような好まれる態度を取ることのできる条件が揃うことは滅多にないという言明の後は、すぐにクリストーフォロの具体的な行動へと話が移っている。ここには『フェルモ』のように弱い立場の正直者がどのように振る舞うかについての一般論は挟まれていないが、それがなくとも、「だから驚かないでほしい」（すなわち、現実だから驚くに値しない）と述べられていることから、クリストーフォロの行動が現実的な振る舞いの一例として提示されているのは明白である。つまり、この『婚約者』のバージョンでは、物語から離れた記述が減って、重複も回避され、全体としてすっきりしているのだが、「（この物語は「事実」なので）旧来の文学作品において期待されるのと違って、クリストーフォロの振る舞いは現実的だ」という基本的な主張は、はっきり残っていると言えるのである。

　なお、クリストーフォロは、この後、場違いな会食の席を離れ、ドン・ロドリーゴと一対一で対話する場面においては、正義の徒の面目躍如を果たすように敢然と立ち向かい、ある意味で読者の期待に応える。しかし、出版稿『婚約者』のほうでは、この場面の少し後に挟まれる語り手のコメントによって——これは『フェルモ』には見られない、改稿によって追加されたコメントである——、クリストーフォロ神父もやはり完璧でないということが、再び読者の意識にのぼることとなる。交渉が決裂し、屋敷を追い出されるクリストーフォロに、主人であるドン・ロドリーゴらの話を盗み聞きしていた使用人が近づき、のちほどドン・ロドリーゴらの企みを知らせるために修道院に行くと告げる。それでクリストーフォロは使用人を褒め、神の加護、摂理による導きを感じるのだが、語り手は次のように疑問を投げかけるのである。

　　その男は主人の戸口で聞き耳をたてていたのである。よいことだったのだろうか？　そしてクリストーフォロ修道士がそのことで彼を褒めているのはよかったのか？　最も認められ最も反論の少ない規則に従うなら、それは非常に悪いことである。だがそのケースは例外とみなされえたのではなかろうか？　それなら最も認められ最も反論の少ない規則にも例外があるのだろう

か？　重要な問題である、が、それは読者にその気があれば一人で解決される
ことだろう。我々は判断を下すつもりはない。我々としてはただ語るべき出
来事があれば十分なのだ。(*PS*, vi, 25)

仮に読者がそれを例外として許すとしても、"許し"の必要性が意識された
以上は、もはやクリストーフォロ修道士の行いが曇りのない完全無欠のもの
には思われないのではないだろうか。『婚約者』のテクストは、読者が彼を
文学の慣習が望むような完璧な善玉として思い描くことを拒むのである。

　このように、メタ物語的な仮定節から始まる、『フェルモ』の三つの同形
式のコメントが、いずれも『婚約者』では見られなくなるのに対し、文学と
現実との相違を指摘しながら物語の「事実性」（実際には、物語の「現実性」）
を主張するという意味において、その三つとほぼ同じ機能を持つもう一つの
コメントは、物語から大きく離れることを回避した形に変わりつつ、『婚約
者』においても継承されていることが確認された。『フェルモ』の四つから
一つに減ってしまってはいるが、小説の内部において「現実性」が主張され
るという現象は、『婚約者』に至っても完全には消えていないことが、これ
ではっきりしたと言えるだろう。そして、『婚約者』に残った一つが、もは
や『フェルモ』のあからさまなメタ物語的・メタ文学的な註釈とは一線を画
すものとなっていることにも、注意が必要である。実は『婚約者』には、ほ
かにも目立たない仕方で、物語の「現実性」をそっと主張する箇所があちこ
ちに見られるのである。それを明らかにするのが本章第2節の課題である。

2．『婚約者』における「現実性」の示唆

2.1．変更のきかないものとして提示される物語

　『フェルモ』においても『婚約者』においても、フィクションの枠組みの
中では、物語は作り話ではなく「事実」ということになっている。何度も確
認したとおり、「序文」において、17世紀の未刊行の手稿を発見した「語り
手」（19世紀の知識人）が、手稿に記された物語を現代の言葉遣いに改めて紹
介するという体裁が設定されているのである。こうした「発見された手稿」

の手法は、それ自体としては、全く珍しいものではないし、この手法やその他の方便を用いて「この物語は小説ではない」と言明することは、小説における常套表現とさえ言える[16]。しかし、こうした言明をタイトルや序文などの「パラテクスト」で行うのみならず、語り手が本篇中でも《匿名の著者が語る事実の紹介》という枠組みに執拗なまでに言及し、どこまでも「註釈者」として振る舞う点は、この作品の語りの独特なところと言える。このフィクションの枠への言及のあり方は、あからさまなものから暗黙の前提として示唆するだけのものまで様々なヴェリエーションがあるが、『フェルモ』の三つのメタ物語的なコメントは、どれも物語の「事実性」を直接的に強調するものであった（「しかし、我々は真実の物語を書き写しているのだ」）。そしてこれに、現実世界の展開は作り話に期待されるものとは異なるという指摘が加わることによって、物語内容が「現実的」だという意味が出てくるのであった。

　『婚約者』において、目立たない形で物語の「現実性」が主張されていると考えられるのも、やはり、物語が「事実」であるという設定に語り手が——間接的にではあるが——触れている箇所である。特にわかりやすい例、『婚約者』第33章の語り手のコメントから確認しよう。ミラノでお尋ね者となり、従兄弟のボルトロを頼ってベルガモ地方に逃れ製糸工場で働いていた主人公レンツォが、追っ手がかかったという情報を得て、ボルトロの手配により別の工場に身を寄せていたという事情は本書第4章冒頭でも述べた。これは、その後ボルトロが、自分が「執事 *factotum*」として取り仕切る工場へレンツォを呼び戻したという記述についてのコメントである。

> ［ボルトロはレンツォを自分の元に置いた］なぜなら彼のことを大事に思っていたからであり、それにレンツォは才能ある若者で仕事において有能であって、工場において大いに「執事」の役に立つ一方で、文字が書けないというありがたい不幸のために、彼自身が執事になることは決して望めないからであった。この理由も幾らかは関係していたのだから、我々はそれに触れない

16）例えば、Bertoni (2007: 135-46, 特に145) を参照。

わけにはいかなかった。ひょっとすると、あなたたちは、もっと理想的なボルトロをお望みかもしれない。何と言ってよいやら。それはそちらで作ってもらいたい。彼はこのような人間だったのだ。(*PS*, xxxiii, 26)

オルセンは、この部分の最後の「彼はこのような人間だったのだ Quello era cosi」という言い回しに注目し、語るべき一連の事実（素材）、つまり物語の「ファブラ fabula」が、変更のきかない「固さ consistenza」を持ったものとして提示されているのだと指摘する (Olsen 2010: 20)。あくまで匿名の手稿の内容を紹介する「書き直し手」として振る舞う語り手の言葉により、物語の「事実性」が強調されているのである。しかし、『ショーヴェ氏への手紙』やフォリエル宛の手紙（1822年5月29日付）で「いかにも小説らしいもの」が否定されていたこと、および本章第1節に見たコメントにおいて作り話の理想的世界が現実と対比されていたことを補助線とするならば、私たちはさらに「あなたたちは、もっと理想的なボルトロをお望みかもしれない」という表現に注目せずにはいられない。ボルトロは、主人公に協力する"善玉"の登場人物であり、クリストーフォロ神父のような"正義の人"が堂々としているのが一般に好まれるのと同じように、読者は理想的なボルトロを望むはずだというのである。こうして読者は、作り話が描きがちな理想的な人物像を意識させられることになり、それとの対比により、利己的なところのあるボルトロのほうが現実的であると感じるように誘導されるのである。なお、草稿『フェルモ』の段階では、そもそもこの場面が描かれていないため、語り手がこのように挑発的に読者に語りかけることもなかった。『婚約者』への改稿の際に、「現実らしさ」の強調される箇所が新しく追加されたことになるのである。

　また次の例、第14章において、レンツォがミラノで酒を飲みすぎて失態を演じる場面に挿入されたコメントでは、読者の望みを推し量る以前に、語り手自身——彼は手稿の最初の読者でもある——が、登場人物にもっと理想的な姿を期待していたかのような態度を示している。

　　ここで、我らが物語におけるほとんど第一の人物と言ってよいほどに重要な

第 6 章 「創作部分」における現実性の強調　　**215**

> 人物にとってこれほど名誉にならない話を我々が忠実に続けるためには、我々
> が真実に対して抱いている全ての愛が必要である。しかし我々は、これと同
> じ不偏の原則により、この種のことがレンツォに起きたのはそれが初めてで
> あったこともお知らせせねばならない。そして、まさに不摂生に対しこのよ
> うに不慣れであったことが、最初のケースがこれほど致命的になってしまっ
> た原因の大部分を占めたのである。(*PS*, xiv, 51)

　不名誉な話だからできることなら語りたくないが、真実なので語らねばなら
ないというのである。ではなぜレンツォの不名誉な話を語りたくないかと言
えば、彼が物語の「第一の人物 primo uomo」と言うべき重要人物だからで
あり、その背後には、「よき若者」として描かれている主人公の醜態は作り
話ならば描かれないという物語の約束事（コード）の存在を見て取ることができる。こ
うして従来の文学の作り事と現実との対比が示唆されることとなり、それに
よって読者は、レンツォの失敗を「現実にはありがちなもの」と捉えるよう
促されることになるのである。レンツォのこの失敗は、彼の名前がフェルモ
だった草稿の時代からあり、『フェルモ』にも「（我々はそれを語るのを残念に
思うが、それが実態だったのだ）」というコメントは見られた (*FL*, III, vii, 77)。
もちろん、この簡潔なコメントでも現実性の示唆という同様の効果は生じう
ると考えられるが、『婚約者』のコメントでは、「第一の人物」といった表現
によって、残念に思う理由がもう少し明瞭に示されることになり、その分、
理想との対比が見えやすくなったと言えるだろう。

　登場人物の言動が理想的ではなく現実的だという見方を促していると思わ
れる表現は、ほかにも見つけることができるが、次に取り上げる例では、物
語が事実だという設定および「作り話と現実は異なる」という認識への示唆
が、さらに目立たないものとなる。

2.2. 物語に驚き嘆く「語り手」
　『婚約者』（および『フェルモ』）の語り手は、自らが語る物語の内容に驚い
たり嘆いたりする様を見せることがある。作者の分身のような語り手と、物
語の内容を考えた作者とを混同して、自分が考えた物語の内容に驚いている
と想像すると奇異に思えてしまうことだが、語り手としてのマンゾーニは、

手稿に書かれた物語という動かせない内容の紹介者であり註解者であるという姿勢を貫くので、その内容に驚くこともできるのである。つまり自分が創作しているのではなく、事実として与えられたものだから、その内容が予想や期待に反するとき、驚き嘆くのである。

　語り手は様々な事柄について驚き (cfr. Olsen 2010: 20-1)、驚く理由も一様ではないが、ここで注目するのは、もちろん、作り話に期待されるものとの相違が驚き（嘆き）の理由だと考えられるケースである。二つの例を取り上げたい。まずは、『婚約者』の第24章で語り手がルチーアの母アニェーゼに対し「（ああ、アニェーゼ！）」と叱責するような呼びかけを行う箇所である。ここでは、アニェーゼが、名高い高位聖職者であるボッロメーオ枢機卿との対話の中で、自分に都合の悪い部分は伏せつつ、司祭ドン・アッボンディオがレンツォとルチーアの結婚式の挙行を拒んだことを告げ口したことが叙述されている。

> しかし枢機卿がもっとよく説明するようさらに求めると、彼女［＝アニェーゼ］は語らねばならないことに困惑し始めた。その話には、彼女自身も、人に、特にこのような人物に、知らせたいとは思わない部分があったのである。しかし彼女は、少しの切り取りをして、その話を取り繕う方法を見出した。打ち合わせていた結婚式、ドン・アッボンディオの拒否について語り、彼が持ち出した上役たちという言い訳も除外せず話した（ああ、アニェーゼ！）。そしてドン・ロドリーゴの陰謀の話に跳び、知らせを受けていたために逃げることができた顛末を語った。(*PS*, xxiv, 72; 傍点は原文斜体)

問題の語り手の嘆きは、アッボンディオが「上役たち *superiori*」を口実としたことまでアニェーゼが話したと述べた後に挿入されている。自分の知らせたくない部分（娘たちが司祭宅に押しかけて無理やり結婚を成立させようとしたこと）は端折っておきながら、ドン・アッボンディオの義務の不履行ばかりか、彼が枢機卿自身をも含む人々（「上役たち」）のせいにしたことまで報告しているのは、確かにあまり褒められたことではない。ただ、アニェーゼたちがアッボンディオのせいで大変な迷惑を被ったのも確かであって、多少の憂さ晴らしは自然とも言える。にもかかわらず語り手がそれを嘆くことができるのは、やはり前提として、主人公に味方するアニェーゼのような（そし

第6章　「創作部分」における現実性の強調　**217**

てボルトロのような）肯定的な人物に理想的な姿を期待する物語の慣習があるからではないだろうか。『フェルモ』では、アニェーゼは、上役のせいにする言い訳についてまでは語っておらず、そのため語り手がそれを嘆くということもなかった。『婚約者』では、筋の展開には影響のない細部が追加され、そこに括弧に挟んで語り手のコメントが挿入されることによって、その部分が作り話の理想的な人物造形には見られない現実的な欠点として、そっと示唆されるようになったと言えるだろう。

　アニェーゼを咎めるこの語り手の言葉は、彼が登場人物に直接声をかける「頓呼法」の数少ない例として知られるが、次に検討するのは、やはりよく知られたレンツォに対する情愛のこもった呼びかけ（「希望を抱くのは意味のあることだ、我が親愛なるレンツォよ」《Giova sperare, caro il mio Renzo», *PS*, xxxiii, 34）が挿入される直前の文章である。これは、『婚約者』の第33章において、運よくペストから回復したレンツォが、連絡の取れなくなった恋人の安否を確かめるため、再度ミラノに行くことを決意する場面のモノローグである。このモノローグもまた、『フェルモ』にはなく、出版稿にしか見られないものである。本書第4章1.4.（145-6ページ）でも引用したのだが、もう一度見てみよう。

> 「[…] 逮捕状は？　いや、いまは生きている者たちには、ほかに考えることがあるさ！　この辺りでも、お尋ね者の連中が、何の心配もなくうろつき回っているし…ならず者だけに通行証があってよいだろうか？　それにミラノではもっとひどい混乱だと皆が言っている。これほど素晴らしい機会を逃してしまったら、――（ペストが！　ちょっと考えてみてください、全てを自分に関連付けて従属させるあの喜ばしい本能のおかげで、私たちが時に言葉をどのように使ってしまうのかを！）――同じような機会は二度と戻ってこないぞ！」(*PS*, xxxiii, 34)

苦労を重ねてきたレンツォの気持ちに寄り添えば、ペスト禍を指して「素晴らしい機会」と言ってしまったことは無理もないことのようにも思えるが、語り手は、物語の「第一の人物」のエゴイスティックな言葉遣いを見逃さず、モノローグの途中にコメントを差し挟んでいるのである。ペストについては、司祭ドン・アッボンディオも第38章で、自己中心的な定義をすることにな

る。彼を恐れさせたドン・ロドリーゴがペストで死亡したことがついに確実
となったとき、彼は、自分にとって迷惑だった人々を一掃してくれたものと
してペストを「ほうき *una scopa*」と表現し、しかもそれを「摂理 Provvidenza」
と解釈するのである (PS, xxxviii, 18)。ところが、語り手の考えとは相容れな
い冒瀆的とも言えるドン・アッボンディオの科白には、(「ほうき」が斜体に
なっているだけで) 何の註釈も挟まれていない。語り手の検閲は、レンツォ
の "失言" に対して、より敏感に反応しているのであり、それは、やはり彼
が主人公で、慣習的には落ち度のないほうが好ましいという前提があるから
であろう。『婚約者』で追加されたモノローグも、自己中心的なものの見方
をするという欠点をあえて描き出すものであり、そこに付された「ちょっと
考えてみてください Vedete un poco」と呼びかけるコメントが、「第一の人
物」でも完璧ではなくむしろ欠点のあるほうが現実的だという認識へと読者
を導くのである。

　なお、もちろん語り手は、実在の史料を参照して本当の歴史を語る場合に
も動かせない事実（史実）を前にしている。そのため彼は、歴史叙述部分に
おいてもやはり、その内容に驚いて見せている。例えば、『婚約者』の第32
章におけるミラノのペストの記述では、以下のとおりリパモンティ（『1630
年ミラノのペスト』1640）の証言を引きながら、自分が記した「教会に in
chiesa」という語句のあとに「（教会に！）」と繰り返して驚きを――という
より怒りを（インテルメッツォ4も参照）――示すのである。

　　聖アントニオ教会のなかで、何らかの式典があった日に、80歳を越えるあ
　る老人が、しばらく跪いて祈ったのち、腰掛けようとした。それでその前に
　外套で長椅子のほこりを払った。「あの爺さんは長椅子に油を塗っている！」
　その動作を見た女たちが一斉に叫んだ。教会に（教会に！）居合わせた人々
　は老人に襲いかかった。彼の髪を、その白い髪を、ひっつかむ。ゲンコツと
　蹴りを浴びせかける。引っぱったり押したりして外に出す。殺してしまわな
　かったのは、このように半死半生の状態で、牢獄へ、裁判官のもとへ、拷問
　へと引きずっていくためであった。「私はその男を引きずっていくところを見
　た」とリパモンティは述べている。「彼についてそれ以上は知らない。きっと
　少しの間しか持ち堪えられなかったろうと思う」(PS, xxxii, 10)

老人は教会での何の悪意もない振る舞いによって、「ペスト塗り」と間違われ、私刑（リンチ）にあうのである。道徳的観点からは、教会という神聖な場で理性を欠いた暴力行為が始まるなどあってはならないのだが、そのようなあるべき（あってほしい）姿と現実とのズレに対する認識が、語り手の驚きによって促される。そして読者は、語られていることが動かしがたい事実だという強い印象を抱くことになるのである[17]。

　以上の例によって、『婚約者』においても、《手稿に記された事実の紹介》という設定を前提として可能となる語り手の言葉のうちに、物語内容が理想に反しており現実的であるという見方を読者に促すような要素を見出すことができることが明らかになったと思う。『フェルモ』のメタ物語的かつメタ文学的な長いコメントが、《物語は手稿に記された事実である》という同じ設定に直接言及し、文学の慣習による作り事と現実の物事との差異についてはっきりと語っていたのに対し、本節で見た『婚約者』のコメントは、それらに直接的に言及せず、それらを発言の前提として示唆するものであった。ただしもちろん、読者が（それに作者マンゾーニ自身も）、いちいちの発言の背後にある前提を明瞭に分節して把握し、それによる効果を分析しながら読んでいる（書いている）というのではない。語り手は、何らかの期待とのズレに驚いたり嘆いたりしているのであるが、その期待は「一般に物語では人物や出来事の理想化が行われがちで読者もそれを好みがちだ」という程度の共通認識さえあればすぐに了解されるため[18]、特に意識に上ることもないだろう。こうして読者は、むしろ知らず識らずのうちに、物語内容が現実的なものだという読みに導かれるものと思われる。また、ここでは小説の設定

17）なお『フェルモ』の段階では、語り手は同じ記述の「爺さん」という部分に驚いていた（«Il vecchio!» *FL*, IV, IV, 96）。

18）バロックや古典主義といった特定の潮流に関する知識は要求されないのである。これに対し、『フェルモ』の明示的なメタ文学的な言説は、ホラーティウスの『詩論』を（しかも「ヴェノーサの人」という換称で）引き合いに出すなど、一定の文学的知識を備えた読者を想定したものだったと言える。

の内側にいる語り手のコメントが、結果として物語の現実性を示唆するメッセージとなる点に注目したが、これらのコメントは、もちろん、そうした示唆を与えるためだけの単なる方便などでは全くない。「聞き手」としての読者（「25人の読者」）に呼びかけたり、登場人物に呼びかけてみせたり、註釈者としての姿を示したりする語り手のコメントは、語り手、匿名の手稿とその著者「匿名氏」、聞き手、物語世界といった小説内の様々な項の関係を取り結ぶ複合的な機能を帯びているのであり、小説の設定の内側で十分な意味を持っていると言える。そのため、物語が本当は創作されたものだと見る水準において読み取られることになる「現実性」の主張のほうが、むしろ二次的・派生的なものとして、そこに織り込まれていると見るべきであろう[19]。

3．小括：“現実に似た”創作部分と「ロマネスク」との対決

　19世紀の初めに歴史小説というジャンルが流行したことは、その後、同時代の日常の現実をありのままに描こうとする《リアリズム》が誕生するのに少なからぬ影響を与えたとされる。実際、物語の外に配置された語り手が「歴史家」のように俯瞰的な視点から記述する、いわゆる「三人称客観小説」の語りのあり方が確立するのに、歴史小説の経験が果たした役割は決定的に大きかったはずである。そして、より物語内容にかかわる水準においても、18世紀にすでに身近な現実をリアリスティックに描くタイプの小説が勃興していたとはいえ[20]、主題や内容を歴史に汲む歴史小説が、史実という動かせない素材から制約を受けつつ、過去の現実を再現しようとしたことも、《リアリズム》の進展に大きく寄与したものと思われる[21]。

　もちろん、歴史小説は本質的には文学作品であって、ウォルター・スコット（特に『アイヴァンホー』以降のスコット）やその追随者は、物語の論理、文学の慣習を優先して、史実との整合性を疎かにする場合もままあった。こ

---

19) もともと意義深いコメントのさらなる含意であることは、『婚約者』における創作の「現実性」という極めて重要なテーマであるにもかかわらず、これまで見過ごされてきたことの、一つの説明にもなるだろう。

れに対して、小説の内容をさらに歴史的現実に近づけようとしたのがマンゾーニであった。彼は、2篇の歴史劇『カルマニョーラ伯』および『アデルキ』の制作においてそうしたように、歴史上の出来事や人物を扱う場合に事実から離れないよう細心の注意を払ったが、それだけでなく、フィクションの部分も"現実に似た"ものにすることを目指したのであり[22]、そのために「小説的精神」とは反対のところ、つまり「現実の中」において物語を着想しようとしたのであった。こうしてマンゾーニの小説は、《リアリズム》にかなり接近した——見方によってはいち早く到達した——と言えるのだが[23]、本章では、そのようなテクストが、物語内容の「現実性（リアルさ）」

---

20) イアン・ウォットは、18世紀のイギリスの小説家たちが、「幅広い指示言語の使用」^{レファレンシャル}を通じた物語の技法、「形式的リアリズム」を発展させたとしており（ウォット 1998 [1957]: 34）、19世紀の《リアリズム》小説との関係については例えば次のように述べている。「スタンダールとバルザックは、その『赤と黒』と『ゴリヨ爺さん』の巻頭の章で、人生を全体的に描写する場合の環境の重要性を早々に示している。匹敵するものは、十八世紀の小説を全般的に見てもまったく存在しない。しかし迫真性を追求することによって、デフォー、リチャードソン、フィールディングが、「人間を完全にその物質的な背景の中に投入する」力をはじめて行使したことには疑いはない」（ウォット 1998 [1957]: 27）。Bertoni (2007: 136-7); Mazzoni (2011: 99-106) も参照。

21) マッツォーニ (Mazzoni 2011: 215-22) によれば、歴史的、社会学的、心理学的、経済学的観点から捉えられた時空間の中で個別的人生の物語が展開するという近代以降では当たり前とも言える小説のあり方は、スコットやバルザック（およびマンゾーニやスタンダール）によって打ち立てられたのであり、「フィールディングやリチャードソンの時代とスコットやバルザックの時代の間に切れ目が入っているのは明らかである」(p. 218)。

22) 1821年11月3日付のフォリエル宛の書簡の中で、すでに『フェルモ』を書き始めていたマンゾーニは、歴史小説について次のような見解を述べていた。「歴史小説についての私の主な考えをあなたに手短に示し、そうしてそれを直してもらえるようにするために、あなたに申し上げましょう、私は歴史小説とは、見つけたばかりであるらしい<u>本当の話だと思ってしまいうるほどに現実に似た諸々の事実や人物</u>を通じて、社会が示すある状態を描写するものだと理解しています」(*Carteggio Manzoni-Fauriel*, lettera 67: 14)。

23) 『フェルモ』の執筆開始が1821年、『婚約者』の初版の刊行が1825-27年であるのに対し、バルザックが歴史小説『ふくろう党』で作家として世に出たのが1829年であり（『ゴリヨ爺さん』は1835年）、スタンダールの『赤と黒』は1830年の刊行である。

を、読者が自ら読み取るに任せるのではなく、わざわざ自己言及的な仕方でアピールしていることに注目したのであった。

小説の中において「この話は作り話らしくなく現実に似ている」という主張がなされていることは、草稿段階の『フェルモ』では、かなりはっきりと見て取ることができた。物語の展開が文学の慣習、作り話の約束事から外れる場面で、「この物語が作り話だったなら」というメタ物語的なコメントが始まり、その中で、文学の慣習と現実とは異なるという見解が明瞭に述べられるからである。この型のコメントが他の長いコメントと同様に削られてしまったことから、出版稿『婚約者』では、こうした主張がやや見えにくくなっているのは確かである。しかし、本章第2節で確認したとおり、作為的な表現、作り話の約束事、文学の描きがちな理想的な（非現実的な）世界に直接言及するのではなく、そういったものに対する根強い好みを暗黙の前提とするような発言によって、『婚約者』においても物語内容の現実性はひそかに主張されているのである。しかも、こうしたタイプの現実性の示唆は、改稿を通じて増加しているのであり、出版稿『婚約者』の語りの特徴とも言えるものになっている。

マンゾーニは、小説的な作り事（「ロマネスク」）に対する趣味はやがて否定され、「現実的なもの」に対する趣味が増大するものと確信していたが[24]、彼が小説を書いた1820年代には、フィクションの世界を読者が生きる世界と連続した現実的なものとして描く《リアリズム》は、まだ小説のあり方として確立されたものではなかった。「ロマネスク」をできるだけ排除することにより「ほかの人とは違う」小説の道を進んでいると自負していたマンゾーニは、そのような表現の意図が、諸外国の小説にも通じた玄人の読者ならともかく、彼の想定する新興の読者層にすぐに了解されるとはかぎらないことも認識していた。読者というのは、『婚約者』の第38章においてルチーアが「髪はまさに黄金色で、頬はまさにバラ色で、両の眼はいずれ劣ら

24）こうした考えは、ジョヴァンニ・ベルシェ (1783-1851) やヴィスコンティら、《コンチリアトーレ》誌に参加したミラノのロマン派の知識人たちにも共有されていた。Cfr. Muñiz Muñiz (1991: 451-2).

第 6 章 「創作部分」における現実性の強調　　223

ぬ美しさ [⋯]」といった（ペトラルカ的な）麗人であることを勝手に期待した――そして失望した――村人たちのように、フィクションの中にしか存在しない理想の姿をついつい期待してしまうものなのだ。それゆえ、語り手の言葉が結果的に彼の語る物語の「現実性（リアルさ）」を繰り返し示唆することになっているという独特の語りは[25]、現実生活にはない理想化されたもの、「ロマネスク」に対する根強い好みと対決しながら、「現実的に描かれたもの」をそれ自体として楽しむという読み方の地平を切り開こうとしていたマンゾーニの苦心のあとを示すものと見ることができる。だからといって、もちろん、《リアリズム》を通り過ぎた今となっては必要のない、余計なものが書かれていると言いたいのではない。むしろ、「物語が事実である」という設定を十分に活用したこの語りこそは、『婚約者』という作品の魅力の一つだと思われるのであるが、その独特の語りが、何もないところから偶然現れたのではなく、近代リアリズムがまさに誕生しようという時代に、物語の現実性への志向と連動して生成されたと捉えられる点に注意を向けたいのである。

テクスト内での「小説性」の表示について（スコットとマンゾーニの違い）

　『婚約者』は小説であるが、その事実が作品中で公言されることはない。むしろ、「発見された手稿」の手法を通じて「この物語は小説ではない」と主張され、その設定が本篇中でも決して忘れられないことが独特な効果をもたらしているのを、本章では見てきた。だが、自らの「小説性」を公言するテクストも存在する。しかもそれは殊更に実験的な小説の中だけの話ではない。というのは、マンゾーニが批判しつつも模範とした歴史小説の祖ウォルター・スコットの作品に

---

25) 登場人物の不完全さを物語の真正性や語りの誠実さの根拠とするような小説は、もちろん『婚約者』以前から存在するが（例えばピエトロ・キアーリ (1712-1785) の幾つかの小説が挙げられる。Cfr. Mangione 2012: 75-7)、本章で見た『婚約者』の例は、物語が事実であるという「発見された手稿」に基づく設定が本篇でも貫かれることを巧みに利用した "示唆" であるため、他とは一線を画すると思われる。

も見られるのだから。

　例えば、最初の小説『ウェイヴァリー』(1814)。この小説の語り手は、本文中で、ウェイヴァリー家（イングランドの架空の名家）の「真正の記録 authentic records」を見せてもらったと述べたり、また自らを「この記憶に値する歴史の、不相応な編者 the unworthy editor of this memorable history」と呼んだりすることによって (Waverley, V, 60)、自分の語る物語が本当の話だと強調しているように見える。しかしその一方で、主人公エドワード・ウェイヴァリーがスコットランドで訪れる館が、実際には存在せず、実在の複数の館から「ヒント hints」を得て描写されていることが作者による脚註によって明らかにされたり (Waverley, VIII, 79)、ある登場人物の身にふりかかったハプニングが実際に作者の知人（実在の人物であり別人）に起きたことだと明かされたりもするのである (Waverley, LXXII, 493)——詳しくは拙稿（霜田 2018）を参照。これによって、物語が事実に基づいた「現実的」なものであることは読者に伝わるし、その点こそが重要なのはわかるが、しかし同時に、その物語自体が本当の話でないことが露わになってしまっているのもまた事実である。

　これと比べると、『婚約者』において、本文中で「小説であること」は暴露されていないにもかかわらず物語が「現実的であること」のほうはちゃっかり強調されていることの面白さがよくわかるように思うのだが、いかがだろうか。

インテルメッツォ 5

カワイイだけではない、ゴニンの挿絵

『婚約者』第 6 章の挿絵〔IM 061〕ドン・ロドリーゴの屋敷を出て、ルチーアの家へと急ぐクリストーフォロ修道士。湖畔の美しい風景が描かれている。

あのとても美しい村の中の、あの見事な修道士。騎士を前にあの惚れ惚れする表情をして、ここでは一歩も彼に譲らない、その同じ修道士。［…〕常に互いに相応しい、ルチーアのあの愛すべき憂いの姿と、レンツォの愛すべき苛立ち。弁護士のあの顔つき、あの姿勢、あのガウン、若者がその後ろにいる様〔…〕（Lettere, t. II, 125）

マンゾーニから挿絵画家フランチェスコ・ゴニンに宛てられた1840年 2 月 2 日付の書簡に、上のような言葉が見られ、できあがった何点かの挿絵を見たときのマンゾーニの興奮を伝えている。また、『婚約者』第34章のある挿絵――ペストで亡くなった娘（チェチーリア）を母親が死体を運搬する荷車に乗せようとする著名なシーンを描いたもの――の試し刷りの端には、マンゾーニ自身が記した「ベッリッシマ Bellissima」（"美しい／素晴らしい"の絶対最上級）の文字が見られる。『婚約者』の著者は、自分の小説の登場人物や物語の場面が美しい挿絵に「翻訳」されたことに――マンゾーニはゴニンのことを自作の「感嘆すべき翻訳者」と呼んだ（cfr. Mazzocca 1985a: 129）――、その出来栄えに、大変満足していたようである。

『婚約者』初版（27年版）の言語を全面的に改訂し、新しい版を出そうとしていたマンゾーニが、それを分冊の"挿絵版"――「フランスの最近の著名な事業（『ドン・キホーテ』、『ジル・ブラース』、スウィフトの『ガリヴァー』、モリエール、ラ・フォンテーヌ）

第34章の挿絵〔IM 361〕
レンツォが目にするミラノのペスト禍の様子。マンゾーニの指示：《[亡くなった娘を抱えた女性が] そうした戸口の一つから降りてきていた云々。一人の卑しいモナット [死体や患者の運搬人] が彼女の腕から女児を取り上げに行った云々。》

点線部分を拡大したもの（Bellissima と書かれているとのことだが、読めるだろうか。Cfr. Badini Confalonieri 2006: 128）

をモデルにした」挿絵の豊富な版（Mazzocca 1985b: 41）——にすることにした第一の理由は、海賊版を防ぎ、著者の権利を守ることだった。だが、やると決めたら中途半端なことはできないのがマンゾーニであり、絵の出来栄えについても無頓着ということはありえなかった。実際、当初は、北イタリアにおける当代随一の画家で、マンゾーニの最も有名な肖像（本書未掲載）も描いているフランチェスコ・アイエツ（1791-1882）に依頼するはずだったのだが、彼でさえも試しに描いた数枚の出来が悪かったためにキャンセルされている。その後、マンゾーニの娘婿マッシモ・ダゼーリョ（1798-1866）——多彩な人でマンゾーニの肖像（口絵6）の背景を描いたのも彼である——の紹介により、この事業に加わるのがゴニンである。主題に合わせて適任者を選ぶべく、ほかにも風景画家、肖像画家らが集められたのだが、結局、全体（472点）の約90パーセントを担当したのは、どのような主題にも対応できる「百科事典的な画家」としての能力を示してみせたゴニンだった。本書に掲載した試し刷りの多くにも、目を凝らせば、ゴニンのサインがあるのが見えるだろう（なお、主にイタリアの画家たちが絵を描いたのに対し、版木を彫ったのはパリから呼び寄せられた多国籍の刻版チームであり、多くの挿絵には彼らの署名も添えられている）。

　この新しい版（40年版）の挿絵が重要なのは、何もマンゾーニが純粋に美的に、絵とし

て、それを気に入っていたから（だけ）ではない（それも大事なことではある——いつもお世話になっているＴ先生に初めてこの挿絵版を見せたときの感想が「カワイイ」だったことは今も心に残っている）。40年版が出るまでの間に、27年版のテクストをもとに出された"非公認の"挿絵版は実に30を数えたというのだが（cfr. Mazzocca 1985a: 8）、挿絵（イラストレーション）というものは、本の内容をわかりやすく説明するものであり、場合によっては作品の解釈をかなり方向付けてしまうものである。実際、卑俗なものと崇高なもの、真面目なシーンとユーモアに満ちたシーンが隣り合って現れるこの小説にあっては、そのどれを切り取るかという選択一つで場面の印象がガラリと変わってしまうことだってありえるのだ。そのような意味において、40年版は、著者の意図する作品の読まれ方を反映した公式のイメージを提示するものと位置付けることができる。マンゾーニは自身で、挿絵が描かれるべき箇所を選び、大きさと位置を決め、画家に指示を出すというエディター（編集者）の仕事をしたのであり（下の写真参照）、その指示にしたがってゴニンが小説（文字）によって表現されたものを巧みに絵画表現に「翻訳」したというわけなのだ。

では、この公式の挿絵からは、何を読み取ることができるのだろうか。個々の挿絵がそ

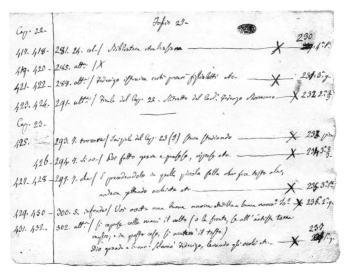

マンゾーニから挿絵画家への指示：*Motivi delle vignette*（「挿絵の主題」）, f. 27. ブレラ国立図書館（ミラノ）所蔵。
一番下（237番）«si coperse colle mani il volto (o la fronte se all'artista torna meglio; e in questo caso, si muterà il testo)» は、第23章のイノミナートの「回心」の場面の挿絵への指示であり（訳と挿絵は本書 p. 76を参照）、マンゾーニが絵の都合によっては本文を変えることも辞さなかったことを示している。

れぞれの状況を図解したり、重要な場面を印象付けたりする効果に注目することもできるし、二つ以上の挿絵を関連づけて、本文中で対になっていると思われる人物やパラレルな関係にあると見られる場面の、類似性・対称性・並行性などなどを示すための傍証とすることもできるだろう。だが、ここでは本書の主題に関わる2点について述べておきたい。すなわち、ドキュメンテーションと、歴史と創作の接続である。

　マンゾーニは挿絵の作製においても、資料調査と時代考証を重んじた。またか、とも思うが、そうでなければマンゾーニではない。例えば、収集された貨幣やメダル、肖像画が歴史上の人物を描くために利用されており──フェリペ4世を描いた挿絵はベラスケスによる肖像にそっくりだし、ミラノ総督スピーノラの肖像には参考とされた絵の作者ヴァン・ダイクの署名（の複製）も添えられている──、またミラノの街を描いた挿絵には、マンゾーニの時代には無くなっていた建物も忘れずに描き込まれている。それから、"絵"ではないものの、ボッロメーオ枢機卿ら実在の人物の自筆の文字の複製（ファクシミリ）の掲載によって、実在感が高められているのも、挿絵版ならではの効果だと言える（本書173ページ、図5-1を参照）。マンゾーニは挿絵を利用して、『婚約者』で語られる内容が事実に即したものであることを強く印象づけようとしているのである。

　だがこれは、小説の歴史部分だけの"歴史性"を高めるものではない。架空の人物レンツォが見るミラノの情景も、歴史叙述部分に挿入された絵と同じ正確さで描かれているのであり──ちなみにその絵の中には多くの場合レンツォ自身も描き込まれている──、そのことによって、フィクションの物語と歴史的現実との繋がりが視覚的にも表現されることとなるのである。また、歴史上の人物の肖像がしっかりとしたドキュメンテーションのもとに描かれているのは確かだが、その一方で、架空の登場人物の肖像も、同じ画家の手で、同じような構図で描かれているのだから、両者の間に連続性が感じられるのも事実である。内容が史実であろうとフィクションであろうとほぼ変わらないペースで入れられる挿絵は、（歴史部分の小説化の危険も当然孕みながらではあるが）小説全体に一貫性や同質性を与えるものでもあるのだ。ついでに言えば、『婚約者』とそれに続く『汚名柱の記』の連続性もまた、挿絵によって視覚的に示されている。

　マンゾーニが力を注いで制作し、だからこそ著者の意図した作品解釈について多くを語るこの挿絵版──しかしこれは、本文でも述べたとおり、事業としては失敗した。注ぎ込んだ資金を回収するのに必要なだけ売りさばけなかったのである。だが現在では、40年版の挿絵が作品分析の重要な手がかりとされるようになってきたし、また、リプリント版も手に入りやすくなっている。その意味では、出版事業者としてのマンゾーニはともかく、40年版を制作したエディターとしてのマンゾーニは、満足しているのではないだろうか。

第7章

「反文学」的かつ「反歴史」的な歴史小説

　本書ではここまで、『婚約者』で記述される史実と虚構が、他の多くの歴史小説の場合と異なり、完全に溶け合ってしまうことがないことを強調してきた。田舎の男女の結婚にまつわる主たる物語（フィクション）とそれを補足する歴史的事実の記述は、微妙に異なるレトリックが用いられるために差異が感じられるし、虚実が混ざりそうな箇所でも架空の手稿と実在の史料の巧みな提示によって判別可能性が残されている。しかし、創作部分と歴史部分とに区別や差異があるからといって、もちろん別々の作品（小説と歴史叙述）を無理にくっつけたものにはなっていないし、両部分が単に並列されているだけというわけでもない。歴史かフィクションか、どちらか一方のみが大事で、他方はほんの飾りに過ぎないなどとは考えにくいほど、どちらにも作者のこだわりの跡が見て取れるのであった。結局私たちは、それだけ聞くとすれば全く意外ではない結論に近づいている。つまり両者は、ひとつの作品の"部分"として、やはり有機的に連関しているのである。何が両者をつなぐのか。本章で注目するのは、いまや古典的作品とみなされる本作が、歴史としても文学としてもそれまでの規範に反する"前衛"であったという点である[1]。

　マンゾーニが、『婚約者』の草稿『フェルモとルチーア』の執筆を開始したのは1821年のことであるが、その当時のイタリアにおいて小説は、いまだ

「禁じられたジャンル genere proscritto」とさえ言えるものであり、少なくとも第一級の文学作品とは見なされていなかった。そのため、真剣な芸術活動として小説を執筆することは、既存の（特に古典主義の）文学体制に対立する行為であったと言える。また、19世紀前半の西洋文学を席巻した歴史小説は、過去の習慣を物語のなかに組み入れて生き生きと描写することに加え、それまで歴史叙述の対象とならなかった人々をも登場させることが可能なジャンルである。それゆえに歴史の真実を語りうるものとして、既存の歴史叙述に対抗する「新しい歴史叙述」とも目されていた。このような意味において、イタリア近代文学を代表する作品であり、歴史を題材とする作品である『婚約者』は、その実、大文字の「文学」、大文字の「歴史」に反発するものとして登場したと言えるのである。当然ながらそうしたことは、作者マンゾーニ自身にもはっきりと意識されていたはずであり、実際、その意識の反映と思われるもの——これが本章のターゲットである——は、小説テクスト上にも見て取れるのである。

　古典主義の文学体系（特に17-8世紀のフランスのそれ）においては、例えば演劇において「三単一の法則」が守られるべきとされたように、創作・受容・批評のあり方が厳格に規定されていた。その中でいわゆる「様式分化」もきっちりと守られ、主題と文体とジャンルの関係は固定化していた[2]。悲劇と叙事詩は、王侯貴族・英雄を登場人物とし、文体は荘重、内容も崇高なものでなければならず、日常の現実——飢えや渇き、暑さや寒さといった肉体的・生物的なものもここに含まれる——が影を潜める。反対に、喜劇または笑劇は、大衆庶民が主役で、卑俗な内容、卑俗な文体となるのである。ジャンルの選択と同時に可能な対象が決まってくるという意味では、「歴史

1）もちろん創作部分と歴史部分は、より具体的な内容に即したレベルでも、密接に連関している。歴史部分で記述される事象が創作部分で物語化される一方、創作の物語の展開の自然さが歴史的背景の説明により保証されるという、具体化と抽象化の相互関係については、Parrini (1996: 17-60) を参照。

2）Mazzoni (2011: 112-23) を参照。また、様式の区分に関する「規則」を論じたものとしては、この規則の変遷を軸としてヨーロッパ文学史を描き出したアウエルバッハの『ミメーシス』の名も挙げる必要があるだろう。

第 7 章 「反文学」的かつ「反歴史」的な歴史小説　　231

叙述」もこうした文学体系の規範から外れるものではなかった。しばしば叙
事詩との類縁関係が指摘される伝統的な歴史叙述は、政治・外交・軍事的な
事象を主な対象とし、それに参画する王侯貴族や軍の英雄を主な登場人物と
するからである。それゆえ、『婚約者』という歴史小説は、フィクションに
おいても歴史叙述的挿話においても、ジャンルと対象に関する古典主義の規
定に違反していることになる。マンゾーニは、それまでの制約を超えて、ひ
とつの作品のなかに社会の全体を描き込もうとしたのである。フォリエルに
宛てた書簡（1823年 8 月10-15日に執筆）において、彼は次のように述べてい
る。

> J'ai fourré là dedans des paysans, des nobles, des moines, des réligieuses, des prêtres,
> des magistrats, des savans, la guerre, la famine, la [***] que c'est que d'avoir fait un
> livre!
> 私はその中に農民、貴族、修道士、修道女、司祭、行政官、学者、戦争、飢
> 饉、［（ペスト）、…］を詰め込みました。これぞ 1 冊の本を為したということ
> です！(*Carteggio Manzoni-Fauriel*, lettera 81: 37-8)[3]

話題となっているのは、『婚約者』の最初の稿（『フェルモ』）である。マン
ゾーニは、自分の小説の特徴が、様々な身分の人々や変化に富んだ出来事を
描いた点にあることを、当初からはっきり認識していたと言えるだろう。
『婚約者』の「反文学」および「反歴史」的なあり方は、このような、既存
の現実描写の方法を覆して社会全体を描こうとする企図を背景に立ち現れて
きたと考えられるのである。
　本章では、第 1 節において、主題・対象の問題に加え、ジャンルや文体の
観点にも注意を払いつつ、『婚約者』という作品が、いかに当時の文学およ
び歴史叙述の枠から逸脱していたかを、具体的に確認する。そのうえで第 2
節では、古典主義の枠を超えて全体を描くという構想が、修道士という例外

---

3 ）［ *** ］の部分は、おそらくは国境でのオーストリアまたはフランス当局による検閲の
　　ために、数行分が削除されているが、「戦争」「飢饉」の後に続く欠落部分の最初の単
　　語が「ペスト」であることは、小説の内容に加えて、聖書的な三幅対（後述、註 8 を
　　参照）を念頭に置けば、容易に推察される。Cfr. Botta (2000: 433-4).

者と大災害等の例外的事象とを通じて、物語の筋の自然な展開のうちに実現
されているという事実に注意を向ける。そして、通常の社会階層秩序に対す
る "例外性" がテーマとして対象化・言語化されていることを浮き彫りにし
てゆく。以上のような仕方で、「反歴史」と「反文学」が題材の選択や筋の
展開に始まり、表現のレベルに至るまで浸透していることを明らかにし、そ
れを、マンゾーニが社会の全容を描き出す新たな現実描写の方法の探求に注
意を傾けていたことの表れとして提示したい。

1. 既存の文学・歴史からの脱却

1.1. 様式の混交：主人公選択のスキャンダルと多様な人物の登場

　シェークスピアを模範として掲げるロマン主義演劇においては、古典主義
の規範に反して、同じ作品のうちに悲劇的なものと喜劇的なもの、崇高と低
俗を混成することがひとつのテーゼとされた[4]。悲劇論『ショーヴェ氏へ
の手紙』においてマンゾーニは、悲劇における真面目な出来事の描写に「滑
稽なもの」を混ぜることの効果については否定的な立場をとっているが[5]、
高遠なものと卑近なものという 2 種類のコードの対立は、彼の著した 2 篇の
悲劇『カルマニョーラ伯』および『アデルキ』の内にもやはり確認される。
主人公の高潔さと現実の卑小さとの間の不調和が主題となり、また偉大なも
のとしての戦争の意味付けが同じ戦争の悲惨な実情を語るコロスによって覆

---

4) シェークスピアに見られる真面目なものと滑稽なものの混交については、ロマン主義
　的傾向の理論家たちの間でも評価が分かれ、否定的な見方もある。しかし、例えば、
　ヴィクトル・ユゴーが自身のロマン派劇『クロムウェル』(1827) に付した「序文」
　——これはフランス・ロマン主義文学運動の綱領とされるテクストである——におい
　ては、崇高なものとグロテスクなものとの混合が主張されている。

5) 『ショーヴェ氏への手紙』は1820年に執筆されたが、1823年に出版されるまでにいく
　らかの修正の手が入っている。特に「滑稽なものと真面目なものとの混交」(Lettre à
　M. Chauvet, 96) を論じた箇所は、数十行を追加して否定的な主張のトーンが修正され
　ており、この問題に払われていた注意の大きさを窺わせる。修正の経緯を含む議論の
　詳細については、Raimondi (1974: 79-123) を参照。

されるマンゾーニの悲劇において、そのような対立は不可欠の要素とさえ言える。ただ、この場合の高いコードと低いコードは、小説『婚約者』に比べるならば、単に並んで存在するばかりとも見える。小説においては、「滑稽なもの」を含めたあらゆるコードが、分かち難く混じり合い、互いに浸食し合うことになるのである。

こうした徹底的な様式の混交に関して殊に重要な意味を持つのは、身分の低い田舎の男女が主人公に選ばれたという点である。『婚約者』の基本的な筋は、コモ湖畔のレッコ周辺に暮らす絹の紡績工レンツォとその婚約者ルチーアが、小領主ドン・ロドリーゴの横暴で結婚を阻まれて離ればなれになり、様々な歴史的事件に巻き込まれてゆくというものであった。主人公の身分の低さは、作品中でも折に触れて強調される。例えば、匿名の手稿の著者は、序文に転写された彼の「緒言」において、自分が語るのは「下層の人々、取るに足らぬ卑しい人々 gente meccaniche, e di piccol affare」(*PS, Intr.* 3) に起こった出来事であるとしている。また第11章では、レンツォらは誰にも属していない寄辺なき者たちだというドン・ロドリーゴの考えが、内的独白として（直接話法で）引かれている。彼は、配下のものたちが予定通りルチーアを連れ去ってきた後のことに思いを巡らせ、レンツォやアニェーゼ、クリストーフォロ修道士が騒ぐかもしれないが恐るるに足りずと述べて（思って）いるのである。

> 「[…] ミラノではどうか？ ミラノで誰が連中を気にかけるだろう？ 誰が連中に耳を貸したりするだろうか？ 連中は地上の失われた民も同然なのだ。連中は仕える主人さえ持たない、誰のものでもない人々なのだ。さあ、さあ、何も恐れることはないぞ。[…]」(*PS*, xi, 3)

ここには貴族階級の職人・商人・農民に対する侮蔑——このテーマは、貴族的教育を受けたが生まれは（裕福な）商家というクリストーフォロ修道士の来歴など、物語の随所に現れる——が見て取れる。ドン・ロドリーゴのものの見方では、せめて貴族の家に仕えて立派なお仕着せを身につけている者でなければ、人としてまともに取り合うに値しないというのである。

物語の「第一の人物」であり、しばしば視点人物にもなるレンツォ（およ

第 6 章の挿絵〔IM 063〕
司祭宅へ押しかけて結婚を成立させようと計画しているレンツォは、友人のトニオに証人になってくれるよう頼むことにする。レンツォが家を訪ねるとトニオは北イタリアのソウルフードとも言えるポレンタを作っているところだった。「そして［レンツォは］彼［＝トニオ］が台所にいるのを見つけた。炉の段に片足をつき、片手で熱い灰の上に置いた大なべの縁を押さえ、曲がった棒で、そば粉で作った灰色の小ぶりのポレンタをかき回していた。トニオの母と弟と妻は食卓についていた。3，4 人の小さな子供たちがお父さんの傍に立って、大なべをじっと見つめ、皿に注がれる瞬間がくるのを待っているところだった。だが、正餐を目にしたときに労働によってその分け前に与るに値する者が普通ならば抱くあの快活さはそこにはなかった」(PS, vi, 43-4)。喜んだ様子でないのは凶作の影響で空腹を十分に満たすだけの量が用意されていなかったからである。ところで、貧しくとも食事中に客がやってきたならその人にも食事を勧めるのが慣わしだったのだが、トニオと秘密の話がしたいレンツォがそれを断り、むしろポレンタの配分において「最も恐ろしい競争相手」であるトニオを連れ出したので、家族は、小さな子供たちさえ、嬉しく思うのだった。
なお、ポレンタは今ではトウモロコシの粉で作るのが一般的だが、17 世紀にはそば粉が使われていたそうで、マンゾーニの描写が細部まで正確であることが分かる例となっている。Cfr. Nigro (2002a: 958).

びルチーアとその母アニェーゼ）が、このように低い身分で、主に想定される読者の階層つまり中産階級にも属していないことは、古典主義者ばかりか、マンゾーニに近いロマン主義の側の文人たちからも戸惑いを持って受け取られた。例えばニッコロ・トンマゼーオが、小説の「主題 soggetto」が田舎者であることに違和感を覚え、その原因を「イタリアの田舎者には小説を読む趣味はないから」(Tommaseo 1827: 105) だと説明しようとするのは、古典主義者ザヨッティが、「レンツォたちやルチーアたちは本を読まない、本を読む我々にとって彼らの不幸な事件は遠すぎてほとんど異質なものである」(Zajotti 2000 [1827]: 191) と述べるのと変わるところがない。それほどまでに、身分の低い人々に降り掛かった事件が真面目な物語の対象となることは、当時のイタリア文学の常識から外れていたと言える。そしてここに、内容の深刻さと文体・語彙との間の齟齬が生まれることになる。喜劇・滑稽劇の中に描かれるのが普通であった場面、家族で僅かなポレンタを分け合ったり、針仕事をしたりといった場面が、二人の婚約者たちにとっては日常の真面目な現実であるが、それを悲劇や叙事詩のものとされた硬質で高尚な文体・語彙のみで描くことはできないのである[6]。日常の現実にかかわる、卑俗ともされる語を用いながら、内容、実質の部分は厳粛だというあり方、これをバルベリ・スクワロッティ (Bàrberi Squarotti 1980) は「反語的な崇高さ Sublime antifrastico」と呼んでいる。

　身分の低い人々の物語が「反語的な崇高さ」を帯びた深刻なドラマとなる一方、反比例するように、権力者や軍人たちは、アイロニーを交え、とかく否定的に、滑稽に描かれる。悲劇の対象となるはずの高い地位の人々は、『婚約者』という小説においては現実生活の圏域に落とされて、その身に纏うアウラをすっかり失ってしまうのである。例えば、ミラノの食糧備蓄を担当する代官は、パンの価格の高騰に伴う民衆の蜂起のなか、陰鬱な食後の休

6）同様の趣旨でブロージが例に挙げるのは、インノミナートの城から解放されたルチーアが囚われの身の恐ろしい夜に口にした純潔の誓いを改めて確認するという最もドラマティックな局面である (Brogi 2005: 31)。それは村の仕立屋の家の台所で進行し、傍らでは仕立屋の妻が鶏を調理しているのである。

憩をしている姿が描かれている。第13章の冒頭である。

> 不幸な代官は、そのころ、食欲も焼きたてのパンもなく気乗りのしなかっ
> た昼食の、辛く骨の折れる消化のために休憩している最中で、その嵐［＝暴
> 動］がどのような結末をむかえることになるのかと、大きな懸念を抱きなが
> ら待っていたが、それがよもやあれほど恐ろしい仕方で彼自身の上に降りか
> かってこようとは想像していなかった。(PS, XIII, 1)

また、政務にあたっているミラノ総督ドン・ゴンサロの姿が、葉を探す蚕の
動きに喩えられる箇所もある。彼は、ヴェネツィア共和国使節に対して憤慨
して見せるために、ミラノの当局の手を逃れた人物（レンツォ）がベルガモ
周辺に匿われているという話を利用したのだったが（本書第４章冒頭を参
照）、その後、この「些細な」話題はどうでもよくなっていたのだった。

> ［…］そして後から、しばらく経ってからのことだが、返事が彼［＝ドン・ゴ
> ンサロ］に届いたとき、それは彼が戻ってきていたカザーレのそばの陣地に
> 届いたわけで、その地で全く別のあれこれの考えることがあったのだが、彼
> はそのとき、葉っぱを探す蚕のように、頭をもたげ、横に動かした。ほんや
> りとしか覚えていなかったその出来事をはっきり自分の記憶の中に蘇らせる
> ため、彼は一瞬、そのままでいた。そのことを思い出し、その人物について
> 束の間の不明瞭な観念を抱いた。別の話へと移り、そしてもうそのことは考
> えなかった。(PS, XXVII, 12)

また、『婚約者』には、低い身分、高い身分に加え、中間の身分の人々も
登場するが、様々な階層しかも聖俗双方が満遍なく描かれていることも様式
の混交に拍車をかけていると言える。1-2章を割いて人となりが紹介され
る人物では、クリストーフォロ神父が裕福な商人の息子、モンツァの修道
女、インノミナート、ボッロメーオ枢機卿の３人は貴族の家柄である。司祭
のドン・アッボンディオはもちろん、その下女ペルペートゥア、弁護士アッ
ツェッカ・ガルブーリ、当時の"教養"を体現するドン・フェッランテとそ
の妻ドンナ・プラッセーデなどの脇役も、それぞれの身分や職業を代表する
「タイプ」としての輪郭がきっちり描かれており、その他の登場人物も階層
がバラエティに富む。

諸階層、社会全体を小説に描く方法としては、バルザックの『人間喜劇』

第 7 章 「反文学」的かつ「反歴史」的な歴史小説　　237

（1842年に刊行開始）、エミール・ゾラの『ルーゴン＝マッカール叢書』（1871-93）、あるいはジョヴァンニ・ヴェルガの構想した『敗者たち *I Vinti*』という作品群（第一作の『マラヴォリア家の人々』が1881年、第二作『ドン・ジェズアルド親方』が1889年）のように複数の小説をひとつのセットにする方法がある——ただし、これらはいずれも、バルザックの『ふくろう党』（1829）も含めて、『婚約者』初版より後のものである——が、マンゾーニは『婚約者』という1篇の作品に多様な階層の人々を登場させているのである。このような諸階層の交わりは、聖職者の介入とペスト等の大災害がプロット上の装置となって支えているのだが、それについては第2節で詳しく述べる。

1.2. 政治・外交・軍事を中心としない歴史：下層まで届く歴史

　さて、『婚約者』において悲劇の高みから引きずり下ろされている王侯貴族や軍の英雄は、伝統的には歴史叙述においても主役の座を占めた者たちである。歴史叙述では、政治・外交・軍事に関する事柄が中心的な対象とされてきたのであり[7]、そうした歴史に参画している（と見做される）のが彼らだからである。伝統的な歴史叙述と叙事詩との間に見られるこのような主題の一致は、両者に類縁性を見出すための重要な根拠となっている——なお『歴史小説について』におけるマンゾーニの考えによれば、ホメロスの作品に代表される原初の叙事詩は歴史そのものでさえあった（「原初の、自然発生的なとも言える叙事詩は、歴史にほかならなかった。つまりその叙事詩が語られた、または歌われた相手の人々の考えではそれは歴史だったということである」*RS*, II, 15）。

　これに対し、『婚約者』の歴史叙述的章において描かれるのは、下層の

7）もっぱら戦争と政治を対象としてきたのは、過去の出来事から範を引き出そうというプラグマティックな歴史であり、トゥキディデスを祖とする長い伝統を誇る。これに対し、近代以降の歴史学が、「有益さ」にこだわらずに、より多面的な知識の獲得を目指す方向へ徐々に進んでいったことは、もう一人の歴史の父ヘロドトスに見られた歴史人類学的な傾向への回帰と見ることもできる。Le Goff (1981: 645-6); Scarano (2004: 27-33); Mazzoni (2011: 164-9) を参照。

人々まで巻き込むような歴史的事件である。主な事件は、「飢饉、戦争、ペスト」という三幅対によって要約することができる（『フェルモ』の第4巻冒頭では実際に語り手マンゾーニ自身がこの3語で要約している）。この三幅対は、旧約聖書（特に『エレミヤ書』）にも起源を見ることができるものであり[8]、その聖書的な響きに反することなく、ここでは「戦争」も降り掛かってくる災厄としての側面が強調されたもの（つまり戦渦）となっている。それは、例えば以下のような導入の仕方にも表れていると言える。

> 収穫によってついに飢饉は終わった。流行病ないし伝染病による死者が出るのは日に日に減っていったが、秋までは続いた。それが終わろうというまさにそのとき、新たな鞭がやってくるのだった。(*PS*, XXVIII, 62)

飢饉に続く「新たな鞭 nuovo fragello」と表現されているのが〈戦争＝戦渦〉である。このような意味付けがなされた上で、続く段落からは、三十年戦争およびマントヴァ・モンフェッラート継承戦争の経過、それに伴う神聖ローマ皇帝の軍隊のミラノ公国領への侵入といった出来事が語られることになるのである[9]。

　また語り手マンゾーニは、こうした大きな歴史的諸事実の叙述を始める直前、第27章の末尾において、それらが「大文字の歴史」に参画しない人々——つまり小説の主要人物たち——にまで影響が及ぶものであることを旋風

8）エレミヤ書14章12節（«cum ieiunaverint non exsaudiam preces eorum / et si obtulerint holocaustomata et victimas non suscipiam ea / quoniam gladio et fame et peste ego consumam eos» 新共同訳：「彼らが断食しても、わたしは彼らの叫びを聞かない。彼らが焼き尽くす献げ物や穀物の献げ物をささげても、わたしは喜ばない。わたしは剣と、飢饉と、疫病によって、彼らを滅ぼし尽くす」）など。また、「諸聖人の連祷」にも «A peste, fame et bello libera nos, Domine»（疫病、飢饉および戦争から主よ我らを救い給え）とセットで出てくる (cfr. Nigro 2002a: 904)。なお、ゲーテが『婚約者』の歴史部分を批判するときにも、この三幅対が使われていた（インテルメッツォ1を参照）。

9）なおこの引用部分で話題になっている病気はいわゆるペストではない。『婚約者』では語り手が飢饉・戦争・ペストの3語をひとまとめにして表現することはなくなっており、パッリーニは、これと呼応するように、史実の記述に見られた聖書を連想させる表現が改稿に伴って減ったと指摘している (Parrini 1996: 124-33)。

第 7 章 「反文学」的かつ「反歴史」的な歴史小説　239

の比喩によって表現している。

> ［1629年秋まで物語に変化がなかった後］ついに新しい出来事、より一般的
> で、より強く、より極端な事柄が、彼ら［＝我らが登場人物たち］にまで到
> 達した。彼らのうち社会の段階で最下層の者たちにまで。ちょうど大きな旋
> 風が、追い迫りゆき、木々を揺さぶり根こそぎにし、屋根を滅茶苦茶にし、
> 鐘楼を裸にし、城壁を打ち倒し、その瓦礫をあちこちに叩き付けるその一方
> で、草に隠れた小枝をも巻き上げ、小さな風が隅に追いやっていた軽い枯れ
> 葉を探し、その渦に巻き込んで運び出すのと同じように。(*PS*, xxvii, 59)

歴史的事件を、小枝や枯れ葉のような慎ましい身分の主人公たちと彼らの物
語に関わる全ての人々の運命を左右する出来事として見ること、そのような
事件を主たる対象とすることは、古典的な歴史叙述とは明らかに異なる視座
に立つことを意味する。この旋風の比喩は、実は『フェルモ』には見られな
かったものである。つまり、出版稿へ向けた推敲によって「全てを巻き込
む」というテーマがはっきり言語化されることとなったのである。

　『婚約者』が、実態として（物語内容のレベルで）、既存の文学や既存の歴
史叙述の規範にとらわれず、その制約を受けない作品となっていることは、
以上で確認されたこととして、次節では、「全てに関わる」という事態を端
的に表現した旋風の比喩のように、反文学的・反歴史的なものが言語的に表
現された箇所に注意を傾け、その背後に社会全体を描き出そうという意図が
あることを明らかにしてゆく。

2．例外者、例外的事象の役割

　『婚約者』において、物語の舞台、17世紀の北イタリア地方は、イタロ・
カルヴィーノ (Calvino 1995 [1973]) が述べるとおり、「力の関係 rapporti di
forza」に支配された世界として描かれている。身分の低い人々の物語を軸
としながら様々な人物をあまり無理なく登場させるのに欠かせないのが、通
常の社会の秩序を超越した人物および秩序を覆すような事件の存在である。
主人公レンツォは、ドン・ロドリーゴに婚約者ルチーアとの結婚を阻まれて
も、身分の差・力の関係のために、この敵役と直接対決することができな

い。間に入って両者の橋渡しをするのは、カプチン修道会士のクリストーフォロ神父である（ちなみに彼の人生自体もまた諸階層の移動を象徴している——彼は商家に生まれ、貴族的な教育を受けたのち、修道士となり貧しい人たちの間に生きているのである）。弁護士アッツェッカ・ガルブーリが代表する世俗の法が、弱い立場の人々の権利を守る用をなさないなか、クリストーフォロは自らドン・ロドリーゴの屋敷へ説得に赴く。また恋人たちの村からの脱出を手配するのも彼である。一方、主人公たちが村を出てから、物語を大きく展開させるのが、すでに触れたとおり、暴動・飢饉、戦争、ペストという歴史的事件である。これらは通常の社会の秩序を転倒させながらあらゆる人々を巻き込んで行くため、様々な登場人物たちの運命にも関与することになる。そして、ペストが猖獗を極める混乱状態において、しかもドン・ロドリーゴがペストに侵され前後不覚になっている中で、レンツォは初めてドン・ロドリーゴと直接対峙することになる。それはほとんど「ドン」という敬称の付かないただのロドリーゴである——ロドリーゴは、地の文において１度だけ「ドン」を付けずに名指されるが（「不幸なロドリーゴ sventurato Rodrigo」*PS*, XXXIII, 21）、それは病に侵され、彼に仕える「ならず者」たちの頭グリーゾに裏切られ、権力をはぎ取られた一個の「哀れな重み miserabil peso」となった場面においてであった。そして、このペスト隔離病院での邂逅においても、やはりクリストーフォロがレンツォを導く仲介者となっている点も注目に値する。

　『婚約者』の研究において、通常の社会の中に組み込まれた例外的存在としての聖職者（特に修道士）[10] と通常の社会秩序を覆す大災害（厄災）とを同列に並べて論じたものは現れていないように思われる。本書においても、これらを全く同一のカテゴリーとして提示する意図はないが、両者には、本来交わらないはずの階層の異なる人々が同じ物語の中に登場することを可能

---

10) 作中では、以下に見るように「社会との例外的な関係」が殊更に話題にされるばかりではなく、カプチン修道会も社会の中にあって「力の関係」を織りなす一つの組織であることもまた表現されている。第19章における「伯父伯爵 conte zio」と修道会管区長との対話は、その好例の一つである。

第7章 「反文学」的かつ「反歴史」的な歴史小説　241

にするという共通の機能がある。しかも、その機能を支えている「通常の階
層秩序に反して」「全てを巻き込む」という特殊性は、プロット上の要請が
ないところでも、しばしば話題にされる。つまり、修道士と厄災は、いずれ
も、筋書きのレベルで小説の反文学的・反歴史的なあり方の要となっている
ばかりでなく、それらにまつわる表現自体が、反文学または反歴史を強調す
るものとなっているのである。

2.1. 媒介者としての修道士、その例外性の強調

　カプチン修道会士については、それがいかなる存在であるか、物語の序盤
で語り手によって解説されている。それは、諸階層間の接点の役割を果たす
クリストーフォロ神父が本格的に登場する以前のことであり、第3章でルチー
アが、クルミの托鉢にやってきた助修士ガルディーノに、クリストー
フォロを呼んでほしいと頼む場面に見られる。

　　しがない娘が、全く気兼ねなく、クリストーフォロ神父を呼んでほしいと頼
　　み、托鉢僧もその任を驚きもせずすぐに引き受けたのを見たからといって、
　　誰もそのクリストーフォロがつまらない修道士、取るに足らないものだと思
　　うことのないようにしてほしい。それどころか彼は、同僚そして周辺一帯か
　　ら非常に敬われている人であったのだが、カプチン修道会士のありようとは
　　そのようなもので、彼らには、いかなるものも低すぎるとも高すぎるとも思
　　われなかったのである。最下層の人々に奉仕するにも、権力者から奉仕され
　　るにも、屋敷に入るのも荒屋に入るのも、同じ謙遜と自信をもって臨み、と
　　きには同じ家で気晴らしの種にも、彼なしには何も決められないという人物
　　にもなり、全てにおいて喜捨を乞い、修道院に喜捨を求める全ての人に分け
　　与える。カプチン修道会士ならばこの全てが常のことであった。道を行きな
　　がら、王侯に出会って恭しく紐帯に口づけされることも、喧嘩していると見
　　せかけた悪ガキ連中に泥で髭を汚されることも、同じようにありえた。「修道
　　士」という語は、この当時、最も大きな尊敬そして最も苦々しい侮蔑をとも
　　なって発せられ、カプチン修道会士は、おそらく他のどの修道会にもまして、
　　この相反する感情の対象であり、その禍福いずれにも与った。というのは、
　　彼らは、何も所有せず、まとう衣服がより奇妙に一般とは異なり、より公然
　　と謙譲を事としたために、こうした事柄が人々の異なる性質・異なる考え方
　　に応じて呼び起こす尊敬と侮蔑とに、より近くから晒されていたからである。

(*PS*, III, 55-7)

ここでは、カプチン修道会士が階層区分の埒外にいるという事態がはっきり言語化されている。「低い basso」と「高い elevato」、「最下層の人々に奉仕することと権力者から奉仕されること servir gl'infimi ed esser servito da' potenti」、「屋敷 palazzi」と「荒屋 tuguri」というように階層の上下を対比的に表現し、そのどちらにも同様に関わるということが強調されている。「何もない nulla」「全て tutto」のような包括性を示す語も連続している[11]。

　同じ主題は、直接話法で記された助修士ガルディーノの言葉にも現れている。まず、上の引用の少し前で、ガルディーノは、ルチーアの母アニェーゼに「クルミの奇跡」という教訓的小話を聞かせるのだが、それに続けて修道会の役割を次のように語っている。

> そして［奇跡の後にお布施されたたくさんのクルミから］たくさんの油が作られて、それを貧しい人々がめいめい必要なだけ受け取りにきていたのです。<u>というのは、私たち［＝カプチン修道会士］は、あらゆるところから水を受け取り、それをまた全ての川へ供給する海のようなものなのですから</u>。(*PS*, III, 52)[12]

実をつけなくなったクルミの木にまつわる小話「クルミの奇跡」については、素材と型を提供した典拠としてカプチン修道会士ヴァレリオ・ダ・ヴェネツィア Valerio da Venezia の説話集 *Prato fiorito di vari esempi* が指摘されている[13]。だが、小話の後のガルディーノの結びのコメント、「あらゆるとこ

11）下線部の原文は次のとおり（太字は包括性を示す語。註12, 14も同様）：«che **nulla** pareva per loro troppo basso, né troppo elevato. Servir gl'infimi, ed esser servito da' potenti, entrar ne' palazzi e ne' tuguri, con lo stesso contegno d'umiltà e di sicurezza, esser talvolta, nella stessa casa, un soggetto di passatempo, e un personaggio senza il quale non si decideva **nulla**, chieder l'elemosina per **tutto**, e farla a **tutti** quelli che la chiedevano al convento, a **tutto** era avvezzo un cappuccino».

12）下線部原文：«perchè noi siam come il mare, che riceve acqua da **tutte le parti**, e la torna a distribuire a **tutti** i fiumi».

ろから da tutte le parti」「全ての川 tutti i fiumi」という語句を含む川と海の比喩は、説話集に由来するものではないことから、マンゾーニが着想したものと考えられる。しかもこの比喩は、草稿『フェルモ』の段階では存在しなかったものである。対応箇所に小話自体はあるものの、この時点ではカンツィアーノという名前だった助修士は、問題の結びの言葉を述べていないのである。また、『婚約者』の中盤、クリストーフォロがいなくなってしまった修道院をアニェーゼが訪ねた場面（第18章）でも、応対したガルディーノが、カプチン修道会の特徴を述べることになる。

> 私たち［＝カプチン修道会士］は全ての人々の慈善によって生きているわけで、全ての人々に奉仕するのは当然なんです。(*PS*, xviii, 34)

> でも、知っていますか、うちには［クリストーフォロの］ほかにもいるんですよ、慈愛と才能に溢れ、お偉方とも貧乏人とも同じように付き合うことのできる修道士が。(ibid.)[14]

ここでも、カプチン修道会士は相手の貴賎貧富とは関係なく「全ての人々（全世界）tutto il mondo」と関わりを持つというテーマが現れている。『フェルモ』の対応する場面では、アニェーゼに応対するのが助修士ガルディーノではなく、類似の発言も見られない。したがって、以上の助修士の発言は、いずれも1827年の出版稿において付加されたものである。草稿『フェルモ』と出版稿『婚約者』との間で物語の大筋については差がないことからも明ら

---

13) 説話集とこの小話（および小説全体）との関係については、ライモンディが論じ (Raimondi 1974: 199-203)、さらにペドロイェッタが詳細な分析を行っている (Pedrojetta 1991: 114-25)。『婚約者』では、寓話的・迷信的な民衆の想像力にまつわる話が何度も現れ、作中人物たちと語り手との物事の捉え方の違いが浮かび上がるようになっているが、そのテーマが最初に見られるのが、善行によって多くのクルミがもたらされ悪行によってそれが台無しになるという「奇跡」を語るこの小話である (Raimondi 1974: 193-4)。

14) «noi viviamo della carità di **tutto il mondo**, ed è giusto che serviamo **tutto il mondo**»; «ma ce n'abbiamo degli altri, sapete? pieni di carità e di talento, e che sanno trattare ugualmente co' signori e co' poveri».

かなように、上の発言はどれも、物語の展開に影響を及ぼすものではない。あらゆる階層の人々と分け隔てなく付き合う修道士の姿勢は、社会の全てを書き込もうという作品全体のあり方と呼応するものであり、そのテーマが端役の助修士の言葉のうちにあえて繰り返されているように見受けられるのである。

2.2. 災厄として捉えられた戦争・飢饉・ペスト禍

2.2.1. 全ての人々を巻き込む歴史的事件

続いて社会の秩序を転倒させる歴史的事件のほうに目を向けよう。第31章からのペスト禍の叙述を見ると特に明らかなのだが、戦争・飢饉・ペスト禍という大きな厄災の描写においては「誰も彼も」「全て」「万人の」という表現が多用され、無政府状態のテーマも随所に現れる。もちろん、この種の歴史的事件を記述対象に選んだ時点で、「混乱」が描かれるのは当然とも言える。またペスト禍の描写のように、文学的な先例——ボッカッチョ『デカメロン』（14世紀のフィレンツェを襲ったペストが枠物語の背景となっている）の序文が名高い——がある場合には、それが事実を客観的に記述した結果であっても、常套的表現と見えてしまうかもしれない。とはいえ、同じテーマが繰り返し現れ、しかもそれが印象的な仕方で描かれているならば、やはり単なる題材そのものの要請を超えて、そのテーマを表現すること自体に注意が払われていると見ることができるだろう。ここでは、ミラノでの暴動（パン屋の打ち壊し）と飢饉の場面から特に目立った表現を選んで提示したい。

2年連続の凶作でパンが手に入らなくなり、1628年11月11日、ミラノではついに暴動が起きる。それを知らずにミラノに向かう主人公レンツォは、通りかかった紳士に道を尋ね、予想外の丁寧な回答を得て驚いてしまう。

> レンツォは、田舎者に対する市民の親切な態度にたまげ、感じ入った。その日が常ならざる日、マントがダブレットに頭を下げる日だということを知らなかったのである。(*PS*, XI, 57)

「常ならざる日 un giorno fuor di ordinario」という言葉に続いて、身分の高い者を「マント cappe」、低い者を「ダブレット（胴衣）farsetti」と表現するメ

トニミー（換喩法）によって、立場の逆転が明快に表現されている。この引用箇所の時点では、まだレンツォは「反乱の起きた町にやってきた」(*PS*, XI, 69) ことには気付いておらず、読者にもそれは知らされていない。そのためこの文章は、以降の記述内容を予告し、意味付けする役割を担っていると言える。なお、このような立場の逆転現象については、ブロージが、それを象徴する単語 «sottosopra»［上下逆さまに、混乱した］が作品中に頻出していることを指摘しており (Brogi 2005: 119)、実際この語がまさに「秩序の逆転」という意味で使われている場合も少なくない[15]。

　一方、飢饉の悲惨な状況を描いた部分では、逆転ではなく通常の状態の「停止」がはっきり言語化されている。

　　絢爛とボロの、余分と貧窮の、あのコントラスト、平常時の平常の光景は、そのときはすっかり止んでいた。ボロと貧窮がほぼ至る所にあった。その中で目立つものと言ったら、どうにか慎ましく平凡という程度の外見ばかりであった。(*PS*, XXVIII, 43)

先の引用では、異なる衣服は貴賤貧富の差を表すメトニミーとして機能していたが、ここでは、外に現れたその差異自体に注意が向けられており、コントラストの見られる状態が「平常時の平常の光景 spettacolo ordinario de' tempi ordinari」と表現されている。そして飢饉のために全てが低い方へと落ちぶれて、このコントラストが消えたというのである。これに続く文章では、貴族も簡易で貧相な衣服で出歩いていたことが述べられ、影響が上流層にも及んでいることが確認される[16]。階層間の違いや差別が消失するという主題は、ドン・ロドリーゴ邸の会食の席において騎士道精神をめぐる議論に対してクリストーフォロ神父が下した裁定の言葉や、ミラノの街角で熱弁を振うレンツォの言葉の中にも現れていたものであるが (*PS*, V, 46; XIV, 8-14)、そのユートピア的理想状態は、皮肉にも破局的な歴史的現実（ディストピ

---

15) 40年版で数えると19回使用されていることがわかる。なお、ブロージはこのような逆転現象を表現するのに「カーニヴァル的なもの carnevalesco」という術語を用いている (Brogi 2005: 114-21)。

ア）において実現することになる。その状況が、上に見たような言葉で表現
されているのである。

2.2.2. 戦争：偉業の場から「厄災」へ

　飢饉やペスト禍が"本来の"歴史の題材としてやや周縁的であるのに対
し、戦争は「わけても歴史的と称される事象 quelle [cose] a cui più specialmente
si dà il titolo di storiche」(*PS*, xxviii, 63) であり、従来の歴史叙述や叙事詩の中
心的題材であった。言い換えれば、戦争を人々の暮らしからは引き離された
偉業の場として描くジャンルが存在したのであり、それが伝統として受け入
れられてきた分だけより一層、『婚約者』に見られるような、全ての人々を
巻き込む「戦渦」の叙述は、通常の描き方に反するものとして目を引くこと
となる。ここには、誰の立場から描くかという視点の問題が密接にかかわっ
ているのであり、「大文字の歴史」に直接参画していない普通の人々の視点
から戦争を降り掛かってくる災厄——語り手はそれを「新たな鞭」とも呼ん
でいた——として描く表現には、必然的に反歴史的・反文学的なものが強く
現れることになる[17]。

　マンゾーニは、為政者の立場から現実の限られた側面だけを描く伝統的な
叙述方法に反発し、現実の全体像を描くことを模索しているのであるが、既
存の歴史における記述対象の偏りが、語り手によって直接的に批判される場
合もある。例えば第28章の後半、マントヴァ・モンフェッラート継承戦争の
経過を語る中でマンゾーニは、カザーレ（モンフェッラートの中心都市）の包
囲にかかりきりとなり、ミラノ総督でありながらペスト蔓延の危険が迫るミ

---

16)「貴族たちも簡素で飾り気のない衣服で道を行くのが見られ、あるいは擦り切れた貧
　　乏くさい衣服の場合もあった。ある者たちは、貧窮の共通の原因が彼らの経済状況を
　　そこまで変えてしまったためか、あるいはすでにひどい状況にあった財産に打撃を与
　　えてしまったためにそうしていた。他の者たちがそうしたのは、着飾ってみせること
　　によって万人の絶望を掻き立てることを恐れたか、万人の天災を侮辱するのを恥ずか
　　しいと思ったか、であった」(*PS*, xxviii, 43)。
17) 本章1.1.で触れたとおり、マンゾーニの悲劇では、偉大なものとして描かれていた戦
　　争の価値が、登場人物のものとは異なる視点を導入するコロスによって覆される。

第 7 章 「反文学」的かつ「反歴史」的な歴史小説　　**247**

ラノを放置したドン・ゴンサロについて、保健局特別委員会から任を受け調
査をしていた医師タディーノとの書簡のやり取りを引きつつ、その不作為を
難じているのだが、批判の矛先は、そのような事実を記していない「歴史」
にも向けられるのである。

> ドン・ゴンサロの全ての行動から、何としても歴史のなかに自分の席を得た
> いと切望していたことが窺われるが、実際、歴史は、彼のことを扱わずには
> いられなかった。しかし歴史は（歴史にはよくあることだが）彼のもっと記
> 憶に値する行為を知らなかった、あるいは記録する労を執らなかった。こう
> した状況においてタディーノに差し出した返事のことである。彼は答えたの
> だ。その軍隊が動くことになったきっかけの、利害・評判に関わる動機は、
> 報告された［ペストの］危険よりも重い。ともかくも何とかして守るように、
> そして神の意志に期待を寄せるように、と。(*PS*, xxviii, 70)

「歴史」のほうも、戦争の行方・成果にばかり気をとられ、ドン・ゴンサロ
が多くの市民に迫る危機の対処よりも戦争を優先させたという「より記憶に
値する」出来事を書き漏らしたと批判されているのである[18]。また第31章
で、ゴンサロの後任の総督アンブロージョ・スピーノラの死について述べる
箇所でも、旧来の「歴史」と『婚約者』における歴史叙述との関心の違いが
浮き彫りとなる。以下は、ミラノ総督が、ペスト流行の危機の報告を受けて
おりながら、その状況で多くの人々が集まることの危険など考えてもいない
かのように、スペイン王フェリペ4世の長男カルロスの誕生を祝って公の祝
賀を催すよう布告を出した、という記述のすぐ後の段落である。

> この男は、すでに述べられたとおり、かの有名なアンブロージョ・スピー
> ノラであり、その戦争の状況を正し、ドン・ゴンサロの過ちを埋め合わせる
> ために、それからついでに統治をするために、派遣されていた。それで我々

18）なお、確かにタディーノは当時の状況をそのように書き残しているのだが、歴史的現
　　実としては、その時期にはすでにドン・ゴンサロはミラノ公国から去っており、この
　　返事をしたはずはないとされる（これに似た書簡が後任のスピーノラからタディーノ
　　とは別人宛に出されているとのことである）。Cfr. Poggi Salani (2013: 871-2); de Cristofaro
　　e Viscardi (2014: 847).

も、ここでついでに、数ヶ月としないうちに彼が、あれほど気にかけていた
その同じ戦争の中で死んだことに言及することができる。彼は戦場の傷のた
めではなく、ベッドの上で、彼が仕えていた人々から受けたあらゆる種類の
叱責、迷惑、反発による苦悩と苛立ちのために死んだのだった。歴史は彼の
運命を嘆き、他の者たちの忘恩を非難してきた。大変入念に彼の軍事的・政
治的な偉業を叙述し、読みの深さ、活動力、粘り強さを讃えた。彼の監督の
もとに、というより彼の一存のもとに置かれている人々をペストが脅かし、
襲っていたときに、彼がこうした全ての特質のいかなることを為したのかを
探すこともできただろうに。(*PS*, xxxi, 17-8)

　政治家・軍人の偉業の陰に、彼らに統治されて苦しんだ人々がいたことを、
旧来の歴史は黙殺してきた。そのことが厳しく批判されているのである。こ
うした立場の語り手マンゾーニにとって、戦争の経過の記述は優先度の低い
ものとなるはずであり、実際、第27章などに見られる報告は、非常に簡潔に
片付けられている。しかもそれは、草稿『フェルモ』の段階に見られた詳細
な記述を切り詰めた結果である。パッリーニの指摘によれば、マンゾーニ
は、旧来の歴史叙述のように政治・外交・王朝の力関係といったレベルにお
いてこの戦争を記述すること自体に価値を見出してはいなかったが、草稿の
段階では、いまだ旧来の叙述方法に引きずられているところがあった (Parrini
1996: 157-78)。他の適切なモデルがない中では、相当に意識していないかぎ
り、伝統が提供するモデルに引きずられてしまうのである。それに対し『婚
約者』では、戦争に関わる記述が複数の章に分散されるとともに、政治・外
交関係を隈無く記そうという試みも消えるのである。そして改稿に伴い、こ
の戦争が三十年戦争の一部だというグローバルな視点はかなり薄れ、その
分、イタリア国内での無益な小競り合いの様相を呈するようになる。実際、
例えばフランスのリシュリュー、スペインのオリバーレス伯公爵について
は、登場人物たちの会話には出て来るものの、背後で暗躍する影のような存
在になっており、語り手による具体的な動向の記述はほとんど省かれてし
まった。こうして、英雄たちが戦功を上げ、名を残す場として戦争を叙述す
る仕方が、より徹底して退けられることとなったのである。
　このように、旧来の歴史を為す側の視点に代えて、とばっちりを受けるば

かりの普通の人々の視点を採用し、戦争を迷惑千万なものとして描くならば、それだけでも反歴史的性格を帯びた記述となる。しかし、〈鞭＝災厄〉としての傭兵部隊の通過の記述では、ここにさらに反文学的性格も加わるような表現が見られる。傭兵部隊の害を避けてアニェーゼ、ドン・アッボンディオ、ペルペートゥアを含む多くの人々が回心したインノミナートの城に身を寄せたとされているのだが、村人たちはそこでレッコの橋を通過して村の外へと出て行く部隊の情報を集め、祈るような気持ちでそれを数え上げている。

> ワレンシュタインの騎兵が通る、メローデの歩兵が通る、アンハルトの騎兵が通る、ブランデブルゴの歩兵が通る、それからモンテクッコリの騎兵が、それからフェッラーリの騎兵が。アルトリンゲルが通る、フルステンベルグが通る、コッロレードが通る。クロアチア人たちが通る、トルクァート・コンテが通る、その他諸々が通る。そして天の望まれたときに、ガラッソも通った。それが最後尾であった。(*PS*, xxx, 34)

部隊の名とともに「通る passa / passano」という語が繰り返されているが、これは、全軍団列挙という叙事詩のトポス（常套的テーマ）をアイロニカルに再現したものにほかならない。叙事詩の中では威風堂々と名を連ねる軍隊が、ここでは早く通り過ぎてほしい忌むべきものとなっている。『婚約者』の語り手が、途中で名前を省略し（「その他諸々が通る passano altri e altri」）あえて列挙を完成させないでいるのも、叙事詩の表現に対する皮肉と言える。そして最後、最後尾のガラッソも通ったと述べる前に付けられた「天の望まれたときに quando piacque al cielo」という表現には、やっといなくなってくれたという住民たちの気持ちが反映されている。この安堵感は、全軍をあやまたず数え上げるという難事業を成し遂げたときの叙事詩人の安堵感とは全く違う意味を帯びており、その落差が大きな効果をもたらしている[19]。

---

19) 以上の全軍列挙についての分析は、Bàrberi Squarotti (1980: 112-3) を参考にした。バルベリ・スクヮロッティは、『婚約者』において、叙事詩的な表現は「ただ、そうした表現をただちに（そして陰険な仕方で）普通の人々の視点のアイロニーへと反転させるためだけに」(p. 112) 用いられると指摘している。

3．小括：現実の全てを描き込む新しい表現

　ペストによってもたらされた混乱は、階層の区別なく全ての人々を巻き込み、その影響下に置いたのだったが、ペストの危機が去り、全ての紛糾が解決して、物語が大団円を迎えた『婚約者』の第38章において、読者は世界が早くも"正常化"に向かっていることを知ることになる。以下は、ついに結婚したレンツォとルチーア、その母アニェーゼとペスト隔離病院でルチーアと知り合った商家の寡婦が、亡きドン・ロドリーゴの後を継いで彼の屋敷に入った善き侯爵から食事に招かれた場面の記述である。

> 　侯爵は彼らを大いに歓待し、小食堂に連れて行き、花嫁・花婿をアニェーゼと商家の婦人とともに食卓につかせた。そして引き下がってドン・アッボンディオと別の場所で食事をとる前に、招待客たちに付き合って少しの間そこにいることを望み、それどころか彼らへのもてなしを手伝った。食卓を一つにするほうが簡単だったのではないかと言おうと思う人がないことを期待する。私はあなたたちに、彼を立派な人物として提示したが、今日言うところの独創的な人物としてではなかった。私はあなたたちに、彼は慎ましいとは言ったが、慎ましさの塊とは言っていないのだ。彼はこの善き人々の下に我が身を置くのに足るほどの慎ましさは持ち合わせていたが、彼らと同じ高さにいるのに足るほどではなかったのである。(*PS*, XXXVIII, 46)

侯爵の善良さは、時代の限界を超えない標準的なもの、つまり現実的なものとして提示されている。読者は、その理想化されていない態度によって、厳格な身分の差と階層意識があるのが"正常な"世界の現実であり、それが物語世界に戻ってきているということを認識させられるのである。別々の食卓に付く彼らは、本来、直接交わることのない別々の世界に生きていたのであって、庶民から貴族までが同じ物語に関わるという事態は、やはり、1628-30年の北イタリアという特定の時空間に生じた例外的な出来事とそこに存在した仲介者なくしてありえなかったのである。

　『婚約者』の初版が出版されて2世紀近くが経つ間に、普通の人々を描いた小説は正統な文学ジャンルと見なされるようになったし、歴史学は歴史小

説の挑戦に応えて歴史的現実の諸相を対象とするようになった。しかし、様式分化を否定して諸階層を混交させ"全て"を描こうとする『婚約者』のあり方は、当時としてはまだまだ異例であり、既存の文学および歴史叙述の体制に反するものであった（第1節）。社会・歴史的現実の特定の限られた側面のみを描く従来の方法を捨て、現実の全体像を描き出そうというその試みは、反文学的・反歴史的なものとして表面化しており、プロット上の要請を超えたところでも主題として表現されているのが確認された（第2節）。

　本書で分析してきたとおり、『婚約者』においては、実証的事実、虚構ではない歴史部分が、創作部分と識別不能なまでに溶け合うことはなく、どこが史実なのか認識することもできるよう配慮がなされている（第2章、第3章）。だが、読者には、歴史部分と創作部分を結ぶ微妙な関係を冷静に見つめることが要請されているし（第4章）、どちらか一方だけに作者の努力が注がれたとは思えないほど、歴史部分、創作部分のそれぞれにこだわりが表れている（第5章、第6章）。結局両者は、いずれも重要な、ひとつの"全体"に対する"部分"なのである。もちろん、歴史小説において、歴史と創作、史実と文学的想像力とが巧みに結び付けられて効果をあげているなどと言っても普通は何の驚きもない――むしろ、それがなければ失敗作か問題作である。だがマンゾーニは『婚約者』において、史実と虚構を混ぜこぜにせずに棲み分けをさせた上で、それを実現しているのである。しかも本章で見たとおり、『婚約者』の創作部分（詩的・文学的部分）と歴史部分（歴史叙述部分）は、単純なプロット上のつながりに還元されないようなレベルでも密接に関連している。両者には「大文字の文学」および「大文字の歴史」が保ってきた規範を大きく踏み越えているという重要な共通点があるのである。物語の主人公を社会階層の下位から選び出して、彼らの物語にあらゆる階層の人々を関わらせながら、様式の区分に関する規則を解体していく「反文学」の動きは、いわゆる正史とは異なる視点に立って為政者たちを現実生活のレベルに引き落としつつ、普通の人々、全ての人々に関わる事件を描こうとする「反歴史」と明らかに連動している。そして、こうした反文学・反歴史の姿勢は表現のレベルにまで浸透し、印象的な仕方で主題化されている。それは、マンゾーニの念頭に17世紀北イタリアの社会全体――名もなき

人々を中心にあらゆる身分の人々の、これまで真面目な文学の対象とならなかった日常の現実を含む全て——を描き出そうというプランがはっきりとあって、かつそれが既存の文学および歴史のあり方では達成できないものであることが十分に認識されていたことを示唆している。つまり、『婚約者』のテクストにおいて表面化している反文学的なものと反歴史的なものは、マンゾーニが文学の最前線にあって現実の諸相を描き出す新たな叙述方法を模索していたという事実のうちに共通の源泉を有すると考えられるのである。

結　び

歴史か小説か、ではなく

　『婚約者』という作品は、言うまでもなく歴史書でもなければ、いわゆる
ノン・フィクションでもない。飽くまでも史実と文学的想像力の連結によっ
て創造された「歴史小説」である。しかし、『婚約者』の歴史部分と創作部
分では、それぞれ異なるレトリックが使われており、その結果として読者に
は「見えない仕切り」の存在が感じ取られるようになっているし、普通なら
史実と虚構とが溶け合ってしまうはずのところにさえ「判別可能性」が残さ
れている。作者マンゾーニは、全体としてはフィクションである小説の中に
あっても、実証可能な事実はそれと分かるように伝えることを目指したので
ある。そのため、ゲーテがそうしたように、創作部分と歴史部分のうち、一
方を作品全体の価値を支えるものとして評価し、他方を余計なものとして否
定的に捉えるということもありえた。ただ、本書で見てきたように、『婚約
者』の語りのあり方・レトリックは、史料の引用・参照の仕方にしても、語
り手の一人称の使い分けにしても、史実を扱う部分と創作を扱う部分とでが
らりと様相を変えるというのではなく、表面上は同質性を保ったまま、わず
かに違いがあることによって効果を生んでいるのであって、そのことから、
作者が歴史部分と創作部分の一体性をも重視し、それに気を配っていたのは
明らかと言える。そして、歴史部分においても、創作部分においても、歴史
的現実——それが実証可能なものか「現実的」なものかという違いこそあれ
——を正確に思い描いて読者に提示することが目指されていることも確認し
たとおりである。そして、この「歴史的現実」を描く方法の革新性に目を向
けるとき、やはり創作部分と歴史部分は切り離せないものと見えてくる。歴
史的現実のドラマ化を担当する創作の物語と、その物語の背景の説明ともな
っている歴史叙述とが、内容上の依存関係にあるのは当然であるが、それ
ばかりでなく、両者は文学および歴史叙述の既存の体系が現実描写のあり方

に課す制約を乗り越えて社会の全容を描きこもうという意図のもとに、有機的に結びついているのである。

　綿密な計画の存在さえ感じさせるこのような表現技法は、草稿『フェルモとルチーア』から初版（27年版）、決定版（40年版）への改稿・改訂を通じて段階的に完成された側面もあり、一気呵成に書き上げられるタイプの小説には見出し難いものと思われる。しかし、『婚約者』に用いられている語りの道具立て自体は、どれを取っても際立って特殊なものではない。「発見された手稿」は伝統的な手法のひとつであり、語り手が一人称で作品中に姿を現して読者に話しかけるスタイルも19世紀前半の小説にあって珍しいものではない。歴史家としてのマンゾーニの力量には目を見張るものがあり、史料の扱い方に先駆性が認められないわけでもないが、彼と交流のあったフランス・ロマン派の歴史家たちの遥か先を行くものではないだろう。また、旧来の文学体系の描かなかった全てを書こうという欲望は、同時代の多くの作家たちに共通するものであるし、実証的事実に対するこだわりそのものからして、いささか度が過ぎていることを差し引けば、近代歴史学が生まれようという時代にあって決して異様とは言えないであろう。マンゾーニは近代小説の枠組みの内にとどまりつつ、流行のジャンルであった歴史小説を書いたのであり、しかも、理論と実践の中で練り上げられた彼の詩学・文学観はロマン派のそれとかなりの親和性を持っていた。それにもかかわらず、マンゾーニは、代表作『婚約者』において、追随者さえも遂に現れることのなかった独創的な仕方で歴史と創作を組み合わせ、表象化してみせたのであった。

新たな展望：過去を舞台とするリアリズム

　さてこのように『婚約者』という作品が、作者マンゾーニの歴史に対するこだわりゆえに、歴史小説というジャンルの中ではかなり独創的なものになっていることを理解するとき、歴史小説のレトリックにまつわるいくつもの問いが生じてくる。独創的ではないほうの、当時の典型的な歴史小説の文法またはレトリックは、正確にはどのようなものだったのだろうか。ブームのうちに形成されたその文法またはレトリックは、事実と文学的想像力との配分が課題となるような後世の作品——歴史小説にしろ、歴史的事件に取材

したドラマや映画にしろ——において、どのように受け継がれているのか、そこにマンゾーニ的な虚実の見極めを可能とする手法が取り入れられる余地はあるか。日本の近代文学への影響はどうか（例えば、森鴎外の「歴史其儘と歴史離れ」とマンゾーニの手法を結ぶ見えない糸はあるか）。名もない人々の日常も対象とするようになった現代の歴史学にどのような示唆を与えたか、特に、カルロ・ギンズブルグは『歴史小説について』におけるマンゾーニの考察に注目していたが、彼の研究手法（ミクロストーリア）は、マンゾーニが『婚約者』において企図したことからも示唆を受けてはいないだろうか、等々である。いずれも興味深い問題であり、私たちの今後の課題となるだろう。だが、ここでは最後に、当時の歴史小説の枠をはみ出しているように見える『婚約者』が、文学史の流れの中にどのように位置付けられ得るかという展望のほうに目を向けたいと思う。

　『婚約者』は、歴史小説としては類例のないものとなっていると思われるが、だからといって、この小説が文学史上、すっかり孤立した作品になっている、ということにはならない。イタリア文学史においては、確かに、マンゾーニの作り出した新たな伝統を引き継ぐような作家はすぐには現れない——その代わりにウォルター・スコット型の（文法通りの）歴史小説が書き続けられた——のだが、西洋文学史にまで視野を広げれば、多くの共通点を有する作品も見つかる。というのは、綿密な時代考証に基づいて思い描かれた過去の現実が、動かしがたいもの、歪められないものとして、物語の展開や語りのあり方に決定的な影響を及ぼしているという、この小説に特有の事態は、「過去の現実」という部分を、作者や読者のよく知っている「同時代の現実」に置き換えたならば、そこまで特殊なことではなくなるはずだからである。筆者の念頭にあるのは、つまり、物語の舞台を過去から同時代へと移したリアリズム小説、スタンダールやバルザックの小説である。エーリッヒ・アウエルバッハは大著『ミメーシス』において、スタンダールの小説以前には「当時の政治的社会的な状況が物語の筋の中にこれ程微に入り細にわたってリアリスティックに織り込まれたことはなかった」と述べており（アウエルバッハ 1994 [1946]: 326）、別の論文（「ロマン主義とリアリズム」）においても、『クレーヴの奥方』や『マノン・レスコー』あるいはさらに『アドル

フ』といった作品であれば、「その内容の本質的な部分を一切変更することなく、別の〈環境 Milieu〉に移し替えるのが」比較的容易であるのに対し、「こうしたことはスタンダールに対しては全く考えられない」と指摘している (Auerbach 2010 [1933]: 11)。だが、これと同じことは、『婚約者』についても言うことができるはずである。エーコが「レンツォやルチーア、あるいはクリストーフォロ修道士が為すあらゆることは、1600年代のロンバルディアで為されるほかはありえなかった」(Eco 1984: 532) と述べているとおり、『婚約者』の物語は、過去の特定の時空間のものとして現実的に想起された〈環境〉のなかに組み込まれることによって展開しているからである。

　西洋文学史において、小説の発展はしばしば、18世紀までの一人称小説から、ロマン主義運動と歴史小説ブームを経て、同時代を対象とすることでリアリズム小説が生まれたという流れで捉えられる。作者の分身のような語り手が、歴史家のように、物語の外から三人称で“客観的に”叙述するといった語りのあり方は、歴史小説によって準備されたというわけなのだが、前提とされる読者との関係や用いられている技法・レトリックにおいて諸外国の近代小説と歩調を合わせている一方で、歴史小説としてはその枠を突き抜けてしまった『婚約者』という小説は、過去を舞台としているにもかかわらず一足先にリアリズムに突入していたと見るべきではないだろうか。『婚約者』が西洋文学史においてこのように位置づけられ得るという見通しは、マンゾーニの作品など忘れてしまった他言語圏文学の視点からはおそらく野心的と映る一方、マンゾーニの作品、わけてもその主著『婚約者』を他と比較することのできない特別な作品と見る少なからぬイタリア文学者たちにはお気に召さないかもしれない。しかし筆者としては、これをひとまず穏当な見通しとして、我が25人の読者に――本書を読んできてこの引用の意味が分かる読者に――提示したいのである。

付録 『婚約者』の「序文 Introduzione」の翻訳

序文

　"歴史とはまさしく「時（クロノス）」に対する気高き戦であると言えよう。それは、彼の捕虜となった、いやすでに死体となりはてた歳月を、その手から奪い返し、蘇らせ、閲兵し、再び戦列へと復帰せしめることに他ならないのだから。しかしそのような戦場において多くの棕櫚と月桂樹を手にする偉大な勝者［歴史家］は、最も壮麗高貴な亡骸のみを奪って、そのインクで君主や権力者、名高い人物の功績を剥製となし、才という優雅な針で金糸や絹糸を操って彼らの煌々たる行いの永遠なる刺繍を施すのである。しかるに、無力な我が身では、このような主題に挑み、政治的陰謀が渦巻き軍隊の喇叭の響きわたる迷宮を経巡って険しい頂に登ることはかなわない。ただ、取るに足らぬ卑しい人々の身に起こったこととはいえ、記憶に値する出来事を知り及んだがゆえに、率直にありのまま物語、乃至は報告にして、その記憶を後世に残そうと筆を執ったばかりである。その報告の中では、狭隘な劇場において痛ましい恐怖の悲劇、壮大な悪辣の場面が上演され、幕間には、悪魔的所業に抗する徳高き偉業と天使の善良とを目にすることになろう。まことに、この我らの国々が沈まぬ太陽、我らがカトリック王の庇護下にあり、そこを預かり治める高き血統の英雄が、欠けることなき月のごとくその上に反射光を降り注ぎ、偉大な元老院議員たちが恒星のごとく他の尊き行政官たちは迷い星のごとく随所に光をととけて、いと高き天上を構成していることに思いを巡らせるならば、それが向う見ずな人間たちによって暗い企み、悪行、虐待の増え続ける地獄へと変化するのを目の当たりにすることとなる原因は、悪魔の仕業・術以外には考えられない。それというのも人間の悪は単独では、アルゴスの眼とブリアレスの腕をもって公の利益のために奔走してまわっている数々の英雄たちに太刀打ちできるはずがないからである。したがって、我が若かりし頃に起きたこの物語を描写するにあたり、そこでそれぞれの役割を演じた登場人物たちの大部分は運命の女神に納めるべきものを納めてこの世の舞台から姿を消しているとはいうものの、相応しい敬意を払って、彼らの名前、つまり家名は伏せられるであろうし、また地名についても同じ

く、ただ一般的な地域を示すのみとなる。このことを捉えて、物語が不完全であり、それが我が粗悪な作品の欠陥であると言う者はおるまい、そのように評価を下す人物が哲学に全く無知でない限りは。というのも、この学問に通じている人ならば、こと本質に関する限り、この語りに何の欠けたるところもないことはよくわかるはずだからである。何となれば、明白かつ誰にも否定できないことであるが、名前というのはひたすら純粋な偶有にほかならず…"

　「だが、私がこの色あせて引っかき傷だらけの手稿からこの物語を書き写すという英雄的労苦に耐えて、この物語を、俗に言うように、世に送り出してみたところで、そのあとそれを読む労苦に耐える人が見つかるだろうか？」

　このような疑念が、偶有という語のあとに続くインク染みのような字の解読に骨を折っている最中に生まれ、私は書写を中断し、どうすべきかより真剣に考えるにいたった。「確かに、――手稿の頁を繰りながら、私はひとりごちた――確かに、奇を衒った比喩や文彩の雨あられはこんなふうに作品全体にわたって続きはしない。この17世紀の書き手ははじめのところで自分の能力を披露しようとしたのだ。だがその後、叙述が進むにつれて文体はずっと自然で平易に流れ、時には長きにわたってその調子が保たれている。それはそうだ、だが何たる凡庸！　何たる品のなさ！　何たる間違いの多さか！　おびただしい数のロンバルディア方言、不適切に用いられたフレーズ、気まぐれな文法、節の関係がおぼつかない構文。それからあちこちにちりばめられた雅やかなスペイン語、そしてもっと酷いのが、物語の中で最も恐ろしいあるいは最も哀れを催す箇所で、驚嘆を呼び起こすか、あるいは読者に考えさせるあらゆる機会に、つまり確かに少々のレトリックが必要ではあるが、ただしそれは節度があり、優美で、品のあるレトリックでなければならないようなくだり全てで、この男はこの緒言のような類いのものを投入するのに余念がないのだ。そして驚くべき能力を発揮して相反する性質をごた混ぜにすることにより、ひとつの同じ頁、同じ文、さらには同じ語までを、粗野でありながら同時に気取ったものにする方法を見つけ出すのである。さあ、そうなると、仰々しい誇張表現が粗雑な文法上の誤りでもって練り上げられ、まさにかの世紀のこの国の文章の特徴である、あの野心的な無骨さが満ち溢れる結果となる。実際のところ、きょう日の読者に見せられるような代物ではない。彼らはとても抜け目がない上に、この種の風狂にはあまりにうんざりしているのだから。良かった、この忌まわしい作業をいくらも進めないうちに正常な考えに立ち至ったのはもっけの幸いだ。よし、さっさと手を引こう。」

しかし、この仮綴じの本を閉じて片づけようとした、まさにその時、これほど素晴らしい話が世に知られぬまま埋もれてしまうのが残念に思われてきた。というのは、物語である以上、読者によっては好みが分かれるかもしれないが、私には素晴らしいように、いや大変素晴らしいように思われたのである。「この手稿から一連の出来事を取り出して文章表現をやり直してはどうだろうか」と私は考えた。合理的な反論が思いつかなかったので、決断はすぐになされた。この本の起源は以上のようなものであり、それがこの本自身の価値と同じくらいの純朴さで明らかにされたわけである。

しかし、我らが作者の描くこうした出来事や習慣には、我々にはあまりに新奇、珍妙——これ以上は言わないでおくが——なものがあると思われたので、彼を信用する前に、我々は別の証人に問うてみたいと思った。そこで我々は、世の中がその頃本当にそのように進んでいたのかはっきりさせるために、当時の史料の探索に取りかかった。こうした調査によって、我々のあらゆる疑念は晴らされた。我々は随所で類似の事象や、さらには一層強烈な事象に行き当たったのだった。そして、より決定的だと思われたことには、それまで我らが手稿以外から何らの情報も得られなかったためにその実在を疑っていた幾人かの人物までも発見したのである。そこで、あまりの奇妙さゆえに読者が否定したくなりそうな事象に関しては、信用を得るため必要に応じて、それらの証言のあれこれを引用することにしたい。

ただ、我らが作者の言い回しを耐え難いとして拒んだ以上、我々はそれをどのような言い回しに置き替えたのか——これは重要な問題である。

頼まれもせず、他人の作品を作り直そうとする者は誰であれ、自分の作業をきっちりと説明するべき立場にあり、何らかの意味でその責務を負うことになる。これは現実にも、また法的にも規則となっており、我々としてもこれを免れようというつもりはつゆほどもない。それどころか我々は、この決まりに自ら進んで従って、我々が採用する書き方の道理をここに詳細に説明しようと決めていた。この目的のために、作業の全行程において、生じ得るあらゆる批判を予測し、その全てに反論を準備するよう心掛けた。これにはさしたる困難はなさそうであった。というのは、（これは事実を正直に述べるのであるが）我々の頭に批判が思い浮かぶときはいつも、それに打ち勝つ反論が一緒に思い浮かんだからである。それらの反論とは、問題を解決してしまうと言うより、問題を変換するような性質のものであった。あるいはまた、二つの批判を互いに戦わせることにより、一方に他方を打倒させた場合も少なくない。あるいは、それら二つを徹底的に吟味し、注意深く検査した結果、一見したところ鋭い対立と思われたものが、実際には同種の主張であり、

いずれも判断が立脚するべき事実や原則を顧みていないことに起因する批判であることを発見し、論証することができた場合もある。こうして双方の大きな驚きのもとに両者を一緒にして、まとめて追い払ったのであった。これほど明白に上首尾にやったと感じた著者はかつていなかったのではなかろうか。だが、何としたことか。こうした異議と反論の全てを集め、整理をつけようという段階になってみると、何たることか！ それらは一冊の本になってしまうではないか。こうした事態に鑑み、きっと読者も納得してくれるであろう二つの理由から、我々はこの考えを棚に上げることにした。一つ目の理由は、一冊の本を、というよりその本の文体を、正当化するために本がもう一冊あるという事態は、馬鹿げたものに見えるのではないかということであり、二つ目は、本というのは一度に一冊で十分であり、それでも有り過ぎるくらいだということである。

序文の終わりの挿絵〔IM 004〕

参考文献一覧

【テクスト】

Alessandro Manzoni

PS — *I promessi sposi (1840); Storia della colonna infame*, in *I romanzi*, a cura di S. S. Nigro, Milano, Mondadori, 2002; vol. II, tomo II.

PS V — *I promessi sposi (1827)*, in *I romanzi*; vol. II, tomo I.

FL — *Fermo e Lucia* in *I romanzi*; vol. I.

"Schizzo" — «Schizzo più ampio della figura dell'Innominato», in *Tutte le opere di Alessandro Manzoni*; vol. II. *I promessi sposi*, tomo II. Testo della prima edizione 1825-27, a cura di A. Chiari e F. Ghisalberti, Milano, Mondadori, 1954, 786-96.

AS — *Appendice storica su la Colonna Infame* in *FL*, 795-888.

CI — *Storia della colonna infame*, a cura di C. Riccardi, Milano, Centro nazionale studi manzoniani, 2002.

Carmagnola — *Il conte di Carmagnola*, a cura di G. Sandrini, Milano, Centro nazionale studi manzoniani, 2004.

Carteggio Manzoni-Fauriel — *Carteggio: Alessandro Manzoni, Claude Fauriel*, a cura di I. Botta, Milano, Centro nazionale studi manzoniani, 2000.

CL — *Carteggi Letterari*, a cura di S. Bertolucci e G. Meda Riquier, Milano, Centro nazionale studi manzoniani, 2010.

Discorso — *Discorso sopra alcuni punti della storia longobardica in Italia*, a cura di I. Becherucci, Milano, Centro nazionale studi manzoniani, 2005.

Lettere, t.I / t.II — *Lettere*, a cura di C. Arieti, tomo I. Dal 1803 al 1832, tomo II. Dal 1833 al 1853, Milano, Mondadori, 1970 (*Tutte le opere di Alessandro Manzoni*, vol. VII).

Lettre à M. Chauvet — *Lettre à M.ʳ C.*** sur l'unité de temps et de lieu dans la tragédie*, in *Scritti linguistici e letterari*, tomo III, a cura di C. Riccardi e B. Travi, Milano, Mondadori, 1991 (*Tutte le opere*, vol.V).

RS — *Del romanzo storico e, in genere, de' componimenti misti di storia e d'invenzione*, a cura di S. De Laude, Milano, Centro nazionale studi manzoniani, 2000.

Sul romanticismo — *Sul romanticismo: Lettera al marchese Cesare d'Azeglio*, a cura di M. Castoldi, Milano, Centro nazionale studi manzoniani, 2008.

マンゾーニの作品の引用・参照については、"Schizzo" を除いて、ページ数ではなく、上記エディションの採用する段落分けを記した。

Dante Alighieri

Purgatorio   *Commedia. Purgatorio*, a cura di E. Pasquini e A. Quaglio, Milano, Garzanti, 2008 (XIII ed.).

Paradiso   *Commedia. Paradiso*, a cura di E. Pasquini e A. Quaglio, Milano, Garzanti, 2008 (XII ed.).

Johann Peter Eckermann

Gespräche mit Goethe   *Sämtliche Werke*, Abt. 2. Briefe, Tagebücher und Gespräche, Bd. 12 Gespräche mit Goethe in den letzten Jahren seines Lebens, hrsg. v. Christoph Michel, Frankfurt a. M., Deutscher Klassiker Verlag, 1999.（J. P. エッカーマン『ゲーテとの対話』山下肇訳，東京，岩波書店，1968）

Henry Fielding

Tom Jones   *The History of Tom Jones, a Foundling*, vol. 1, 2, ed. F. Bowers, Intr. M. C. Battestin (The Wesleyan edition of the works of Henry Fielding), Oxford, Clarendon Press, 1974.

Ugo Foscolo

Ortis   *Ultime lettere di Jacopo Ortis*, a cura di G. Nuvoli, Milano, Principato, 1986.

Johann Wolfgang Goethe

Teilnahme   „Teilnahme Goethes an Manzoni", in *Sämtliche Werke nach Epochen seines Schaffens*, Bd. 18. 2, Letzte Jahre 1827-1832, hrsg. v. Johannes John [et al.], München, C. Hanser, 1996, 28-48.

Giuseppe Ripamonti

De peste   *La peste di Milano del 1630: De peste quae fuit anno MDCXXX libro V*, a cura di Cesare Repossi; traduzione di Stefano Corsi; premessa di Angelo Stella, Milano, Casa del Manzoni, 2009.

Walter Scott

Ivanhoe   *Ivanhoe*, edited with an introduction by G. Tulloch, London, Penguin, 2000.

Waverley   *Waverley*, edited with an introduction by A. Hook, London, Penguin, 1985.

Stendhal (pseud. di Henry Beyle)

Le Rouge et le Noir   *Le Rouge et le Noir, chronique du XIXe siècle*, in *Œuvres romanesques complètes*; préface de Philippe Berthier; édition établie par Yves Ansel et Philippe Berthier, Paris, Gallimard, 2005, vol. I, 347-805.（『赤と黒』桑原武夫・生島遼一訳，東京，岩波書店，1958）

Augustin Thierry

Récits　　　　　*Récits des temps mérovingiens; précédés de Considérations sur l'histoire de France*. Tome II (3ª ed.), Paris, J. Tessier, 1842.

【マンゾーニの著作は，以下の版も参照した】

Fermo e Lucia: *prima minuta (1821-1823)*, I. Testo, II. Apparato critico, a cura di Barbara Colli, Paola Italia e Giulia Raboni, Milano, Casa del Manzoni, 2006.

Gli Sposi promessi. Seconda minuta (1823-1827), a cura di Barbara Colli e Giulia Raboni, I. Testo, II. Apparato, Milano, Casa del Manzoni, 2012.

I promessi sposi: testo del 1840-1842, a cura di T. Poggi Salani, Milano, Centro nazionale studi manzoniani, 2013.

I promessi sposi, a cura di E. Raimondi e L. Bottoni, Milano, Principato, 1988.

I promessi sposi. Storia della colonna infame, a cura di A. Stella e C. Repossi, Torino, Einaudi-Gallimard, 1995.

I promessi sposi. Storia della colonna infame, a cura di L. Badini Confalonieri, Roma, Salerno, 2006.

I promessi sposi. Storia della colonna infame, a cura di F. de Cristofaro e G. Alfano, M. Palumbo, M. Viscardi, Milano, BUR, 2014.

【文法書】

GGIC3　　　　　*Grande grammatica italiana di consultazione* vol. 3: Tipi di frasi, deissi, formazione delle parole, a cura di L. Renzi, G. Salvi e A. Cardinaletti, Bologna, il Mulino, 1995.

【引用参考文献】

Agosti S. 1989. *Per una semiologia della voce narrativa nei «Promessi sposi»*, in *Enunciazione e racconto: per una semiologia della voce narrativa*, Bologna, il Mulino, 107-53.

Albergoni G. 2006. *I mestieri delle lettere tra istituzioni e mercato. Vivere e scrivere a Milano nella prima metà dell'Ottocento*, Milano, FrancoAngeli.

Anselmi G. M. e Varotti C. (a cura di) 2007. *Tempi e immagini della letteratura 4. Il Romanticismo*, Milano, Bruno Mondadori.

Ascoli G. I. 2008. *Il Proemio all'«Archivio glottologico italiano»* [1872], in *Scritti sulla questione della lingua*, Torino, Einaudi, 3-44.

Auerbach E. 2010. *Romanticismo e realismo*, in R. Castellana e C. Rivoletti (a cura di), *Romanticismo e realismo e altri saggi su Dante, Vico e l'illuminismo*, Pisa, Edizione della Normale, 3-18 [*Romantik und Realismus*, pubblicato originariamente in «Neue Jahrbücher für Wissenschaft und Jugendbildung», 9, 1933, 143-53; ora in *Erich Auerbach. Geschichte und Aktualität eines europäischen Philologen*, a cura di K. Barck e M. Treml, Berlin, Kadmos, 426-38].

Badini Confalonieri L. 2006. *I promessi sposi. Storia della colonna infame. Commenti e apparati all'edizione definitiva del 1840-1842*, Salerno, Roma.

Bàrberi Squarotti G. 1980. *Il romanzo contro la storia. Studi sui «Promessi sposi»*, Milano, Pubblicazione della Università Cattolica.

────── 1986. *La metaletteratura nel «Fermo e Lucia»*, in *«Fermo e Lucia». Il primo romanzo del Manzoni*. Atti XIII Congresso Nazionale Studi Manzoniani (Lecco, 11-15 settembre 1985), Azzate, Edizioni «Otto / Novecento», 139-182.

Barenghi M. 1994. *Ragionare alla carlona. Studi sui «Promessi sposi»*, Milano, Marcos y Marcos.

Barthes R. 1988. *Il discorso della storia*, in *Il brusio della lingua*, Torino, Einaudi, 138-149 [*Le discours de l'histoire* in «Information sur les sciences sociales», VI, 4, 1967, 65-75, ora in R. Barthes, *Le bruissement de la langue*, Paris, Seuil, 1984, 153-66] (R. バルト「歴史の言説」 『言語のざわめき』花輪光訳, 東京, みすず書房, 1987, 164-83).

Benveniste É. 1966a. *Structure des relations de personne dans le verbe*, in *Problèmes de linguistique générale*, Paris, Gallimard, 225-36 (É. バンヴェニスト「動詞における人称 関係の構造」『一般言語学の諸問題』岸本通夫監訳；河村正夫ほか共訳, 東京, み すず書房, 1983, 203-16).

────── 1966b. *Les relations de temps dans le verbe français*, in *Problèmes de linguistique générale*, Paris, Gallimard, 237-50.

Bertoni F. 2007. *Realismo e letteratura. Una storia possibile*, Torino, Einaudi.

Bigazzi R. 1989. Premessa a *I racconti di Clio. Tecniche narrative della storiografia*. Atti del convegno di studi (Arezzo, 6-8 novembre 1986), Pisa, Nistri-Lischi.

────── 1996. *Le risorse del romanzo: componenti di genere nella narrativa moderna*, Pisa, Nistri-Lischi.

Botta I. 2000. Commento al *Carteggio Manzoni-Fauriel*.

Bricchi M. 2012. *La fortuna editoriale dei "Promessi sposi"* in D. Scarpa (a cura di), *Dal Romanticismo a oggi* (*Atlante della letteratura italiana*, a cura di S. Luzzatto e G. Pedullà, vol. III), Torino, Einaudi, 119-27.

Brogi D. 2005. *Il genere proscritto. Manzoni e la scelta del romanzo*, Pisa, Giardini editori.

Cadioli A. 2001. *La storia finta*, Milano, il Saggiatore.

Calvino I. 1995. I Promessi Sposi: *il romanzo dei rapporti di forza* [1973], in *Saggi: 1945-1985*, a cura di M. Barenghi, Milano, A. Mondadori, t. 1: 328-41.

Caretti L. (a cura di) 1995. *Manzoni e gli scrittori: da Goethe a Calvino*, Roma, Bari, Laterza.

Cartago G. 1989. *Il "vocabolario dei gesti" nei «Promessi sposi» e altri popolari romanzi dell'800*, in *Ricerche di lingua e letteratura italiana (1988)*, Milano, Cisalpino-Goliardica, 137-48.

Chini M. 2009. *«Naturalmente, un manoscritto»: Cide Hamete Benengeli e l'anonimo manzoniano*, in Clizia Gurreri *et al.* (a cura di), *Moderno e modernità: la letteratura italiana.* Atti del XII Congresso dell'Associazione degli Italianisti, Roma, 17-20 settembre 2008. http://www. italianisti.it/upload/userfiles/files/Chini%20Marta.pdf

Colummi Camerino M. 1988. *Manzoni teorico del romanzo*, in «Nuova rivista di letteratura italiana», I, 2, 403-35.

Contini G. 1989. *La firma di Manzoni* [1985], in *Ultimi esercizî ed elzeviri (1968-1987)*, Torino, Einaudi, 233-7.

Corti M. 1978. *Il viaggio testuale (Postille a una metafora)*, in *Il viaggio testuale. Le ideologie e le strutture semiotiche*, Torino, Einaudi, 3-17.

De Blasi N. 2014. *La lingua del romanzo da leggere e da ascoltare*, in *I Promessi sposi; Storia della colonna infame*, Milano, BUR, 1285-315.

de Cristofaro F. e Viscardi M. 2014. 'Commento a *I Promessi Sposi*', in *I Promessi sposi; Storia della colonna infame*, Milano, BUR.

De Robertis D. 1986. *Sul titolo dei «Promessi sposi»*, in «Lingua nostra», XLVII, 2-3, 33-7.

Duchet C. 1975. *L'illusion historique. L'enseignement des prefaces (1815-1832)*, in «Revue d'Histoire Littéraire de la France», LXXV, 2-3, 245-67.

Eco U. 1977. *Come si fa una tesi di laurea*, Milano, Bompiani.

———— 1984. *Postille a "Il nome della rosa" 1983*, in *Il nome della rosa* (edizione Tascabili Bompiani), Milano, Bompiani, 505-33.

Fahy C. 1988. *Per la stampa dell'edizione definitiva dei «Promessi sposi»*, in *Saggi di bibliografia testuale*, Padova, Antenore, 213-44.

Farnetti M. 2005. *Il manoscritto ritrovato. Storia letteraria di una finzione*, Firenze, Società editrice fiorentina.

Frare P. 2012. *Manzoni europeo?* in «Nuovi quaderni del CRIER», IX, 199-220.

Gaspari G. 2003. *Goethe traduttore di Manzoni*, in G. Peron (a cura di), *Premio «città di Monselice» per la traduzione letteraria e scientifica*, n. 28-29-30, Padova, Il Poligrafo, 233-44.

Genette G. 1989. *Soglie: I dintorni del testo*, a cura di C. M. Cederna, Torino, Einaudi [*Seuils*, Paris, Seuil, 1987].

Getto G. 1971a. *Echi di un romanzo barocco nei «Promessi sposi»* [1960], in *Manzoni europeo*, Milano, Mursia, 11-56.

———— 1971b. *I «Promessi Sposi» i drammaturghi spagnoli e Cervantes* [1970], in *Manzoni europeo*, Milano, Mursia, 299-402.

Ginzburg C. 2000. *Rapporti di forza: Storia, retorica, prova*, Milano, Feltrinelli.

———— 2006a. *Prove e possibilità*, postfazione a Natalie Zemon Davis, *Il ritorno di Martin Guerre. Un caso di doppia identità nella Francia del Cinquecento*, Torino, Einaudi, 1984, ora in C. Ginzburg, *Il filo e le tracce: vero falso finto*, Milano, Feltrinelli, 295-315.

———— 2006b. *Descrizione e citazione*, in *Il filo e le tracce: vero falso finto*, Milano, Feltrinelli, 15-38.

Greimas A. J. 1985. *Il contratto di veridizione*, in *Del senso 2: narrativa, modalità, passioni*, Milano, Bompiani, 101-10 [*Le contrat de véridiction* in «Man and World», 13, 1980, 345-55, ora in *Du sens II*, Paris, Seuil, 1983].

Grosser H. 1981. *Osservazione sulla tecnica narrativa e sullo stile nei «PROMESSI SPOSI»* in «Giornale storico della letteratura italiana», XCVIII, 503, 409-40.

———— 1985. *Narrativa*, Milano, Principato.

Illiano A. 1993. *Morfologia della narrazione manzoniana. Dal «Fermo e Lucia» ai «Promessi sposi»*, Firenze, Cadmo.

Le Goff J. 1981. Storia in *Enciclopedia Einaudi*, Torino, Einaudi, vol. XIII, 566-670.

Levinson S. C. 1993. *La pragmatica*, Bologna, il Mulino, [ed. orig. *Pragmatics*, Cambridge, Cambridge University Press, 1983].

Macchia G. 1989. *Nascita e morte della digressione. Da «Fermo e Lucia» alla «Storia della colonna infame»*, in *Tra Don Giovanni e Don Rodorigo*, Milano, Adelphi (3ª ed. 2004), 19-56.

———— 2000. *Manzoni: l'invenzione e la storia*, premessa a *RS*, XIII-XVII.

Mangione D. 2012. *Prima di Manzoni. Autore e lettore nel romanzo del Settecento*, Roma, Salerno.

Martini A. 1988. *La figura manzoniana del cardinal Federigo tra storia e invenzione*, in O. Besomi, G. Gianella, A. Martini, G. Pedrojetta (a cura di), *Forme e vicende per Giovanni Pozzi*, Padova, Antenore, 513-35.

Maxwell R. 2003. *Manoscritti ritrovati, strane storie, metaromanzi*, in F. Moretti (a cura di), *Il romanzo. IV. Temi, luoghi, eroi*, Torino, Einaudi, 237-62.

Mazzocca F. 1985a. *Quale Manzoni? Vicende figurative dei «Promessi Sposi»*, Milano, il Saggiatore.

———— (a cura di) 1985b. *L'officina dei* Promessi Sposi, Milano, Mondadori.

Mazzoni G. 2011. *Teoria del romanzo*, Bologna, il Mulino.

Meier-Brügger E. 1987. *«Fermo e Lucia» e «I promessi sposi» come situazione comunicativa*, Frankfurt am Main - Bern - New York - Paris, Peter Lang.

Mortara Garavelli B. 2006. *Manuale di retorica*, Milano, Bompiani.

———— 2009. *La parola d'altri: prospettiva di analisi del discorso riportato*, Alessandria, Edizione dell'Orso, ed. riveduta da S. Sini [1ª ed. Palermo, Sellerio, 1985].

Muñiz Muñiz M. de las Nieves 1991. *Il lettore secondo Manzoni*, in Ulich Schultz-Buschhaus et al. *Scrittore e lettore nella società di massa, sociologia della letteratura e ricezione, lo stato degli studi*, Trieste, Lint, 451-74.

Nencioni G. 1993. *La lingua di Manzoni: avviamento alle prose manzoniane*, Bologna, il Mulino.

Nigro S. S. 1996. *La tabacchiera di don Lisander. Saggio sui «Promessi Sposi»*, Torino, Einaudi.

———— 2002a. 'Commento a «Fermo e Lucia»' in *FL*, 889-1185.

参考文献一覧　　**267**

───── 2002b. 'Commento a «I Promessi Sposi»' in *PS V*, 793-989.

───── 2002c. 'Nota critico-filologica: I tre romanzi', in *FL*, XVI-LIX.

Olsen M. 2010. *Due problemi manzoniani: la finzione e la voce altrui*, in Enrico Tiozzo, Ulla Åkerström (a cura di), *La letteratura italiana del Novecento. I temi, l'insegnamento, la ricerca*. Atti del corso superiore di aggiornamento del Dipartimento di linguistica dell'Università di Göteborg (18-19 settembre 2008), Roma, Aracne editrice, 43-79. ただし引用は Web 公開版から行った (http://forskning.ruc.dk/site/files/3729070/Manzoni-atti. pdf).

Palumbo M. 2014. *La Storia della colonna infame, ovvero l'ultimo capitolo dei* Promessi sposi, in *I Promessi sposi; Storia della colonna infame*, Milano, BUR, 1257-62.

Parrini E. 1996. *La narrazione della storia nei "Promessi sposi"*, Firenze, Le Lettere.

Pedrojetta G. 1991. *Un 'libercolo' secentesco per 'donnicciole': il «Prato fiorito» di Valerio da Venezia*, Friburgo, Edizioni Universitarie Friburgo Svizzera.

Penman B. 1972. Introduction to A. Manzoni, *The Betrothed*, Translated with an introduction by B. Penman, London, Penguin, 7-14.

Petrocchi G. 1971. *Manzoni: letteratura e vita*, Milano, Rizzoli.

Poggi Salani T. 2013. Commento a *I promessi sposi: testo del 1840-1842*, a cura di T. Poggi Salani, Milano, Centro nazionale studi manzoniani.

Portinari F. 2000. 'Introduzione' a *RS*, XXI-LXXIX.

Pupino A. R. 2005. *Manzoni, religione e romanzo*, Roma, Salerno.

Ragone G. 2002. *Italia 1815-1870*, in F. Moretti (a cura di), *Il romanzo. III. Storia e geografia*, Torino, Einaudi, 343-54.

Raimondi E. 1974. *Il romanzo senza idillio: Saggio sui «Promessi Sposi»*, Torino, Einaudi.

Repossi C. 2009. *Il De peste fonte per* I promessi sposi*: Rassegna di testi a confronto*, in *De peste*, 509-88.

Riccardi C. 2008. Note alla *Lettre à M.' C.**** *sur l'unité de temps et de lieu dans la tragédie*, a cura di Carla Riccardi, Roma, Salerno.

Rosa G. 2004. *I venticinque lettori dei* Promessi sposi, in *Identità di una metropoli: la letteratura della Milano moderna*, Torino, Aragno, 79-114.

───── 2008. *Il patto narrativo*, Milano, il Saggiatore.

Russo L. 1945. *Personaggi dei Promessi Sposi*, Bari, Laterza (3ª ed. 1955).

Scarano E. 1986. *Riscrivere la storia: storiografia e romanzo storico*, in E. Scarano et al. *Il romanzo della storia*, Pisa, Nistri-Lischi, 9-83.

───── 1990. *La parola dello storico e la parola degli altri*, in E. Scarano e D. Diamanti (a cura di), *La scrittura della storia*. Atti del seminario di studi (Pisa, gennaio-maggio 1990), Pisa, Tipografia Editrice Pisana, 67-99.

───── 2004. *La voce dello storico. A proposito di un genere letterario*, Napoli, Liguori.

Segre C. 1993. *Alessandro Manzoni: il continuum storico, l'intreccio e il destinatario*, in *Notizie dalla crisi*, Torino, Einaudi, 144-75.

Spinazzola V. 2008. *Il libro per tutti. Saggio sui «Promessi sposi»*, Milano, Cuem [1ª ed., Roma, Editori Riuniti, 1983].

Stella A. e Repossi C. 1995. 'Commento e annotazione', in *I promessi sposi: storia della colonna infame*, a cura di A. Stella e C. Repossi, Torino, Einaudi-Gallimard, 673-1165.

Testa E. 1997. *Le parole mute del romanzo*, in *Lo stile semplice. Discorso e romanzo*, Torino, Einaudi, 19-57.

Tommaseo N. 1827. I Promessi Sposi. Storia milanese del secolo XVII, scoperta e rifatta da ALESSANDRO MANZONI. *Tomi tre. Milano, tip. Ferrario, 1825-27*, in «Antologia» LXXXII, ottobre 1827, 101-19.

———— 1828. *Discorso preliminare* in *Opere di Alessandro Manzoni milanese con aggiunte e osservazioni critiche*, Prima edizione completa, Firenze, i fratelli Batelli, Tomo primo, V-XIX.

———— 1830. I prigionieri di Pizzighettone. Romanzo storico del secolo XVI. Dell'Autore di Sibilla Odaleta e della Fidanzata Ligure. *Vol. III Milano. Presso A. F. Stella e Figli, 1829*, in «Antologia» N°. 111, marzo 1830, 98-109.

Toschi L. 1989. *La sala rossa. Biografia dei «Promessi sposi»*, Torino, Bollati Boringhieri.

———— 1995. *Manzoni*, in F. Brioschi e C. Di Girolamo (a cura di), *Manuale di letteratura italiana: storia per generi e problemi. III. Dalla metà del Settecento all'Unità d'Italia*, Torino, Bollati Boringhieri, 414-55.

Vigorelli G. 1986. *La monaca di Monza: dal «romanzo» al «documento»*, in U. Colombo (a cura di), *«Fermo e Lucia»: il primo romanzo del Manzoni*, Atti del XIII Congresso Nazionale Studi Manzoniani (Lecco, 11-15 settembre 1985), Azzate, Edizioni Otto / Novecento, 91-101.

Weinrich H. 2004. *Tempus: Le funzioni dei tempi nel testo*, Bologna, il Mulino [*Tempus. Besprochene und erzählte Welt*, Stuttgart, Kohlhammer, 1964].

Zajotti P. 2000. *Del romanzo in generale ed anche dei Promessi Sposi, romanzo di Alessandro Manzoni*, in «Biblioteca italiana», XLVII-XLVIII, settembre e ottobre 1827, 322-72 e 32-81, ora in *RS*, 141-216.

天野惠 2003.「マンゾーニ作品における《国民》意識の形成——悲劇『アデルキ』を中心として——」．科学研究費補助金基盤研究 (B)（2）研究成果報告書「イタリアにおける《庶民》の発見とその《国民》への変容過程の研究」（代表：齊藤泰弘，研究課題番号：12410124，平成12年度—平成14年度），4-38.

アリストテレース『詩学』『アリストテレース詩学／ホラーティウス詩論』松本仁助，岡道男訳，東京，岩波書店，1997．7-222.

アウエルバッハ E. 1994.『ミメーシス』（下）篠田一士，川村二郎訳，東京，筑摩書房

[*Mimesis: dargestellte Wirklichkeit in der abendländischen Literatur*, Bern, Francke, 1946].

――― 1998.「読者へのダンテの呼びかけ」『世界文学の文献学』高木昌史，岡部仁，松田治共訳，東京，みすず書房，190-206 [*Dante's addresses to the Reader*, in «Romance Philology», 7, 1954, 268-78].

ブロック M. 2004.『歴史のための弁明：歴史家の仕事』松村剛訳（新版），東京，岩波書店 [*Apologie pour l'histoire ou Métier d'historien*, édition annotée par Étienne Bloch, Paris, Armand Colin, 1993, 1997].

カー E. H. 1962.『歴史とは何か』清水幾太郎訳，東京，岩波書店 [*What is History?*: the George Macaulay Trevelyan lectures delivered in the University of Cambridge, January-March 1961, London, Macmillan, 1961].

コンパニョン A. 2010.『第二の手，または引用の作業』今井勉訳，東京，水声社 [*La seconde main ou le travail de la citation*, Paris, Seuil, 1979].

エーコ U. 2013.『小説の森散策』和田忠彦訳，東京，岩波書店 [*Six walks in the fictional woods*, Cambridge, Harvard University Press, 1994].

ジュネット G. 1985.『物語のディスクール』花輪光，和泉涼一訳，東京，水声社 ["Discours de récit, essai de méthode", in *Figures III*, Paris, Seuil, 1972].

ギンズブルグ N. 2012.『マンゾーニ家の人々』（上，下）須賀敦子訳，東京，白水社 [*La famiglia Manzoni*, Torino, Einaudi, 1983].

石原千秋 2009.『読者はどこにいるのか』，東京，河出書房新社.

ヤーコブソン R. 1973「言語学と詩学」『一般言語学』田村すゞ子ほか共訳，川本茂雄監修，東京，みすず書房，183-221 [Closing Statement: Linguistics and Poetics, in T. Sebeok (ed.), *Style in Language*, Cambridge MA, M.I.T. Press, 1960, 350-77].

木村大治 2011.『括弧の意味論』，東京，NTT 出版.

野家啓一 1998.「歴史のナラトロジー」，野家啓一ほか『歴史と終末論』（新・哲学講義 8），東京，岩波書店，1-76.

――― 2005.『物語の哲学』，東京，岩波書店.

小倉孝誠 1997.『歴史と表象：近代フランスの歴史小説を読む』，東京，新曜社.

坂部恵 2008.『かたり：物語の文法』，東京，筑摩書店.

﨑田智子・岡本雅史 2010.『言語運用のダイナミズム：認知語用論のアプローチ』（講座認知言語学のフロンティア／山梨正明編，4），東京，研究社.

霜田洋祐 2018.「スコットの歴史小説が表示する「小説性」――マンゾーニ『婚約者』との戦略の違い――」，國司航佑・霜田洋祐・村瀬有司編『天野惠先生退職記念論文集』，204-21.

田口かおり 2015.『保存修復の技法と思想：古代芸術・ルネサンス絵画から現代アートまで』，東京，平凡社.

坪内逍遥 2010.『小説神髄』，東京，岩波書店，改版［初版 1936］.

堤康徳 1998.「悲劇における詩と歴史――アレッサンドロ・マンゾーニの悲劇論」，『日伊

文化研究』，36，97-113.

ウォット I. 1998.『イギリス小説の勃興』，橋本宏ほか訳，東京，鳳書房 [*The rise of the novel: Studies in Defoe, Richardson and Fielding*, London, Chatto&Windus, 1957].

ヴィットマン R. 2000.「十八世紀末に読書革命は起こったか」，R. シャルティエ，G. カヴァッロ編『読むことの歴史：ヨーロッパ読書史』田村毅ほか共訳，東京，大修館書店 [*Histoire de la lecture dans le monde occidental*, Paris, Seuil, 1997].

米本弘一 2007.『フィクションとしての歴史——ウォルター・スコットの語りの技法——』，東京，英宝社.

"*I Promessi sposi* in Europa e nel mondo"

　　http://www.movio.beniculturali.it/dsglism/IpromessisposiinEuropaenelmondo/（2017. 9. 26 閲覧）

初出一覧

本書は、京都大学大学院文学研究科に提出した課程博士論文『史実と虚構の融合と分離──マンゾーニの歴史小説 *I promessi sposi* における語りの技法──』に大幅な加筆・修正を施したものである。以下に、本書の各章のもととなった原稿の初出一覧を示す。

第1章 『婚約者』の成り立ち──文学の最前線としての近代小説
〔原題：従来のマンゾーニ研究と本論文の問題設定〕
課程博士論文 第1章 pp. 6-28.

第2章 「発見された手稿」と虚実の判別可能性
〔原題：*I promessi sposi* における真実と虚構──虚構の指標としての匿名手稿について〕
『イタリア学会誌』第61号，2011年10月，pp. 45-69.

第3章 「語り手」による一人称の使い分け
〔原題：「我々」とは何か──*I promessi sposi* の語り手の一人称について〕
『イタリア学会誌』第62号，2012年10月，pp. 1-25.

第4章 「聞き手」への執拗な呼びかけ
〔原題：マンゾーニと「25人の読者」──*I promessi sposi* に書き込まれた「読者」について〕
『イタリア学会誌』第65号，2015年10月，pp. 37-60.

第5章 「歴史叙述」における引用のレトリック
〔原題：*I promessi sposi* の歴史叙述──マンゾーニの引用の技法〕
『京都産業大学論集』人文科学系列 第48号，2015年3月，pp. 193-214.

第6章 「創作部分」における現実性の強調
〔原題：「この物語が作り話だったなら」──*I promessi sposi* における「現実性」の強調について〕
『イタリア学会誌』第67号，2017年10月，pp. 49-72.

第7章 「反文学」的かつ「反歴史」的な歴史小説
〔原題：*I promessi sposi* における反文学と反歴史〕
早稲田大学イタリア研究所『研究紀要』第4号，2015年3月，pp. 1-23.

付録 『婚約者』の「序文 Introduzione」の翻訳
〔原題：*I promessi sposi* の Introduzione（序文）の翻訳〕
課程博士論文 付録 pp. 135-8.

あとがき

　本書を貫く研究テーマは、〈語り〉や〈レトリック〉であった。要するに、何が書かれているかではなく、いかに書かれているかを問題としているのである。『婚約者』の話が純粋に物語として "そこそこ" 面白いのは読めばわかる（読んでください）、いや、仮にもイタリア近代文学が誇る傑作なのだから、もしかしたら短縮版や粗筋からでも案外わかる人にはわかるのではないか（概要なら本書第 1 章にも記したのだが、いかがだろうか）。だが私は、近代小説らしい近代小説であるはずのこの作品の〈語り〉に、何かほかとは違う尋常でないものを感じてしまったのである。

　こうしたテーマを朧げながらも意識し始めたのは、第 2 章のもととなった論文の、さらにもととなった修士論文に「物語論^{ナラトロジー}」のレッテルを頂戴した試問の際ではなくて（当時は理論も何もわからぬままにガムシャラに書いただけだったのだから）、博士後期課程進学後の留学中、ミラノの地下鉄で『婚約者』の朗読音源を聴きながら、「我々」の数え漏らしがないか確認していた頃のことであった。法学部から転学して人文系の研究者になろうと決意した私は、迷った挙句に言語学・哲学（語用論・言語行為論）ではなくイタリア文学を選択したのだったが、何のことはない、選ばなかった分野への関心も研究の支えとなっていることに気づいたのだった。修士論文まで指導してくださった齊藤泰弘先生は、後になって物語論はやめておけ、などとおっしゃるようになったのだが、大学 2 回生の私に「自分が本当にやりたいことくらい人に聞かなくてもわかっているはずや」というようなことを（全然このような言い方ではなかった気もするが）おっしゃってイタリア文学を選ばせたのも齊藤先生なので、好きでやっているのだと声を大にして言ったらきっと納得してくださるだろう。

　本書のもとになった博士論文、というよりそこに収録された全ての論文

を、丁寧に読み、朱を入れてくださったのは、天野惠先生だった。修士論文の提出後、あと出しで、先生からマンゾーニの『アデルキ』について自分が書いた論考がある（しかも修論の内容にかなり関係あることが書かれている！）と告げられたときには、本当に冷や汗をかいたものだが、指導者が少なく師弟でてんでバラバラの研究をすることも多い日本のイタリア文学研究の中にあって、指導教授が本当に専門とするところではない範囲でかなり関心を寄せているものという、ちょうどよい研究対象を選ぶことができたのは、相当な幸運だったと言える。本書の刊行が、その主な部分の研究と執筆をずっとサポートしてくださった天野先生の定年退職前に何とか間に合ったことを大変うれしく思う。

　それから博士論文をどうにか完成させることができたのには、村瀬有司先生のお力添えも大きかった。京都大学の准教授に着任されたのは、私が博士後期課程を終える頃であったが、村瀬先生はそれ以前にも京都大学で授業を担当されており、出身研究室の先輩という立場からも助言していただいた。また、博士論文のもう一人の審査員であるフランス語学フランス文学専修の田口紀子先生にも、ひとかたならずお世話になった。19世紀のフランスの歴史小説に関する講義をされていることを知って、まさに自分のための授業だとフランス語もできないのに押しかけていった私の数々の的外れな質問にも、田口先生は丁寧に答えてくださった。本書の理論的な部分は、依然として田口先生の満足される水準に到達していないかもしれないが、それでも幾らかの一貫性が見られるとすれば、それは田口先生のご助言のおかげである。

　博士論文および本書の執筆にあたっては、京都大学の先生方のほかにも多くの研究者にお世話になった。特に、イタリア語学の集中講義のために京都にいらした長神悟先生には「共感の一人称複数」という名前を決めていただいたし、マンゾーニの歴史作品につけた『汚名柱の記』という邦題も、実は長神先生の考案である。マンゾーニの言語に関する私のあれこれの疑問も先生に解消していただいた。やはり集中講義で京都にいらした堤康徳先生は、マンゾーニについての研究論文を日本で執筆した数少ない一人であり、何度も学会発表の司会をしていただいた（はじめての学会発表の前日に堤先生と飲

みに行って二日酔いでヘロヘロになりながら発表した話はイタリアの友人たちにも好評だ。「知ってはいたけど、やはりお前はヒーローだったか」）。同じく集中講義で来られた村松真理子先生は、本年度より日本学術振興会特別研究員に採用された私の受入教員（ボス）で、村松先生との対話の中で思いついたこと、ご助言いただいたことが本書のあちこちに取り入れられている。

　そして言わずもがなではあるが、京都大学のイタリア文学研究室の先輩方には（さらには数少ない後輩たちにも）、多くの刺激や励ましを受けてきた。ここで全員の名を挙げるのは控えるが、すぐ上の学年で常にわかりやすい目標であり続けてくれた國司航佑さんの存在は大きく、またイタリア語の非常勤講師として頻繁に顔を合わせる片山浩史さん、菅野類さんが、このところそれぞれ17、18世紀の小説を研究対象とされていることは、単に刺激となるだけでなく、イタリアで“最初の”近代小説として『婚約者』を特別視しすぎることに一定のブレーキをかけてくれたように思う（これでもブレーキがかかっているのだ）。

　また、大学院生時代から、京都大学の同世代の他分野の研究者と交流できたことは、かけがえのない財産となっている。やはり全員の名を列挙するわけにもいかないが、ドイツ文学の西尾宇広くん、フランス文学の大北彰子さんには、本書が参照しているドイツ語・フランス語の文献の翻訳、解釈を助けてもらったという実際上の大きな借りがある。そして二人とともに「リアリズム文学研究会」を立ち上げたことは、博士論文提出以降の私の研究の方向性を決定づけ、それは本書の内容にも色濃い影響を与えることとなった。この研究会には、先述の片山さん、やはり翻訳を手伝ってくれたフランス文学の松浦菜美子さん、パリでお世話になった野田農さん、隣に住んでいたドイツ文学の宇和川雄くん、明治時代の言文一致運動についてレクチャーしてくれた日本文学の浅井航洋くんら、優秀かつ個性的な若手研究者の参加を得ている。さらに、研究者と意見を交わし発表をする機会は、先述の國司さんらと始めた「関西イタリア学研究会ASIKA」や、2009年に始まってまだ続いている言語にまつわる古典的文献を読む（名前のない）「読書会」でも得ることができた。参加メンバー各位に謝意を表したい。

年次大会の発表の際に貴重なご意見をお寄せくださったイタリア学会の会員の皆様、そして本書の各章のもとになった投稿論文に丁寧なコメントをくださった『イタリア学会誌』、『京都産業大学論集』、『早稲田大学イタリア研究所研究紀要』の編集・査読委員の皆様にもお礼を申し上げたい。

　まだマンゾーニ『婚約者』との出会いを語っていなかった。天野先生の学部向けの講読の授業で『フェルモとルチーア』の一部を読んだことも覚えてはいるが、出版稿のほうを通して読んだのは、修士1年目の秋から冬にかけて、ダニエラ・シャロム・ヴァガータ先生の授業でのことだった（彼女が『婚約者』を読み返してその良さを再発見するタイプのイタリア人だったのは幸いだった）。当時の私の実力でこの長篇小説を約3ヶ月で読んでしまうのは、しかも本書で引用しているような研究書もあわせて参照しながら読むのは、相当に骨が折れ、ほかの授業の予習もほどほどに、四六時中読んでいたように記憶している。だが、紹介された研究書の面白さもあって、読み終わる前からこの小説を研究することになるのだろうという予感はあった。
　『婚約者』を研究対象に選んだ以上、留学先が作家の出身地ミラノになるのは自然だったが、研究生活では、ミラノ大学とマンゾーニ研究センターの先生方や友人たちに大変お世話になった（彼らへの謝意は下にイタリア語で記す）。またミラノでの下宿については、イタリア中世史がご専門の佐藤公美さんに本当にお世話になった。

　本書は、日本学術振興会特別研究員奨励費（2012-13年度：課題番号12J05679、2017年度：課題番号17J05656）を受けて進められた研究の成果を含んでおり、また「京都大学平成29年度総長裁量経費・卓越した課程博士論文の出版助成制度」による支援を受けて刊行されたものである。マンゾーニの肖像画、手稿、挿絵等の複製の掲載については所蔵者のブレラ国立図書館（ミラノ）および文化財・文化活動・観光省の許可をいただいた。ここに記して謝意を表したい。
　不慣れなことに戸惑うばかりの私が、本書の刊行にどうにか辿り着くことができたのは、京都大学学術出版会の皆様、特に、本書を少しでもよいもの

にするため努力を惜しまず（そのため書き下ろしの「インテルメッツォ（幕間）」にはなかなか合格をくれなかった）、辛抱強く付き合ってくださった福島祐子さんのおかげである。改めてお礼を申し上げたい。最後に、研究という不安定な道に進んだ私を、結局は（転学したとき母は泣くほど戸惑ったけれども）応援し続けてくれた両親、妹、祖父母に特別な感謝を捧げたい。

　　　　2018年2月　　本書執筆のかなりの時間を過ごした
　　　　　　　　　　京都白川今出川の「私設図書館」にて

　　　　　　　　　　　　　　　　　　　　　　霜田　洋祐

＊＊＊

Ringraziamenti

Desidero ringraziare il prof. Francesco Spera sotto la guida del quale ho svolto le mie ricerche presso l'Università degli studi di Milano, la prof.ssa Ilaria Bonomi alla quale devo il termine e la definizione del "«noi» affettivo" e la prof.ssa Giovanna Rosa per le sue stimolanti lezioni. Ringrazio inoltre gli amici e colleghi dell'Università degli studi di Milano, che sono stati in ogni occasione accoglienti e disponibili. Ringraziamenti vanno altresì ai componenti del Centro Nazionale di Studi Manzoniani, in particolare alla dottoressa Jone Riva, e alla Biblioteca Nazionale Braidense che mi ha concesso l'autorizzazione alla pubblicazione delle riproduzioni dei manoscritti manzoniani e di altri documenti in suo possesso. Infine ringrazio anche il prof. Pierantonio Frare e gli amici e colleghi della Scuola estiva internazionale in Studi Manzoniani, i cui consigli ricevuti durante la composizione di questo libro sono stati preziosissimi.

Yosuke SHIMODA

Abstract

Rhetoric of the historical novel:
studies on the narrative technique of Manzoni

Yosuke SHIMODA

Alessandro Manzoni (1785-1873) is one of the most important authors in Italian literature. His main work, *I promessi sposi* (*The Betrothed*, 1st ed. 1825-27, revised ed. 1840-42), is one of the most successful historical novels in the history of Western literature, and is considered in many aspects as the first modern Italian novel. Although he was influenced by the works of Walter Scott, the founder of the historical novel genre, Manzoni paid much more scrupulous attention to historical facts and attempted to represent the historical and social realities of the past as they were. This attitude had a radical effect on the narrative structure of his work. In the present study, I make clear, through analyses of the narrative technique, that the fictional and historical parts of this novel remain separate from each other, even though the narration as a whole experiences no loss of unity or homogeneity.

In the first and introductory chapter, we provide a general overview of the work, or rather, works in question, taking into consideration three different phases of composition: the first draft, the first edition, and the definitive edition. Of course, particular attention is paid to the narrative structure. We then explain the important and peculiar position that *I promessi sposi* occupies as a work of modern fiction in the history of Italian and Western literature, and how atypical it is in the historical novel genre. We also briefly explain Manzoni's poetics, in which facts (and non-romantic reality) are of great significance.

In chapter 2, we consider the technique of the "found manuscript", which plays a key role in Manzoni's novel. Within the fictional frame, the narrator finds an anonymous manuscript dating from seventeenth century, which he proceeds to tell while translating it into modern Italian. He also relays historical facts while making reference to authentic sources. A detailed analysis of the sections in the novel in which the records of the historical characters are narrated makes it clear that the fictive reference (to the anonymous manuscript) is made if and only if the description has no historical source. However, this distribution of sources is not perfectly arranged in the first draft (1821-23) of the novel, known as *Fermo e Lucia*. Thus, in the final published version, it becomes possible for the reader to distinguish historical facts from realistically imagined ones.

The object of analysis in chapter 3 is the narrator, especially his use of the first person. The narrator uses both the first-person singular "*io* (I)" and the first-person plural "*noi* (we)", the latter of which is generally known as the royal «we» or the author's «we». Some studies based on an analysis of the different uses of the first person have already thrown into relief two different features of the narrator's behavior. However, in the dichotomy between "*io*" and "*noi*", they tend to consider all of the narrator's speeches with "*noi*" as more or less homogeneous. With a more detailed analysis, we reveal that there is another significant type of «*noi*»—il «*noi*» *affettivo* (the affective «we»)—in numerous cases of use of the first-person plural. By distinguishing the "genuine" author's «we», which refers only to the narrator, from this other type of «we», it becomes clearer that the narrator utilizes different kinds of rhetoric according to whether he is narrating historical or imaginary facts.

In chapter 4, we focus on the figure of the reader delineated in the text. In the novel *I promessi sposi*, the narrator is speaking to an undefined readership, ironically called «*venticinque lettori*» ("25 readers"). As is shown in several studies on various forms of the narrator's address to the reader, the figure of the reader(s) in Manzoni's novel exhibits characteristics typical of the "modern novel". However, by also taking into consideration "the affective «we»", which indeed includes the reader, we come to notice an excessive quantity of addresses to the reader in *I promessi sposi*. Frequently being spoken to, it becomes more difficult for the reader to identify with the protagonists and be completely absorbed in the story, and this is exactly what the author's poetics require. In this way, the reader can see the truth or reality of a (past) life more objectively.

Chapter 5 is mainly dedicated to an examination of the historiography of the novel, with a consideration of the technique of quotations. Because of the full use of the "pseudo-citation" of the anonymous manuscript, studies on the narrative technique in *I promessi sposi* have emphasized the formal (textual) similarities between the fictitious story and the historiographical sections. However, a more careful analysis reveals that on the formal level, this unity is only superficial. We then compare the historical and fictitious parts in terms of the textual characteristics of the historiography, and particularly in terms of the efficient use of citations. Therefore, it becomes clear that in the narration of facts, Manzoni displays great ability as a historian, while in the imaginary story, the imitation of the formal features of the historiography is more limited than ordinarily expected.

By contrast, chapter 6 examines the narrator's allusion to the "realisticity" of fictitious events. Manzoni is not content with simply telling a story that appears to be real, but rather emphasizes such verisimilitude under the reader's eyes. Such an attitude can clearly be seen in the metanarrative and metaliterary discourses inserted by the narrator of *Fermo e Lucia*. At first glance, these claims in the text that the story is realistically conceived seem to disappear in the published version of the novel. Nonetheless, on closer investigation, we find that, in more implicit but by no means insignificant ways, even the narrator of *I promessi sposi* underlines the "realisticity" of the story being told.

Then, in the seventh and final chapter, having seen how much attention Manzoni paid to both parts of the novel, the historical account and the fictitious events, we focus our attention on the common elements that bind them. One of the clues is the battle against traditional representations of reality, which is shared by both parts. The clear violation of the "separation of styles" convention, with people of humble origins serving as the protagonists, positions *I promessi sposi* as a type of "anti-Literature", while the "anti-History" of the novel drags "Princes and Powers" down to the level of quotidian reality. Such orientation penetrates to the level of not only the storyline, but also the discourse or expression. Therefore, although these two components do not mix together completely, *I promessi sposi* can be considered an organic whole under the common aim of the total representation of the social and historical realities of seventeenth-century Italy.

索　引

以下、人名・作品名と事項に関する索引を掲載する。人名についてはヨーロッパ人が
多いため（最初のマンゾーニを除き）アルファベット順に、それ以外はあいうえお順
に配列した。作品名は基本的に作者の下位項目とし、作者不詳のものと雑誌は末尾に
置いた。イタリックにしたのは特に重要な記述のあるページである。

人名・作品名

マンゾーニ，アレッサンドロ Manzoni, Alessandro
　『アデルキ』 iv, 5, 15, 22, 42, 56, 60, *63-5*, 178,
　　200, 221, 232
　『イタリア語について』 29
　『カトリック倫理に関する考察』 5
　『カルマニョーラ伯』 5, 51, 56, *60-3*, 221, 232
　「五月五日」 5, 22, 51
　『国語の統一とその普及方法について』 29
　『婚約者』
　　第一草稿（『フェルモとルチーア』） iii,
　　　22-4, 25-7, 30, 37, 59, 64, 70, 71, 73-7,
　　　79-87, 103, 107, 135-7, 140, 142, 168,
　　　175, 183, 198, 199, 202-15, 217, 219,
　　　221, 222, 229, 231, 238, 239, 243, 248,
　　　254
　　第二草稿 *22*, 24, 75
　　初版（「27年版 Ventisettana」） ii, 22, *24*,
　　　25-7, 31, 48, 50, 59, 78, 82, 88, 89, 94,
　　　95, 135, 136, 158, 171, 172, 225, 227,
　　　243, 250
　　決定版（「40年版 Quarantana」、改訂版、
　　　第2版、新しい版） ii, 22, 24, *25-7*, 30,
　　　78, 82, 92, 93, 95, 129, 171, 172, 180,
　　　191, *225-8*
　　タイトル（表題、副題） *4*, 7, 14, 22-4
　　「序文」(Introduzione) *13*, 20, 28, 33, 107,
　　　108, 136, 169, 176, 180, 184, 195, 212,
　　　233, 257

　『汚名柱の記』 10, *26*, *27*, 48, 56, 92, 171,
　　191-3, 198, 228
　　邦訳（『いいなづけ』、『婚約者』） ii, 13
　　外国語訳（ドイツ語訳、フランス語訳、
　　　英語訳、デンマーク語訳、カスティ
　　　リャ語訳） 4, 24, 54, 192
　『ショーヴェ氏への手紙』 5, 15, 45, 46, 48,
　　146, 199, 200, 214, 232
　『聖なる讃歌』 iv, 4
　『ランゴバルド史に関する諸問題』 22, 42, *65*,
　　66, 171, 178
　『歴史小説および歴史と創作の混合した作品
　　一般について』（『歴史小説について』）
　　39, 40, 45, 47, 48, 53, 55, 59, 61, *88-92*, 147,
　　185, 237, 255
　『ロマン主義について』 139, 146

アゴスティ Agosti, S. 88, 127, 163
Albergoni, G. 25
アルフィエーリ Alfieri, V. 39
アリギエーリ，ダンテ Alighieri, Dante 28, 137,
　138
　『神曲』 137, 138
天野恵 65, 200
アンダーソン Anderson, B. 141
アリオスト Ariosto, L. 19, 39
　『オルランド・フリオーソ』 19
アリストテレース Aristoteles 174

アスコリ Ascoli, G. I.　160

アウエルバッハ Auerbach, E.　18, 137, 138, 230, 255, 256

『ミメーシス』　18, 230, 255

オースティン Austen, J.　iii

バディーニ・コンファロニエーリ Badini Confalonieri, L.　26, 173, 226

バルザック Balzac, H. de　iii, 18, 38, 133, 221, 236, 237, 255

『ゴリヨ爺さん』　221

『ふくろう党』　221, 237

バルベリ・スクワロッティ Bàrberi Squarotti, G.　202, 203, 235, 249

バレンギ Barenghi, M.　107

バルト Barthes, R.　40, 127, 155, 164, 166, 174

ベッカリーア，チェーザレ Beccaria, Cesare　4, 191

『犯罪と刑罰』4

ベッカリーア，ジュリア Beccaria, Giulia　4, 96

バンヴェニスト Benveniste, É.　101, 127, 166

ベルシェ Berchet, G.　222

Bertoni, F.　213, 221

Bigazzi, R.　40, 163

ブロック Bloch, M.　185

ブロンデル，エンリケッタ Blondel, Enrichetta　4

ボッカッチョ Boccaccio, G.　28, 244

『デカメロン』　244

ボノーミ Bonomi, I.　110

Bricchi, M.　54

ブロージ Brogi, D.　18, 92, 104, 105, 107, 111, 116, 151, 201-3, 235, 245

ブローリオ Broglio, E.　29

ビューロー Bülow, E. von　54

カディオーリ Cadioli, A.　36, 107, 132

カルヴィーノ Calvino, I.　10, 239

カミュ Camus, A.　14

『異邦人』　14

カー Carr, E. H.　168

カッターネオ Cattaneo, G.　23

セルバンテス Cervantes, M. de　19

『ドン・キホーテ』　19, 20, 225

シャルルマーニュ Charlemagne（カール大帝）　19, 64

シャトーブリアン Chateaubriand　40

『殉教者』　40

キアーリ Chiari, P.　223

Chini, M.　19

チョーニ Cioni, G.　95

コロンボ Colombo, U.　50

コンパニョン Compagnon, A.　188

コンドルセ（コンドルセ夫人）Condorcet, S. de G.　iv, 4, 96

コンスタン Constant de Rebecque, B. H.

『アドルフ』　255

コンティーニ Contini, G.　4

コルネーユ Corneille, P.　39

クーザン Cousin, V.　iv, 42

クオーコ Cuoco, V.　19

『イタリアにおけるプラトン』　19

ダゼーリョ D'Azeglio, M.　226

デ・アメンティ De Amenti, E.　159

デ・ブラーシ De Blasi N.　33

de Cristofaro, F.　130, 247

De Robertis, D.　4

デフォー Defoe, D.　221

ディケンズ Dickens, C.　37

ドイル Doyle, A. C.　14, 15

デュッシェ Duchet, C.　40

エッカーマン Eckermann, J. P.　51, 57

『ゲーテとの対話』（*Gespräche mit Goethe*）　51, 57, 60, 66

エーコ Eco, U.　ii, 20, 49, 177, 195, 256

『薔薇の名前』　19, 47

フォリエル Fauriel, C.　iv, 29, 42, 43, 46, 63, 64,

96, 199-201, 207, 209, 214, 221, 231

フィールディング Fielding, H.　37, 99, 221

『トム・ジョーンズ』　99, 124

フローベール Flaubert, G.　155

フォスコロ Foscolo, U.　31, 36, 132, 143, 150

『ヤコポ・オルティスの最後の手紙』　31, 32, 36, 143-5

Frare, P.　54

Gaspari, G.　9

ジュネット Genette, G.　98, 148, 188

ジェット Getto, G.　19, 20, 50

ギボン Gibbon, E.　90

ギンズブルグ，カルロ Ginzburg, C.　37, 39, 90, 91, 96, 99, 126, 163, 164, 166, 185, 255

ギンズブルグ，ナタリア Ginzburg, N.　48, 93, 96

『マンゾーニ家の人々』　48, 93, 96

ジョイア Gioja, M.　197

ジョルダーニ Giordani, P.　158

ゲーテ Goethe, J. W. von　iv, 9, 23, 24, 41, *51-4*, 57, 60-3, 66, 88, 89, 145, 161, 195, 238, 253

『ヘルマンとドロテーア』　23

「マンゾーニに対するゲーテの関心」 (*Teilnahme*)　51, 62, 63

『若きウェルテルの悩み』　145

ゴニン Gonin, F.　25, 26, *225-7*

グラムシ Gramsci, A.　144

グレマス Greimas, A. J.　126

グロッセル Grosser, H.　12, 21, 68, 73, 98, 99, 127, 133, 163

グロッシ Grossi, T.　15, 94, 106

『第一回十字軍のロンバルディア人』　15, 94

グエッラッツィ Guerrazzi, F. D.　142, 143, 150

『フィレンツェ包囲戦』　143

『ベネヴェントの戦い』　143

ギゾー Guizot, F.　40

アイエツ Hayez, F.　226

ヘロドトス Herodotos　237

ホメロス Homeros　39, 237

ホラーティウス Horatius　205, 206, 219

ユゴー Hugo, V.　232

イッリアーノ Illiano, A.　57, 105-9, 111, 116, 134, 136, 138, 151, 163

インボナーティ Imbonati, C.　4

石原千秋　141

ヤーコブソン Jakobson, R.　124, 154

木村大治　179, 188

ラ・ファイエット夫人 La Fayette, Madame de

『クレーヴの奥方』　255

ラマルティーヌ Lamartine　9

Le Goff, J.　237

レオパルディ Leopardi, G.　158, 201

レスマン Leßmann, D.　54

Levinson, S. C.　102

マッキア Macchia, G.　40, 69, 92

Mangione, D.　223

マンゾーニ，ピエトロ Manzoni, Pietro　4, 96

マルティーニ Martini, A.　70

マッツォッカ Mazzocca, F.　26, 95, 158, 159, 225-7

マッツォーニ Mazzoni, G.　35, 36, 38, 146, 221, 230, 237

マイヤー＝ブリュッガー Meier-Brügger, E.　107, 108, 110, 115, 123, 150

ミシュレ Michelet, J.　188

森鴎外　255

Mortara Garavelli, B.　138, 179, 188

ムニス・ムニス Muñiz Muñiz, M. de las Nieves　147, 178, 201, 222

ムラトーリ Muratori, L. A.　84, 136

長神悟　110

ナポレオン Napoléon, B.　5, 39

ネンチョーニ Nencioni, G. 28
ニッコリーニ Niccolini, G. B. 95
ニグロ Nigro, S. S. 22, 25, 26, 71, 76, 135, 203, 204, 209, 234, 238
野家啓一 163, 168

小倉孝誠 38-40
オルセン Olsen, M. 214, 216

パルンボ Palumbo, M. 26
パリーニ Parini, G. 10
パッリーニ Parrini E. 9, 118, 167, 168, 175, 230, 238, 248
ペドロイェッタ Pedrojetta, G. 243
Penman, B. 37
ペトラルカ Petrarca, F. 28, 223
ペトロッキ Petrocchi, G. 58, 97, 123
Poggi Salani, T. 197, 247
ポルティナーリ Portinari, F. 9, 48, 67, 88, 92
プレヴォー Prévost, A. F.
　『マノン・レスコー』 255

ライモンディ Raimondi, E. 8, 40, 232, 243
Repossi, C. 76, 83, 197
リッカルディ Riccardi, C. 200
リチャードソン Richardson, S. 221
リパモンティ Ripamonti, G. 57, 69, 71-5, 77, 79-81, 84, 174, 181, 182, 184
　『1630年ミラノのペスト』(De peste) 181, 182, 198, 218
　『ミラノ史』 57, 72, 73, 76, 78, 80-4, 174
リーヴォラ Rivola, F. 69, 70-2, 75-7
ローザ Rosa, G. 36, 37, 99, 110, 111, 124, 132-6, 140-7, 149-51, 158, 169, 201
ルッソ Russo, L. 74, 84

スカラーノ Scarano, E. 40, 162, 163, 166, 168, 170, 174, 180, 237
スコット Scott, W. iii, v, 19, 22, 38, 40-3, 150, 188, 199-201, 220, 221, *223*, 255

『アイヴァンホー』 19, 22, 31, 41, 42, 150, 151, 188, 199, 220
『ウェイヴァリー』 39, 224
セグレ Segre, C. 92
シェークスピア Shakespeare, W. 39, 40, 232
　『ロミオとジュリエット』 159
スピナッツォーラ Spinazzola, V. 18, 21, 140, 201
スタール夫人 Staël, Madame de iv
Stella, A. 76, 83, 197
スタンダール Stendhal iii, 18, 133, 148, 221, 255
　『赤と黒』 148, 221
シュトレックフース Streckfuß, K. 53, 88
須賀敦子 93, 96

タッソ Tasso, T. 39
Testa, E. 31, 33
サッカレー Thackeray, W. M. 37
ティエリ Thierry, A. iv, 40, 96, 178, 189
　『フランス史に関する書簡』 40
　『メロヴィング王朝史話』 40
トゥキディデス Thucydides 237
ティーク Tieck, J. L. 54
トクヴィル Tocqueville, A. de 188
トマーシ・ディ・ランペドゥーサ Tomasi di Lampedusa, G. 47
　『山猫』 47
トンマゼーオ Tommaseo, N. iv, v, 9, 39, 235
Toschi, L. 23, 42
坪内逍遥 29, 38
　『小説神髄』 29, 38
堤康徳 92

ヴァン・ダイク Van Dyck, A. 228
ベラスケス Velazquez, D. 228
ヴェルディ Verdi, G. 96
ヴェルガ Verga, G. 237
ウェルギリウス Vergilius 39
ヴェッリ，アレッサンドロ Verri, A. [ヴェッリ兄

弟〕 4, 132

ヴェッリ，ピエトロ Verri, P.［ヴェッリ兄弟］ 4,
191

ヴィニー Vigny, A. de 188

『サン＝マール』 188

Viscardi, M. 130, 247

ヴィスコンティ Visconti, E. iii, iv, 23, 42, 201,
222

ウォット Watt, I. 221

ヴァインリヒ Weinrich, H. 147, 153

ホワイト White, H. 163

ヴィットマン Wittmann, R. 36

米本弘一 v

ザヨッティ Zajotti, P. 235

ゾラ Zola, É. 237

雑誌および作者不詳のもの
　『千夜一夜物語』 16
　《コンチリアトーレ》誌 Il Conciliatore iv, 222
　《芸術と古代》誌 Über Kunst und Alterthum 51,
　61, 88

事　項

【あ行】

「アルノ川での洗濯」la "risciaquatura" in Arno
25, 93, 95

イタリア語
　——に組み込まれた『婚約者』の脇役の名
　　アッツェッカ・ガルブーリ Azzecca-garbugli
　　ii, 6, 196, 236, 240
　　ペルペートゥア Perpetua *ii*, 7, 236, 249
　——の人称について 104
　『婚約者』のイタリア語［の変遷・改訂］ 18,
　22, 24, 25, 27, *28-31*, 33, 37, 93, 94, 225

一人称複数
　共感の一人称複数 il «noi» affettivo *110-2*,
　113-7, 119, 120, 123-6, 134, 151-6
　著者の一人称複数 il «noi» autoriale *100-2*, 109,
　110, 112-5, 117-26, 151, 152, 165, 166

引用のレトリック
　「偽装引用」pseudocitazione 57, 58, 87, 88, 163,
　176, 189
　本当の引用（史料、文献、布告、書簡などの
　引用） 13, 57, 67, 72, 73, 81, 87, 88, 162, 170,
　172, 174, 186, 187, 189, 192, 197, 253

【か行】

回心 conversione 4, 6, 44, 71, 74, *75-7*, 163, 227,
249

語り
　——の構造、体裁、形式 3, *12*, 58, 164
　——の場（物語りの現場） 146, 150, 154
　「——の契約」il patto narrativo 99, 135, 169
　語り直し（語り直される物語、書き直し、書
　き直し手） 12-4, 102, 104, 105, 109, 125, 137,
　171, 176, 178, 180, 190, 214

「語り手」 *12-7*
　人格を持った（人格のある）語り手 126,
　127, 132

「聞き手」narratario 12, *16*, *17*, 132, 133, 143, 144,
148-50, 156
　『婚約者』の聞き手 16, 17, 98, 99, 104, 107-16,
　120-6, 130-3, 135-42, 145-58, 220
　「25人の読者」 *16-8*, 99, 108, 109, 131, 133,
　135, 139, 140, 152, 156, 158, 220

旧体制（アンシャン・レジーム）［の文学体系］
iii, 35, 132, 149, 156

教養小説（ビルドゥングスロマン） 6

近代小説 35, 36, 38, 50

言語論的転回 163

言文一致　28, 33
交話的　32, 124, 126, 154
ゴシック小説　6
古典主義　4, 5, 44, 51, 132, 199, 203, 230, 231
　反（アンチ）／ポスト古典主義　61, 139
　三単一の法則　5, 51, 199, 230
　様式分化　230, 251

【さ行】
挿絵　**8**, **11**, 25-7, 33, **34**, **76**, **80**, **129**, 130, **192**, **193**, **196**, *225*, *226*-8, **234**, **260**（※太字は挿絵掲載ページ）
　マンゾーニから画家への指示　25, 76, 129, 130, 226, *227*
自然主義　127
17世紀の手稿　→匿名の手稿
17世紀の歴史的出来事、現象
　飢饉　6, 121, 165, 168, *181*, 238, 240, 244, 245
　戦争（三十年戦争、マントヴァ・モンフェッラート継承戦争、傭兵部隊のミラノ領通過）　6, 119, 121, 165, 168, 175, 238, *246-9*
　戦争・飢饉・ペスト［三幅対］　6, 8, 53, 57, 66, 67, 90, 231, *238*, 244
　パンの価格高騰に伴う民衆蜂起（サン・マルティーノの暴動）　6, 121, 131, 165, 168, 206, 235, 236, 240, 244, 245
　ブラーヴォ bravo（ブラーヴィ［複数］、ならず者、無法者）　5, 174, 187, 197
　ペスト　6, 7, 26, 84, 119, 120, 145, 146, 165, 167, 168, 170, 172, 173, 177, 179, 181-5, 191, 206, 217, 218, 225, 226, 240, 244, 246, 247, 250
　ペスト塗り untore　26, 171, *181*, 182, 186, 187, *191*, *192*, 197, *218*, 219
17世紀（1600年代）のロンバルディア／北イタリア　5, 10, 37, 43, 161, 195, 239, 250, 251, 256
小説的（――なもの、――な色合い、――精神、ロマネスク）　7, 35, 43, 44, 46, 65, *200*, 207, 220-3
真実効果　126, 164, 177, 178, 189

「すべての人のための本」il libro per tutti　*18*, 29, 139, 140, 201
全知（――の語り手、――性）　14, 35, 98, 100, 105-7, 116, 126

【た・な行】
統一運動（リソルジメント）　9, 37
匿名の手稿（匿名手稿）　13, 15, *20*, 23, 28, 30, 32, 33, 57-9, 68-77, 80-4, 86, 87, 91, 107, 110, 124, 133, 153, 163, 164, 176, 178, 180, 184, 185, 188, 189, 198, 203, 214, 220, 233
　匿名手稿の著者（匿名氏、匿名の著者、我らが著者）　15, 20, 21, 23, 68, 69, 72, 73, 75-82, 85, 86, 102, 104, 109, 152, 153, 163, 169, 176, 180, 182, 183, 188, 213, 220
読書革命　99, 135
頓呼法　*138*, 144, 217
内包された作者　*14*, *15*, 17, 105, 133
内包された読者　*17*, 131, 133
「ノヴェル novel」　38

【は行】
発見された手稿［の手法］　13, 17, *18-21*, 56, 58, 87, 90, 99, 162, 190, 212, 223, 254
パラテクスト（周辺テクスト）　37, 41, 59, 60, 67, 87, 166, 213
反文学　232, 241, 246, 251, 252
判別可能性　i, 41, 59, 66, 67, 87-91, 132, 164, 229, 253
反歴史　175, 232, 241, 246, 251, 252
非人称／没個性的な語り（非人称の語り、語りの非人称化）　14, 16, 98, 127, 155, 166
遍在　35, 98

【ま・や・ら行】
マンゾーニの詩学／文学観／文学理論（《事実性》の美学）　iv-vi, 3, 15, 40, *44-8*, 89, 139, 146, 147, 149, 150, 155, 156, 199, 201, 208, 254
ミクロストーリア　255

メタ言説（メタ物語的・メタ文学的言説）　23,
　　99, 202-4, 208-10, 212, 213, 219, 222
「山々への暇乞い（山々にさよなら）」Addio ai
　　monti　33, 52, 95
様式（の）混交　232, 233, 236, 251
リアリズム　i, ii, 30, 31, 38, 50, 204, 220-3, 254-6
　リアリズム小説　i, ii, 38, 256
リガティーノ（線描補彩画法）rigatino　90, 91
「歴史家／歴史の書き手（としての）マンゾーニ」
　　9, 15, 16, 52, 53, 57, 66, 70, 122, 161, 164,
　　175, 195, 254
歴史叙述らしさ　164, 165, 176
ロマネスク　→小説的
ロマン主義（ロマン派）　iii, iv, 4, 20, 44, 51,
　　139, 146, 222, 232, 235, 254-6
「ロマンス romance」　38

著者紹介

霜田　洋祐（しもだ ようすけ）
1984年生まれ、大分県出身。2007年3月京都大学文学部卒業。2013年3月京都大学大学院文学研究科博士課程（イタリア語学イタリア文学専修）研究指導認定退学。2016年3月京都大学にて博士（文学）の学位を取得。現在、日本学術振興会特別研究員PD（東京大学）。

本書のもとになった論文のほかに「スコットの歴史小説が表示する「小説性」——マンゾーニ『婚約者』との戦略の違い——」（國司航佑・霜田洋祐・村瀬有司編『天野惠先生退職記念論文集』、2018年）、「ランドルフィ『二大世界体系対話』の世界」（『イタリア学会誌』第59号、2009年）、翻訳 ローレンス・ストーン「物語りの復活：新たな旧い歴史学についての考察」（共訳、福島大学行政社会学会編『行政社会論集』第27巻第4号、2015年、第29巻第3号、2017年）がある。

（プリミエ・コレクション88）
歴史小説のレトリック
　——マンゾーニの〈語り〉　　　　　　　　　©Yosuke SHIMODA 2018

2018年3月31日　初版第一刷発行

著　者　　霜　田　洋　祐
発行人　　末　原　達　郎
京都大学学術出版会
京都市左京区吉田近衛町69番地
京都大学吉田南構内（〒606-8315）
電　話　（075）761-6182
ＦＡＸ　（075）761-6190
ＵＲＬ　http://www.kyoto-up.or.jp
振　替　01000-8-64677

Printed in Japan
ISBN 978-4-8140-0150-7

印刷・製本　亜細亜印刷株式会社
定価はカバーに表示してあります

本書のコピー，スキャン，デジタル化等の無断複製は著作権法上での例外を除き禁じられています。本書を代行業者等の第三者に依頼してスキャンやデジタル化することは，たとえ個人や家庭内での利用でも著作権法違反です。